有狼WOLF的風景

段煉／著

序：嘗試文體

《有狼的風景》收錄了作者近年發表的散文隨筆二十萬字，有雙重主題，一是討論視覺藝術，另一是討論散文寫作。或曰：此集所收者是關於藝術的散文和關於散文的散文，二者融而不分，構成一部嘗試文體的散文隨筆集。

在二十一世紀初之圖象轉向的時代，散文寫作遭遇了尷尬：既要正視圖象的挑戰，又要面對文字的衰落。圖象傳播有如新世紀的速食，文字寫作則是舊時代的遺風。問題是，在讀圖時代散文還有多大價值、會是什麼樣的價值？今天，散文的生存問題，並不是一個虛構的偽命題，因為文學已向商業化投降，散文作為文學之一種，面臨了消失的可能，除非轉為商業寫作以自救。

七百年前的但丁在《神曲》一開頭，就遭遇了黑森林裡的狼。七百年後在中國，這隻狼披上了商業的羊皮。對今天的散文來說，這隻狼不僅僅是供大眾娛樂和消費的圖象，而且更是散文寫作者們自覺自願的為狼作倀。

於是，先賢留給我們做的事，便只剩下文體的嘗試，這是一種孤獨而又無望的嘗試。何謂文體？在有狼的時代，文體不會僅僅是體裁和語言。要在狼的森林裡生存，散文寫作便得超越體裁和語言的概念，還得關注結構與意向，以及更多問題。

有了這樣的文體概念，散文的邊界便擴大了，在狼的森林裡求取生存便有了可能的空間。在這空間裡，我嘗試「反遊記」與遊記的互動，使寫作及其思考成為一種內心旅程，成為對生活及社會政治的探討，成為人文反思。在此，我力圖以語言和結構的試驗，例如複調主題和模組結構，來延伸這一切，並放下學術的重負，用文學的方式來談論藝術，也反其道而行之，試探散文的負重能力，給散文塗上一點理論和學術的顏色。

超越了往日之文體邊界的散文，因意向而遊走於形神內外，其外在與內在的結構，其局部與通盤的修辭設置，使語言有了緊湊與拘謹、僵硬與鬆散、平和與激烈、幽默與矯情、超然與介入的矛盾性與可塑性。那麼，今天的散文邊界在哪裡？我沒有現成的答案，我只能用寫作實踐來探索，而探索則是沒有極限的。

這部文集所呈現的便是我在寫作實踐中的探索，大多於近年發表於天津《散文》月刊、上海《文景》月刊、太原《黃河》雙月刊、紐約《世界日報‧週刊》，以及重慶《當代美術家》、南京《畫刊》等視覺藝術期刊，書中攝影也為作者所攝，部分發表於紐約《世界日報》，作者在此願對這些刊物表示感謝。最後，我要特意感謝秀威出版社主編蔡登山先生和責任編輯蔡曉雯女士。蔡先生在二〇〇九年出版了我的學術專著《詩學的蘊意結構》，現在又出版這部文集，若無其慧眼相識，拙著將難以面世。蔡女士建議本書重新編排，本書面世也歸功於她細緻的編務工作和建設性的意見。

2010年歲末，蒙特利爾——成都

目 次

第三輯　不在故我思

第四輯　意亂情迷

第一輯

筆行的季節

錯位台北，作者與讀者相遇

1

歲末台北行，因航班延誤而遲到，僅得兩天半逗留。

第三天中午離開台北前，我坐在台北最大的書店誠品書店信義分店三樓餐廳，面前攤開一本書和一份午餐。

書名《我們在此相遇》，作者為英國當代最有影響的藝術評論家約翰・伯格（John Berger, 1926～）。此書是小說體紀實散文集，2005年倫敦英文原版，二〇〇八年台北麥田出版社中文版。

午餐是一盤義大利鮮蝦麵，長長的麵條被剪成或剁成了一兩寸的短節，也許，這是為了方便東方人使用叉子。無論在北美、歐洲還是在中國大陸，我都是第一次吃短節的義大利麵條。盤中蝦也不是長條，而是捲成了圓圈，似乎鮮蝦放進鍋裡一煮就會捲起來。毋庸諱言，這頓義大利鮮蝦麵的確味美，所謂「食在台北」說的是中餐和小吃，其實，台北的西餐也是一流。

這就有點奇怪了，怎麼會在台北吃西餐，就像在台北誠品書店買下約翰・伯格的漢譯本，而不是在北美或歐洲購買英文原版。這當中有無時空的錯位，抑或文化的錯位？

2

早在約翰・伯格被介紹到中國之前的上世紀八〇年代中期，我就知道他的鼎鼎大名了。那時雖無緣讀到他的書，卻知道他寫有《觀看之道》和《畢卡索的得與失》兩部名著。前者是為英國BBC廣播公司之同名電視專題片而寫，後者是研究現代藝術的專著，兩者都是理論經典，再版無數、譯本無數。到了二十一世紀，前者成為中國藝術界的必讀書，後者在台北誠品有售。

上世紀的七十和八十年代，英國有位新起的藝術批評家叫彼德・福勒（Peter Fuller, 1947～1990），以思想激進、語言兇猛、喜好筆戰而成為當時歐美藝術評論界的著名鬥士。福勒在政治思想和批判精神上追隨兩位前輩，一是十九世紀中期維多利亞時代的藝術批評泰斗約翰・羅斯金（John Ruskin, 1819～1900），二是當代藝術批評大家約翰・伯格。一九八七年福勒在倫敦創辦了《現代畫家》雜誌，刊名來自羅斯金的同名巨著。約翰・伯格是福勒的堅定支持者，擔當了《現代畫家》雜誌的特約撰稿人。

我在八〇年代後期因翻譯彼德・福勒的《藝術與精神分析》一書而同福勒相知，他給我郵來了好幾本他寫的書，還有每期的《現代畫家》雜誌，這在難得外刊的年代彌足珍貴。福勒寫過一本研究英國雕塑家亨利・摩爾的書《亨利・摩爾的得與失》，書名直接套用約翰・伯格，書的序言也說他視伯格為師。

不過，伯格不僅寫藝術評論，也寫文學作品，涉足小說、戲劇、書評、散文隨筆，獲得過英國最高文學獎布克獎和布萊克紀念獎。由於受福勒的影響，我後來幾乎閱讀了伯格所有關於藝術的著作。但說來慚愧，在台北誠品用餐之前，我從未讀過伯格的文學作品。

在誠品書店的餐廳點好餐，等待之際，我翻開了《我們在此相會》。伯格繼承了英國十九世紀的散文隨筆傳統，這本文集的幾乎每一篇都寫得很長，與中國散文的小品傳統大異其趣。另一方面，伯格不僅是一個激進的藝術批評家，也是一個實驗性作家。在我眼中，這本散文集是一本嘗試文體的書，寫得像小說，有大量的描述、敘事、虛構、關注細節，像十九世紀的狄更斯。還好，沒有令人肉麻的抒情，否則我一定會在午餐前合上這本書，餐後去退掉它。我喜歡這本書的更重要原因在於其現代性：既有拉美魔幻現實主義般的故事，又有歐洲解構主義般的章法（莫非解構不是一種結構？）。

第一篇《里斯本》，寫作者與早已去世的母親相見，夢幻、想像、回憶、現實攪成一團，製造了時空的錯位，就連篇名里斯本，我也不清楚是不是母子二人的相會處。

《我們在此相會》的書名不僅關涉里斯本之地名，書中的幾乎每一篇也都是一個地名。第二篇《日內瓦》，寫作者在想像中見到博爾赫斯，就像我在誠品書店的餐廳，通過閱讀而見到了伯格的文學寫作。雖然我與伯格無緣，但福勒之於我，就像伯格之於福勒，都是為人之師，而在台北誠品購得伯格的散文集，也算緣分。

書中少有的短篇是《死者記憶的水果》，採用了「連綴體散文」的寫法，讀著像是在欣賞塞尚描繪蘋果的靜物畫。此話題暫時放下，等一會兒重拾。

3

此行台北並不順利。今冬歐美國家普降大雪，十二月中旬各地航班大批延誤或取消。臨行前，蒙特利爾連下幾場大雪，我很擔心自己的行程會受影響。啟程那天大清早，六點鐘，雪停了，我抱著一絲僥倖，冒著零下十五度的嚴寒去了機場。

但航班還是被惡劣的天氣給耽誤了，到美國華盛頓轉機時，我須轉乘的華盛頓至日本東京的航班已開始登機。我從抵達口狂奔至登機口，最後一個上了飛機，氣喘吁吁了好一陣，卻不見起飛的跡象。滿滿一飛機乘客，就這樣擠擠挨挨地坐等了整整一小時，然後機長終於發話：由於機械故障，本機停飛，請大家返回候機室。

又等了一小時，換上另一架飛機。經過十四小時的飛行在東京降落時，我看看表，東京到台北的飛機正好起飛。毫無疑問，我誤機了。

東京早就去過，我無意逗留，但卻被航空公司強行安排進旅館，滯留一宿，看來只得逛書店打發時間了。上次在東京逛書店，購得一本市景攝影集《東京無人時》。這次在東京，正值當地文化界讀書界的大事：紀念《遠野物語》問世一百周年。

料定此書非等閒，而過去未聞，便欲索之，可是東京只有日文版。

後來在台北誠品的書架上搜尋此書，也未果。詢問櫃檯服務生，得知並無中文版，唯有日文版。十多年前我學過兩年日語，水準僅夠閱讀簡單的故事。仍欲購之，然服務生告曰售罄。

無奈之下，上網查詢，得周作人一文《夜讀抄：遠野物語》，知其作者為柳田國男，知其書為民俗記述。周作人在文中將原作者的書序譯為中文，方知這是柳田國男到遠野之鄉旅行，以筆錄下當地村民講述的鄉野之事。此書雖是一本民俗學的田野紀錄，但也不乏《聊齋》式的志異記怪，以及《水經注》式的探索筆記，猶如今日電視裡「探索頻道」或「國家地理」的節目。

我對民俗學興趣不大，但對人類學還有點興趣。在過去，這類著述都是文字版，如像斯特勞斯的《生食與熟食》。如今已是圖象時代，電視上的「探索頻道」和「國家地理」節目多有涉及民俗者，也很吸引人。我最近著迷的「聖經考古學」也涉這一領域。台北誠品有相關節目的英漢雙語版影碟出售，雖價格不菲，我仍購得《聖經解碼》和《基督教的歷史》兩套大部頭光碟。

4

然而此行台北的真正目的並非購書或光碟，卻是到故宮博物院看南宋畫展《文藝紹興：南宋藝術與文化特展》。

南宋文化對我的吸引始於十五年前，那時研讀宋詞，在海外所用的參考書多有台灣出版者。二十一世紀初，我在美國高校講授中國美術史，期間讀到一本日本出版的英文版研究浮世繪的書，書中講到南宋山水畫對日本傳統藝術的影響。我對此大感興趣，便開始關注南宋繪畫，並寫了幾篇相關文章，發表在台北的藝術雜誌上。

若按明人董其昌的說法，南宋繪畫也有南宗與北宗之分，馬遠、夏圭皆屬北宗，而梁楷、牧溪、玉澗三位禪僧畫家則屬南宗。我的欣賞趣味在於南宗的水墨氤氳和婉約迷離，但對北宗的偉岸雄壯也嘆服不已。此行台北，我要參觀的是南宋畫展，不敢奢望在故宮見到北宋范寬的《溪山行旅圖》和郭熙的《早春圖》，但我知道這兩幅北宋名畫就收藏在那裡，為鎮館之寶。

從東京飛到台北時已過中午，我到酒店安頓好，立刻趕往故宮，兩點半就進入展廳。這是一個大型展覽，展品來自三地：台北故宮的收藏、北京故宮和上海、杭州、南京、瀋陽等地的藏品，以及日本各博物館的收藏。不消說，我看到了許多仰慕已久的作品，但我最想看到的牧溪和玉澗的山水橫卷均付諸闕如。也許，這兩位畫家生活於宋末元初，被學者們歸入了元代也未可知，或許，因這兩位畫家的作品大多收藏在日本，而台北故宮未能借到。

第一輪觀展是瀏覽而過，然後又看了第二輪，並在心儀的作品前長久停留。

展廳裡讓我兩眼一亮的畫，首先是梁楷的《潑墨仙人》圖。畫中一敞胸露懷的醉酒僧人，正低頭思行，其大潑墨筆法的表現力，可謂空前絕後。過去以為這是一幅類似於二十世紀抽象表現主義般的巨製，沒想到卻是幅面很小的冊頁，像是維米爾精雕細刻的小幅肖像。看來，大潑墨也可以施展於方寸之間，內心的瀟灑不在於畫幅的尺寸。

第二幅讓我震撼的是夏圭長卷《溪山清遠》，這幅巨製在展廳裡占滿了整整一面牆。我早就熟悉此畫，但在台北故宮首次見到原作，才有機會近距離細讀。作為準宮廷畫家，夏圭承受了北宋徽宗皇帝的筆意，用墨乾枯，用筆堅硬，畫的雖是江南山水，卻無婉麗柔曼之氣，反有北方山水的質地，但無范寬、郭熙之偉岸。也許，這是南宋文人偏安一隅但卻不滿於苟且偷安的內心寫照。

另一幅讓我心動的畫，是李迪的《風雨牧歸》圖，畫中濃密的柳葉和蘆葦，描摹精細，讓我聯想到西方素描，也暗示著清初畫家龔賢的筆法。與李迪相反，牧溪立軸《布袋圖》卻得了梁楷醉僧的豪放筆意，雖未潑以濃墨，僅以淡墨塗寫，卻另有一番韻味。展廳裡馬遠家族的作品不少，但與夏圭筆墨相近，在我看來並無特別之處。

看過繪畫，我又匆匆瀏覽了書法作品和宋版圖書，但我於這二者乃門外漢，雖能感受書法的筆意氣勢，但恐詞不達意，只好不述。三巡過後，意猶未盡，我到故宮書店買下一本厚厚的展覽圖錄，以備日後復習。

遺憾的是，此行未能看到故宮的繪畫藏品陳列，因為南宋畫展佔據了平日的陳列空間，《溪山行旅》和《早春圖》等鎮館之寶都被撤下了展牆。看來下次去台北，要選在故宮無大型特展的季節，方能看到館藏的絕世精品。

5

到台北之前，我已將參觀藝術博物館和逛書店列為主要日程，這是我出行的最愛。

在誠品書店，我看到自己的《詩學的蘊意結構》一書在古典文學類書架上有售，遂生一種親切感。如前所述，過去研讀宋詞，從上世紀末開始構思寫作這本書，到去年底台北秀威出版社出版拙著，共花了整整十年。雖不敢說是十年磨一劍，但可以說是十年折一劍，因為我現在已不再研讀宋詞，只是每年用英文講授一次中國古代文學課。

二〇〇九年五月我去石家莊，見到當地一位書評作家，向他說起我的宋詞研究專著已經寫成，正尋求出版。書評家建議我聯繫台北秀威，並鼎力推薦，果得接受，到年底拙著就面世了。在誠品書店的現代文學類櫃檯，也有售這位書評家的文集《精神素描》，秀威出版，見之同樣有親切感。

此行台北前，我向秀威出版社提交了又一書稿《有狼的風景》，主編很熱情，讓我有機會遊台北時同他聯繫。其時，我的台北之行即將啟程，為免影響主編對拙稿的審讀和決斷，我沒有知會其即將到來的台北之行。而且，匆忙之間，無論告知還是前往拜訪，或有失穩妥。

6

不過，此行台北時間雖短，卻得以同數位友人相晤。

到台北的當天晚上，我前往台灣師範大學，拜訪來自美國的客座教授顧先生，他是我當年在美國某名校任教時的系主任。顧先生的中文講得極好，甚至編寫了一套在美國高校使用的中文教材《基礎漢語》，共八部，最近出版。顧師母是台北人，當年在美國對我很關照，至今猶記得初次見面時她說的話：我們不分台灣和大陸，都是一家人。

在師大見到顧先生夫婦，恍若夢回昨日。顧先生仍然顯得年輕，顧師母仍是氣度優雅。他們先領我參觀師大的對外漢語教育中心，然後領我到一家精心挑選的素食餐廳，享用佛膳。我們搭捷運前往，顧師母得知我到師大是搭計程車，便建議我在台北搭乘捷運。

關於地鐵捷運，於我是有故事的。近年每個夏天我都要在北京住兩三個月，其間出門怕熱怕擠，便總是打的，數次遭遇不良的司機，為此寫過〈與北京的哥過招〉一文，發表於紐約中文報紙。後來我改乘地鐵，習慣了熱和擠。有次參加同學聚會，有駕車者因交通擁堵而遲到，我便大談乘地鐵的快捷方便和低碳環保。結果，一位同學悄悄告訴我，駕車出門是身份的顯示，堵車遲到是顯示身份的機會，只有沒出息的人才坐地鐵。聽這一說，我想起北京著名的地鐵故事：一少女在地鐵行乞，被一中年男子斥為沒出息，少女回敬說，您這把年紀了還坐地鐵，難道是有出息？此後在北京我再不敢張揚自己乘地鐵了。

進了捷運，顧師母不厭其煩地指點我怎樣看捷運圖、怎樣買票、怎樣進站，並讓我親自操作一遍，直至步步到位，才說我可以明天獨遊台北了。

在捷運車廂裡，顧先生向我介紹台北概況和旅遊景點，他那一口標準漢語，讓周圍乘客驚訝：怎麼是老外用漢語向中國人滔滔不絕地介紹台北，搞顛倒了吧？顧師母坐在一旁，抿嘴不言，只露微笑，欣賞這語言和空間的錯位。

美國哈佛大學附近有一家素食佛膳餐廳，味美無比。是晚在台北與來自美國的顧先生夫婦共用素食，其味更美，而敘舊也別有一番愉快。席間說起台北的書店，顧先生建議我去逛誠品，顧師母說還可去台大，那一帶的小巷子裡有不少小書店很值一逛。

7

我出門旅行，通常是獨來獨往，所快者為自由，所憾者乃無人即時分享旅行之樂。此行台北也是獨遊，但因當地友人的熱情，我覺得自在，無生疏感，更有分享之樂。

第二天上午，我同一位台中來的藝術理論教授相晤。還在半年多前，北京一家藝術理論雜誌讓我擔任次年春季號的主編，該期主題是圖象研究。我同中央美術學院的一位圖象學專家聊起約稿之事，他建議我向台中的陳教授約稿，說他對圖象學有很深造詣。從北京回到加拿大後，我給陳教授寫去約稿函，得他一口應承。此行台北，我提前將行程告訴陳教授，他回信表示要專程到台北陪我一遊，讓我見識台北的文人會聚處，那裡有如巴黎左岸。

這便是台北的重慶南路及和平公園一帶。台北的巴黎左岸於我並不陌生，早在十多年前，我給台北《藝術家》雜誌等刊物寫稿，就熟悉了雜誌社所在地重慶南路的街名。一九二五年郁達夫訪台北，在和平公園附近的「明治吃茶店」同當地文人聚會，其時，這一帶是文人相聚的一大去處。一九四九年「明星咖啡」在此地開張，文學名家白先勇、陳映真、周夢蝶等前輩也常在此聚談，白先勇後來還出版了散文集《明星咖啡館》。就此，「明星咖啡」名聲大震。如今，這裡是體驗前輩文學生活的地方。

隨著陳教授進得「明星咖啡」，見其無論外觀還是內部設置都普普通通，既不時髦也不怪異，而是樸實的那種，讓人想起山不在高有仙則名的古訓。咖啡館的樓下是「明星西點」，出售俄式食品，據說當年蔣經國常來此處為其俄裔妻子購買糕點。

我們在明星坐下不久，陳教授的一位友人趕到，是附近一家出版社的王總編，為陳教授出版過《圖象學》一書。自然，我們聊天的話題便離不開書，離不開寫作與出版。

國內出版社是清一色的官辦，但最近十多年卻常由私家書社操作，於是出現了無本萬利的賣書號奇觀。在多數情況下，學術著作難以出版，除非有學術經費資助。由於掏錢就可出書，結果，名利場的阿貓阿狗都出版了《我的奮鬥》之類炫耀成功的自傳。台灣出版界也是市場經濟，但情況比大陸好一些，至少，陳教授的《圖象學》能夠出版，我的學術專著《詩學的蘊意結構》和純文學隨筆集《有狼的風景》也可以出版。若是在國內，作者不肯打開錢包，這類書斷斷不會面世，事實上，我這兩本書在國內出版界早已碰壁無數。

在咖啡的漂香中，陳教授送我兩本書，除了《圖象學》，還有他翻譯的尼采詩集《第七種孤獨》。

陳教授的《圖象學：視覺藝術的意義與闡釋》出版於二〇〇八年，是他多年研究圖象學的結晶，也是他在圖象學的祖國德國研習的結果。事後閱讀這部書，我覺得其價值在於前沿性，例如，作者從流行小說和電影《達文西密碼》對圖象學的傳播，說到其對高等教育課程設置的影響。而且，作者不僅追溯了圖象學的起源和流變，不僅詳細論述了潘諾夫斯基（Erwin Panofsky, 1892～1968）發展起來的現代圖象學，而且深入探討了二十世紀末以來「圖象轉向」時期的當代圖象學及其新近理論。國內學術界過去對台灣的學術研究不太瞭解，我在北美也不太瞭解台灣學者對藝術史論的研究情況。看了陳教授的《圖象學》，我覺得大陸應該引進這一學術專著，因為到目前為止，國內藝術史論界尚無人寫出具備這樣水準的圖象學研究專著。

尼采的詩集，是陳教授利用上下班搭車的時間，在路上翻譯的。那時他家居台中，往返於台中和任教的大學之間，每天在火車上花費近兩小時，便利用這時間，每次思考一首詩的譯法，天長日久，詩集告成。這世上的乘車人，瞌睡者為多，發呆者不少，貌似若有所思者也常見，但譯詩者絕無僅有。

午餐過後，王總編邀我們到出版社小坐。沿重慶南路走去，見這一帶是出版社和書店集中的地方，有點像上海世紀書城一帶的福建路和福州路，那也是舊時文人的相聚處。

在出版社，王總編送我一本日本作家鹿島茂的文化遊記《巴黎時間旅行》，是作者通過旅行探訪而對波德賴爾、普魯斯特等十九世紀巴黎文人所進行的文學體驗，與我此行台北在「明星咖啡」和重慶南路的短暫時刻不謀而合。

8

下午，仍是第二天，與陳教授、王總編道別後，我直奔台北市立美術館，那裡有後印象派畫家高更的作品展《永遠的他鄉》，展出畫家離開巴黎後在太平洋小島塔希提生活期間繪製的作品。

在後印象派的三位畫家中，最為人所知的是梵谷及其火一樣的激情，但我最喜歡的卻是塞尚。藝術史學家們說起塞尚，總要強調其靜物畫的平面特徵和風景畫的空間處理，認為他開了二十世紀立方主義的先河，因而是現代藝術之父。但在我眼裡，塞尚沒那麼複雜，他就是一個善用色彩的人，他將綠色調入藍色，用斜向排列的筆觸，畫出青純透明的深藍墨綠，並間以橙紅與橙黃，畫面亮麗通透，觀之讓人心清氣爽而又深邃。至於高更，儘管早在二十五年前就看過關於他的傳記電影《野蠻人高更》，但我對他的畫卻總是興趣缺缺。

在台北市立美術館比較系統地看了高更的塔希提作品，發現他並不像我原本以為的那樣不堪。他的一些風景畫，讓我聯想到塞尚的色彩，雖然二者有所不同，但其藍綠色的調子和橙色的搭配，仍有一種通透的清爽。我想，這應該是畫家離開憋窄的巴黎而在塔希提的清純空氣中享受了靈魂的自由之故。

我住的酒店在台北士林區，離著名的士林夜市僅一箭之遙。離開市立美術館返回酒店的途中，我到遊客必至的士林夜市用晚餐。夜市的一派熙攘和湧湧人頭，比上海的城隍廟有過之而無不及。也許，這喧鬧嘈雜，正是高更所要逃避的，而又正是今日觀光客所要享受的。

其實，在台北逛美術館，應該多看當地藝術，例如台灣早期的日式印象派和今日的觀念藝術。可惜我行旅匆匆，而那幾日台北的美術館既無地方藝術的展覽，也無陳列，只盼以後另有機會。

9

第三日上午我來到位於台北市政府附近的誠品書店信義分店。才上二樓，見到整整一層大廳都是雜誌櫃檯，不消說，北京、上海沒有一家大型書店可與誠品相比。我喜歡買雜誌，主要是人文社科類，尤其是藝術類、文學理論和書評雜誌。可是，北京上海的大書店只有很小的雜誌櫃檯，小到可以忽略不計，而所售雜誌則少有純文學和藝術理論類。國內零售雜誌的，一般是街頭報刊亭，那裡只售通俗雜誌，並無我感興趣者。台北誠品二樓的整層雜誌，也不能免俗，仍是流行和通俗，社科類不多，更沒有我中意的刊物。但不管怎麼說，整整一層售書大廳的雜誌，大陸書店沒這規模。

上了誠品三樓，在現代文學櫃檯購得《現代散文新風貌》。此書為舊版新印，我大致翻看了一下目錄和前言後語，又選讀了其中個別章節，見其雖淺顯，但整體構架比較完整，內容也比較豐富，值得購買。此書的特點，是將散文分為十二大類，先對每類作簡單的定性講解，然後提供一篇例文並分析特點。這十二大類是：詩化散文、意識流散文、寓言體散文、揉合式散文、連綴體散文、新釀式散文、靜觀體散文、超現實散文、手記式散文、小說體散文、譯述散文、論評散文。這分類有點雜亂，不知此刻我正寫作的這篇文章該算是哪一類。

其中的連綴體散文，作者說是源自荀子賦和詠物詩，有格物致知之效。書中分析了台灣一位散文家的《室內》節選，又舉另一位散文家的《只緣身在此山中》的節選為例。在我看來，這一體散文，有點像宋代的詠物詞，只是散文的長處在於，可以按主題而將若干所詠之物連綴起來。

這與約翰‧伯格的《我們在此相會》有點異曲同工，但伯格不是詠物，而是記事寫人，並述說和探討一些個人化的想法。

在誠品書店的餐廳裡，用餐畢，《我們在此相會》仍放在面前。我的下一站是桃園機場，我將在下午六點直飛成都。離開誠品前，我合上書，腦中回閃出昨天和前天在台北相會的寫書人，以及他們的書，還有故宮和市立美術館的畫。無論是古人還是今人，無論是洋人還是華人，閱讀他們的書，閱讀他們的畫，我們都在閱讀中相會。

飛抵台北和飛離台北的旅行，跨越了現實的空間和超現實的時間。正是這兩天半裡一連串的時空與文化錯位，使這相會成為真實。

2010年12月聖誕，成都

紐約的複調主題

1 紐約，紐約

北美高校的春假實為暮冬，這一周的假期，我通常都出遠門，喜歡去歐洲的著名美術館觀賞大師名作。今年暮冬出行卻走近路，前往紐約小住，到曼哈頓的各大美術館去為一部寫作中的美術著述拍些照片作插圖用，主要拍攝藝術作品和展廳場景。自五年前從美國遷回加拿大，我再未到過曼哈頓。此次行前同一位攝影家朋友說起捨遠求近之行，他建議我乘火車，因為從蒙特利爾到紐約的鐵路是條著名的觀光線，去程可以欣賞鐵路東側的哈得遜河沿岸風景，回程可以看到西側的大山莽林，一舉兩得，於觀光和攝影，都稱得上是複調之行。

這是我五年來頭次回訪紐約，大清早火車一出發，心裡竟熱熱地湧起一陣說不清的情緒。一位長期旅居紐約的作家說，他從未寫過關於紐約的文字，原因是住得久了，反而不知該寫什麼。我估計這是因久居而失去了新鮮感，雙眼和大腦處於麻木狀態。當然，也有可能是因久居而感觸太多太深，且都是十分私人化的感觸，故欲寫而不能，不寫也罷。

就這樣不著邊際地想入非非，隨著車行的機械聲，我腦子裡竟響起「紐約，紐約」的歌聲。這是半個世紀前紐約百老匯的一齣流行音樂劇，寫一群二戰水兵戰後歸國，在紐約港登陸後的豔遇，屬鄉巴佬進大觀園式的喜劇故事。音樂劇和同名主題歌之名，有兩層意思，一是感歎，類似於矯情的「紐約啊紐約」，二是問答：今番鄉關何處？曰「紐約，紐約」，即紐約州的紐約市，正式的郵政寫法是New York, New York，很帶地方色彩和感情色彩。

於是我自問：寫不寫一篇關於紐約的文章？我在紐約西郊和北郊住過兩年，那時的週末通常都進城在曼哈頓度過，後來遷往鄰州，仍常到曼哈頓看畫展逛書店。紐約是我去的次數最多的城市，但我卻從沒寫過關於紐約的文章。「紐約，紐約」的雙重含義給了我啟示，我打算用「紐約的複調主題」作題目，寫一篇散文來記述我在美術館裡看畫的所見所思，並以看畫思藝來議論散文的寫作問題。我不喜歡寫單純的遊記，因為在讀圖時代遊記散文要麼已壽終正寢，要麼搖身變成商業文字而苟延殘喘。但是，若以散文文體來議論散文寫作，便得有個依附才好，否則會成學術論文，於是就有了雙重立意的複調想法。

文學研究裡的「複調」一語來自音樂，指小說中有兩個或多個聲音在說話，所謂眾聲喧嘩即是。「複調小說」一語借自蘇聯學者巴赫金，他在大半個世紀前研究杜思妥耶夫斯基時，探討過小說中的不同聲音。西方文學界自八十年代以來，中國文學界自九十年代以來，在後現代的眾聲喧嘩中，都傾情於複調研究，關注作品的雙重主題。這複調主題可以並行，可以交織，也可以互補，還可以協作，諸如此類，旨在相輔相成而達共同目的，恰如我觀光和拍照的目的地都是紐約。

2 有狼的風景

火車沿哈得遜河行駛。這條大河北起蒙特利爾，向南溯流到美加邊境的香檳湖，出湖後繼續向南順流直行，一路浩浩蕩蕩，淌過五百多公里後到達海邊的紐約，並一分為二，在入海口將曼哈頓島簇擁於心，然後再匯入大西洋。哈得遜河兩岸是崇山峻嶺和莽莽森林，過去我常駕車行駛於紐約和蒙特利爾之間，沿哈得遜河一路翻山越嶺，卻無暇欣賞沿途風光。直到這次出行，才有機會對著車窗外的風景發呆。

北美的二月是天寒地凍的季節，封凍的香檳湖和哈得遜河上，不時見有鑿冰垂釣的人。讓人震驚的是，我數次看到雪白潔淨的冰面上有群狼大戰後留下的片片猩紅色狼藉，估計那些犧牲品都是外出覓食的動物，不料竟成為狼的獵物。這景象在電視節目《動物世界》裡有不少，然親眼目睹仍是驚心動魄。

在火車上觀景的同時，我也翻讀剛出版的最新一期《紐約客》（New Yorker）雜誌。這本週刊每期都有紐約重要文化活動的資訊，例如各大美術館和畫廊的展覽、百老匯的表演、新近上映的電影、體育賽事、節慶活動等等。其實，我出門前已事先做足功課，在互聯網上查閱了我感興趣的美術館展事，並安排好了觀展拍照的日程。但是，翻開《紐約客》，一篇長達十多頁的國際時政專題文章，卻吸引了我，直將我的心思在觀景和閱讀間一分為二。

文章標題《秘密管道》（The Back Channel），揭秘印度與巴基斯坦政府有關喀什米爾地區衝突的背後交易，由《紐約客》駐外記者斯蒂夫・科爾（Steve Coll）寫作。作者以第一人稱夾敘夾議，寫喀什米爾的採訪見聞，敘述並分析印巴爭端及兩國政府的秘密媾和。這一切的背景，是國際恐怖組織在喀什米爾的活動，而這卻是美國最關心也最頭疼的問題。作為讀者，我關注作者的「無表情」（deadpan）式表述，其文字冷靜客觀、沒有個人色彩和偏見。但實際上，作者在冷靜說事的同時，卻暗地裡將自己的觀點不動聲色地灌輸給讀者，讓讀者以為其客觀而接受。在我看來，這是一種表面客觀但實質主觀的複調寫法。

我之所以這樣看，是因為文章暗示說巴基斯坦軍方和情報機構在背地裡支持恐怖活動，言外之意，作者主張新上任的巴國總統向該軍方奪權，並為美國進駐巴國製造輿論。進駐巴國是美國國防部和中情局多年夢寐以求的事，現在看來有可能在二〇〇九年成真。喀什米爾與中國藏南接壤，而藏南的歸屬問題則是中國和印度的衝突所在。科爾的文章對中國隻字不提，但稍微熟悉印巴問題的讀者都知道，中國支持巴基斯坦，而美國近年則拉攏印度對抗中國。如果美國成功進駐巴基斯坦，將無異於中國的噩夢，中國不僅會失去一個盟友，失去後方的安全，失去鉗制印度的一大棋子，而且還會腹背受敵，在東臨日本、菲律賓和第一島鏈的挑戰時，西受美印聯軍的壓力，屆時中國將兩面應戰，疲於奔命。進一步說，美國進駐巴基斯坦也是一箭雙雕，既制約了中國，又包圍了俄國。

科爾文章潛在的複調之筆，揭示了國際地緣政治的狼性原則。冷戰結束二十年了，但冷戰思維仍是美國政界、外交界和軍界的主流思維。這二十年來，中國為了苟且偷安而百般討好美國，甘願充當綿羊，將國家利益拱手相讓。更有學界菁英，為了五斗米而打著民主旗號，替狼捕羊。最近美國引發國際金融危機，看來中國會再次放血，甘當太平世界的提款機。

3 藝術的複調歷史

科爾的文章採用了貌似客觀而暗地裡主觀的複調寫法，只要細讀，其立意再明白不過。在中國，近年散文寫作的實驗，不在乎古舊的「立意」概念，而流行無主題、淡化主題或主題模糊之說。這是時下先鋒寫作的一種時尚，割斷了中國散文的歷史承傳。

雖然我研究當代藝術，但骨子裡卻喜歡古典，這不僅是因為古典藝術經過了時間的沉澱和篩選，而且還因為古典藝術有著深厚的意蘊。所以，言及散文寫作，我甘冒不隨潮流的大不韙，清楚的說一聲：沒有主題的散文，是沒價值的散文。在我讀過的新潮散文中，那些立意晦澀者，其實多是作者不清楚自己想說什麼，或是說不清楚之故，卻戴上了一幅故作高深的前衛面具。無庸置疑，重新講究立意，是重續那斷裂了的歷史之鏈。

到了紐約，我先去大都會美術館拍照，主要拍攝兩個展覽，一是十九世紀末二十世紀初的歐洲早期現代主義藝術，二是同時期法國納比派畫家博納爾的畫展。

我對歐洲早期現代主義從來就情有獨鍾，喜歡早期現代主義者們強烈的色彩和有力的筆觸。西方現代主義的主流是形式主義，當代藝術的主流則是觀念主義，二者格格不入。有的美術史學家認為，從現代藝術轉向當代藝術，不是藝術發展的延續，而是歷史的斷裂，因為當代藝術拋棄了形式的外衣而轉向觀念的內涵。在大都會觀展，我有機會反省這人云亦云的歷史觀，並在歷史的斷裂中看到了藝術發展的連續性，這連續性就暗含在博納爾的繪畫裡。

博納爾是早期現代主義的色彩大師，他一方面繼承了印象派和後印象派的強烈色彩，一方面又開啟了晚期現代主義對微妙色彩的探索。博納爾的展覽會上有一幅靜物畫，其背景的桔黃色與果綠色的完美融合，既呼應了畫中水果的色彩，又讓我聯想到半個世紀後美國抽象表現主義畫家羅斯科的色彩韻律。羅斯科的抽象形式啟示了極簡主義，而極簡主義則預示了觀念藝術的興起。用歷史的眼光看，歐洲早期現代主義雖然注重形式，但與當代藝術的關係卻不是簡單的歷史斷裂，而是斷裂中更有承續。我相信，這是早期現代主義的雙重性，是藝術發展的複調主題。

次日到紐約現代美術館拍照，我進一步堅信了自己關於美術史之複調發展的看法，而不相信形式與觀念的絕對衝突。雖然早期現代主義者們的確傾情於形式探索，但這一探索本身，卻成為對舊形式的挑戰，因而是一種新的觀念。例如，現代美術館陳列的一件畢卡索雕塑，便質疑了繪畫的視覺形式。畢卡索認為，繪畫是利用視覺的錯覺，而在二維的平面上製造三維的立體感，因此，畫面上的立體感和空間深度都是虛幻的，繪畫實為製造視覺假像。相反，雕塑是實在的，其立體感不是來自視覺錯覺，更無虛幻的空間，雕塑是一件實物，伸手可觸。為了表述他對視覺形式的這一探索和思考，畢卡索用粗鐵絲扭製了一個牛頭雕塑，扭得像是鉛筆畫出的線條。在此，畢卡索對形式的質疑，已經成為觀念，對他而言，藝術的形式與觀念雖是複調的雙行線，但卻殊途同歸，他的觀念就是質疑舊形式、探索新形式。

在西方語言中，古典即經典。對當代藝術來說，早期現代主義者畢卡索已成為經典和古典，形式與觀念的複調主題在他的藝術中合二為一，這對我寫作複調的紐約散文，何嘗沒有啟示？

4 散文何為？

在紐約百老匯大街靠近聯合廣場的地方，有個讀書人的好去處，即有名的斯專德（Strand）書店，那是我過去逛紐約的必往之地。這次去逛，見書店的大格局還是老樣子，只是藝術類圖書從一樓挪到了二樓，仍占著一大塊地盤。在斯專德逛了半天，見該買的好書太多，讓人無所適從，於是覺悟到唯一的辦法就是什麼也別買。然後從藝術類逛到文學類，正想著什麼也不買時，卻看見剛出版的《2008年美國最佳散文選》，便不假思索買下一冊，當晚就讀了起來。

在今天的互聯網社會，網上散文空前繁榮，但寫作品質卻空前平庸。這是一個文學沒落的時代，純文學面臨了商業利益的無情衝擊。在美國文學界，散文的命運和生存空間並不比中國的情形好。中國文學界至少還有幾家專門刊發散文的期刊，如《散文》、《中華散文》、《美文》和《散文百家》等，可在美國則連想也別想。也許是因為商業化的原因，今天的美國作家幾乎不寫狹義的純粹散文，更不寫那種為賦新詞強說愁的抒情散文。他們有的放矢，只寫可讀性強的主題性散文，同時也追求文字的品質。美國散文的發表園地大致有四，一是時政和文化期刊，如《國家》、《紐約客》、《大西洋月刊》，以及《紐約時報》和《華盛頓郵報》等大報的週末副刊，還有《紐約書評》等讀書刊物。這些期刊發表的文字，講究主題和語言。若廣義言之，本期《紐約客》發表的《秘密管道》便可算是主題性散文，語言的潛在負荷也較大。美國散文的第二個發表園地是綜合性文學期刊，與我們國內的情況相仿。第三個園地是大學的校刊，水準參差不齊，第四類是各種時尚雜誌，其文商業性較強，文學性較差。

我手裡這部散文精選集的選編者是《紐約客》雜誌專職作家、文學批評家、散文作家亞當・戈普尼克（Adam Gopnik）。讀了他為這部散文精選寫的序言，覺得很有價值，值得譯成中文向國內散文界介紹。不過，翻譯工作缺乏創造性，但願能有機器人來完成這一任務。

戈普尼克的序言一開頭就說散文很小，不能同小說、詩歌、戲劇相提並論，但他接著筆鋒一轉，又說散文不小，因為散文與文學的姊妹樣式一樣，也有立意和主題，也表述作者的思想和見解。當然，戈普尼克說的散文，所涉要寬泛得多，與我們國內散文界說的狹義散文並不完全一樣。照戈普尼克的分類，美國的散文主要有三大類，評論、回憶、記趣，不管是哪一類，都講究立意和主題。在戈普尼克關於散文的觀點中，我最欣賞他說的散文是多樣的混合體，不僅描述，而且議論，還闡發觀點。

在這篇序言中，戈普尼克還追溯了西方散文的發展。從法國十六世紀的散文家蒙田，到美國二十世紀的散文家懷特，都強調散文的雙重性及人性的雙重性。戈普尼克引用了蒙田這樣一段話：「現在我終於明白，我們在內心深處都是雙重的，其結果便是，我們並不相信我們所信奉的事情，我們也不能杜絕我們所譴責的罪惡。」戈普尼克說，蒙田所言是五個世紀以來散文家們牢記在心的座右銘。正因為此，西方散文才致力於挖掘個人的內心生活，法國思想家盧梭的隨想錄就是通過回憶而對人性之雙重性的探索。

我們今天的「散文」概念，在西方的文學分類中，正式的說法是「個人散文」（personal essay）。既然散文家們相信人性的雙重性，那麼散文的寫作便順理成章也會有雙重性，這使複調的主題成為可能，也給寫作提供了更多的選擇和自由。

5複調結構

因此，散文的複調主題不是不可為，而是怎樣為，尤其是怎樣處理雙重主題的關係。這是一個有關散文結構的問題。過去的老式散文，講究「形神關係」，所謂「形散神不散」便是其結構原則。現在，我們並無複調結構的現成原則，也不需要這樣的原則，我們只需要開放思維，用寫作實踐來探索新的寫法。

到紐約的古根漢美術館拍照，我看到了一個很有價值的展覽，叫《第三思維：美國藝術家思考亞洲藝術》，展覽的主題是中國和日本古代藝術對美國現代和當代藝術的影響，尤其是藝術觀念和形式語言的影響。這個展覽的構思是雙重性的合一，既展出中國和日本的古代繪畫，也展出受其影響的二十世紀美國藝術，當然以後者為主。東方藝術對美國藝術的影響，首先在於藝術思想，二十世紀的美國抽象表現主義藝術家們，深受中國和日本禪宗哲學的影響，他們以禪入畫，用西方的藝術語言，來表述自己對東方精神的理解。其次，這些藝術家也受中國和日本之藝術形式的影響，他們在自己的作品中，追求抽象形式，將豐富的東方思想，隱藏在簡約的形式語言中。

這個展覽之雙重性的合一，不僅在於東西方兩種文化的碰撞，而且也在於抽象藝術與觀念藝術的歷史承續。美國二十世紀前半期的抽象藝術是形式主義藝術，二十世紀後半期的觀念藝術則是反形式主義的。如前所述，二者間貌似存在歷史的斷裂，但這個展覽所展示的卻是歷史的承續。

古根漢美術館的建築，採用了螺旋形上升的結構，彷彿在向參觀者提示某種歷史話語。展覽的入口處，掛著日本十八世紀末著名禪僧畫家仙崖義梵（1750～1837）的作品《圓圈、三角、方框》。畫面很簡單，就一個方形，一個三角，一個圓圈，都是一筆劃成。一百多年後的日本著名禪學家鈴木大拙寫道：「畫中的圓圈代表無限，而無限則是萬物的起源，它是無形的。」這種說法呼應了老子的大象無形和道法自然的觀點。鈴木接著說，三角形象徵了世間所有形式的開端，人的智慧和情感正是由形而被感知的。方形是三角形的重複，鈴木說：「這重複是無限的，於是世間便有了萬物。中國古代哲學家所說的萬物，就是宇宙。」我們知道，日本藝術受中國影響，其禪畫來自中國的佛道兩家。

展覽的第一部分，是美國二十世紀前期的抽象作品，我看到了馬克・托比（Mark Toby）用單色線條繪製的純抽象繪畫。托比在二十世紀初接觸到禪宗思想，後來他到日本和中國習禪，並到上海和杭州的美術專科學校教畫。托比的繪畫學習了中國和日本的書法藝術，他將精細的書法線條引入繪畫，在深色畫底上層層疊加淺色線條，精巧地編織無盡的線條組合，以此探索無限的空間深度。托比的畫有如工筆小楷，是他對禪意的詮釋。展覽的第二部分是二十世紀中期的繪畫，其中克萊恩（Franz Kline）的抽象作品，也追求書法精神，但與托比完全不同，他用笨拙的黑色筆觸，在白色的畫布上塗抹粗壯的線條，讓我聯想到北宋米芾的狂草書法。展覽的第三部分是二十世紀後期的當代繪畫，其中馬爾頓（Brice Marden）的抽象作品最引人注目。馬爾頓也以書法入畫，他用行書般的線條，來表達自己對中國唐代佛門詩人寒山的理解，其系列作品名為《寒山詩意》。與絕大多數美國畫家一樣，馬爾頓並不懂中文，他讀唐詩，用的是英漢對照本。他說，英文翻譯讓他瞭解了寒山詩意，但中文原版卻使他能夠不考慮字義，而專注於漢字的形式之美，於是這形式的欣賞遂成純粹的精神體驗。

順著古根漢的螺旋形走廊，看完整個《第三思維》展覽，我在離開展廳時見到美國當代藝術家馬利亞用金屬製作的極簡主義抽象作品《圓圈、三角、方框》，呼應了展覽開端的日本禪畫。從螺旋形走廊的頂端回頭往下走，我得以再次回顧剛剛看過的作品。我看到了東方藝術與美國藝術的雙線並行，更將開始的圓圈三角和方框，同結尾的圓圈三角和方框視為貫穿始終的主線，看到了東西方藝術因抽象禪意而合二為一。在我眼中，這就是一種結構，一種合一的複調結構。

走筆至此，我要請讀者慢慢合上雙眼，用想像力將本文的內容轉化成一幅山水畫，或一段旅行視頻，使本文「視覺化」。當本文的畫面在讀者大腦的螢幕上漸漸變得清晰時，也許，僅僅是也許，讀者會看到這篇文章像是哈得遜河，流到河心島曼哈頓時一分為二，讀者遂可在雙河之間進入紐約的美術館，一邊看畫，一邊思考怎樣寫作複調散文。末了，讀者的思緒興許會隨著哈得遜河的流水，向南緩緩匯入大西洋的波光和餘暉裡。

2009年3月，蒙特利爾

天津《散文》月刊2009年第8期

山行入海

1 徒步山行

我用「徒步山行」來翻譯英文動詞hike和名詞hiking，既因為這詞有前行和上升二義，又因為我過去迷戀這項運動，知道這是登山遠行，而不像英漢字典裡的「遠足」那樣逍遙，更不像「徒步旅行」那樣與山無關。

五年前我住在美國麻塞諸塞州的北亞當斯（North Adams），那是阿巴拉阡山脈群峰間的一個小鎮。每天早上打開臥室的窗戶，眼光越過窗下的山澗，便看見橫在眼前的山峰。其中一座叫灰鎖峰（Mont Greylock），那是小說家麥爾維爾和霍桑把酒論劍的地方，也是散文家梭羅登高遠望的地方，還是女作家沃頓和女詩人狄金生流連忘返的地方，我稱之為美國文學的聖峰。每到秋季，山坡上層林盡染，深紅淺橙，光影斑駁。冬天大雪封山時，滿山遍野是玲瓏剔透的樹掛，銀裝素裹的山林，色調深淺有致，恰似一幅黑白攝影或中國水墨。

當年與大自然如此親近的經歷，讓我至今回味。

記得有次驅車上山，在灰鎖峰頂的登山服務室，我看到了一本圖文並茂的遊記《獨行阿巴拉阡山：一個城市少女從緬因州到卡斯貝的旅程》（Alone in the Appalachians）。作者是加拿大蒙特利爾《英文日報》的專欄作家莫妮克・蒂克斯特拉（Monique Dykstra），2001年溫哥華出版，寫她獨自徒步山行的故事。我翻開書看了看，喜歡裡面的攝影，但沒買那本書，因為徒步山行是我二十多年前在中國時的最愛，後來到了北美，我的山行就不再是徒步而改為駕車了。

上個週末與一對畫家夫婦駕車出遊，我們從蒙特利爾啟程，沿卡斯貝半島海岸線環行兩千多公里，到阿巴拉阡山脈最北端的大山入海處賞秋。此行雖非徒步，但多次橫過阿巴拉阡小道，於是便後悔當年沒認真讀一讀莫妮克的書。回到蒙特利爾後立刻去書店買了一本，剛開卷，即愛不釋手，作者文字所引起的共鳴，讓我頓呼相見恨晚。

儘管我在阿巴拉阡山區的紐約州和麻塞諸塞州先後住了四年，幾乎遊遍了這個地區的城市鄉村和山林湖泊，自以為瞭解當地的人文地理和歷史沿革，但讀了莫妮克的書，才知道自己的知識都是些從車窗旁一晃而過的浮光掠影般印象，唯有棄車徒步才能與大山直接接觸，才能聽見山水林木的生命氣息。其實，我住在那裡的時候，常常在夏秋兩季見到徒步山行的旅人，英文稱hikers，他們身背沉重的行囊，雙手各拄一枝滑雪杆似的行杖，腳蹬旅行鞋，全副專業行頭，沿著著名的「阿巴拉阡小道」（Appalachian Trail）一路走到北亞當斯。

阿巴拉阡山脈是北美第二大山脈，與大西洋海岸平行，縱貫美國和加拿大東部。據莫妮克所述，這條徒步山行的小道南起美國佐治亞州的獵犬山（Springer Mountain），在阿巴拉阡山脈的脊樑上蜿蜒起伏，沿著東海岸北上，穿越崇山峻嶺和莽林深谷，最後到東北部緬因州的卡塔丁山（Mount Katahdin）結束，全程三千五百多公里。美國東部是新大陸最早開發的地區，工業、商業、文化都很發達。正是在這發達的環境中，那些熱愛自然的人，才發起了保護阿巴拉阡自然生態的活動。他們將各地山路連為一線，溝通了這條徒步山行的小道，成立了民間組織「阿巴拉阡小道會」，標榜「無工業活動」的自然主義宗旨，拒絕現代文明對大山的入侵。

雖然徒步山行的小道在緬因州結束，但阿巴拉阡山的地理結構卻繼續向北延伸，進入加拿大東部地區，最後在魁北克省的卡斯貝半島自然保護區（Gaspésie National Park）沒入大西洋，此地因而稱「大地的盡頭」（Land's End），相當於中文裡的「海角天涯」。莫妮克在書中提問：為什麼阿巴拉阡徒步山行的小道不能從美國貫通到加拿大？她沒有回答，只暗示說，要說服不同國家的人接受關於自然的同一觀點並不容易。不過，由於徒步山行組織的長期努力，在莫尼克的書出版之後五年，加拿大境內的小道終於在2006年與美國貫通，徒步山行者能夠從緬因州繼續向北，在加拿大境內再跋涉一千多公里，直到卡斯貝半島頂端的海岸，是為莫尼克當年走過的路。這條跨國的山行小道，遂稱「阿巴拉阡國際小道」（International Appalachian Trail）。

2另一種遊記

莫妮克的書是一部客觀的紀實性遊記，但字裡行間卻流露出作者的主觀色彩和靈性。若借用語法術語來講，這本遊記著墨於徒步山行的主語和謂語，即旅行者和旅行，而不僅僅是賓語，即旅行的所到之處。

也許這種寫法是西方人的傳統。馬可波羅遊記以一個富商子弟的眼睛向東看，紀錄作者旅途中的目睹耳聞、道聽塗說，他在這當中添加了很多主觀成分，甚至連自己沒去過的地方也寫得繪聲繪色。在通訊和交通不發達的時代，這種主觀遊記是獵奇者的增廣賢文，添油加醋的奇聞異事不可避免。不管怎麼說，那時候的遊記，的確增進了不同文化間的交流，加強了不同人群間的瞭解，對知識的積累也大有貢獻。

相對而言，中國古人的遊記至少在字面上要客觀一些，如柳宗元的永州八記，以景物描寫見長，類似於徒步山行的賓語。再如徐霞客遊記，其客觀描摹和記述，更是這位地理學家兼博物學家的主旨。這種客觀的遊記，對知識的傳播和觀點的交流，對豐富讀者的見識，也大有裨益，正所謂殊途同歸。

馬可波羅和徐霞客的時代早就結束了，當遊記進入二十世紀，其寫法已悄然而變，在對景物的描摹中，記行、抒情、思考三位一體，漸漸成為遊記的一種寫作模式。到二十世紀末，余秋雨的散文更進一步，借旅行觀光而挖掘歷史、反思文化。無論寫作界和讀書界對他有何種褒貶，他的文字都因歷史文化的蘊涵而超越了單純的遊記。

時光流轉到二十一世紀，遊記的功能也有所變，分化出文學性遊記和實用性遊記兩大類。前者用文學筆法，主觀而感性地記敘旅程經歷，並以想像、抒情和議論來點綴、烘托或渲染。後者客觀而平實地記敘旅程經歷，沒有花裡胡哨的語言裝飾，但有技術上的實用性和參考價值。實際上，徐霞客的遊記早就被當作文學作品來閱讀了，中小學語文課本早就以之為作文範本。但是，由於文學性遊記的作者不時抒發矯揉造作的濫情，務實的讀者便只好轉向實用遊記，以獲取出行指南和旅遊經驗。

如今是全民出遊的時代，人們不必借文學性遊記以神遊，而需要交通圖和旅行指南。人們也不必再用他人眼光看世界，而可以親身前往。的確，出遊之樂，遠非閱讀遊記所能比。如今也是網路時代，遊記的作者不再是見多識廣的象徵，人人都可以在互聯網上讀帖發帖，交流自己千奇百怪的旅行見聞和經歷。如今還是讀圖時代，人們寧可多欣賞旅遊照片，而不願多閱讀旅遊文字，尤其不願讀那些無病呻吟的文字。二十多年前的傻瓜相機，將攝影的專職交給了普通人，十多年前的數位相機，則使攝影不再昂貴，出行者不會因經濟能力而望景興歎。到現在，鋪天蓋地的圖象，似乎要取文字而代之。如今更是一個匆忙而浮躁的時代，有多少閒人還能安靜地坐下來，悉心品嘗文字的韻味？

但是，遊記作者們仍不願放棄自己的寫作，有些人在文學性和實用性之間探尋新出路。如果是為出行做準備，我讀旅遊手冊，若是消閒，我就讀這種「之間」的文字，例如報紙週末版的旅遊專欄。這個星期六的蒙特利爾《英文日報》旅遊專欄刊登了一篇賽普勒斯遊記，一開頭就寫這個地中海島國以古希臘美神阿弗洛狄特（古羅馬神話中的維納斯）而聞名，並以美神誕生於該島之海浪中的神話故事來點明賽普勒斯的迷人處：美、愛、性、力量。待讀者上了鉤，作者便筆鋒一轉，講該國沿海度假勝地的服務設施如何如何好，都是些一流的酒店和飲食之類，並由面至點，具體寫了一次深秋海泳和享用海鮮的細節。然後作者以親身遊歷而將古代神話和當地歷史揉和起來，說自己終於迷失在這性感的海島天堂裡。

就寫作技巧而言，這篇遊記並無特別的高明處，但它是實用的旅行指南，又有作者親歷的故事細節。大概我是個不合時宜的遊記讀者，喜歡閱讀類似的文字，喜歡沉迷在歷史神話所展現的人間風景和行雲流水般自然暢快的語言中。

3 秋林海濱，人生駐足的季節

當然，我自己也寫遊記，但不是通常的寫法，而是另有所謀。

阿巴拉阡國際小道在卡斯貝半島臨海而止。上個週末的半島環行，我與畫家輪流駕車，畫家開車時，我得以觀賞窗外景色，抓拍風景，並構思此行的遊記。車窗外是田園牧場、山坡秋林、湖畔葦叢、海浪長空。美景一一閃過，許多都來不及拍攝。雖然中途不時停車拍照，但錯過的遠多於拍到的。車向著「大地的盡頭」前行，左側是橙紅色的山林和黃綠色的草坡，右側是漲潮時深藍色的大海和紅色的海岸崖壁上蒸騰起的白色水霧，並有海藻味飄來。我對畫家夫婦說，我正在大腦的螢幕上構思此行的遊記，著力於行文的時空結構。

是的，我喜歡把玩寫作的結構。既然不打算寫一篇通常的遊記，那麼記述行程和描摹風景便只是我為文的虛置構架，而書寫的實際內容，卻是我關於寫作、關於繪畫、關於攝影的話題。我這樣設想：以山林海濱之行為線索，將這三個話題統合起來，其間以略寫的觀景行程來輪番切割，使這些話題能像潮漲潮落般一張一弛，從而表述自然之道乃藝術之道的主題。

關於寫作的話題，就是本文前面對遊記的思考。關於繪畫，我打算寫大半個世紀前加拿大著名的「七人畫派」。這派畫家的作品，捕捉到了北方山林和海濱風景的靈魂。在這個話題下，我還打算將西方藝術同中國藝術作一比照，但又恐過於繁雜，只能一筆帶過，使文章豐富而不瑣碎，散漫卻又集中。

關於攝影，我注重形式，只要被攝對象有意思，剩下的就是構圖和用光的形式問題了。因為學過繪畫，攝影的形式對我不難，但我相信自己的水平正處在一個門檻下，如果能夠向上一躍，翻過這道門檻，攝影的層次自會上升，否則只能拍一些明信片水準的作品。橫在我面前的門檻，並非形式難題，而是專業設備和專業精神。然而，攝影之於我，僅是休閒娛樂，我從不購置奢侈的專業設備，僅在二十年前買了一個有變焦鏡頭的手動相機，用了整整十五年，後來在德國柏林擠公車時摔壞了。現在用的是一隻大眾化的可攜式數位相機，並不專業，唯廣角鏡和長焦鏡的伸縮讓我滿意。至於專業精神，我一點也談不上，只喜歡拍攝即興快照，而不會風餐露宿去苦等日出日落的美妙瞬間，更不會為了某個鏡頭而不辭勞苦專程遠行去受凍挨餓。一句話，我只是個攝影愛好者，連發燒友也算不上。

正漫想間，無限遠的藍色海平面上出現了一個小白點，在深邃的空間裡反射著夕陽的餘輝。定睛細看，那是一條遠洋巨輪。我拿出相機，用長焦鏡對準。取景框中的前景是海岸礁石一角，中景是平靜而深沉的寬闊海面，背景是濃雲晚霞。那遠方的小小巨輪，一動不動地停留在天際線上，寧靜至極，有一兩撥千斤之勢。畫面的構圖與光線俱佳，設色與氣氛皆美。我自忖，這是一幅何等漂亮的攝影，同時我也很清醒，這是一張何等俗氣的明信片，只不過給人雙目以視覺愉悅罷了。人們常說大俗即大雅，可是，雅乃刻意的人為之作，難道大雅就不會大俗？

我們的車沿著海岸線繼續前行，我的觀察和思考也在繼續。離岸不遠的幾乎所有礁石上，總豎有簡易的十字架，沿岸的小漁村則以教堂為社區中心。放眼望去，海邊銀白色的教堂尖塔在低矮的雲層下熠熠閃光，既與燈塔相映，又反襯出落霞的黯淡。漁村背後的山林也一片幽暗，透出生命哲學的神秘意味。我想，漁民出海遠行，最關心的或許不只是捕魚的收穫，而且更有命運與歸航。礁石上的十字架，海邊漁村的教堂，莫不像燈塔那樣，是引導漁民的一種心靈慰籍。

漲潮時的排排大浪拍打著海岸的礁石，潮水的節奏，提示了遊記的題目。我對畫家說，我將要寫的遊記，叫做《秋林海濱，人生駐足的季節》。畫家很敏銳，說這題目的時空和語法關係有點詭異，要麼是邏輯混亂，要麼是暗藏玄機。

我不知道，我只是被這題目誘惑了。對我來說，阿巴拉阡的海濱山林之行，是以賞秋來逃避現實的煩擾，以攝影來忘卻大都市生活的內心荒寂，這與我對藝術的迷戀異曲同工，恰似出海的漁民尋求慰籍。不用說，下次出行，我會棄車徒步。走向自然是一種心理治療，而此行也使我有機會治療自己的寫作。這篇文章，便是文體的嘗試，我力圖將書評、藝談與遊記化而為一，故佈局章法、行文運筆，皆追求山行入海那般，起於自然，歸於自然。

得矣失矣、是耶非耶，還請讀者批評。

2008年10月，蒙特利爾

上海《文景》月刊2008年第11期

阿卡迪亞風景裡的人

十多年前流行文化大散文，以遊記為甚。一些末流跟風者將遊記寫成導遊詞，或是歷史地理教科書，既失散文之意，又無遊記之趣。今天，在文字衰落的讀圖時代，遊記寫作又遭遇了風光攝影的挑戰。於是，遊記的寫法便成為文學生存的一種嘗試。這嘗試不僅考驗作者謀篇佈局的結構技巧，更考驗作者立意命題的構思能力。

本月初我與一對畫家朋友到心儀已久的阿卡迪亞（Acadia）旅行，既觀滄海又看藝術，在檢討藝術與自然之關係的同時，也借攝影來思考遊記的不同寫法。

1 地上樂園

最早得知阿卡迪亞，是在互聯網上看到別人拍攝的風光照片，只見海浪迷蒙，霧氣中島嶼和漁帆若隱若現，宛若人間仙境。那一刻，我打定主意，不久的將來要前往一遊。

英語和法語中「阿卡迪亞」的語義，近似「仙境」，而人類文明史上的仙境則為數不少。烏托邦（Utopia）是英國幻想家描述的理想仙境，屬於未來；卡蜜拉（Camelot）是英國中世紀史詩中的浪漫仙境，屬於過去；桃花源是中國古人的詩意仙境，屬於世外；阿爾卡迪亞（Arcadia）是古希臘的田園仙境，也屬世外。這四者，都因時空之距而遙不可及，唯有美國緬因州的阿卡迪亞，與中國的蓬萊仙境一樣，既是我們現世的地上樂園，可以盡情享受，又集四個虛無縹渺的仙境於一體，能將夢幻引入現世。

阿卡迪亞自然保護區，位於美國東北角的緬因州海濱，若從紐約或波士頓驅車前往，順著北大西洋海岸的95號高速公路北行，分別需要五、六小時和三、四小時。若從加拿大的蒙特利爾前往，因途中多半是山區和鄉村公路，時速在五十邁或八十公里左右，需七、八小時。無論從何處啟程，最後都要沿九十五號公路到班戈爾（Bangor），再向南轉入1A公路，一小時後便到荒山島（Mt. Desert Island）。這是新英格蘭的第二大島，阿卡迪亞國家公園就在荒山島東部。

我們的行程是在初秋的九月第一個星期，衣食住行都事先有所準備。由於阿卡迪亞在八月下旬遭遇了強颱風襲擊，儘管很快復原，但山風、海風和林中濕氣仍需防備，所以我帶了防寒服。可是，阿卡迪亞的初秋並不冷，我甚至下海遊了泳。因此，除了泳衣，帶上夏季短裝和旅行服裝便足矣。另外，海岸蚊蟲奇多，長袖外套必不可少。

到阿卡迪亞度假，一定要享用海鮮美味，尤其是龍蝦。由於北大西洋暖流之故，緬因州沿海盛產龍蝦。夏天的旅遊旺季結束後，餐館的各式龍蝦都不太貴，二十多美元可以點到一隻中號龍蝦。我是食龍蝦的高手，不會鉗碎蝦殼，並能將食後的空殼復原成一隻完整的大龍蝦。我的特技讓女侍應生驚大了雙眼，她以為我要原蝦退回。

出發之前我上網預定住處，得知入秋的房價已經回落，標準間的價格低至一天百元上下，便在島南的港灣挑選汽車旅館或別墅。若居東南部的港灣，清晨可以看到海上日出，若居西南部的港灣，傍晚則能看到海上日落。若住峭壁旁，可以看風浪，還可以看海豹甚至大鯨；若住沙灘旁，則可在月色下漫步踏浪；若住港灣旁，可以看歸帆和炊煙。我的建議是，最好住在南部沿岸的吧灣（Bar Harbor）、貝司灣（Bass Harbor）或海豹灣（Seal Harbor）等處，一定要陽台朝海，方可領略海灣夜色的寧靜，並在寧靜中聆聽潮漲潮落的節奏。

除了大海和島礁，阿卡迪亞還有火山、峭壁、瀑布、湖泊、沼澤、森林，也有小鎮、漁村、老屋。島上的公車是免費的，通達所有值得一看的美景勝境。也可以租自行車，享受林中穿行之樂，有的人甚至騎車登山，是為觀海健身之道。不用說，在島上徒步探幽更是其樂無窮。

2 阿卡迪亞的傳說

古希臘的阿爾卡迪亞與美國的阿卡迪亞二字的拼寫稍有不同，前者字首多了一個R音。儘管都有「仙境」之意，但二者的歷史和文化淵源卻相去甚遠。阿爾卡迪亞原本是古希臘的一處地名，常出現在古代田園詩中，是寧靜與和平的象徵。十七世紀的法國畫家普桑（Nicolas Poussin, 1594～1665）在四十五歲那年畫出了傑作《阿爾卡迪亞的牧羊人》，美術史學家們通常認為這幅畫代表了巴羅克藝術在形式上的成就。不過，哲學家和詩人們卻有不同看法，認為這幅畫暗藏著神秘主義和悲觀意識，因為畫中的幾個牧羊人正試圖解讀一行古羅馬墓碑銘文的隱蔽含義：「我在阿爾卡迪亞」。

美國的阿卡迪亞之名，來自早期法國探險家們的後代，人數約5萬餘，他們秘密結社，自稱阿卡迪亞人（Acadian），信仰羅馬天主教。這群人居住於北美大陸的東北沿海，集中在今天加拿大的新蘇格蘭（Nova Scotia）一帶。自英國軍隊在北美打敗法國軍隊後，英國統治者便強迫他們放棄天主教，英國移民則趁機要他們改信英國新教，否則會將他們驅離新蘇格蘭。一七五五年，那些不願改變信仰的阿卡迪亞人，被驅趕到美國南方的路易斯安那州，成為新奧爾良最早的法語居民。另一大批阿卡迪亞人，流落到加拿大的魁北克和東部沿海，以及美國的緬因州沿海，成為新法蘭西的居民。

阿卡迪亞人的歷史很快就被遺忘了，直到近百年後的美國大詩人朗費羅（Longfellow）寫出了盪氣迴腸的敘事長詩《伊婉姬蘭，阿卡迪亞的傳說》，人們才又記起這段歷史。據說，在一八四四年的某個晚上，時任哈佛大學詩歌教授的朗費羅與著名小說家霍桑（Hawthorne）在波士頓郊外聚餐，談論文學寫作。其間有人插話，要向霍桑提供一個淒婉悱惻的愛情故事作為小說素材。故事講的是阿卡迪亞人在十八世紀中期受到英國軍隊和教會的迫害，一對新婚青年在婚禮上被拆散，遣送他鄉。霍桑對這個感傷故事不感興趣，但朗費羅卻對這「新婚別」的素材情有獨鐘，於1847年完成了這篇敘事長詩。

朗費羅是美國文學的奠基人之一，他的詩歌創作旨在擺脫英國詩歌的影響，所以阿卡迪亞的新婚別的故事特別打動他。詩人虛構了女主人公伊婉姬蘭（Evangeline）和男主人公蓋布里爾（Gabriel）。二人婚禮相別，新郎被驅往路易斯安那，新娘自此走遍美國，在漫長的日子裡到處尋找自己的丈夫，卻總是晚到一步，命中註定追不上他。絕望之下，一生追索的伊婉姬蘭到費城醫院作了護士，不料卻於晚年時在醫院的病床上見到了瀕死的蓋布里爾。二人相見，即是永訣。

去阿卡迪亞旅行之前，適逢蒙特利爾美術館有畫展《美國大風景：1850～1915》。我在展覽會上見到了一位無名畫家的歷史畫《伊婉姬蘭，阿卡迪亞的傳說》，取材自朗費羅長詩。就藝術而言，這幅畫實在不敢恭維，技法一般，延續了歐洲十八世紀的理想主義畫風，與朗費羅主張的獨立文化精神大相徑庭。

好在我即將到阿卡迪亞去看真正的美國風景，去看地道的美國繪畫，特別是美國早期繪畫的奠基人文斯洛・霍默（Winslow Homer, 1836～1910）和美國現代鄉土畫家安德魯・懷斯（Andrew Wyeth, 1917～2009）的作品，這兩位大畫家的故居都在阿卡迪亞海岸一帶。

3 觀滄海

到達阿卡迪亞時已是午後，我們住在島上的西南灣（Southwest Harbor）。一安頓好，我就迫不及待地拿著相機出去拍攝海景。那幾天強颱風剛過，我一度擔心天氣惡劣，不料九月初萬里無雲、海天一色，像是大自然的補償。然而對攝影來說，這補償並不好，因為碧海藍天，雲霞隱遁，落日毫無氣氛與動感，拍不出晚霞的深邃與神秘，大自然失去了浩瀚與威嚴。

求而不得，我轉向漁村歸帆，拍攝港灣的寧靜，專注於海鷗飛過停泊的小船時在靜止的空氣中劃下的痕跡，以及這痕跡在水面上留下的回聲。

記得很多年前，一位畫家朋友要到中國教書，他在臨行前告訴我，他不帶照相機去，因為他不願作遊客，不願拍攝觀光照片，他要像中國當地人一樣，親身進入中國社會，用自己的雙眼去觀察真實的生活。

我佩服他的認真和與眾不同，但不欣賞他的極端與固執。我認為攝影也是一種觀察，這不是浮光掠影的旅遊快照，而是通過鏡頭去接近大自然，去與風景對話，去享受山水的賜予。過去我偏愛拍攝自然中的小景，例如晨露中一片掛著水珠的草葉，我喜歡琢磨那水珠反射的七彩陽光。後來我轉而拍攝大場面，欣賞其不凡的氣勢，力圖在大場面裡捕捉有意味的細節。

何謂大場面、何謂細節？唐詩名句「白日依山盡，黃河入海流」展現了一幅大場面的風景，而「小荷才露尖尖角，早有蜻蜓立上頭」則描繪了一幅小景的細節。在這兩景之間，還有「大漠孤煙直，長河落日圓」的大中見小，其「孤」與「直」得自宏觀中的精細觀察，而這正是我的攝影追求。

次日登山，島上的最高峰卡迪拉克峰（Cadillac Mountain）是座火山，覆蓋在山體表面的岩漿，早已凝固成岩石。從岩石的紋理走向，可以想像當年火山噴發時火紅的岩漿向大海滾滾流去的壯觀和慘烈。站在圓形的火山頂，極目遠眺，只見弧形的海天交界線畫出了地球的半圓。那蒼茫的海天，讓人遙想當年曹孟德橫槊賦詩「東臨碣石、以觀滄海」的英雄氣概。

要拍攝這博大的氣概並不容易。我出行總是輕裝，沒有笨重的專業相機，只帶一部小型可攜式數碼機。這種小相機配不上濾光鏡，在萬里晴空下拍攝滄海藍天，由於開闊的空氣中瀰漫著散射的天光，容易拍成灰濛濛的一片蔚藍，不易分清哪是天、哪是海、哪是島、哪是山林。我通常的做法，是事後在電腦上用PS來加強明暗對比，但效果不太如意。轉念一想，其實這問題不難解決，可以摘下自己的茶色太陽鏡，往鏡頭前一擋就成，既可濾光，還可加深色階，使明暗層次更為豐富。再一想，既然如此，何不帶上輕便的各色專業濾光鏡，拍照時將濾光鏡舉到數碼機的鏡頭前便大功告成。

後來我在開闊的晴空下拍攝海邊沼澤和湖泊水面，便不時用墨鏡如法炮製。

說到攝影，我對器材設備一竅不通，我只關心立意、構圖、光影和形式因素，例如氣氛、節奏等等。而且，無論拍景還是拍人，我只隨手抓拍，不去苦心等待那所謂的「決定性瞬間」。

現今攝影的人，可分四大類：觀光客、發燒友、藝術家、攝影家。有錢的觀光客出門帶著長槍短炮，像是《國家地理》雜誌的外勤攝影師，卻原來只是磁卡空間的佔用者。發燒友們也是花錢的主，對器材設備和技術問題幾乎無所不知，儼然是用戶指南，但於構圖之類視覺藝術的形式問題，卻只知皮毛，面對立意之類更深的問題，則往往落俗。藝術家拍照另有目的，通常是為自己的繪畫作品收集素材和細節，而不在意攝影自身的形式方面。唯有攝影家才關注攝影自身的方方面面，但他們的作品要麼是新聞圖片，要麼是玩弄形式，甚或嘩眾取寵。

二十一世紀新起「觀念攝影」，又稱「作為當代藝術的攝影」，這類拍手們多在藝術家和攝影家之間尋找活動空間。

我與上述各類無涉。攝影之於我，是在風景中觀察、思考和體驗世界的一種方式，是在大自然中揣摩存在的一種方式。

4 風景中的人

繪畫之於懷斯，也是一種觀察、思考、體驗和存在。

在阿卡迪亞西南的隔灣相望處，是海濱小城若克蘭（Rockland），那裡有美國著名畫家懷斯的故居美術館。懷斯於一九一七年出生在賓夕法尼亞州的鄉下，很小便隨父遷居到緬因州海濱，定居若克蘭，今年初去世。

當年懷斯的父親在新英格蘭一帶是有名的插圖畫家，為不少文學名著畫過插圖。當他有了經濟基礎後，便放棄插圖，轉畫海濱風景。懷斯本人的藝術成就比他父親更高，主要畫緬因州的海濱風景和鄉村生活，並以描繪風景中的人見長。懷斯的兒子也是畫家，也在當地有名，但成就不如兩位前輩。

去阿卡迪亞之前，我已在互聯網上查到若克蘭美術館有懷斯作品回顧展的資訊，也查到美術館另有專門的「懷斯藝術中心」，陳列這一家這三代人的作品。從阿卡迪亞沿海岸線的一號公路駕車南行，一個多小時便繞過海灣到達若克蘭。在那裡，我得以朝拜懷斯的藝術，朝拜這位對中國二十世紀後期繪畫有重大影響的畫家。

對美國藝術來說，懷斯的成就在於他那獨特的鄉土風味，在於他入微的觀察和精細的刻畫，這使美國的寫實繪畫完全不同於歐洲的寫實繪畫，例如他筆下木屋的斑駁牆面、石頭上的紋理和水跡，都刻畫得無微不至。對懷斯本人來說，其藝術的意義在於將十分個人化的觀察和體驗，用作視覺溝通的工具，以求心靈的交流。對二十世紀七十年代末和八十年代初的中國畫家來說，懷斯的價值在於他以憂傷的詩意和細膩哀婉的個人情緒，而與經歷過文革的知青畫家產生了精神共鳴，並為那一代畫家的「傷痕藝術」和「鄉土繪畫」指點了表述傷感的途徑，提供了寫實技法的範例。

從若克蘭沿一號公路繼續驅車南下，一個多小時後到達緬因州州府波特蘭（Portland），並在波特蘭美術館參觀新英格蘭風景畫家作品展《海岸的呼喚》，見到了霍默等早期畫家的作品。霍默比懷斯早了差不多一個世紀，他那一代畫家對美國藝術的貢獻，是描繪地道的美國風景，以確立美國藝術的本土特徵，而不像紐約的哈德遜畫派那樣模仿歐洲的「大風景」、追求英國十八世紀早期哲學家柏克關於「崇高」與「美」的理念、通過自然而表達對神的敬畏。

霍默的繪畫中沒有神意，他描繪自然中的人，探索人與自然的關係。懷斯的繪畫也無神意，他也探索人與自然的關係，但更傾向於表述個人的內心情緒。也就是說，美國本土風景畫的確立，是從歐洲大風景裡掙脫出來，從神走向人，再進一步走向個人的內心世界，最終在藝術中打造了美國性格。

關於這一點，波特蘭美術館正好有一個攝影藝術展《親情》可做見證。該展並置了十九世紀英國最著名女攝影家卡麥隆（Julia Cameron, 1815～1879）和美國當代著名女攝影家喬伊絲・丁妮遜（Joyce Tenneson, 1945～）的人物攝影作品，展現了英國藝術與美國藝術的母女關係，強調了後者的獨立性。

卡麥隆在照相機發明之初，拍攝了許多英國名人，如大詩人丁尼生、拉斐爾前派畫家瓦特、童話作家卡羅爾（《愛麗絲漫遊奇境記》的作者）等，其作品追求文學性，是當時畫意肖像攝影的峰巔之作。丁妮遜居住於紐約和緬因州海岸，她也追求肖像攝影的畫意與文學性，但其當代特徵卻在於她所營造的超現實氛圍和淒美的形式感，在於人物外表的冷漠所揭示的內心深度。她們二人的區別，恰如熱情的浪漫主義與冷靜的哲理形式的區別，這區別使後者成為美國當代藝術中的一種「觀念攝影」。

看了懷斯的畫，看了丁妮遜的作品，我覺得自己的攝影應該暫停下來。從波特蘭返回蒙特利爾，沿九十三號公路北上，要穿過美國的白山森林保護區（White Mountain National Forest）。我原打算在白山拍攝初秋的森林，但最終放棄了這個念頭，而是一路連續駕車七小時，回家反省該怎樣拍攝風景中的人，也反省該怎樣寫攝影遊記。

2009年9月，蒙特利爾

天津《散文》月刊2009年第12期

大山大水，止於至善

1

先賢云：退一步海闊天空。

一位現代作家寫道：當你乘船離岸，行之愈遠，沙灘上的貝殼在你腦海中折射出的夕陽光斑，便會愈加閃爍，讓你長久難忘。

那天晚上離開洛磯山，我在飛機上半睡半醒，大腦裡浮現的全是大山大水的墨藍色風景。回到家中，連續數日，每一閉目，大腦裡仍映現出墨藍色的大山大水。那風景，開闊、坦蕩；高險、雄奇；清冷、幽深；精妙、細微。這大氣而微妙的風景，有如雲卷雲舒，象徵地對應了我執意修煉想要企及卻又難以企及的人格境界。

2

今年夏末秋初，我在洛磯山北部的嘉思泊國家公園（Jasper National Park），終於圓了一個多年縈繞於心的夢，一個拍攝大風景的夢。

八十年代初，我正學習寫作和繪畫。同許多朋友一樣，一股風吹來，抵擋不住，便患了攝影高燒。我自以為懂得寫作的謀篇佈局和繪畫的立意構圖，攝影不過是雕蟲小技。但是印出圖片一看，卻與攝影雜誌上的作品差之遠矣。於是，在閱讀文學和美術的同時，開始研習攝影讀物。那時候，加拿大攝影家弗裡曼・派特森（Freeman Patterson）的幾本書在國內風行，他的《攝影之樂》和《攝影與觀察藝術》等一系列圖書，影響了整整一代發燒友。

派特森是位旅行攝影家，多拍旅途小景、田園風光，詩意且審美，其作品展現了他敏銳精細的觀察能力，而他對色彩和光影的運用，也讓我大開眼界。但是，與美國的前輩攝影家亞當斯（Ansel Adams）相比，派特森不是那樣大氣，前者著眼於大山大水，後者傾心於路邊小景。用文學界的語言說，亞當斯寫的是邊塞詩，拍攝的是「黃河入海流」般的意境，而派特森寫的是小女人散文，拍攝的是「輕羅小扇撲流螢」似的身邊瑣事。前者眼觀大美，後者留意平凡。我覺得，對於初學者來說，攝影應該從身邊俗物開始，如果看不見門旁黃葉的枯瘦紋理、看不見蛛網雨露反射的變幻晨光，又何以談得上欣賞邊塞詩的大氣、領略大山大水的磅礴？

那時候還不懂得「旅遊」一詞，但每一入秋，都要到藏區攝影，既拍藍天白雲下的草地，也拍木柵欄上的裂紋。那時候也談不上保護地方文物的概念，到了馬爾康，進入一座名為「官寨」的藏羌小城堡，不拍這廢棄的木制建築的宏大與巧奪天工，卻專注於斷垣殘壁的細節，捕捉其中的老舊感。

小景拍得多了，大風景便成為一個夢。

3

這恍恍惚惚的夢中，也該有一些細節。

多年前，我每天早上的例行功課，是為自己煮一杯咖啡，不加糖，只加牛奶和幾滴威士卡。如果與朋友去坐咖啡館，我喜歡要莫卡，也喜歡愛爾蘭咖啡上面漂浮的那片樹葉圖案。第一次在曼哈頓的一家愛爾蘭咖啡館見到那片葉子時，驚為天作，多年後，在杭州的咖啡館竟然也見到那片葉子，覺得不可思議：國人也有煮咖啡的如此巧手？那咖啡小夥明白他巧手而為的片葉子有什麼含義麼？

年歲漸長，喝咖啡易上火，除了偶一為之，近兩年多飲綠茶。於是，每天早上的例行功課，便改為泡茶。當年旅居美國時，同事中有日裔教師，遂得機會見識日本的茶道表演，也聽說過茶道高手的段位之分，對日本綠茶更是一嘗傾心。可是，我自己並不會泡茶，每次只管將水燒開，往茶壺裡扔進茶葉，一沖了事。今夏居杭州，經行家指點，對茶始知一二，方才開始涼水、洗茶、熱杯，才開始用玫瑰骨朵和胎菊，才開始觀察茶葉的橫斜豎直、漂浮沉墜，才開始分辨白茶、綠茶、棕茶、紅茶、黑茶的色與香。

於是，當我看到一位攝影家拍攝的玻璃茶杯，看到懸掛在水面下的茶葉時，便耐心地用雙眼去分辨畫面上那一片片葉尖的厚度和柔軟度，去分辨茶葉質地的清爽或纏綿。我相信，這位攝影家學會了茶葉的語言，他能夠與茶葉溝通，並將自己與茶葉的交談，用圖象的方式轉述給我們。

這攝影，莫不是敘述著平凡之物的精微？

4

作家的敘述使用文字語言，有大氣，也有精微。

聽說索爾仁尼琴曾住在美國的一個湖邊，那時他每天罵俄國，後來俄國政府請他回去，他回去了，享受到英雄般的待遇，但他還是罵俄國。

十多年前，我每個夏天都到美加邊境的一個界湖度假，每當游泳時躺在水面仰視長空，我都要想，我得遊到對岸去，到湖邊的林地去敲響這位俄國老人的家門，同他聊聊天。我喜歡帶俄國口音的英語，那是富於磁性的男低音，就像十九世紀的俄羅斯小說那樣沉鬱。可是我過境入美多是駕車通關，到不了界湖邊的林地。終於，索爾仁尼琴在上個月去世了，結束了我不期而訪的夢想。

這位俄國老人，不像某些旅居海外的中國作家。這些人或以寫作抹黑中國的文字為生，或是到了中國罵美國，回了美國罵中國。索爾仁尼琴不屑於見人說人話見鬼說鬼話，他有一張隨時開罵的嘴，對戈巴契夫、對葉利欽、對普金，概罵無論。

還有蕭洛霍夫，他的《靜靜的頓河》，只能用氣勢磅礴一詞來形容，以及屠格涅夫，他與蕭洛霍夫不同，蕭翁的大氣是向外的，屠翁的大氣是向內的。可曾記得，屠格涅夫描寫情竇初開的少年，匍匐傾聽自己敲擊大地的心跳聲，寫得驚心動魄，恰似頓河邊千軍萬馬的滾雷轟鳴。

一百多年前的英國作家哈代，在《還鄉》一書中描寫大自然的洪荒，用象徵筆法直寫進人心深處。更早前的英國詩人柯勒律治，在長詩〈老水手的歌〉中，以寓意故事，來展現人心的博大精深，與哈代異曲同工。柯勒律治的詩句極度簡約，Water, water, everywhere，這行詩句的蘊涵之博大，猶如無處不在的大水一般，讓我彷彿看見了莊子觀秋水。

5

拍攝洛磯山的大山大水，我注意到山體的紋理，那是百萬年前造山運動留下的痕跡。我也注意到水面緩慢的波紋，那是十萬年前大冰川向北退縮時悄悄留下的無言之語。

大山大水之大美，盡在這大動盪後的寧靜中。

6

還需要我來記述這寧靜之大美麼？

這是一個不需要遊記的時代。電視上的旅遊風光片多如集束炸彈，人們什麼沒見過？而且，人們有錢了，何處不能去？

馬可波羅時代早已結束，十八、十九世紀那些有閒而又識字的階層，也已鳳毛麟角。如今出遊的人，連日記都懶得寫，只用手裡的數位相機和錄影機，記錄自己的所見所聞，返程後與親友分享。而傻瓜相機和電腦後期處理軟體，更使攝影不再是少數人才懂的專門技術。

人們用讀圖來代替讀字。

讀圖時代是一個可以不用腦子的時代，出遊者僅需閱讀的，是導遊通知、是景點簡介、是交通路線。

鑒於此，我只用文字羅列出洛磯山之行的主要內容：

入山，住木屋，泡溫泉；登冰川，也欣賞高寒針葉林；至大湖，體會高山深水的淵博；去峽谷激流，路遇一家黑熊，看母熊呵護兩個幼仔，小心翼翼地橫穿公路；回程沿途，山水林木美不勝收，其間不時看到大角鹿等各類野生動物出沒；出山時，冰雹突襲，一路狂奔至機場。

這也是一個浮躁的時代，碼字的人，難以靜下心來敲鍵；讀書的人（若還有人讀書的話），難以靜下心來品味文字。旅行日程的羅列是什麼？只要將句子分行，就是詩，就是前衛的實驗詩。今天，人人皆會做詩，字字皆是詩歌，若不信，可以烙張大餅試試。

在這浮躁的時代，大山大水還有什麼意義、悉心品味還有什麼價值？

可是仍有不合時宜的人，就像我，以及讀我文字的你，卻執意要去看那大山大水，去感受大山大水的細微與精妙。

7

畫家繪製圖象，使用視覺語言，來表現山水林木的大氣與精微。

一千年前，北宋大畫家范寬，畫出了立幅巨製《溪山行旅圖》。我仰視那巨人一樣站立的山體，我看到整整一個宇宙，在那宇宙的深處，有涓涓細瀑自天飛落，在山腳的橫岩豎木之後，繞行而出，汩汩流淌，像是為旅人做伴。

九百年前，北宋另一位大畫家郭熙，也畫出一立幅巨製，名《早春圖》。同樣是自上而下，同樣由宏大而入細微，古人內心的浩蕩和精深，都藏於大山密林和流水間。

半個多世紀前，這兩幅無價之作從大陸流入台灣，後收藏於台北故宮博物院。二十一世紀的第一年，我去胡適當年在紐約創建的「華美協進社」（英文名「中國研究院」），不料在樓梯拐角的高牆上，赫然看見《早春圖》原作。我知道，有一年台北故宮博物院的珍藏，到紐約大都會藝術博物館展出，曾引起北美華人的強烈抗議，因為那樣的國寶是不能出關運到海外的，世界各國的規矩都一樣。我自問：郭熙的《早春圖》真的就此留在了紐約？

我想退遠一點，以便看到這幅畫的全貌，怎奈樓梯拐角空間有限，而下樓遠觀，卻又看不清畫中細節。我一退一進，往返數次，終於忍無可忍，遂敲開一間辦公室的門。

問：這幅《早春圖》是原作嗎？

答：是，是用高仿真技術複製的原作。

竟有這樣的回答！

不過，一顆懸著的心，還是放了下來，並暗笑自己的愚蠢。

一一二七年，南宋遷都杭州。江南文人的氣質不同於北方漢子，儘管還是長河峻嶺，但范寬和郭熙那英雄般的高山消失了，江南文人轉向了自己的內心世界。直到宋末元初，內心的逃避終於被亡國的悲憤所取代，在杭州隱入禪林的僧人畫家牧溪，將悲憤化作潑墨山水，畫出了氣吞河山的長卷《瀟湘八景》。今天，牧溪的八幅瀟湘長卷中，尚有四幅存世，收藏在日本的博物館和寺廟裡。

獲得一九六八年諾貝爾文學獎的日本作家川端康成，於獲獎後到台北演講，他講到牧溪的畫，說《瀟湘八景》是中國給予日本的天賜之禮，是牧溪的繪畫藝術，滋養了大和民族的審美感知。

8

一九八五年，我第一次遊杭州，乘船撫摸西湖水，突然領悟了為何有「柔情似水」之說。過了二十年，再遊杭州，我執意尋找牧溪的蹤跡。也許，牧溪就是在西湖的夜船上，將自己的畫卷，悉數送給了東瀛僧徒聖一，聖一又將這些作品悉數帶回了日本。

二〇〇七年夏天，我第三次到杭州，居住近兩月，其間有機會一遊郊外的西溪濕地。那不是一片蠻荒的沼澤，早在南宋中期，杭州豪門張滋就在那裡修建了「貴隱園」，那是江南私家園林的一處名勝，也是都城上流社會的聚會場所。

張滋也是杭州「河坊街」的始作俑者。

這兩處都是腐敗的所在，夜夜笙歌，流金溢彩；文人墨客，狎妓觀舞，直到南宋一命嗚呼。

二〇〇八年夏，我四遊杭州，仍居兩月，每日繞西湖騎車臨風。風吹人醉，更聽吳儂軟語，猶唱後庭花。

9

在紐約，我見到一位來自北京的畫家朋友。他的近作，是用西洋畫的材料和方法，去重畫中國古代山水。

是重畫，而非複製。

他用西方現代繪畫之父塞尚的技法去重畫范寬，用梵古的色彩去重畫郭熙，還用印象派畫家莫內的朦朧筆意去重畫牧溪。

他在嘗試「他者的眼光」，他在實驗兩種藝術的碰撞，他在試探兩種語言的溝通，他在探討自己的文化身份。

古人云：有容乃大。

10

大山大水，是風景，也是人格境界。

處身於洛磯山的大山大水，面對洛磯山的深谷激流，奔湧在我腦海裡的，竟是古人文字：格物，至知，誠意，正心。

要著眼於治國平天下的大處，不得不從修身齊家的小處入手，無論最後到達哪一步，身處大山大水的人，都是智者樂水、仁者樂山。

1082年，蘇東坡與友人泛舟於赤壁之下，友人聞歌而歎：「哀吾身之須臾，羨長江之無窮。」

蘇東坡後退一步，通觀世間萬物：「自其變者而觀之，則天地曾不能以一瞬；自其不變者而觀之，則物與我皆無盡也。」

我用照相機鏡頭對準大山大水，捕捉其廣袤和精微。我相信，惟有仁者智者，方能以文心而雕龍，遂止於至善。

2008年9月，蒙特利爾

台北／紐約《世界日報》週末副刊，2008年12月

西班牙之行

西班牙之行，我乘荷蘭航班，機上電視播放廣告，促銷荷航與法航的聯合航運。廣告的配歌是二十世紀前期法國著名女歌星伊蒂絲・碧雅芙（Edith Piaf）的懷舊名曲。我向來喜歡碧雅芙，這熟悉的歌聲有如醇酒一般醉人。曲終映出廣告詞：荷航法航攜手奉獻藝術傑作。廣告很有創意，將合作稱為「Work of Art」。西語Work既是工作也是作品，而Art（藝術）一詞的希臘文和拉丁文本意是雙手一起幹活。這廣告一語雙關，亦古亦今，妙不可言。細細品味，如聽碧雅芙如癡如醉的懷舊之聲，提示我在西班牙該怎樣欣賞藝術大師的作品。

1

飛行在北大西洋上空，看著水天一色的迷濛蔚藍，聽著碧雅芙如泣如訴的徐緩歌聲，對我而言，便是享受精神的自由，體驗莊子那逍遙遊的境界。精神自由與務實態度並不衝突，惟其如此，才會有出門遠行的物質準備。關於西班牙之行，我想說自己物質準備的不足之處，雖是小事幾樁，無傷大雅，但經驗與教訓，需引以為鑒，否則遠行不會逍遙。

先說攝影。我過去喜歡攝影，講究光影和構圖的藝術形式，常到川藏高原漫遊，似乎是追求自由。後來年歲漸長，熱情不再，出門遠行，攝影僅為行程的記錄。由於不講究，攝影的物質準備便有欠充分，事先僅想到歐洲電器的電壓與北美不同，故而為相機準備了變壓充電器，但不知道西班牙的電源插坐是圓形，而北美的電源插頭是扁形。到馬德里的第二天晚上，當需要充電時才發現這問題，一時竟束手無策，旅館裡也無人能助一臂之力。次日是星期天，電器商店關門，買不到變形插頭。那天只好告別攝影，當了回只用雙眼的名副其實的觀光客。

次說住宿。動身去西班牙之前一個半月，我就在互聯網上預訂了馬德里和巴賽隆納的旅館，臨行前幾天，又打電話到馬德里的旅館確認房間。不料，接電話的人既不懂英語也不懂法語，我聽西班牙語如聽天書，只好掛掉電話，以僥倖心理祈求萬無一失。但人算不如天算，到了馬德里的旅館，得知旅館沒有我的訂房記錄。我拿出自己的網上訂單，說我的確在這裡訂了房間，而且還拿出信用卡帳單，指著旅館的名字和花費一欄，進一步說明之，可無論如何，旅館就是不認帳。五月是南歐的旅遊季節，城裡的旅館均已客滿，我剛到馬德里，不可能去找別的住處，只好讓旅館給我安排了一間工作人員休息室，權作客房。

再說乘車。我在行前查閱資料，得知從馬德里到巴賽隆納，應在火車北站Charmatin乘車。我也向去過西班牙的朋友打聽，得知車次很多，不必事先訂票。那天一大早我從市中心的旅館趕到火車北站，才知到開往巴賽隆納的火車改在南站Atocha始發。急急忙忙趕到南站，待排隊到買票口，中午以前的車票已售罄，只好買下午的車票。如此這般，到達巴賽隆納已是晚上十點鐘，一天的時間就這樣浪費了。為了節省時間，從巴賽隆納返回馬德里時，我乘夜車。照過去在歐洲旅行的經驗，坐夜車的人少，可以躺下一覺睡到天亮。但上了車，才發現車上人很多，每個房間坐滿八人，不可能有機會躺下睡覺。遂找乘務員，要求換乘臥鋪，終如願以償，一覺睡到馬德里。

最後說飲食。出門旅行，通常吃西式速食，吃得多了就想換口味。馬德里和巴賽隆納沒有唐人街，中餐館很少，質次價高，與北美的中餐有天壤之別。失望之下，我在馬德里吃了一次泰餐，那是我領教過的最差的泰餐，不僅食之無味，而且價格高得離譜。好在西班牙飲食著名，尤其是地中海邊的巴賽隆納，更以海鮮揚名天下，我在那裡享受到了絕好的對蝦。地中海邊的飯館，都將桌椅擺到露天，客人在陽傘下用餐。我根據旅遊手冊的指點，在一家西班牙餐館要了一份炸對蝦，共十二隻，加上小菜，二十二歐元，合三十多美元，價廉物美。這份炸對蝦的香酥，無法用語言描述，只好說是天堂之味了。不必講地中海對蝦的豐滿，單說那蝦頭和蝦璜的爽脆，就讓我明白當年孔夫子聽了韶樂後為何會說「三月不知肉味」。

2

早年讀法國小說《卡門》，得知西班牙女郎的豪爽。到了馬德里，浮光掠影，只覺得滿街的西班牙女郎都熱情奔放，又纖腰款款，楚楚動人。

我在北美生活，習慣了匆忙的腳步，在馬德里逛街，也一往直前。有天去普拉托（Prado）美術館，在地鐵站換車，見擁擠的通道裡有幾個衣著清涼的妙齡少女，一字橫排，悠悠慢步。被她們擋在身後的行人，心安理得地欣賞這道豔麗的風景。我放慢腳步跟了一程，未幾便失去耐心，快步超過這道風景。不料在超越之際，一腳朝前踢到了一位景中女郎。鬱悶的瞬間，剛要道歉，竟一腳朝後，又踢了她。於是我轉身回頭，急忙道歉，卻見她正舉手向我沖來，做出撲打狀。我大吃一驚，道歉的話雖已說出一半，也忙舉手招架。俗話說「有理不打道歉客」，清涼豔麗的美女做出打人的不雅之舉，的確有失體面，又被我回頭看個正著，她立刻窘得粉面通紅，她的同伴也放聲大笑，讓她那舉在空中的手不知如何是好。我終於接著說完了道歉的下半句，她也放下了手，只是臉上的紅雲仍未消散，一迭聲說沒關係、不要緊。

真是冤家路窄，進了地鐵，她們坐到我對面。我想回避，這班風景見狀便忍不住吃吃地笑，我只好硬著頭皮同她們聊天。一聊才知她們是藝術學校的學生，到普拉托美術館參觀剛開展的德國文藝復興時期畫家杜勒（Albrecht Durer）作品展，於是我們就有了共同話題。她們得知我初到西班牙，便七嘴八舌向我介紹馬德里和普拉托，說是西班牙首都之所以選在國家中部高原上的孤城馬德里，既是為了皇室的安全和自衛，也是為了統治全國的方便。普拉托在十八世紀開始籌建，目的也是為了幫助國民樹立國家意識，便於國王的統治。美術館的藏品，是當時的國王菲迪蘭七世（Ferdinand VII）捐出來的皇家藏品，主要是西班牙藝術家的繪畫。1819年普拉托對公眾開放，成為世界上最早的公立美術館之一，後來又不斷改建擴建，現在名列世界十大藝術博物館中。

我很喜歡她們的介紹，告訴她們，我到普拉托主要是想看西班牙藝術大師的繪畫名作。於是她們又說，普拉托的鎮館之寶，是大畫家維拉斯奎茲（Diego Velasquez）的名畫《宮娥》。到了美術館後，她們輕車熟路，直接就把我領到了這幅畫前。

委拉士貴支是西班牙皇室的宮廷畫家，被菲力普四世（Philip IV）封為騎士。大幅巨製的《宮娥》作於1656年，描繪的是畫家本人為國王夫婦繪製肖像的情形。這幅畫我早就見過印刷品，算是熟知於心。過去讀美術史，知道畫中的鏡子映照出國王夫婦，而他們的實際位置，卻是我們觀畫者看畫時所在的位置。畫家把玩視覺遊戲，為藝術理論中的「再現」和「反映」等概念，給出了有趣的研究課題。不過，在我的記憶裡，畫中有兩面鏡子，一面映照國王夫婦，另一面映照一扇開著的門和門口的人。可是看到原作，我才發現畫中只有一面鏡子，而門口的那個人，並不在鏡中。這說明我過去對此畫理解有誤，不看原作不足以糾正誤解。

這就像看西班牙女郎，若止於遠觀，會如霧裡看花，要想一睹真容，惟有面對面的語言交流。於是我想起一首西班牙民歌，「美麗的西班牙女郎，熱情又大方」。那幾天馬德里正好有歌劇《卡門》上演，招貼畫上是敢愛敢恨的卡門，在身後握著一柄短劍。

3

巴賽隆納的魅力，不僅在於地中海的蔚藍，不僅在於海濱大道兩旁的棕櫚樹，不僅在於奧運會給這個城市帶來的現代化與國際化，而且更在於通往海濱的著名大街拉朗布拉（La Rambla）的喧嚷繁華，在於保留至今的中世紀和文藝復興古城哥德區（Gothic Quarter），在於這個城市養育了一批藝術天才。

早就聽說過拉朗布拉大街，我到巴賽隆納就是要慕名逛這條大街。還在計畫行程時，我就選了家近處的旅館，位於橫穿拉朗布拉的小巷。到巴賽隆納住下後，我先上街看了看環境，然後順著大街步行到拉朗布拉的起點，那裡是市中心。逛完市區，我又返身沿拉朗布拉走到大街盡頭的地中海岸。當年哥倫布從那裡出海，現在豎有這位航海家向著大海揮手的巨大銅像。

在我逛過的歐洲和北美的大街中，拉朗布拉的街道設計獨出心裁，當之無愧是歐洲第一街。橫看大街，拉朗布拉的正中，是寬闊的步行街，人們在街心漫步，兩旁是表演雜耍的街頭藝人，還有花店和小攤小販，以及露天的餐飲茶座。旅遊區的一切，這裡應有盡有。步行街的兩側，是汽車道，間隔以高大茂密的法國梧桐，綠蔭掩映，愜意無比。汽車道再向外，又有人行道，然後在人行道之外又是商家店鋪。

縱看大街，拉朗布拉的長度設計，也頗有一番用心。遊人逛街，太長則勞累，太短則意猶未盡。拉朗布拉從市中心到地中海邊，不長不短，正好讓人看夠這世界。從地中海岸面向市中心，步行街的第一段是藝術家為遊人畫肖像的地段，然後是出售旅遊工藝品的地段，接下來是長長的露天餐飲區，緊挨著又是零售鮮花的攤販，一家緊接一家。一路上，街頭表演此伏彼起，讓人目不暇接。我拍了許多街頭藝人表演的照片，有的藝人扮成活雕塑，或演聖母橫抱耶穌，或裝成星球大戰裡的機器人，他們要麼一動不動，滿臉嚴肅，要麼動作機械，滑稽可笑。

拍了照，我到露天咖啡廳坐下，慢慢欣賞行人。拉朗布拉是一條美女集中的時尚大街，西班牙女郎以身材苗條著稱，她們身著典型的南歐衣裙，舉止優雅，熱情爽快。我在北美見慣了被麥當勞催肥的胖女人，雙眼總覺沉重。此刻在拉朗布拉，品著咖啡欣賞纖纖美人，真是賞心悅目、輕鬆愉快。

拉朗布拉東邊，從任何一條小橫街拐進去，就是巴賽隆納的老城區。那裡有無數狹窄的街巷，老建築可以追溯到文藝復興時期，有些甚至建於十二世紀，多為哥德式風格，所以老城區叫哥德區。在這裡穿街過巷，有如看歐洲電影，所見都是騎士時代的故事。正好，哥德區有一個展覽，名「唐吉訶德與巴賽隆納」。大家都知道西班牙文藝復興時期的大作家賽凡提斯（Cervantes），他的著名小說《唐吉訶德》（Don Quixote）寫一個瘋狂的騎士，帶著一個愚蠢而又狡猾的侍從，在鄉下遊俠的故事。巴賽隆納是這位騎士遊過的唯一城市，在賽凡提斯和唐吉訶德眼中，這個城市的生活，這裡的藍色大海，是虛幻、現實與理想的混合。

對今天的遊客來說，巴賽隆納是古代與現代、往昔與未來的融合。一百年前的建築大師高第（Antoni Gaudi），在巴賽隆納設計了獨一無二的怪誕建築，名「聖家族大教堂」，他將哥德式、巴羅克式與新藝術的風格融為一體，打造那至今尚未完工的著名天主教大教堂（據說這是不打算完成的建築，否則市政府就無法賺取遊客和文物局的錢了）。現代藝術大師畢卡索（Pablo Picasso）也出自巴賽隆納，他將原始藝術引入現代主義，開創了一代畫風。我最喜歡的抽象畫家米羅（Joan Miro），生於巴賽隆納，我在哥德區的一座庭院裡，見有正維修的房屋，門上有塊銅牌，上書「米羅誕生地」，著實激動了一番。今天在世的抽象繪畫大師，當數塔皮埃斯（Antonio Tapies），他也生於巴賽隆納。也許，只有巴賽隆納這樣的風水寶地，才會養育如此眾多的曠世奇才。

2005年6月，蒙特利爾
紐約《世界日報・週刊》，2005年8月

天路西藏六日行

西藏山高路遠不易前往，但高原的原生態風物人情，卻獨一無二，西藏遂成旅行者嚮往的天堂。本文以流水帳的方式記述筆者今夏八月初的西藏之行，為嚮往西藏的人提供一點遊藏經驗。

第一日　拉薩天女

八月三日大清早，我與一位親戚乘飛機從成都向西而去。飛出霧濛濛的四川盆地後，藍天白雲下的高原雪山便歷歷在目。我拿出相機，一邊拍攝窗外機翼下的山地風景，一邊在記憶中搜索我早年所聞的西藏。

最初得知西藏，是三十多年前閱讀連環畫《五彩路》，講幾個西藏小孩子的故事。這些孩子翻山越嶺走出雪山，去看正在修建的川藏公路。那公路在藍天、陽光和白雪的映照下，熠熠生輝，成為他們眼中的五彩路。對我來說，早年的圖書也告訴我，西藏行，路難行。

在連環畫之後，仍是三十多年前，還讀到過一本回憶錄《農奴的新生》，作者以個人親歷之事來講西藏的歷史和社會變遷，我由此得知了農奴制。後來還看過一些電影，講紅軍長征時在四川的藏區遇到藏民和藏軍的故事。這一切便是我最初對西藏的間接瞭解。

上午飛機到達拉薩，當地的朋友派了一輛越野車和藏族司機將我們接到西藏賓館入住。才進賓館大堂，就看到一位藏族美女迎來，一身時尚打扮，像是上海或北京的白領，走近了才辨認出她的藏族相貌。美女自我介紹，說是朋友的秘書，來賓館安頓我們。她一開口，標準京腔，竟讓我猛然間暈頭轉向：我剛在北京住了兩個月，此刻到了西藏，怎麼像是仍在北京？美女見我一臉迷茫，便說：「她只到內地去過一次，就在上個月，去上海參觀世博會，途經成都並繞道杭州蘇州，沒去過別的地方。」我說：「您的普通話比我講得好多了。」美女答：「身邊總有漢族同學和同事，跟他們學的。」我又傻傻地問：「您這身打扮是剛在上海買的吧？」美女再答：「網上買的。」哎，我自歎落伍。

下午，美女陪我們在拉薩市中心逛八角街，街道環大昭寺繞行一周，並從圓心向外輻射出八條小街。在大昭寺正門前的廣場上，立著石碑，刻有「八廓街」名。這些街道和廣場周邊，全是旅遊品市場和大型商業中心，讓我想起義大利的佛羅倫斯：一樣的熱鬧非凡、一樣的遊人如織、一樣的香客來朝。更一樣的是，滿街滿眼都是身背專業照相機的攝影愛好者，及其全副自駕遊的行頭。

逛了八角街，美女建議去藏式酒吧品藏飲，並將我們領到了八角街最好的一家，叫「瑪姬阿米」。酒吧有三層，一層的格局與內地酒吧相仿，人滿為患；二層有點北京夜店的氣氛，也是人滿為患；上得三層，仍然人滿為患，但其露台式格局，讓我驚呼：這是歐洲的露天咖啡館啊，真無法想像拉薩有這樣的好地方，能享受飄香美味。我在加拿大和美國很喜歡坐咖啡館，週末常與三倆好友相聚，在咖啡的香味中聊天，可以看人看世界，品嘗生活的美妙。

瑪姬阿米的服務生多是藏族童男少女，美若天仙，叫我想起二十多年前電視上看到的那位在喜馬拉雅山上點燃亞運會聖火的藏族女孩。服務生送來藏飲菜單，我不懂，只好請美女相助，點了咖啡奶茶。第一口喝下，又想起當年在四川的藏寨喝奶茶，想起當年的流行廣告語「滴滴香濃，意猶未盡」。

第二日　玉宇天宮

第二天上午逛大昭寺，雖說我對廟宇沒興趣，但拉薩的藏式建築風格，與四川藏區的寺廟不同，別有意蘊，所以我得以專注於大昭寺的建築形式感觀，拍攝其立體和平面構成，把逛寺廟當成了觀察和探索視覺形式的機會。

大昭寺初建於西元7世紀的盛唐時期，旅遊書上說，這是藏王松贊干布為來自大唐的文成公主而建。但是相陪的美女卻說，這是松贊干布為來自尼泊爾的公主所建，給文成公主建的是小昭寺。不管何說為確，大昭寺是拉薩的宗教中心，外面繞行的八角街則給香客們提供了繞行轉經的機會。繞行即是轉經，藏語街名「帕廓」的意思，就是「繞行轉經之街」。除了建築形式，這裡也是抓拍香客的好地方，更可抓拍磕長頭的人。據說，這些人都來自外地，不少是康巴人，他們一步一磕，用身體丈量行程，表達自己的虔誠。

作為觀光客，我只能浮光掠影看拉薩，拍攝一些建築場景和街頭人物，無法像二十年前那樣深入藏區普通人的生活去觀察細節。

上世紀八十年代後半，我有機會數次進入四川的藏區旅行。第一次是去阿壩州的九寨溝，第二次是去阿壩州的唐克大草原，兩次都在沿途走了不少地方。隨後被四川大學派遣到甘孜州的康定師範支教，在一學期中遊走各地，包括跑馬溜溜的山坡和貢嘎冰川，甚至懷揣七十元人民幣獨自上路，搭貨車到理塘大草原遊走了一星期，在敞篷的車斗裡被高原烈日曬得滿臉蛻皮。其間遇到過偷獵、私賣黃金、盜運蟲草和熊膽的各路強梁，也遇到過獨行的攝影家，還見識了藏式和羌式傳統建築，如馬爾康的官寨，更在破敗骯髒的車馬店與藏民圍著火塘聊天，在爛棉絮的騷味中徹夜不敢入眠。

當年在藏區的最好經歷，是有機會深入藏寨和草原牧民的帳篷，與當地人同吃同住，騎他們的馬，喝他們家釀的奶茶和酥油茶，吃他們的糌粑飯，哽咽那乾硬的藏式香腸和包子，體驗他們的生活，聽他們講奇異的故事。

後來到北美，換了個角度看西藏。無論是閱讀英文版的西藏歷史，還是看好萊塢電影《西藏七年》，無論是同北美的藏族學生交往，還是親耳聆聽達賴喇嘛的演講，都豐富了自己對西藏的瞭解，同時也瞭解到西方人關於西藏的看法，以及海外藏人的想法。自此，親往西藏一遊，便成為一個願望。

然而這僅僅是個願望，如今時代變了，世界也變了，當我真的到了西藏，卻只能漂浮於表面，無法進入當地人的生活，無法觀察和體驗他們怎樣過日子。

下午參觀羅布林卡，這是歷代達賴的夏宮，建於十八世紀，類似於內地的皇家園林，稱西藏的頤和園，但其佈局也有點像蘇州的拙政園。然後參觀布達拉宮，這是歷代達賴的冬宮。傳統園林我見得較多，無論是北派的皇家風格，還是南派的私家風格，甚至杜甫草堂式的川西園林，我都見慣不驚。但在拉薩見到羅布林卡卻有點意外，沒料到西藏也有南北風格兼具的漢式園林。

布達拉宮是政教合一的行政機構，從建築結構上說，與大昭寺和羅布林卡完全不同，並以其雄偉的建築形式，讓人思考怎樣用攝影來捕捉那獨有的視覺效果。

第三日　瓊樓天湖

第三天的行程是去後藏重鎮日喀則，不料行前卻出了個簽證問題。還在預定拉薩航班時便得知需通過西藏旅行社辦理入藏許可證，也得知旅行社必派導遊全程陪同，還得支付每日五百元人民幣的導遊費，外加簽證費。第一天到拉薩，導遊打來電話，說在機場接我。在出口見了導遊，是個藏族小青年，講一口流利的英語。我對他說有當地朋友接待，雖然我付了全程導遊費，但並不需要導遊。小青年很爽快，說那就不陪了，但若去外地得通知旅行社。

是日去日喀則，便提前通知旅行社，方知一定得有導遊陪同前往，否則在外地不能入住賓館。而且，一旦被查出持外國護照在西藏獨行，不僅有大麻煩，而且旅行社也要承擔責任。我的確不想讓導遊陪同，因為我既不是藏獨，也不是民運，不必被監視。有鑒於此，導遊建議我寫一保證書，就說出了任何事旅行社都概不負責，也不退還導遊費，更不能事後投訴旅行社。聽起來這主意還行，只要我能自由旅行就好。

這天先到羊湖，藏語「羊卓雍措」，是西藏高原的冰川湖，海拔四千多米，當地人稱為天上的神湖。到羊湖時天氣陰沉，水色碧綠而非蔚藍。盤山公路沿羊湖繞行，湖邊不斷看到遊人留下的大片垃圾。快離開羊湖時，天氣轉晴，眼前是水草地和沼澤，處處牛羊，沒有遊人，水色透明，藍中現綠，很像北美洛磯山的冰川湖，美不勝收。

西藏的山水，與四川藏區的山水並不一樣，羊湖一帶山高水闊秀麗迷人，而四川藏區的山水則有萬古洪荒的野蠻氣勢。後來到了海拔近七千米的卡若拉冰川，才有點蠻荒之感。這也是西藏的一座神山，電影《紅河谷》在此拍過外景。我們的車一停下，就有藏族小女孩抱著羊羔來問拍不拍照，每拍五元十元均可。看著小女孩抱羊羔的甜美模樣，我聯想到畫家艾軒的西藏題材作品，其中多有這樣的溫馨場景。

中午到達江孜縣城，遠遠看見郊外山頭上有座孤零零的城堡，聳立的外觀與布達拉宮一樣雄偉，但年久失修，簡陋中反倒顯得更加古樸。不遠處還有座奴隸主莊園，叫「帕拉莊園」。這座往日西藏富豪的高宅廣第的對面，是其奴隸的洞窟式陰暗居所，也許可看作是舊時的藏式民居。

午後到達日喀則，我們直奔扎什倫布寺。

如果說布達拉宮是達賴在前藏的代表性政教合一的大型建築，那麼扎什倫布寺則是班禪在後藏的代表性宗教大型建築。其實這是一座建築群，既像村鎮，又像城堡，絕無僅有，算得上是天上的建築了。前面說過，我不喜歡逛寺廟，但紮寺卻不同，這座建築群有點像迷宮，在半山坡上層層疊疊、參差交錯，其雕樑畫棟皆勾心鬥角，需用《阿房宮賦》的語言來描述。不過，這建築群的排污系統實在不敢恭維，漫天飄浮著隱隱的惡臭味。

更惡臭的是個別遊客的粗魯。我見到一位中年女士，身背專業攝影器材，只要見到滄桑的老喇嘛，就直衝上去，也不言語，只將長鏡頭正對著喇嘛的臉啀啀拍照，對人毫不尊重，也不在乎這裡是寺廟聖地。

第四日　慎行天途

從扎什倫布寺出來天色已晚，我們到日喀則市中心看了看，其市政建設比拉薩差很多，相當於內地一個縣城的建設水準。這也應了中國城市化發展與西方的反向道路：在北美，越是小城鎮越乾淨整潔，而城市越大則越是髒亂差；在中國，越是大城市越乾淨整潔，而城市越小則越是髒亂差。

當晚我們住在日喀則，次晨起來，看見窗外的大樹上有個鳥窩，一隻斑鳩正在孵卵。我拿出相機拍照，斑鳩不驚不詫，還扭頭與我對視。這是藏行第四日，大清早這只孵卵的鳥送來一個好天氣好心情。

上午從日喀則返拉薩，我們撿了一條捷徑，沿雅魯藏布江而行，以免走重複路，也可以看沿江景色。但是才上路就遇堵車，原來這條路正在翻修擴建，滿地泥濘坑窪。

西藏的主要公路有四條，川藏、青藏、新藏、中尼公路。

我第一次乘車沿川藏公路西行，是在一九八八年，那時路況很差，沿途經常遇到塌方、泥石流等，最糟的一次竟坐等了兩天才通車續行。川藏公路有南北兩條線，南線翻越二郎山。山上路窄，只能單向行駛，上午西行，下午東行，駕車者得事先算好到達山口和翻山的時間。二十多年後的今天，川藏公路今非昔比，已建成高速公路，駕車暢快了很多，但雨季仍有塌方路斷的可能。

青藏公路要好得多，雖有海拔七千多米的高山，但幾乎沒有塌方和泥石流，一向暢通無阻。不過，青藏公路單向只有一條車道，超車時得越黃線逆行。路上的駕車者幾乎全都違規超車，不管彎道、坡道、實線，一律越線逆行，結果超車時常與迎面而來的車當頭相撞。

我們好不容易走完了五十公里的泥濘道路，重上青藏公路後，在激流洶湧的雅魯藏布江大峽谷旁，目睹了一起不可思議的車禍。一輛公路管理局的工程車，在沿江下大坡的急轉彎處，越過黃線逆行超車，與迎面上坡的車來了個四目相對激情擁吻，二車都撞得齒牙咧嘴，滿地零件，各自還向後猛地反彈回去。更糟的是，工程車的後面緊跟著一輛載重大卡車，情急之下，卡車急剎避讓，一頭衝向了路旁的岩壁，陷進路溝，車身幾乎扭成麻花。謝天謝地，卡車沒衝向另一側的雅魯藏布江，否則後果不堪設想。

在這段行程中，我們先後看到了三起慘烈車禍，全因違規超車。

這年頭，人心浮躁，連行車都不安全。

我們原本想坐火車入藏，但火車是旅遊大熱門，一票難求，尤其是夏天旅遊旺季，得提前數月訂票。另外，火車車次太少，我們在青藏公路上與鐵路並行了幾乎一整天，從日出到日落，竟未見一列火車。

實際上，在西藏旅遊，越野車是最好的交通工具。尤其是自駕遊，無論什麼樣的道路都可通行，想停則停，快慢自如，無拘無束，是旅行攝影的最佳選擇。

第五日　天邊遙遠

遊藏第五天，我們去「天湖」納木措，地處遙遠的天邊。這些日子，只顧了用眼睛看西藏的人情風物，用手拍照，卻無暇用腦子思考一些問題，比如為什麼納木措是遊藏的必往之處？為什麼西藏是現代人嚮往的天堂？

從拉薩去納木錯，沿青藏公路北行，驅車數小時，沿途可以看到念青唐古喇山的連綿雪峰，可以看到峽谷激流、丹霞地貌、草原牧群。在這數小時的行程中，我們經歷了晴、陰、雨、雪、冰雹和雲捲雲舒、長空烈日的天氣聚變輪迴。終於，當看到一片巨大的藍色水面與開闊的藍天近距離相互映照時，便知我們不僅到達了天湖，而且達到了天邊的淨界，一個可以讓人的心靈棲息的地方。

二十多年前的夏秋之際，我在四川藏區的康定住過兩個月，也去探訪過類似的天湖，那是群山深處的一個海子。藏地湖泊有兩大類，一是冰川大湖，即十多萬年前冰川退縮消融時留在地下的巨大冰塊露出地表而形成的湖泊，湖水晶瑩清冽；二是森林雲霧和天地互動產生的涓涓細流，在山林中滙聚而成的小湖，多與沼澤地共生。當地藏民說，群山深處的海子裡有怪獸，曾有好事者到湖邊苦候，見到怪獸出水後就狂呼大叫，那怪獸一怒，便呼風喚雨，攪了個天翻地覆。當年我們徒步數日到了海子後，又聽得另一種說法：高原空氣稀薄，雲氣流動不穩定，稍有動靜就會引起雨雪風暴，實與怪獸無關。

不過，當地人需要雨水時，便到深山湖泊去大呼小叫，祈求降雨，由此演變成祈雨儀式，稱「打海」，是一種原始的沙滿儀式，後來加入了宗教成分，變得神秘而神聖。正是這原始和神聖，具有無窮的魅力，使藏地天湖成為現代人為逃避憋窄的現實、逃避緊張和壓力、逃避內心浮躁而竭力追尋的世外天堂。

到了納木措，透過濃雲和湖面的縫隙遠眺，可以看到彼岸層層疊疊的雪山，而湖的此岸，則遊人如蟻，密密麻麻佈滿湖岸的沙灘。如果不是通了公路，如果沒有川流不息的旅遊車送來遊人，這裡該是人跡罕至的地方，可以讓人獨享清靜。但這願望已然成為過去，現在湖邊到處是停車場、到處是叫賣聲，到處是遊人遺棄的垃圾，以及討錢的乞丐。

不消說，當地旅遊業還是組織得很好，湖邊那些牽馬搭客或趕牛拍照的藏民，胸前都佩戴著從業執照，雖有拉客搶生意和討價還價者，但多數還是彬彬有禮、熱情周到。

有趣的是，我在美國和加拿大也去過不少湖濱，大者如北美五大湖，小者如散文家梭羅的華爾騰湖，無論是在芝加哥的城市湖濱，還是在洛磯山的天然湖濱，抑或是在青山州的鄉間水畔，都沒遇到過收門票之類有組織的旅遊行為。

我不喜歡喧嚷嘈雜，在納木措的湖邊，我離開遊人，獨行到一個偏遠的地方。湖邊坐著一個藏族小女孩，看模樣不到十歲，牽著一頭純白色的犛牛。我見她胸前別著一個有號碼的藍色小牌，該是旅遊執照，便問她可否拍照。小女孩好像不會講漢語，只說了兩個字，「五塊」，一幅害羞的樣子，煞是可愛。

沿湖岸向偏僻處續行，見拐角的岩石旁坐著一位藏族老太太，正獨自轉經。我遠遠地向她做了個手勢問可否拍照，她一言不發，回頭面對著我，讓我拍。沒想到在喧囂的背後，仍有這樣的安靜處。也許，這就是納木錯的魅力。那一刻，我想獨坐在深藍色的湖邊，清空自己的大腦。可是，我靜不下心來，也沒有時間去摒息靜心。

當晚返回拉薩，我們去布達拉宮前的廣場拍攝夜景。其時正是雪頓節前夕，曬大佛的日子要到了，各地香客和遊客紛紛湧入拉薩，廣場上人山人海，聲浪鼎沸。在廣場一角，偶遇一個很好的攝影展覽，《中國西藏珠穆朗瑪攝影大展》。作品展現的，不僅是西藏的人情風物，更有世外天堂的影像。

第六日　天路歸程

拉薩，這是藏行的最後一天，中午重遊八角街。在那裡購物，同內地大不一樣。內地旅遊區的商品，無論是在江南水鄉，還是湘西古鎮，或是北方民居，甚至東北的俄羅斯風情街，所售都大同小異，像是來自同一批發市場。八角街的旅遊紀念品，雖有批發，但當地特產也多，如藏香和唐卡，而我喜歡的則是鑲嵌綠松石的手工製作的珠寶首飾。旅遊書上介紹說，這些首飾的製作工藝很粗糙，我卻認為這恰好呈現了藏風的粗獷，正所謂原生態，遠比那些光亮的機器產品更有原始之美。據說，綠松石本是深海寶藏，後來喜馬拉雅山從海底升起，綠松石就留在了高原峽谷。

離開八角街，我進了拉薩最大的書店。原不打算在西藏逛書店，可是積習難改，出行每到一地，不買書心裡不舒服。拉薩書店的規模無法同內地書店相比，但仍有好書。這不，買到一本《藏地旅行攝影攻略》，介紹自駕往西藏旅行攝影的路線和驛站，圖文並茂，還講到季節、天時、選景與攝影效果的關係，甚至有曝光參數。這本書值得驢友、車友和攝影發燒友參考。

除了自駕遊，川藏和青藏公路沿途都有騎自行車旅行的，有三五成群者，也有獨行俠，實在讓人佩服。我們甚至在海拔近七千米的山路上看到一個洋人獨自騎車，真是千里走單騎。

說到高原旅行，得考慮健康問題，若乘飛機在兩三小時內由低海拔到高海拔地區，不少人會產生高原反應。解決辦法是提前一星期開始服用抗反應藥物，主要是「紅景天」，取自藏藥藏紅花等。如果藥物無效，還可購買可攜式氧氣罐，隨時吸氧。不過，很多地方的安檢門禁止氧氣罐入內，如布達拉宮。若藥物和氧氣都無能為力，便只好乘火車汽車漸入高原，可在過渡中減低反應程度。

在拉薩我們住四星賓館，房價每天一千四百元人民幣，合二百多美元，比北京上海的同級酒店貴多了。還好，當地朋友作東，我們零付費。躺在賓館的床上休息時，翻開旅遊手冊，讀到介紹西藏酒店的文字，說是凡配有制氧設備的就是高級賓館。我放下書回頭一看，果然有，遂到樓下前台買了吸氧卡，開機試用，卻發現吸與不吸無甚區別。後來退房時欲退卡中餘額，未果。

對於高原反應，入藏當天不要勞累，需多歇息，更不可洗浴，否則皮膚毛孔擴張，需大量氧氣，造成呼吸困難，嚴重者會影響心臟功能。我的高原反應比較輕，但在西藏的日子仍是細聲輕語、身體飄浮、腳步緩慢，走起路來感覺像是幽靈般跳太空舞，在稀薄的空氣中忽隱忽顯，靈魂出竅。

下午乘車去拉薩機場，沿雅魯藏布江和拉薩河而行。返回成都的飛機升空後，從舷窗回望機翼下的藏地，流淌的河水在照相機的鏡頭裡也是若隱若現，最後幻化為一片記憶。

2010年9月，蒙特利爾

隱逸江南

夏天帶學生回國學習，週末每每旅行於江南水鄉古鎮，向學生介紹中國的地理山水，解說江南的歷史人文，尤其是我個人所喜好的詩文繪畫。古人今人對江南的記述已經很多，我另辟一徑，從文學和藝術的角度，來說江南水鄉古鎮之喧嚷與寧靜中的文化意蘊。

1 告別寧靜

江南以水鄉著稱，在上海與蘇州之間，太湖東南岸水網連片，那裡水鄉小鎮星羅棋佈。江蘇水鄉最有名的古鎮，要數甪直、周莊、同裡、木瀆，浙江水鄉的古鎮則有烏鎮、南潯、西塘。

今夏遊水鄉，我們先去的是甪直（「甪」讀作「陸」）。出蘇州城，往上海方向開車半個多小時就到了。進得小鎮，有數條狹長的小巷，彎曲轉折，繞過無數老屋，有玉蘭花在屋旁盛開。這些老屋都是水鄉風情畫中常見的那種白牆黑瓦的老式民居，牆壁斑駁陸離，似畫中筆觸的抑揚頓挫。我用照相機拍下了這樣的老屋老牆，其中一幅，牆上掛著幾雙草鞋，互襯出古舊的意味，也透出揮毫作畫之輕重緩急的筆墨韻律。

甪直的古老，可以追溯到神話時代。傳說中遠古的獨角獸甪端，在巡視大地時到了這裡，認為這是塊風水寶地，便落足於此。到了唐代，著名詩人陸龜蒙也到此隱居，其名號「浦里」成為這裡的地名，直到明代才更名為甪直。

甪直的水巷很窄，水邊的小街兩旁全是小店，一律出售旅遊工藝品和當地土特產。水中時有遊船劃過，街上遊人往返，旅遊和商業氣息頗濃。大半個世紀前，這裡也很有商業氣息，只是沒有遊客。二十世紀早期的著名作家葉聖陶於二十年代任教於甪直的一所小學，並在甪直從事小說創作，寫下了名篇《多收了三五斗》。小說一開頭，葉聖陶就描述了甪直的商業味和古舊鄉氣：

「萬盛米行的河埠頭，橫七豎八停泊著鄉村裡出來的敞口船。船裡裝載的是新米，把船身壓得很低。齊船舷的萊葉和垃圾給白膩的泡沫包圍著，一漾一漾地，填沒了這船和那船之間的空隙。河埠上去是僅容兩三個人並排走的街道。萬盛米行就在街道的那一邊。朝晨的太陽光從破了的明瓦天棚斜射下來，光柱子落在櫃檯外面晃動著的幾頂舊氈帽上。」

我們沿著水邊的小巷，踩著路面的青石往前慢行。六月是江南的黃梅天，這時天上落下雨來，我便想像著江南詩人戴望舒的《雨巷》意境，想像著詩人「撐著油紙傘，獨自彷徨在悠長悠長又寂靜的雨巷」。可是，二十一世紀的古鎮早已不再寂靜，遊人的喧嚷使雨巷的安寧成為過去。

走到一座石拱橋旁，見牆上寫有白底黑墨的大大的「米」字。好幾個旅遊團聚集在大米前，聽旅遊團的導遊們爭先恐後地大叫大嚷「這就是萬盛米行」，讓我又記起《多收了三五斗》。據說，葉聖陶寫的就是甪直的這家米店。當年上大學，有位來自江南的老師主講現代文學課，還記得他講葉聖陶時，在講台上一邊著急地踱步跺腳，一邊充滿激情地對我們說：「每畝地多收了三五斗米，真是穀賤傷農啊，就因為多收了三五斗」，彷彿講的是他父母的遭遇。葉聖陶的小說，寫農民豐收、谷米掉價的故事，暗示西洋經濟對中國小農經濟的衝擊，與同為水鄉作家的茅盾之小說《春蠶》，有異曲同工之妙，都寫豐收成災的不幸。

與戴望舒的詩歌相比，葉聖陶的小說現實得過於沉重，一點也不浪漫。到如今，甪直往日的浪漫不再，連寧靜也一去不返。據說，現在要想找個安靜的水鄉古鎮度週末，唯有同里尚可。但是，同里就在上海西面，開車才一小時，我懷疑那裡能否真的安靜。

其實，浪漫一語對今日的作者來說，並不是一個好的評價。時下的作家和藝術家們，講究觀念，若以浪漫評價其作品，無異於譏諷。現在幾乎無人再寫戴望舒那種浪漫中帶著感傷的詩了，往日的詩神早已離去，留下的只是觀念的喧嘩與浮躁的騷動。

2 伊人遠去

既然得不到戴望舒的寂靜，何不就去湊熱鬧。於是，我們前往的第二個水鄉古鎮，便是十分商業化的周莊，號稱中國第一水鄉，離甪直也就一小時車程。

一入周莊，首先看見的是兩塊石碑，左邊的刻著「中國文聯文藝家生活創作基地」，右邊的刻著「中國作家協會江南水鄉周莊文學創作生活基地」，刻寫的日期是一九九九年。當年葉聖陶將甪直視為自己的第二故鄉，在那裡謀生並寫作；十九世紀的俄國大文豪托爾斯泰，也在自己的鄉下農場裡生活寫作，將農場作為自己的基地。曾何幾時，列寧說文學是革命機器上的齒輪和螺絲釘，於是作家們便有了指定的創作和生活基地。只是到了二十世紀末，位於工廠和農村的基地搖身一變，易為旅遊勝地，於是商業化了的周莊，便成為作家們操作機器的作坊。

此前我從未到過水鄉，僅在魯迅和葉聖陶的小說散文中讀到過水鄉的烏篷船。八十年代初，在雜誌上看到吳冠中的彩墨和油畫，多為水鄉風景，講究色、線、形的視覺效果，即所謂「形式美」，這才知道江南水鄉竟有這般美麗。

不過，吳冠中並不是一個單純的形式主義畫家。這位畫家是太湖邊上的水鄉人，早就開始描繪水鄉風景。據說，他在八十年代來到周莊，見老屋拆去、新房林立，不禁悲從中來，遂著文呼籲保護古鎮，這才使周莊倖免於難。如此說來，在吳冠中的色、線、形之下，有著看不見的文化思考，惟其如此，他的形式主義，才不至於單薄膚淺。

水鄉的點睛之筆，是石拱橋，周莊的石拱橋之最，非雙橋莫屬。雙橋位於兩條水巷的交匯處，建於明代萬曆年間。二十世紀八十年代前期，上海畫家陳逸飛到周莊採風，畫了不少水巷，多以石拱橋為主體，其中最動人的一幅，名為《故鄉的回憶》。那時我得到一冊印製精美的陳逸飛畫集，看他筆下那些古橋老屋，看那些我們熟視無睹的石壁青苔，突然明白了什麼叫「化腐朽為神奇」。陳逸飛筆下構築雙橋的老石頭，像是一部史書，無言地述說著水鄉古鎮的歷史，也像見證者一樣目睹著橋下的緩緩流水。

周莊的北面有澄湖，湖底有座陷落的古城，二十世紀七十年代曾發掘打撈出新石器時代至宋代的文物。顯然，周莊的歷史與吳越古國的歷史一樣久遠，只是到一千年前的宋代才被湖水淹沒了。在周莊的一座古宅博物館裡，陳列著許多來自湖底的陶器，向我們宣示了這個水鄉古鎮的歷史和人文情懷。

上世紀八十年代中期，電視裡播過一條新聞，報導美國石油大亨哈默拜見鄧小平，他送給鄧小平的見面禮是陳逸飛的油畫《故鄉的回憶》，描繪周莊的水巷雙橋，隱約有一點伊人遠去的傷感。吳冠中的畫比較簡約抽象，偏重於視覺印象，陳逸飛的畫則寫實而精細，朦朧中偏重氣氛的渲染。我猜想，這思舊懷鄉的離愁別緒，該是水鄉的迷人之處。也許，吳冠中筆下的色、線、形，以及陳逸飛渲染的情緒，可以幫助我們理解英國形式主義藝術理論家克里夫‧貝爾所說的「有意味的形式」。

歷史的變遷在表面上是一種形式，但在表面之下卻是一種心態和思維方式。今人失去的，不僅是老屋古橋，而且更是一份自然和純樸。從雙橋往前行，我們來到一處碼頭，隨即登船巡遊。搖櫓的船娘穿一身江南農服，藍底碎花，紅色鑲邊，讓人聯想到六朝時代的採蓮女。朱自清在《荷塘月色》中引過梁元帝關於江南的《採蓮賦》詩句：「妖童媛女，蕩舟心許；……爾其纖腰束素，遷延顧步；夏始春余，葉嫩花初，恐沾裳而淺笑，畏傾船而斂裾」。

於是我們問船娘可否唱一支採蓮曲，船娘笑允，並說小費無定價，隨便給。船娘先唱了一首江南小調，然後又唱茉莉花，唱得我們心蕩神搖。學生們雖然聽不懂中文歌曲，但顯然很受感染，竟入了角色。小船沿窄窄的水巷前行，輕輕地左右搖晃。午後的斜陽緩緩地照過來，落在船頭，讓人想起威尼斯的小船。隨著船身的晃動，有學生用法語和英語唱起歌來，似在呼應船娘。未幾，一個女生動了感情，說想在這船上結婚了。於是同學們七嘴八舌地建議她閉上眼，然後再睜開，就嫁給她第一眼看見的那個人。

離船登岸時，我遞給船娘十元小費，船娘說，兩首曲子應給二十元。

3 湖心隱逸

甪直和周莊，都是太湖東岸的水鄉古鎮，而在太湖的湖心，也有一個著名古鎮，那就是位於湖心島西山的古鎮明月灣。與水鄉的喧嚷比較，明月灣相對安靜，透出隱逸的意味。

西山在太湖湖心，與東岸的蘇州之間，有一串島嶼相連。現在這些島嶼間建了三座大橋，諸島聯成一線，從蘇州可以驅車直達湖心。可是在古代，西山卻因交通不便而遠離塵世，成為人們的避難所。古籍記述這裡「山深水闊，兵火所不及，力耕其中以免其患」。兩宋時期戰亂頻仍，北宋皇室南渡，南宋官員隱居，其中多有選擇西山者。現在的西山村民說，他們的先人，有些就是南宋皇戚。古代江南的文人士大夫，有仕途不暢者，也多選西山隱居。唐代詩人皮日休有名句寫這裡的幽靜：「試問最幽處，號為明月灣」，「野人波濤上，白屋幽深間」。王昌齡、白居易、劉長卿、賈島、陸龜蒙等唐代詩人，也都在西山留有足跡墨寶。

明月灣在西山盡頭，三面背山，一面朝水，水天一色，煙波浩淼，盡得風水之利。明月灣的民居，除了近年修復和新建的白牆黑瓦，便是明清時期遺留下來的老建築。據史料所記，西山的民居建築，可以追溯到唐代，但考古的發現卻更早，在明月灣曾掘出過漢魏六朝時期的地磚。實際上，早在兩千多年前的春秋戰國時期，吳王夫差就曾帶著美女西施進西山避暑，並修建行宮。這對神仙眷侶在湖灣賞月，將下榻處命名為明月灣，此灣就此成為退隱佳處。

北宋末代皇帝宋徽宗，喜愛藝術成癖，當金人兵臨城下，他仍然作畫賞石，樂此不疲。宋徽宗所賞之石，是中國園林中的名石太湖石，產自西山明月灣一帶。在中國的園林藝術中，無論是北派皇家園林的大氣，還是南派私家園林的精巧，都有太湖石點綴其間。由於道家出世思想的影響，傳統的中國藝術總是暗含著隱逸情緒。太湖石有的出自湖底，有的是西山溶岩，有青、白、黑三色，質地輕巧空洞，以皺、漏、瘦、透為四大特徵。太湖石的怪異，暗合了中國文人不隨世俗的精神，所以常見於古代繪畫中，成為高蹈精神的象徵。

太湖的隱逸和高蹈精神，也見諸桌上盤中。我去明月灣時，就餐於太湖邊上的農家菜館，品嘗到當地著名的「太湖三白」，即白蝦、白魚和銀魚。那天桌上的水產，還有田螺和湖蚌，讓我想起蘇東坡游赤壁時寫下的「侶魚蝦而友麋鹿」。我猜測，這可能就是古代漁父樵夫的生活方式了。

這漁父樵夫的生活方式，讓我回想到北美的塵世喧囂，一如甪直和周莊的喧嚷。在紐約大都會藝術博物館的中國館內，有一處仿蘇州園林，園中無水，唯有江南文人的私宅書房，芭蕉樹下放置一大塊太湖石。這塊怪石，在紐約這樣喧囂的都市里，有大隱於市的意味。在波士頓的藝術博物館內，也有這樣一個鬧中取靜的隱逸處。在蒙特利爾，十多年前建了一個山水皆具的夢湖園，是北美最大的仿蘇州園林，園中的太湖石，也有隱逸的蘊涵。

去西山那天，適逢蘇州桃花塢年畫博物館在明月灣落成開館。如果我們將個人的隱逸，推演至一個民族，那麼桃花塢年畫的重新得寵，便可以說是一個民族從隱逸向入世所走出的一步。為何有此說？自清代以來，院體畫和文人畫漸趨衰落，西洋畫來勢洶洶，民間年畫更被邊緣化了，不得已變成藝苑隱士，至今才得以重見天日。

作為個人，選擇道家的出世是一種生存態度，但是，如果一個民族以隱逸為追求，而體現民族良知的知識份子也以隱逸為價值取向，那麼，這個民族離衰落便不會太遠。

2006年7月，南京

天津人民出版社《散文中國・第2輯》2009年4月

第二輯

雲捲雲舒

筆意文心

1 舊書店

聽說杭州的人文社科書店「楓林晚」歇業了，讓位於一家餐飲店。剛得這消息時，頗感失落，因為去年夏天在杭州住了兩個月，那書店是我常去消磨時間的地方，在那裡買了不少文學、美術和歷史哲學之類書籍，並全數運回加拿大，甚至恨不得「楓林晚」能在楓葉之國開家分店。

可是回頭一想，民以食為天，物質生活第一，當食不果腹時，誰還在意精神食糧？江南鄉間講「晴耕雨讀」，畢竟是晴耕在前，雨讀在後，而且耕的目的也在於食。再說，即便有閒錢買書，今人也寧可去買暢銷的通俗讀物。

我喜歡逛舊書店，買些市面脫銷的便宜老書，甚至絕版書。但蒙特利爾與杭州相彷，這種小書店不定什麼時候就倒閉了。原本在我家附近和辦公樓附近有五六家舊書店，我常在傍晚散步時去逛的，其中一家在年初關了門，另一家在夏末我從杭州回來時也消失了，沒想到第三家竟在上個月又堅壁清野，掛出了店面出租的招牌。

有次在蒙特利爾的報紙上看到一則廣告，是一家小書店歇業廉賣，我就一早跑去挑書。店老闆是個落魄學究模樣的人，鬍子拉碴，見我對文藝理論書看得仔細，以為我是知音，就遞給我一本詩集，用濃重的法語口音對我說英語：這是他的詩，如果我喜歡就送給我。我只對古詩感興趣，幾乎不讀今人的詩，但出於禮貌還是接下了他的詩集。那店主像是身居鬧市獨善其身，久未與人交流，見我收了詩集，便興奮起來，用更加濃重的法語口音滔滔不絕地講著難懂的英語，像怨婦一樣數落今人不讀詩、不看書。我只好找了個藉口趕緊溜掉。

詩集就立在我的書架上，卻從未翻開過，心裡總是戚戚然。有次路過那書店，想去看看老詩人，但物是人非，那鋪面已成了啤酒店。

過去成都有一家像「楓林晚」的書店，叫「卡夫卡」，我回國時總要去逛的，那是畫家朋友們聚會的好去處。後來有次回國，與朋友們相約，我說去卡夫卡，被朋友們笑話，說卡夫卡早死了。可是，我分明記得上次去逛時，卡夫卡的老闆還跟我聊起合作的可能性，雖然不記得是合作什麼了。

2 自畫像

關於物質生活和精神食糧的話題，古已有之，古賢高士在物質的貧乏中滿足於精神的富有。宋末元初的禪僧畫家牧溪作《六柿圖》，在我看來，就描述了貧乏中的富有。

數年前我在美國一高校開中國美術史課，講到牧溪時，往螢幕上投出《六柿圖》，問學生第一感受是什麼。一個女生的回答給我印象最深，她就說了一個字：simplicity（簡約）。我心裡一愣：好厲害！暗合了畫中禪味。《六柿圖》來自直覺觀照和感悟，簡練至極，就畫了六個不圓的圓圈，略以水墨平塗，未嚴守「墨分五色」之法，省去了墨韻的繁複和微妙，唯余簡約樸拙，卻獲得了靜遠、淡泊和空靈的品性。

牧溪在宋亡後隱入杭州禪林，佛名法常，他將《六柿圖》送給在杭州習禪的日本禪僧聖一，這些柿子在東渡扶桑後，輾轉於京都和奈良的寺廟間，影響了日本禪畫的發展，影響了日本古典藝術中關於簡約和樸拙的禪意美學。

近讀一位畫家的博客文章，說《六柿圖》畫的是六個和尚打禪，我深以為然。作為審美概念，簡約與樸拙都涉及古人對物質與精神之關係的認識，是對心無旁騖的體驗。到明末清初，中國古典美術中的禪意，更拓展了個人的內在精神，如像八大山人的《晚安圖之瓶花》。

前不久上課講八大的花鳥，突然來了靈感，開口就說這幅瓶花靜物，是畫家的自畫像。此語一出，連自己都吃驚：怎會將靜物畫說成是肖像畫？座中有位旁聽的同事，也教美術史，常到中國講學，聽我這樣一說，露出吃驚的表情，卻又隨即點頭。這即興想法一出口，就得向學生解釋。我只好邊想邊講，說那簡單而古樸的花瓶，代表了畫家的塵世肉體，瓶中伸出一枝孤零零的蘭花，代表畫家的高蹈精神。八大山人是大明遺民，有皇室血統，入清後不與新朝合作，隱於禪林，在畫中時哭時笑，對天翻白眼。在中國文化的象徵傳統中，蘭花的寓意是純潔、出世，八大以淡墨寫之，將其人格化了。

課後回味，這即興發揮似有道理。古代文人畫家無意寫形，專注於寫意寫心，無論花鳥山水，均是內心精神的自畫像。

3 寧靜的激情

我喜歡讀關於畫家的小說，喜歡看關於畫家的電影。

美國有位專寫畫家故事的女作家，叫弗瑞蘭（Susan Vreeland），在加州大學講授寫作課。她的小說我讀過幾部，沒什麼特點，無非是做了些考證而已。弗瑞蘭有一部中短篇小說集《藍衣姑娘》，寫十七世紀荷蘭畫家維米爾，談不上寫作技巧，我讀了不到一半就放下了。但是，前幾年好萊塢有一部關於維米爾的電影，《戴珍珠耳環的少女》，根據另一位女作家謝娃麗艾（Tracy Chevalier）的虛構小說拍攝，卻很有吸引力。

維米爾是居家男人，一輩子都在家鄉小城德爾夫特（Delft）度過，幾乎足不出戶。他的畫也足不出戶，多描繪室內景，通常是廚房或客廳一角臨窗而立的女子。四五年前在紐約的大都會美術博物館參觀維米爾畫展，有機會集中觀賞其作品，發現這位畫家喜歡在畫中把玩窗口射入的光線，以及這光線在室內營造的獨特氣氛：寧靜的激情。

維米爾的畫具有寧靜之美，畫家用筆來捕捉平凡的居家生活，用色與光將這生活的細微末節，凝固在一個靜止的瞬間和空間裡。

電影的節奏很慢，有維米爾式的寧靜。不過，電影太寧靜了會催人入眠，所以導演又在這寧靜的表面之下鋪寫了激情，並在寧靜與激情的反差中製造壓抑感。讀美術史的人都知道，維米爾是個沒有故事的人，於是在電影的虛構故事中，畫家對小女傭產生了性幻想，讓她做模特兒，畫出了傳世傑作《戴珍珠耳環的少女》。當然，這幅畫不是虛構的，我在紐約的展覽會上見過真跡。電影裡的珍珠耳環，是畫家妻子的飾物，維米爾趁她外出時讓小女傭戴上。不消說，這秘密的暴露使妻子醋意大發，產生了另一種激情，由愛而恨的狂暴之情。

在我看來，維米爾繪畫的寧靜，也是一種禪意，他筆下的少女肖像，其實是畫家的內心映射。電影中他與少女的激情，他與妻子的衝突，猶如牧溪、八大在改朝換代、國破家亡之際所面臨的精神危機，他們都用簡約古樸的藝術，來尋找解決衝突的方案，以求內心的寧靜。

4 生於六十年代

與電影一樣，實際生活中的寧靜只是表面現象。

北美的書店風行一套懷舊圖書，名《七十年代》、《六十年代》、《五十年代》、《四十年代》之類，供那些年代出生的人憶往昔，都是當時重大事件、社會風潮、文化符號的圖集。我生於六十年代初，買下《六十年代》翻看，裡面都是太空人、嬉皮士、避孕藥、反越戰之類紀實攝影，彌足珍貴。

中國的六十年代，開初就是自然災害，但我對此卻毫無記憶。能記得的大事，是文革遊行，是大字報，是直升機漫天撒傳單，是挖防空洞和五七幹校。然後還記得活學活用，記得憶苦思甜和講用會。不過，這一切都很遙遠了，早埋入了記憶深處。真正記得的多是後來發生的事，如小學時學軍拉練（其實就是旅遊）、中學時批林批孔和支農抗旱割麥子，最後是七七和七八年的高考。

我的朋友和同學，多生於五十年代。大致說來，五十年代前半出生的人，我視為師長，五十年代後半出生的人，我看作學長。孔子云：三人行必有吾師。如今在學術圈和文學界藝術界叱吒風雲的人物，多生於五十年代，而政界商界和工業科技界，也都是這代人的天下。

我的師長學長中大凡有成就者，都已高高在上，而在下面做具體工作的，則是七十年代出生的人。論閱歷，這代人成長於歷史巨變的八九十年代，今天已思想成熟、勞有所獲。論精力，這代人正值如日中天的旺盛年月，既無前輩的老氣，又無後輩的稚嫩。就說我自己所介入的美術批評界，現在走上坡路的，均是七十年代出生者。

相對而言，六十年代出生的人，比上不足，比下也不足。比上，主席台上坐著自己的師長學長，比下，場內奔走的是自己的學生輩。自己上不著天下不著地，只能在空蕩蕩的務虛之所晃悠。這務虛之所，猶如牧溪八大的禪林，更掩映著維米爾的一抹斜光，既在高蹈的空靈中充滿無奈，又在欲望的無奈中充滿靜寂。對六十年代出生的人來說，若言放棄，於心不甘，若言奮起，卻力不從心。六十年代的人天生不足，出生於災害時節，成長於人禍歲月，命中註定了得找個自欺欺人的藉口，滿足於五斗米的營生，在牧溪八大和維米爾之間往返，像倦鳥一樣累於覓食。

5 模組化寫作

務虛的生活態度是無奈之下的自我滿足，之所以滿足，對我而言，是滿足了在務虛中進行玄學探索的願望。假期獨行歐洲是一種探索，週末進山入林也是一種探索，平日敲鍵寫作仍是一種探索。

眼下的寫作探索，乃嘗試散文的模組化寫作。最早接觸「模組」概念，是閱讀軍工著述，例如關於軍艦設計的文章。在高科技時代，航空母艦之類大型軍事裝備的設計，不是單個人或單個設計機構能勝任的，而需要不同行業通力合作。幾十年前的系統論概念，應付不了今日的設計要求，於是模組設計應運而生。這概念旨在將航母這樣的巨無霸，分割成無數小塊，一個部門承擔一小塊的設計。雖然各部門的具體設計內容不同，但都有一致的總目標，這就是建造航母。由於各小塊之間的這種關係，它們在航母的大構架中便各居其位，同時，不同空間的小塊可以根據需要而換位，還可以增減所占空間的大小並改變形狀。模組設計的結果是航母的模組式結構，這使大構架中的各小塊都易於拆卸、易於重新組合，有利於各小塊獨立改裝，以求重組後獲得新功能。模組結構使航母可以不斷進行局部功能升級，並由局部的漸變而實現整體的更新。

模組結構的概念也用於飛機設計。轟六原本仿造蘇聯五十年代的轟炸機，後因老舊而停產。前幾年為了應對台海局勢，轟六生產線重新啟動，但此時的轟六已今非昔比，其動力系統、雷達系統、武器系統等，都經模組化處理而改用今日技術，只有氣動外形還保留著半世紀前的模樣。看來等到外形改觀時，轟六就是新一代產品而該更名了。

我的散文寫作，也借鑒模組結構的思路。當年初學散文，講究形神關係，那是一種老舊的一體性結構。後來寫學術文章，講究線性結構，寫得多了就厭煩其千篇一律的毛病。九十年代散文復興，作者們都進行寫作試驗，有些人從題材角度探索文體邊界，有些人從意象角度探索語言的負載能力。我向來喜歡結構，傾心於模組化寫作的嘗試。

在模組化寫作中，每一小塊各立其意，可以分別完善。但是，各小塊之立意卻有潛在的一致性，服務於通篇的主題，並以此而形成整體結構，所謂意向性即是。這種寫法，每一小塊各司其職，塊間關係易於調整重組，便於為主題服務。為了主題的貫通和整體結構的堅實，在各小塊的連接處，需要語義的榫接，這時的語言就有了鉚釘或木楔的作用。

6 人生的筆意

在這個意義上說，寫作也如人生。在不同的人生階段、不同的人生處境中，各有具體的人生目的，而各目的合一，則構成整個人生。

當年研習文學時我著迷於現代批評理論，在學位論文中借鑒結構主義方法分析英國小說，對文學的內在結構有了初步瞭解。後來研習美術，也著迷於批評方法，從形式主義和跨文化批評的角度探索藝術語言的內在結構，十年中寫了三本書，論述藝術的形式語言、修辭語言、審美語言和觀念語言，以及它們貫通一體的結構層次。再後來從美術重返文學，致力於分析中國古典詩學的內在結構，如今又著迷於散文的模組結構。

寫作與人生具有可比性，二者雖是各自獨立的模組，卻因一致的內在意向而使生命得以完整。最近重讀英國歷史學家湯因比的巨著《歷史研究》，佩服他提出的文明發展觀。他認為，人類文明的發展是挑戰和應戰的結果，如果應戰不力，一個文明就會結束。例如美洲的阿茲台克人，他們不能有效應對西班牙入侵者，於是阿茲台克文明便毀滅了。

牧溪的宋王朝也是如此，先是北宋因自身內部機制的無效而不能應戰金人南下，只好遷都杭州。後來南宋又因自身的腐敗無能而無法應對蒙古鐵騎，終於葬身大海。

八大山人的明王朝仍是如此。

歷史的文明是如此，個體的生命也莫不如此。

湯因比說，如果沒有挑戰，人類文明便會自滿而不會進步，但挑戰的強度超過了應戰能力，文明卻會被摧毀。六十年代出生的人，沒有經歷過上山下鄉的挑戰，未練就應戰的功夫，當他們在而立之年面對商業化社會的轉型時，有些人便不知所措，只好選擇逃避。

我選擇了寫作。這是務虛的選擇，一如牧溪八大和維米爾。

寫作之於我，不是為了物質生存，而僅僅是為了滿足寫作的欲望。若非寫暢銷書，寫作斷不能提供物質生活的保障。記得二十多年前出版第一本書時，得了萬元稿費，相當於當時的十年工資，購買力約合現在的十多萬元。兩個月前出版了一本散文集，稿費相當於現在普通教師一個月的工資。這是一個物質昌盛精神沒落的時代，是文化衰退文字貶值的時代。幸好，寫作目的不是掙稿費，內心也就平和了，而出版社願意出版賠錢的散文集，其實是對文化的提倡，我心存無盡謝意。

生活於這個實實在在且又嘈雜紛擾的現世裡，寫作是對簡約朴樸拙和寧靜淡泊的內心生活的體驗。我順從內心的聲音而選擇這種生存方式，所以，面對書店歇業、寫作無用的現實，最多也就感歎一聲，而寫作的探索和嘗試，卻不會停止。

2008年11月，蒙特利爾

太原《黄河》雙月刊2010年第6期

我們是怎樣遠離自然的？

1 文明的悖論

上世紀後半葉的加拿大著名文學理論家弗萊（Northrop Frye）從文化人類學的角度，用四季輪迴的眼光看西方文學的發展，認為春天是大自然從冬眠中蘇醒的季節，文學也有相應的復活輪迴，這就是回歸自然。弗萊喜歡用繪畫作類比，因而也闡說藝術的復活乃回歸自然。

可是，我們今天的藝術，卻越來越遠離自然。這是人類心智發展的必然，還是人類文明演進的結果？我將這一串問題，融入了中國繪畫史課程的講授中。這門課的第一講，是討論內蒙陰山的岩畫，我也從文化人類學的角度，給學生描述上萬年前那些舊石器時代的半抽象人形和動物圖案，講解史前時期那些圖象符號的可能含義。

這些學生都是一年級新生，沒有歷史學、考古學和文化人類學的背景知識，他們對中國美術也一無所知。看著這些洋學生臉上充滿興趣而又茫然的表情，我只好給他們補一補基礎課：所謂史前，主要指文字出現之前，那時人們的交流和資訊傳播，以及巫術儀式等原始宗教活動，除了依靠說話和肢體語言，再就是畫圖。在這個意義上說，後來書寫文字出現，代替了畫圖，是人類文明的進步。

中文書寫符號的基礎是象形字，在文明進程中，象形文字的演變，就是逐漸抽象和簡化，在視覺外形上越來越遠離原本的所指，遠離自然形象。為了說明這一點，我用幻燈放出一組「馬」字的演變過程圖，讓學生看到一匹向上高抬前蹄的烈馬，怎樣變成半抽象的馬形圖案，然後變成抽象的文字符號，最後又怎樣從繁體字演化為簡體字，徹底遠離了馬的自然圖象。

雖是新生，這些學生卻很聰明。記得第一次上這門課時，有學生問我：你是不是說，圖象是原始思維的表現，繪畫是早期文明的標誌，而抽象則是人類智力發展和高級思維的表現，文字是文明進步的標誌？若是，你怎樣解釋今天的數位圖象？頭次聽到這樣的問題，我有點吃驚，事先沒準備答案，只好邊思索邊回答Yes and no，人的抽象思維能力，的確是文明進步和智力發展的結果，但圖象和繪畫並不是落後文化的產物，而圖象的數位化，更是當代文明的標誌。教室裡傳出低聲議論，我知道我的回答其實是沒有回答。

每年講這門課，我料定總會有學生提出類似問題，因此得準備一個標準答案才好。可是，為了答案的萬無一失，我讀書越多、思考越多，就越發現不會萬無一失。於是，我將尋求答案的活兒交給學生，讓他們思考答案，而我自己則可以趁機偷懶。

今天，無論對學習藝術的學生來說，還是對普通人來說，二十一世紀的頭十年都是一個讀圖時代。我們由於謀生的忙累而厭倦了文字，因為閱讀文字是大腦主動獲取資訊的勞動行為，而閱讀圖象則是大腦被動接受資訊的享用行為。前者叫人勤奮，使人辛苦，後者使人舒適，叫人懶惰。要緊的是，閱讀圖象是貼近人類自然天性的原始本能，而閱讀文字卻是人類進化和文明發展的結果。在二十一世紀，數位資訊讓我們得以進入讀圖時代，也使我們回到史前的慵懶。

此其時也，人類從開化走向蒙昧，從智慧走向愚蠢，莫非這不是文明的悖論？

2 春天的症狀

為了創造一個更貼近自然的生存環境，綠化是當代社會生活的重要方面。但我們會不會事與願違？這當中會不會也暗藏悖論？

早年在四川，聽長輩說鄉下有一種春天的季節病叫「胡豆黃」，有些人在胡豆開花的時候到豆田踏青，會頭暈、昏迷甚至喪命，學名「過敏症」。記得春天到農場玩，長輩總要叮囑：「千萬別去胡豆地裡亂踩。」

後來到加拿大，聽說西方工業發達國家的綠化環境好，貼近自然，春季滿天花粉瀰漫，約百分之三十的人患花粉過敏症。我自信不是過敏型體質，從小就不怕胡豆黃。老經驗的過來人卻說，中國人適應了粉塵濃度高的大氣環境，到北美的頭幾年不會過敏。不過，北美清新的空氣和乾淨的食物會通過呼吸和飲食而逐漸置換人的血液和免疫系統，降低人的抵抗能力，四年後這置換過程大功告成，中國人便會像加拿大人一樣過敏。果然，在四年半之後的暮春，我清楚記得那個震天動地的噴嚏，我對空中飄浮的花粉產生了過敏反應。

那不是一個通常的噴嚏，它與著涼、咳嗽、感冒無關，它是說我體內的免疫機制在拼死一搏，以適應空中的花粉刺激，抵禦草芽、花蕊、樹蕾噴出的致敏液體。當體內的反應過於激烈，我便打噴嚏、流眼淚、出虛汗，開始鼻塞、眼紅、臉腫，一幅可憐相。有的人輕則頭暈、心情煩躁，重則昏迷不醒、嗚呼哀哉。

我每年春天開始過敏，從五月中旬持續到七月中旬。不管我用多柔軟的面巾紙揩拭，只要一天不間斷，第二天就皮開肉綻，像是在西藏高原曝曬過。若服用抗過敏藥物，夜裡睡覺時會口乾舌燥、呼吸急促。到醫院測敏，大夫說我對綠草、春花等二十多種植物過敏。每年這樣身心折磨，整整兩個月苦不堪言，唯一的收穫是悟出了海明威為何要玩獵槍。

花粉過敏通常四五年一輪，從中國到加拿大四五年後開始發作，各人發病期長短不同，發作四五年後康復，過四五年再發作一輪，又是四五年的痛苦，如此這般輪迴不止。可是，四五年過後，我的過敏症並未消失，而是跟隨我遷往美國，並在每年春天提前一個月發作，這可能是因為美國的春季比加拿大來得早。後來遷回加拿大，過敏仍在四月開始，持續到七月。醫生說，我只有「易地」治療，也就是躲，逃離春天的北美，在花粉季節躲回中國。

我知道，回到草木稀疏的中國我不會患「胡豆黃」。

3 往昔的召喚

其實，加拿大的早春是一年中最冷的季節，甚至到三月底，還會有暴風雪。那時候萬木蕭條，斷不會有花粉在空中飛揚。

今年仲春三月我出行到多倫多，去安大略美術館看英國十九世紀後期畫家亨特（William Holman Hunt）的繪畫作品展。亨特是維多利亞時代拉斐爾前派的三大畫家之一，這派畫家的基本主張，是反對工業化的機器文明，提倡回歸往昔的自然文明。早在三十多年前學畫時，我就被這派畫家的象徵性迷住了，而他們那回歸的唯美、感傷和詩意，以及自然主義筆法，在八十年代初的中國美術界也廣受歡迎。八十年代後期我曾採訪過著名畫家何多苓，他就大談拉斐爾前派的象徵藝術。我尋思，何多苓繪畫中的鄉土氣息和懷舊之情，該與拉斐爾前派對中世紀之自然生活的嚮往有關。

早在七十年代末，北京舉辦英國繪畫展，其中有拉斐爾前派的作品，但我那時無緣到北京看畫，只見過雜誌上刊載的印刷品。後來到了加拿大和美國，有機會在各地的美術館看到一些零星的拉斐爾前派作品。在二十一世紀的第一年，耶魯大學慶祝建校三百周年，學校美術館舉辦英國繪畫展，以拉斐爾前派繪畫為主。那時我住在紐約州，一得消息便馬上驅車前往，在耶魯看到了心儀已久的作品。對我來說，這些繪畫的動人之處，是隱藏在唯美、感傷和詩意後面的懷舊情緒，甚至是那隱隱的頹廢。

這情緒的內涵並不僅僅是回歸，而是尋求精神依託。有次到英國旅行，我在倫敦的皇家美術學院參觀拉斐爾前派繪畫展，對懷舊情緒的象徵意義有了一點心得。今春在多倫多看亨特畫展，對這情緒又多了一分理解，並推及孟子之謂「苦其心志，勞其筋骨，餓其體膚，空乏其身，行拂亂其所為，所以動心忍性，曾益其所不能。」亨特天生具有使命感，他信仰的藝術，不是要去娛樂芸芸眾生，而是要教人向善。他的生活有如苦行僧，他的繪畫也如泣如訴，給人沉重之感。

由於執著的信仰，亨特主張，繪製聖經題材的作品，不應該是在畫室裡閉門造車，而應該到聖經的故地去實地繪製。這不僅是向藝術的原始本義回歸，而且是歷史的復原，是人類的精神救贖。這不是要在文明與自然的二元中進行選擇，而是要超越世俗的選擇，徑直走向心靈的源頭，求取精神自由。於是，亨特在一八五四年前往巴勒斯坦，親身體驗了洪荒野漠的原始枯寂，在死海岸邊畫出了震撼人心的《替罪羊》，用藝術的方式，演繹了一出救贖之戲。

4 莊子寓言

亨特的巴勒斯坦之行，實為尋求歸宿的內心旅程，惟其如此，他筆下的替罪羊才具有讓人反思現世的力量。在這精神救贖的背後，是追求出世的心靈解放，恰如莊子《逍遙遊》所言，塵世的凡人都是「有所待」的：「夫列子御風而行，泠然善也，旬有五日而後反。彼於致福者，未數數然也。此雖免乎行，猶有所待者也。若夫乘天地之正，而御六氣之辯，以遊無窮者，彼且惡乎待哉？故曰，至人無己，神人無功，聖人無名」。若想無所待，惟有無己、無功、無名，方可獲得「逍遙遊」的終極自由。

幾年前我從芝加哥去馬德里，在飛機上讀到一篇文章，講芝加哥的一個年輕女作家，為了追求自由精神（Free spirit），放棄年薪七八萬美元的雜誌編輯工作，到義大利威尼斯作自由撰稿人。雖然她收入大減，生活朝不保夕，但獲得了孜孜以求的自由。為了自由而放棄舒適的生活方式，寧願自我放逐並赤腳走天涯，即是一種自由精神。

我不知道自己是否屬於為了精神生活而追求自由的人。從感性角度講，繪畫與文學都是自由精神的產物。但從理智上說，人過不惑之年，應該懂得自由的代價，應該為自己的選擇和決定承擔責任。我不會為了一個天真浪漫的幻想，而放棄穩定的生活、去追求那看不見摸不著的終極自由。我覺得精神自由的要旨，是追求思想和靈魂的自由，而不必固執於肉身的流浪。一旦獲得精神自由，便能在靈魂的遠遊中品味藝術的甘醇，並領悟生命的意蘊。

如今在紐約、上海這樣的經濟中心，白領們總是行色匆匆，互聯網和手機代替了通常的人際溝通，人們來來去去總是一個「忙」字。然而這「忙」字卻揭示了今人的三種心理病態：一為真忙，這種人可能是無趣而乏味的工作狂；二乃假忙，這種人多是為了掩飾自己的孤獨和寂寞，用忙來自欺欺人；三則以忙為托詞，拒絕人際溝通和社會交往。這三種人，都欲以「忙」來應對「有所待」，實則南轅北轍，恰好說明其無法擺脫現世的「有所待」。

5 二元對立

世間的一切都「有所待」，即便是到美術館看畫，也莫不如此。在西方十大美術館中，歐洲有八個，如巴黎的羅浮宮和羅馬的梵蒂岡博物館；美國有兩個，即紐約的大都會美術博物館和華盛頓的國立美術館。我是「有所待」的人，雖然渴望能時常去逛這十大美術館，但時間、距離和經濟的限制，常使我望洋興嘆：花了近二十年時間才逛了九大美術館，至今仍與聖彼德堡的冬宮美術館無緣。

能夠經常去逛的多是二流美術館，這類美術館在歐美各地不計其數，幾乎每個大城市都有，僅紐約就有四五個。二流美術館又分三六九等，若說紐約的現代美術館算上等，那麼蒙特利爾美術館頂多算是二流中的二等。這類美術館的特徵是，藏品通常為一流藝術家的三流作品、二流藝術家的二流作品、三流藝術家的一流作品。例如，蒙特利爾美術館的鎮館之寶是十七世紀大師倫勃朗的一幅肖像畫，但這件作品在倫勃朗的繪畫中卻名不見經傳；再如館藏印象派畫家的作品和早期現代主義的作品，多數多是二流中的二流；可是，說到十九世紀晚期奧地利的捷克裔畫家麥克斯（Gabriel Max），他在西方美術史上默默無名，但在奧地利和捷克卻名聲較大，而他那幅收藏於蒙特利爾美術館的《耶穌為小女孩治病》，卻堪稱寫實藝術的傑作，其古典構思和繪製技法，皆爐火純青。我經常站到這幅畫前冥想，將自己淹沒於這幅畫的情緒中。

只要不固執於一流美術館而「有所待」，那麼盡情享受二流美術館的恩賜，便可進入「無所待」的境界。蒙特利爾美術館近在咫尺，我三天兩頭去轉一圈，既看那些百看不厭的藏品，也看那些臨時展品。在自己喜歡的畫前靜靜地或坐或立，體驗「無所待」的心境，那一刻，會產生靈魂飛升的幻覺，而「有所待」和「無所待」在那幻覺裡都消失了，惟餘精神的自由自在。

若照西方現代哲學的二元論觀點看，「無所待」和「有所待」是個對立的範疇，恰如自然與文明的對立，以及圖象與文字的對立。後來的辯證唯物主義試圖用對立轉化之說，來破解二元論，而二十世紀後期的解構主義和後現代主義，則乾脆放棄二元對立觀，德里達就從根本上否認邏各斯中心主義。

6 注水文化

解構主義的否定之法，包括擰幹水分。

今年為了逃避花粉，我在春夏之季返回中國。然而此行卻留下一個遺憾：我等不及好萊塢夏季大片《天使與魔鬼》上映。這部電影根據暢銷書作家丹・布朗的同名小說拍攝，是前幾年好萊塢大片《達文西密碼》的前傳。我之所以想看這部電影，是因為《天使與魔鬼》的故事，與《達文西密碼》相仿，都牽涉到古典藝術，都發生在十大美術館內（《達文西密碼》主要在羅浮宮，《天使與魔鬼》主要在梵蒂岡）。小說的中心人物就是哈佛大學那位密碼學家蘭登，而電影導演和演員陣容則是同一班人馬。

這兩部小說都是作家以文學的方式來演繹歐洲藝術，由於中世紀神秘社團和謀殺奇案的摻兌，兩個故事都引人入勝，使美術史變得津津有味。在我看來，這不妨是講授美術史課的一種新方法，類似於國內的大話西遊。不過，丹布朗吸引人的地方，在於他將虛構的故事和藝術的史實合二為一，比大話西遊多了一份可靠性。

由於趕不上《天使與魔鬼》在北美上映的檔期，我只好去買了一部英文原版小說來閱讀。一讀，頗為失望。這部書寫在《達文西密碼》之前，其故事的緊張一樣引人入勝，但兩部書之故事的發展與轉折，都有邏輯的漏洞。《天使與魔鬼》更讓人啞然失笑，因其引入科幻而造成文體失諧。例如，小說一開始，蘭登就乘坐了一架未來主義飛機，以十五倍的音速從美國波士頓飛到瑞士日內瓦，只飛了一小時，讀來不倫不類，破壞了作者力圖製造的事實感。

而且，丹・布朗的語言文字乾枯乏味，缺少文采。更有反諷意味的是，作者在乾枯的語言中又摻進了大量水分。我們國內的市面上出售注水雞、注水豬肉、注水西瓜，還有注水文憑、注水學歷之類。美國圖書市場則有注水文化，《天使與魔鬼》行文拖遝，其篇幅的四分之一是毫無味道的水分。在西方文學史上，為小說注水早有傳統，雨果的小說長篇大論，滔滔不絕，巴爾扎克的小說細節瑣碎，不厭其煩，都是注水的典範。當然，古典作家也靠賣字謀生，難以免俗。再說，雨果和巴爾扎克灌的水有文采和韻味。

今日的注水文化進了一步，丹・布朗的小說文字，藉助電影技術而轉化成活動圖象，在賣水之後，還可再賺一票。

圖象是高科技的產物，我們時時刻刻都被電影、電視和互聯網上的圖象狂轟濫炸。面對圖象的威力，我們毫無招架之功，我們的思想觀點和立場態度被新聞圖象所操縱，甚至連我們的購物決策，也被廣告圖象所控制。拜高科技之福，今人失去了獨立思考和判斷的能力、失去了主見，新聞媒體和商業廣告幫助我們思考、代替我們決策，我們成了圖象的奴隸。更可怕的是，奴隸主是個注水大師，而注入的竟是不潔之水。

我的中國繪畫史課程，最後一講是討論數字動畫。我對學生說：高科技是人類智力和文明發展的產物，如今卻反過來奴役人類。因此，人類智力和文明的發展，使人變得越來越愚蠢，而愚蠢的原因，竟是因為人太聰明了，創造了高科技。毋庸諱言，人類從蒙昧走向開化，再從智慧走向愚昧，是文明的輪迴。

學生問：可這輪迴是個悖論，我們會不會因此而與自然漸行漸遠？

2009年4月，蒙特利爾

上海《文景》月刊2009年第5期

生命裡的古意與時尚

1

這篇文章的題目，原是《誤判與回憶，體驗生命裡的古意或時尚》，有點拗口，可這莫非不是今日散文語言的一種時尚？這時尚與我多年前一次生死攸關的視覺誤判相關。

那是一個夜晚，我從紐約上州開車回新澤西。也許太累了，大腦麻木得幾乎停止了轉動。突然，我覺得側面有連續的亮光射入，扭頭一看，是一列迎面駛來的火車，正轟隆隆地擦肩而過。黑暗中，那一長溜透著燈火的車窗，向我灑來串串光亮。奇怪，我心裡納悶，這地方應該沒有鐵路啊。正思忖間，我的車已朝著火車偏了過去。我這才猛醒：那不是火車，是高速公路旁的鐵護欄。對面逆行車輛的燈光，從護欄的另一側透過來，讓我在誤判中差點撞上去。

一位研究散文的學者在考察當代散文時，通過比較二十世紀初和二十世紀末諸多散文名家的作品，總結出了一套新的寫作理論，認為當代散文應該對人生有一種感悟和思考，應該表現生命之存在、成長和壯大的過程；認為散文作者對生命的體驗，應該超越現象世界，從而使散文寫作具有本質的象徵意義。這是眼下時髦的散文寫作理論，但我對這理論卻有兩個疑問：其一，散文一定要寫生命體驗麼？其二，這體驗一定要用詩意的或哲理的語言鋪陳出來麼？

我不相信讀者都是不用腦子的笨蛋，而且，我對那種自以為是的肉麻語言天生敬畏，閱讀那樣的文字，我會有皮膚過敏的反應。我寫散文偏好徐緩平實的敘述，就像與朋友面對面交談。我不喜歡自作聰明的議論，更討厭矯揉造作的抒情。當然，我對散文語言的此一判斷，以個人好惡為準則，我並不打算將這判斷強加於人。

我的另一次誤判算不得生死攸關，只能說是有驚無險。

仍是許多年前，我陪一位國內來的老同學從紐約上州去耶魯大學。開車還不到一小時，我就對同學說，咱們快到了。老同學好生奇怪，問：不是需要兩個小時嗎？我讓他向前看，看那藍色的大海，看那陽光下起伏的海浪正泛著耀眼的光芒。

然後告訴他，耶魯在海邊，我們沿著海岸線走，很快就到。同學說，前面沒有海，也沒有起伏或者閃光的海浪。我聽了哈哈大笑，指著正前方的一片茫茫反光說：那是什麼，難道不是大海？老同學狐疑地回答：不是。我驚奇極了，真是不可思議，他怎麼就有目無珠，看不見眼前的汪洋大海？正奇怪間，車已開到了海邊，我這才看清，那真的不是海，而是農民種蔬菜的一壟壟塑膠薄膜，在無雲的藍天下反射著顫抖的陽光。

寫下這兩個有關誤判的故事，我是不是需要順水推舟議論些什麼？或者抒發某種獨特的情感？而且都是些關於生命意義的文字？

另一位學者在其研究專著中講到了散文的「詩性智慧」。按照義大利哲學家維科的說法，所謂詩性智慧，就是缺乏理性邏輯的原始思維，屬於人類童年時期的非理性思維。這位學者推崇此種早期思維方式裡豐富的想像力和大膽的創造精神，並將其與中國的禪宗思維方式聯繫起來，認為這一思維方式具有當代的解構意識。無疑，這樣的散文理論，蘊含著審美的古意，但我也看到，這古意中充滿了流俗的時尚。

在這古意與時尚之間，我的兩次誤判，都觸及了所謂生命體驗和存在價值之類深層的本質問題。我該對這樣的體驗進行怎樣的詩意發揮或哲理昇華？我猜測，在這樣的問題面前，對散文語言的判斷，已經超越了書寫的行為，而涉及到文字本身的力度和容量。

2

然而，我傾情於古意，斷非時尚。

在美國東北部波士頓郊外的海邊，有一個聞名遐邇的旅遊小鎮女巫鎮。大約四五年前，那裡的一家著名博物館Peabody Essex Museum完成翻修，重新對外開放。我早就聽說博物館的新館出自一位建築大師之手，便慕名前往，想參觀這後現代主義的建築，不料在館內的中國展廳卻看到了一座老舊的徽式民居「蔭餘堂」。

據博物館的資料介紹，這座民居原在黃山腳下的休甯縣黃村，是當地一黃姓商人的祖居，建於清末年間。後來這家黃姓商人到上海經商，祖居就漸漸荒蕪了。一百年後，作為中美文化交流的一個項目，這座老式民居被原封不動地拆遷到美國，在女巫鎮的博物館裡復原了。

那是我第一次見到老式的皖南民居，沒想到竟是在美國。據說，原生態的後現代主義建築，就是從現代主義的摩登之處轉個身，回頭走向復古。當然，這是在現代主義之後的歷史、社會和文化條件下的復古，恰如女巫鎮的後現代建築，在內部復原了一座古舊的中國民居。自然，後現代理論還主張跨文化和多元文化主義，其要義既在於賦古意以時尚，賦時尚以古意，也在於標舉西方中心裡的邊緣文化，以及暗藏在邊緣文化裡的西方中心。

蔭餘堂是一座木結構的庭院，上下兩層，十六個房間，天井裡有石鑿的水缸，養魚、淨手或者防火，全都生滿了厚厚的綠色苔蘚。室內陳列物，多為清末民初的舊物，如雕花床和繡花鞋之類，也有文革時期的報紙，一律裁成小方塊，疊放在臥室的側身處。還有農具、蓑衣等等，讓我想像著近百年來中國偏遠山鄉的寧靜生活，那裡古意悠然，絕無時尚的入侵。

這一切是多麼美妙的悖論：在時尚與古意相交織的後現代建築裡，竟然有單純的古意而無時尚的入侵。事實是否果真如此？退出中國民居，在女巫鎮博物館的大環境中，以「他者的眼光」看，蔭餘堂只是一件展品。如果再退一步，退到女巫鎮這個旅遊名城的大街上，那麼，整個博物館也不過是個旅遊點罷了。事實上，小小的女巫鎮有不少各具特色的博物館，其中最有名者，是巫女博物館，還有那座建於十七世紀的帶七個閣樓的房子，這鬼怪的房子給了小說家霍桑以魅人的靈感。於是我提醒自己：別忘了，女巫鎮僅僅是北美東海岸的一個旅遊小鎮而已，古意已然成為時尚的點綴，蔭餘堂無非是西方眼中的東方一隅。莊子和蘇軾都說：萬物皆為一瞬。在永恆的時空裡，思想和體驗的一進一退，都是在古意和時尚間調節距離，以便為自己尋獲一個觀察、思考和判斷的最佳位置。

近年每次回國，我都要去各地遊古鎮。去年去了江南古鎮和湘西古鎮，今年又去了川西古鎮。在成都平原的平樂古鎮，面對濃蔭蔽日的巨大黃桷樹，我突然意識到，這些旅遊古鎮，不管在哪裡，都是一樣的格局：新鋪的石板小街，兩旁是木板小樓，樓下臨街的一律是餐館和旅遊工藝品小店。最要命的就是那些旅遊工藝品，無論是在江南水鄉還是還內陸山區，這些工藝品都毫無地方特色，像是來自同一個批發商。例如，有一種子彈頭式的黑色磁石，拋到空中會相互碰撞作響，不僅在上海的城隍廟、南京的夫子廟和杭州的清河坊處處有售，就是在周莊、鳳凰、平樂這樣的小地方，也一樣隨處可見。

也許，我不應該用這樣的眼光看世界。可是，我們這一代人成長於文革後期，正好在形成思想的時候進了大學，而七十年代末的大學校園，卻面臨著思想的真空，於是西方現代哲學便乘虛而入，進了我們的視野。那時候最受歡迎的是存在主義思想和結構主義方法，這些舶來哲學，不僅佔領了校園，也給了我們這代人以懷疑和批判的眼光。

這眼光伴隨我們走過了二三十年的路程。其間，人們經歷了各種變故，有些人成為既得利益者而不再有當年的棱角，也有些人因時運不濟而憤世嫉俗，成為喋喋不休的抱怨者。不過，大多數人都與我一樣平庸，雖然仍有懷疑和批判的眼光，但卻又心安理得地享受著這個物質世界的各種美好。

所以，離開平樂後我又繼續向西，到雅安附近的上里古鎮遊玩。上里地處四川平原西面的崇山峻嶺，由於偏僻，便比平樂顯得古樸，也更靜遠，但仍舊擺脫不了旅遊工藝品的俗氣。在上里，我一邊欣賞木屋、流水和石拱橋，一邊詛咒這地方的喧嚷和銅銹。直到離開上里幾天後，我在清理旅遊照片時，才回味出上裡的可愛，那是喧囂中一份與世無爭的悖論式悠閒。比如那裡的一個畫家，在家門口設攤，卻不在乎遊客買不買他的畫。試想，如果我也像他那樣與世無爭，我就會用寧靜而平和的心態去看世界，那麼，這個世界無論怎樣庸俗，在我眼中都會無比美好，正所謂心遠地自偏。可是，我還遠沒修煉到與世無爭的境界，我知道，懷疑和批評的眼光同與世無爭的心態格格不入，唯有入禪悟道，方能調和這悖論衝突。

禪，古意與時尚的混合，多麼出世，多麼高雅，多麼惡俗。

3

什麼？我傾情古意就是心態已老？沒錯，我算得上老男人了，但那是在二十出頭的小女孩眼裡，而我對笨手笨腳的小女孩並無興趣。

我喜歡經歷過世事的女人，她們成熟，她們或許閱人無數，沒那麼多扭扭捏捏和惺惺作態，即使偽裝，也會很快脫去而進入真我狀態。她們經歷了人生的起伏，見識了世態的美好和邪惡，她們洞悉了生命的短暫、理解了現世的縹緲，因此她們才懂得怎樣享受這世界能為她們做出的任何細小奉獻。在她們的真我中，沒有大家閨秀或小家碧玉，也沒有才女麗人或蕩婦淫娃，她們只有生命的饑渴和塵世的欲望。用俗話說，她們善解人意。

且慢，這不是一個完美的夢境，這當中也會有實際的考量和狡猾的算計。並不是說上床容易下床難，也不是說要有徐志摩那種揮一揮衣袖的瀟灑，而是說在古意和時尚之間，應求取度的平衡。

三十年前剛進大學，酷愛寫作。先嘗試詩歌，寫過具體主義的圖象詩，但校園裡詩人太多，詩人角被擠得水泄不通、惡臭熏天，只得敬而遠之。然後試著寫小說，可我是個現實主義者，不尚虛構，雖偶一為之，所寫卻少之又少，以致拿不出作品去參加嚮往多時的筆會，最終不了了之。於是轉而寫劇本，卻不可能有上演的機會，再寫散文，又難於發表，末了，只好去構思簡單的寓言。

那時曾讀到一個古老的故事：有個年輕漁人放生了一條魚，一天夜裡，那魚幻化成美女，來到年輕人的家裡報恩。不用說，最後的結局肯定是花好月圓。

我那懷疑和批判的眼光又開始作祟，我尋思：這故事的寓意，該不會是善有善報那樣簡單，如果那美人魚是來自聊齋呢？所以，要緊的不僅是學會怎樣打魚，而且還要學會怎樣判斷網中之物。

隨後，我自己編了一個打魚的故事，卻不知何故沒有落筆為文。近三十年後的今天，這寓言仍保存在我大腦的磁片裡，現在終於能借這篇散文把它寫下來了：

很久很久以前，一個漁翁有打魚的訣竅，他打的魚多，而且魚肥，總能賣得好價錢，一家人的日子過得紅紅火火。漁翁身強力壯，搖槳如飛，每次出海，都把那些尾隨的漁船遠遠拋在身後，讓其他漁人無法偷窺自己打魚的訣竅。漁翁有個獨生子，也跟著出海，卻只能旁觀，沒有親手撒網的機會。年復一年，兒子總無緣動手，不得父親打魚的門道。終於有一天兒子忍不住了，問父親訣竅何在。父親說這是禪，只能意會。兒子問：怎樣才能意會，父親答：你撒網多了就知道。於是兒子要求撒網，可父親不允，說兒子手腳太慢，會耽誤自己打魚。

又是很多年過去了，兒子已長大成人，可仍然沒有撒網的機會，沒有學到打魚的訣竅。漁翁年老力衰，再也不能出海了，他的絕技終於沒機會傳給兒子，他就這樣帶著訣竅進了棺材，留下妻兒挨餓受凍。

這究竟是禪意的結局，還是天命註定的悲劇？真正的問題是：漁翁會判斷自己的所為麼？誰是傳說中的智者？

我想起自己十多歲的時候，與兒時的同伴下河游泳。我們來到碼頭，上了一條渡船，那船頭伸向河心。我告訴小夥伴們，船頭水深，我先跳下河試試，然後你們再下水。可是，我跳下水就沒再起來。河水太深，而且暗流很急，眼看就要被沖到船底了，這時有人遊過來將我拉到岸邊。上了岸，我強作鎮靜，但眼前卻總浮現出那最後一串透明的水泡，就像一枝飄蕩的水草，汩汩地冒著，向上延伸而去。

我不清楚那是我少不更事，誤判了河水的深淺，還是文革時期英雄的故事聽得多了，要在危險面前勇往直前。有人說，回憶往事是一個人精神衰老的標誌，可是，德國哲學家海德格爾卻言及回憶的必要：現代人在紛擾的世界裡，精神上處於無家可歸的狀況，人們在嘈雜的社會中不僅遺忘了生活，遺忘了歷史，更遺忘了存在。對於寫作的人來說，無論是想像中的回憶，還是回憶中的想像，唯有回憶，才能招回那被遺忘了的關於生命的意義。

或許，回憶便是對古意的追尋，它不僅是一個人在書齋裡對生命本源的玄學式探索，而且也是在現世上校正我們的誤判，就像那串透明的水泡，有如縱向的坐標軸，來自深深的河底，飄向永恆無際的長空。

2007年9月，蒙特利爾

天津《散文》月刊2007年12月

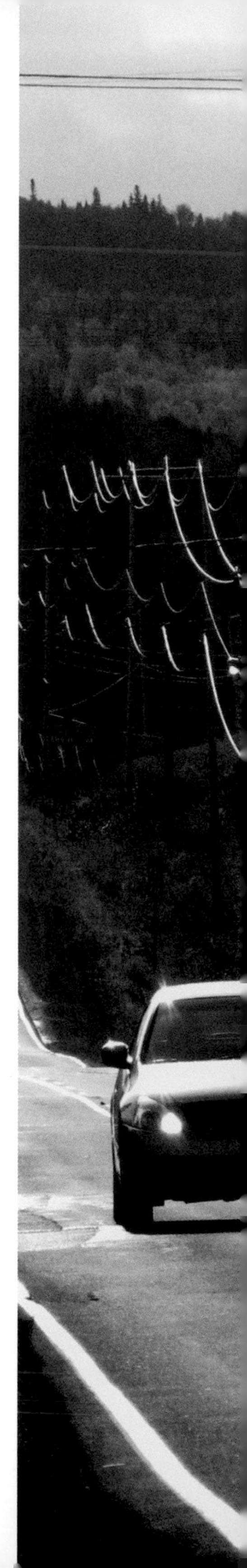

何處鄉關

1

大凡習國畫者，在寫簡歷或自我介紹時，都要寫到自己的師承，如「受業於白石再傳弟子某某某」字樣，這大概是因為中國畫講究認祖歸宗，否則師出無名，會被當成野狐禪。有些習西洋畫者也學得此道，每每寫出自己的師承。反倒是西洋的習畫者，通常不寫這些，他們看重的是自己的成就，而非師承和門派。

不僅習畫者如此，人生也如此。比如求學求職，在有關個人情況的表格中，都有「籍貫」一欄，所填皆父母出生地，而非自己的出生地。不知是否有人想過，若是父母或父母的父母填寫表格，這籍貫也許就該追溯到遠古了。至於那時候的族群遷徙，有誰還記得自己的遠祖所出、且遠祖又該以哪一代為準？西方的類似表格，籍貫一欄所填，皆為當事人的出生地，比較符合情理與邏輯。

就我自己而言，自從意識到籍貫問題的荒謬，不管是在中國還是北美，只要填表便一律填寫「成都」，因為我出生在成都西郊的溫江，成長於成都北郊的三江小鎮，在那裡度過了小學和中學的日子。從心理學上說，那些日子是產生感情認同的年齡段。感情是人們確認故鄉的重要因素，感情不僅針對某一地域，而且更在地域認同中包含了對自身成長歷程的認同。用心理學術語說，那是一個產生自我意識的時期。正是由於這種心理情結，我才將成都認定為自己的籍貫。

十五歲那年，回到父母的山西老家上中學。那是冬天，晚上在晉南臨汾的一個小站下了火車，滿眼看見的都是用黃土坯砌成的泥牆，小鎮一片暗褐色。晉南，若從經濟上說，以其鐵礦和煤礦的豐富而為全國的富庶之地。但論百姓的生活，卻不及成都之十一。就這樣，晉南人最喜歡問外地人的一句話卻總是「四川好哇咱這兒好？」每聽這問話，我都要在心裡詛咒問話者的愚蠢和孤陋寡聞，嘴裡卻言不由衷地說「咱這兒好。」當然，晉南也自有其美麗處，例如運城附近的大鹽湖，每當我乘火車經過，看著水鳥在一望無際的鹽湖上翻飛歇息，便能體會到一種詩意。還有從運城到三門峽一路的大峽谷，從車窗向下望去，其景之美，甚至可與美國的大峽谷相比。再就是晉南民居，如臨汾南面的丁村和汾河西岸的膏邑，那裡的明清村寨，並不比電影裡的喬家大院遜色。

但是，關於汾河的那首著名的山西民歌，雖然唱得嘩啦啦響，卻分明是不實之曲。汾河，從太原到臨汾，再到黃河，今天還有幾滴水在流淌？至於行船和遊魚，可能是丁村人時代的事了。即便是黃河，一到冬天就斷流；在晉南的風陵渡，甚至可以踩著冰泥走到黃河對岸去。另外，山西是全國工業污染最嚴重的省，而臨汾則是污染最嚴重的城市。在那裡，空氣中漂浮的黑色煤塵，讓人一生難忘。

十五歲時在山西，拜師學畫，為了練習色彩而外出畫風景寫生，愣是找不到可以入畫的景致。在我眼中，晉南唯一值得畫的，就是鄉村小路旁筆直的白楊樹，讓人想起茅盾的散文名篇《白楊禮贊》。汾河東邊是太行山，西邊是呂梁山，無論日出日落，兩座大山都是一片紫灰，不見綠色，沒有生氣。我那時畫的水彩和油畫，基本調子總是紫灰色，在黃土高原乾燥的塵埃中漂浮著一層失落的感覺。山西八年，我已過了感情認同的心理時段，我之於山西，很多年都水土不服。

2

說到水土，按五行論之，二者該是相克的，所謂「水來土掩」即是。少時居四川，遠離大海，直到後來遷居紐約西郊，才有機會到曼哈頓的南碼頭，望著無邊的汪洋自問，自己究竟是屬水還是屬土，卻每每不得答案。今夏回國在江南居住兩月，遍游水鄉，突然意識到自己該是屬水，於是回到成都，重訪離開了三十多年的三江小鎮，終於證實自己生長於水城。

三江小鎮乃一半島，位於成都北郊，有北河、中河、毗河在此相匯，流入沱江。那時候，四川盆地的天空還是湛藍的，傍晚的濃雲紅得像燃燒的烈火，稱火燒雲。這紅雲總是幻化成各種圖形，讓兒時的我產生無盡的遐想。斜陽中去北河游泳，喜歡躺在水面看著落日將雲層照得透亮。那一刻，雲天緋紅，整個世界彷彿是一幅色彩強烈的水彩畫。

三十年前的中河，尚有扁舟載著魚鷹追逐魚群，上學的路上我常立在中河大橋上陶醉地看著扁舟競逐、百舸爭流的場面。天氣好的時候，往中河上游望去，可以看到西北方向的雪山，有人說那是夾金山，也有人說那是西嶺。對成都平原的人來說，雪山有如夢境。

中河與毗河間有一小島，島上的橙木林伴隨了我暑假裡無數的快樂時光。三十多年後的今天，那片林子已經沒了蹤影，唯有片片高樓，讓人難尋往昔的日子。

過去，河上漂著一座晃晃悠悠的浮橋，寬大的木板鋪放在平底木船上，船身就是橋墩。浮橋旁有一個碼頭，汽車乘船渡河，小孩子們背地裡叫撐船的艄公為「騷哥」，有膽大的孩子遠遠地站在浮橋上對著渡船就這樣大叫大嚷。現在，浮橋和渡船早已沒有了，如今還看得見的，唯有河岸與老碼頭上那一排似乎望不到頭的古老的黃桷樹。

三十年前跟隨老師外出畫風景寫生，常躲在黃桷樹的濃蔭下，用水彩或水粉描畫河岸景色。水淺的時候，河灘上露出一片沙土和卵石，造船廠的鐵殼船就赤裸裸地躺在陽光下，成為我們描繪的主體。

那些黃桷樹也是我們描繪的主體。濃密的樹葉有著陰陽向背，向我們呈現了色相與色度的豐富多彩，而陰影中扭曲盤繞的樹幹，則述說了色彩與環境的複雜關係。當時我們關注繪畫的技術層面，如用色用筆之類的技巧問題，作為描繪主體的黃桷樹，僅是我練筆的對象。現在舊地重遊，才意識到黃桷樹的意義不僅是技法上的，而且是感情上的。那巨大的樹幹和濃蔭，蘊含了或濃或談的鄉思。因此，如果有機會再到三江小鎮去畫風景寫生，黃桷樹就不僅會是我描繪的主體，而且該是我描繪的主題。

這主題當然與黃桷樹所俯視的河水有關。過去的三江小鎮，每年夏天都會發大水，中河沿岸全被淹沒，鎮上的主街也被氾濫的洪水攔腰切斷。此外，三江之水給我的另一記憶就是釣魚，還記得自己親手釣上第一條魚時，伴隨著那陣狂喜，將魚竿猛然拉起，魚線甩向身後，竟在身後的竹子上繞了好幾圈，以至無法將魚從魚鉤上取下。那一刻，我第一次真正體會到了「欣喜若狂」一詞的原始含義，而後來的懷舊之情，也與那一刻的欣喜相通。

現在，小島上的榿木林沒有了，水上的浮橋沒有了，碼頭的渡船沒有了，河裡的打魚船也沒有了，但那一排望不到頭的黃桷樹還在，我還可以去追溯當年對三江之水的體會，這當是我再往小鎮畫風景寫生的意向所在。

3

小學和中學時的寒假與暑假，幾乎都是在市區渡過的，那時候印象最深的，莫過於春熙路的孫中山青銅坐像。春熙路是成都市中心最繁華的步行商業街，記得在這條街的中段，有一座花圃似的門面開放的茶館，裡面綠草蓊郁，花木幽深，似乎還有金魚在生了綠苔的石缸裡漫遊。在花圃的中央，有一座孫中山坐像，旁邊擺了幾把竹椅，搖著蒲扇的老人在那裡喝茶擺龍門陣。我那時不懂得喝茶，也對老人的龍門陣沒興趣，所以每次去春熙路的花圃，只看草木游魚，以及孫中山的雕像。

有心理學家說，睡夢過後五分鐘之內醒來，記憶中的夢境可能是彩色的，若過了五分鐘之後才醒來，那夢境便會失去色彩，成為黑白一片。我覺得，人的成長也一樣，經過的年月若是太久遠，色彩便記不清了。在我模糊的記憶中，春熙路的孫中山坐像是由古銅色的紅砂石雕刻而成，因日曬風吹雨淋之故，雕像的不少地方，色調已轉深暗，就像歐洲街頭的青銅雕像一樣，鏽跡斑斑。一想到歐洲的雕像，我又覺得成都的孫中山像也可能是青銅澆鑄的，只因天長日久，失去了銅像的本色，看上去才像是紅砂石的雕刻。

不過無論如何，這色澤深沉的雕像，總與綠草蓊郁、花木幽深的環境十分和諧，並在悶熱的夏日，給休閒的人們提供了一個消暑的好去處。這就像大半個世紀前德國思想家本雅明所說的「光暈」，指藝術作品產生時的存在環境，這既是時代的縱向環境，也是文化的橫向環境，更是那一特定時刻的氛圍。這縱橫交織的光暈籠罩著花圃，那裡的環境蓊郁幽深，與孫中山坐像的深沉色調相呼應，營造出一個夏日幽涼的所在。

今夏回到成都，春熙路已變得幾乎認不出來了。走到這條步行街的中段，猛然見到孫中山的坐像，竟有吃驚之感。暗色的雕像孤零零地立於路中央，在陽光下毫無遮擋。雕像與明晃晃的大理石基座和亮閃閃的路面相伴，卻與之沒有對話和交流。細看這久違的雕像及周圍環境，發現全無當年的「光暈」。花圃早已拆除，雕像周圍沒有了蓊郁的綠草、不見了幽深的花木，飲茶的老人和他們的蒲扇也全無蹤影，只剩下雕像上那古舊深暗的斑斑鏽色，無物與之呼應，毫無道理地敞在露天裡，顯得古怪而孤獨。

滄海桑田之後對往昔的記憶當然是古怪而孤獨的，與眼前的時空不會協調。此時此地，故鄉仍在，但不是往日的故鄉。我記憶中的成都，就是杜甫所寫的「錦官城外柏森森」，是道路兩旁無限延伸的桉樹和香樟樹，是大街兩旁遮天蔽日的法國梧桐。今夏回國，先在南京看到大街兩旁綠蔭蔭的梧桐，便想起成都當年滿街的梧桐樹。然後到上海，也見到梧桐，竟有點動情，勾起我一絲念舊懷鄉的感覺。再後來去杭州，在西湖邊也見到排排梧桐，更叫人思鄉心切。終於回到成都，便去尋找當年的梧桐樹，卻發現僅剩下一兩條短短的老街旁還有梧桐闊葉的綠蔭。

據說，二次大戰結束後，巴黎大街上的梧桐樹所剩無幾，法國政府便向中國求助，從上海移植法國梧桐到巴黎。由此可見，法國人也懷舊，而這懷舊卻又代表著一種向前的精神，他們要用往日的記憶來醫治戰爭的創傷。我喜歡梧桐樹幹上那層層剝落的脆皮，因為它記錄了久遠的記憶；我還喜歡梧桐樹枝的蔓延盤繞，因為它象徵了往日生活的延伸；我更喜歡濃密的梧桐樹葉，因為它掩隱了命運的起伏，無論風雨晴雲，我們都得以在綠蔭中既歇息也前行。

春熙路的銅像失去了原本的水土環境，成都失去了往日的梧桐綠蔭，但在我心中，往日的記憶卻總能掩隱我的行程。但願我以後不僅能有機會畫黃桷樹，而且也能有機會去描繪那僅剩的法國梧桐。

人生之旅必有所失，這不僅是空間的轉移所致，也是時間的流逝所致，而餘下的，唯有超越時空的記憶。這久遠的記憶，當是兒童或少年時代的記憶，正是這記憶，賦予我們關於故土的意識。

2006年8月，蒙特利爾

天津《散文》月刊2006年第12期

尋師天涯

1 良師益友

對一個沒有宗教信仰的人而言，若無心靈導師，會如大海上的夜行船，沒有導航之星。所謂心靈導師，不僅是學問和人生的良師，也是有共同語言的益友。不過，可以為良師者，或因師道尊嚴的古訓而不能成為益友，而益友也未必可盡良師的職責。

當年劉備到南陽三顧茅廬，求得孔明出山，任自己的軍師。劉備求師是居高臨下，所以孔明才在《出師表》中寫道：「先帝不以臣卑鄙，猥自枉屈，三顧臣於草廬之中，咨臣以當世之事」。劉備是漢家正宗，孔明信守儒教規範，講究君君臣臣，所以三顧之後，即使立志作避亂躬耕的布衣，他也自當為國效力。我輩尋師，非因社稷大事，而為個人修行，故每每舉頭仰視，卻因光耀炫目，無以能見，或因立足低下，一葉障目，終無所獲。

多年前有次去紐約，住在畫家朋友陳丹青家裡。入睡前，畫家拿出一疊列印稿相示，是他即將出版的文集《紐約瑣記》。打開文稿，一讀就入了迷，竟一氣讀完，很難相信一位畫家能寫出這麼好的文章。次晨起來，同畫家談起文稿，說他的文筆渾然天成，沒有斧鑿的痕跡。畫家先是一愣，再微微一笑，說還是認真修改過的。後來才知，陳丹青在紐約拜師為文，遍讀古今中外的文學大師，不僅涉獵中國古代的詩文策論，也涉獵歐洲當代的哲學與批評。我沒問過誰是陳丹青所拜之師，直到今年國內熱炒，才知道是集畫家與作家於一身的木心，其散文集《哥倫比亞的倒影》已在國內出版。

陳丹青將木心看得很高，說他的書寫超越了魯迅和周作人。儘管此言一出，國內文壇譁然，但所謂名師高徒的說法，總歸有道理。記得陳丹青在一篇文章裡說，當年在北京讀油畫研究生，導師是著名畫家吳作人，可是他在幾年裡也就見過導師幾次而已。看來木心之於陳丹青，也許就是孔明之於劉備了。如果礙於君臣之禮而不能說孔明是劉備的良師兼益友，那麼木心與陳丹青的忘年莫逆之交，總該算是良師益友了。

2 求師得失

要說追隨良師，我也曾經有幸，而後又有大不幸。古人說智者千慮必有一失，對我來說，那一失可謂千古恨。

文革時無書可讀，文革後上大學，狂讀，讀得最多的是外國小說。有些書圖書館借不出，如《十日談》之類，於是便到處打聽，看那位老師家能借到好書，結果得知張欽堯教授藏書無數，於是拜到張老師門下。張老師受業於五四時期的詩人穆木天，研習外國文學。後來穆木天在反右運動中獲罪，連累其高足，張老師從北京被發配到山西。這倒好，要不是這一發配，我不會有機會結識張老師。

大學畢業後考取研究生，師從研究西方文學的前輩學者周駿章老先生。周老先生是翻譯家出身，三十年代供職於國民政府的中央編譯局，後來深居簡出，一心做學問，為人簡約、處事持中。周先生只招了兩屆研究生，我輩關門弟子，共得四人，來自四方。先生不願對誰偏心，初次見面就明言，以後見面得四人同行，不可獨來。先生之言銘記在心，受業三年，未敢逾越。倒是畢業之後，與先生通信，總得其推心置腹之言。

後來到加拿大留學，攻讀美術教育，師從大衛・帕里斯。大衛是藝術心理學家，他在哈佛求學時的博士導師是《藝術與視知覺》的作者阿恩海姆（Rudolf Arnheim）。這師徒二人都是猶太人，二戰期間阿恩海姆受納粹迫害，從德國亡命美國；大衛的父母也從歐洲逃到美國，故師生二人惺惺相惜、情同手足。大衛既有猶太人的敏銳和學者的嚴謹，又有藝術家的寬厚與直爽，我們初次見面，全無師生高下之別，之後也一直如師如友。

好事不常有，好人不常遇。讀博士時擇師不當，曾幾度想撤退，卻又總念著孔夫子的忠義之言，對導師要從一而終。於是十年寒窗，忍辱負重，直至身心俱憊，不堪其教，無奈之下才不辭而別。雖然改換了門庭，但歲月蹉跎，荒廢了十年生命。記得被十年文革荒廢了的一代人，曾仰望蒼天悲憤發問：人生能有幾度十年？對這位博士導師，我造了一個英文詞贈之：acadevil。

3 情繫英倫

前不久收到一份來自澳大利亞的電子郵件，一看，發信者是絲黛芬尼・彭斯，一位英國女雕塑家。我們十多年沒聯繫過了，她從其已故丈夫的基金會得知我的聯繫方式。她丈夫叫彼德・福勒（Peter Fuller），英國著名藝術評論家。

十六年前的四月二十八日，福勒與絲黛芬尼和兩個孩子乘車去他們在蘇福克的別墅。開車的司機是絲黛芬尼的父親的專職司機，可是這位職業司機在駕駛座上睡著了。用美國著名藝術批評家格林伯格（Clement Greenberg）的話說，彼德・福勒像顆流星，從西方藝術的天空落下了，但他的光輝，卻如閃電般奪目。

那年初夏我還在中國，絲黛芬尼寫信告訴我說，福勒離開我們了。當時我正準備去英國，到倫敦大學攻讀美術史和文化研究，福勒既是我的經濟擔保人，也是我在藝術和學術上的引路人。

引路人不同於指路人。引路人走在前面，或與你同行，而指路人是在你身後或身旁，走的不一定是同一條路，甚至還可以不走路，只是站著指點罷了。福勒原本在劍橋大學學習文學，然後在媒體任職，再後來成為自由撰稿人，寫作藝術評論，同時也在倫敦大學執教。他追隨十九世紀後期的約翰・羅斯金（John Ruskin）和二十世紀中期的約翰・伯傑（John Berger），視這兩位社會學派的藝術批評家為心靈導師。一九八七年福勒在倫敦創辦《現代畫家》雜誌，刊名來自羅斯金的同名巨著。

福勒在政治上原先信奉馬克思主義，在藝術上主張社會政治批評，反對形式主義。到七十年代末，他轉向藝術心理學，寫出了《藝術與精神分析》。該書出版後，福勒被學術界視為藝術心理學之英國學派的後起之秀。福勒在西方藝術界的影響，不僅來自他的學術寫作，而且來自他的批評實踐，其藝術批評的最大特點，是不隨大流，反對藝術時尚，挑戰藝術權威。

我因翻譯《藝術與精神分析》而得以同福勒相知。他以自己的新著相贈，並郵來每期《現代畫家》雜誌。對我來說，福勒留下的遺產，一是不媚俗的批判精神，二是遠離迂腐的學究氣。他著文批評時髦的畫家和理論家，言辭犀利，毫不留情。福勒是格林伯格的晚輩，尊敬格林伯格，但卻旗幟鮮明地反對其形式主義藝術思想。格林伯格與福勒格格不入，可是也很敬重這晚輩的精神和人格，給其以極高評價。另一方面，儘管福勒的《藝術與精神分析》是一部非常學術的研究專著，但他寫的批評文章，卻既有羅斯金式的才情和詩性，又有伯格式的深刻洞察和平易曉暢，甚至他辦的雜誌，也多邀藝術家、詩人、作家來為文評藝，為的就是避免學究式的迂腐。

十六年過去了，絲戴芬尼早已遠走澳洲，兩個孩子仍留在倫敦。女兒希爾維亞現在是時裝設計師，兒子勞倫斯還在上大學，學的是戲劇藝術。絲黛芬尼提醒我，下次去英國時，要記住到蘇福克走一趟。

4 啟蒙之師

其實，早年的啟蒙老師也如心靈導師一般。少時習畫，拜投李斗南老師。李老師是附近一所小學的算術老師，在當地畫壇小有名氣。那時還是文革時期，凡人純樸，求師不用付學費，只要語言相投就行。剛開始，李老師週末到我家教畫，見我家藏書不少，便不時借閱。那時，李老師二十多歲，正值閱壑難填之年。後來我到李老師家學畫，週末住在他家，他母親做的菜，也讓我慾壑難填。

李老師家在郊外小鎮，三十里路，不通班車，若搭不上便車，就得步行，或騎自行車。成都平原多雨，郊外是黃泥土路，雨中騎車，車輪沾滿膠泥，寸步難行。不得已，將車扛在肩上步行，路人見了，憨直地大笑，說是「車子騎人了」。我當時十二三歲，年少氣盛，發誓不再騎車。

週末的晚上，李老師和我趴在燈光下畫靜物寫生。李老師的畫法，接近自然主義，用筆用線很嚴謹。他在照相紙的背面作畫，紙質細膩，所畫的陶瓷靜物，講究高光和反光的質感。畫石膏像的時候，李老師強調主次遠近的虛實關係，強調灰調子的微妙變化，並一再說畫面的結構中只有塊面沒有線條，說輪廓是塊面的轉折，而非線條的勾勒。

大型靜物寫生的長期作業，要畫好幾天，要求紙張經得住鉛筆的反覆琢磨和刻劃。七十年代初，人們的月入也就五十多元人民幣，買專業的繪畫紙無疑是種奢侈，我便用普通紙代之。結果，李老師問起為何不用好紙，我只得搪塞。現在想來，李老師不是為紙品店做推銷，沒有什麼可搪塞的。

在李老師家畫石膏像，他有米開朗基羅的耶穌和米洛斯的維納斯。回家練習時，我只有領袖像和樣板戲人物的石膏像。李老師說這些都不能用來做模特兒，因為這些石膏像既非名家名作，五官結構也不精確，他讓我去買西方名作。我買不到，便說維納斯的捲髮是資產階級的，無處可買。李老師說，維納斯的時代資產階級還沒產生。

李老師畫靜物和石膏寫生時追求精細和嚴謹，到茶館畫速寫時卻放得開，他用簡潔的鋼筆線條來捕捉人物的神情和動態。我們也時常到戶外畫水彩風景，他看重色彩中的素描關係，但運筆卻相當率意。我想，文如其人、畫如其人，大概說的就是這種嚴謹中的率意。

所以，李老師對我的啟蒙，不僅在於繪畫，更在於心思。再者，週末的時候，他家總有同齡人聚會，主要是學小提琴和學寫作的。我對音樂一竅不通，聽他們議論某某曲子如何如何，如同看海，怎麼看也看不到海的深處。好在我對文學有興趣，聽他們談論托爾斯泰和屠格涅夫，談論魯迅筆下的阿Q，尤其是看他們手抄的外國作家小傳，如同一扇窗戶在我眼前打開。

隨李老師學畫兩三年，直到初中結束，遷居異地。後來也結交過別的繪畫老師，但他們或是父母的朋友，或是老師的朋友，我不能與之平等交談，只能仰視他們。唯有李門南，亦師亦友。

5 敬畏自然

十九世紀中後期，英國維多利亞時代詩人史文朋（Algernon Swinburne）寫過一行著名詩句：「除了自己的心靈，便無引路之星」。與史文朋同時的英國小說家哈代（Thomas Hardy），用這行詩來描述自己的小說《無名的裘德》裡的男主人公。裘德想進劍橋大學求學，卻因出身卑微而不得入其門，他沒有引路人，只能聽從自己的心靈。

進人頭湧動的各美術博物館，找個僻靜處，默默地坐在自己喜歡的畫前。次年又遷居紐約北面的奧伯尼，任教於紐約州立大學。這是全美排名倒著數的公立大學，以學生酗酒滋事而聞名。週末我仍往紐約跑，到曼哈頓的美術館看畫。

我也一直在尋找引路之人。一九九八年到美國明州卡爾頓學院執教，那是一所全美頂尖的私立文理學院，地處一個民風淳樸的小鎮，學校像個大家庭，人與人之間距離較近。兩年後轉到紐約西郊，任教於新澤西州德魯大學。這也是一所私立文理學院，但在美國高校中排名很靠後，只因鄰近紐約，有地利之便，才得了人氣。我常在週末跑到曼哈頓，擠美國的最後兩年是在麻州度過的，先是在一所有名的女子大學教書，然後到全美排名第一的文理學院威廉姆斯學院執教。那兩年中，紐約和波士頓的美術館幾乎看遍，新英格蘭和美東地區的著名美術館也都看遍。威廉姆斯學院旁，有著名的克拉克美術館，收藏了很多雷洛阿（Pierre Auguste Renoir）和其他印象派畫家的作品。下班後我時常獨坐在雷洛阿的畫前，體會他那複雜的色彩和蓬鬆的筆觸。

美國六年的經歷，其實就是看世界，看頂尖的私立大學同最差的公立大學有何不同，看小鎮上的人同紐約的人有何不同。這些不同，猶如自省的鏡子，可作心靈的指點。再就是看畫看風景。紐約的大都會美術博物館，收藏有十九世紀中期畫家湯瑪斯・科爾（Thomas Cole）的風景畫《暴風雨過後》（1836），描繪麻州西部和麗山的風景。我在和麗山住過，對那裡的風景有親切感，可以在畫中同畫家靜靜交談。科爾是當時「哈德遜畫派」（Hudson School）的首席大畫家，信奉十八世紀英國美學家柏克（Edmund Burke）關於崇高與美的理論，在風景畫中表達他對大自然的敬畏。

敬畏是一種審美心境，西方美學中沒有中國的「意境」或「境界」之說，但對類似的審美經驗卻有所表述。十七十八世紀之交，德國有著名風景畫家弗雷德里克（Caspar David Friedrich），其學生卡魯斯（Carl Gustav Carus）在《關於風景的九封信》中，寫到過登高遠望時的心境，說是面對遠山長河，「你的內心會被無言所吞沒，當你失落於浩瀚的空間，你的整個生存體驗便淨化了。此時，你的自我已經消失，你變得無足輕重，唯有全能的神，無處不在」。這段內心體驗，與中國古人的「有我之境」和「無我之境」異曲同工，讓我想到唐代詩人畫家王維的「大漠孤煙直，長河落日圓」，以及王之渙「白日依山盡，黃河入海流」的名句。不用說，中國古代的山水畫家和西方的風景畫家一樣，都講究師法自然、師法心靈。

在美國的六年中我看得不算少，走遍了新英格蘭和東海岸的山山水水，也縱行了北美三國，更在「有我」與「無我」間追尋引路人。回到加拿大，仍在山水間徜徉，卻每每記起史文朋的詩句：

「除了自己的心靈，便無引路之星」。

2006年4月，蒙特利爾

行者無疆

1

近年讀書時用的書簽，多為出遊歐洲的各種票據，如美術館的門票和地鐵車票之類。對我來說，出遊歐洲也是一種字裡行間的旅行，而作書簽的票據，便是我「行者無疆」的記錄，是我在某地某時某境況中之特定感悟的記錄。

王羲之的墨寶「蘭亭序」，除了是個性張揚的表現外，也是他在某地某時某境況中之獨特感悟的記錄。據說他後來重抄蘭亭序，均無第一次的神韻。當代作家陳繼明在《讀帖手記》一文中解釋說，王羲之的那次蘭亭雅集，共得四十餘人，他在眾人面前乘興而作，其墨寶有獨特的氣氛、心情、環境。我想，這就類似於德國思想家本雅明所說的「光暈」，指作品產生時的文化、歷史、社會和人際環境，以及生存條件，尤其是當時當地的氛圍。有了這光暈，王羲之的書法藝術才會「飄若浮雲，矯若驚龍」。後來王羲之重抄蘭亭序，環境和條件變了，特定的光暈不再，所以神韻也不同。這恰如畫家的類似體驗，即使複製自己的畫，每幅仍各不相同。

出門旅行的心境，也來自特定的光暈。憑了這光暈，旅行者便會用特定的眼光去看景、看物、看事、看人，便會有特定的感受和心境。比方說去湘西鳳凰，有人看到這座古鎮的吊腳樓和碧水、看到白牆黑瓦和純樸的民風，便覺得鳳凰「美得讓人心痛」。我也試圖去感受這種心痛，但在冬雨中前往，沒有領略到霧氣迷蒙的詩意，卻看到滿街的泥濘，看到水面上漂浮的綠菜葉，感受到陣陣寒意，體會到另一種心痛。因了這心痛，鳳凰於我便只有沈從文乘船返鄉時的孤冷，而沒有黃永玉畫中的溫馨。

近年回國旅行，逛書店是重頭戲。除了購買關於藝術和文學的理論讀物，我買得最多的是各種散文集。有次購得一本《行者無疆》，出自散文名家之手。早就讀過這位名家的另一部散文集，曾嘆服其行文走字，故對其書寫多有期盼。不料一讀這部《行者無疆》，竟大失所望。我在這部散文集裡看不到環繞作者的光暈，只聽到作者為賦新詞而無病呻吟，將琴弓當作收割莊稼的鐮刀，在麥稈上劃出不成調的音符。寫作界和學術界指責這位名家的人太多，我不願湊熱鬧，只想說可惜了「行者無疆」這四個漂亮的方塊字。

我曾自以為走遍了世界，醉心於扳著指頭細數歐美十大藝術博物館中，自己已經參觀了八個還是九個，以及在北美五十個自然和人文景觀中，已經見識了多少。可是在中國，雖然二十多年前我就涉足於人跡罕至的貢嘎山大冰川，但實際上，在國內五十個重要的自然和人文景觀中，我去過的地方卻屈指可數，於是便又念起「行萬里路、讀萬卷書、閱萬幅畫」的銘言，力圖在這萬里氛圍中，為自己求取一塊小小的光暈。

2

這光暈就像瀰漫在大河上空的氤氳，伴著河水的流淌，出入於個人的記憶和漫想。我對世上的大河情有獨鐘，寫過巴黎的塞納河、倫敦的太晤士河，但總是意猶未盡，因為河流的曲折，有如山脈的起伏，是人生風景的象徵。面對蜿蜒的長河，看過了、經歷過了，就會在河流的風景中注入自己的情感和思考，於是這風景就有了人性。古代文人畫寒江獨釣，船上的漁父畫得很小，人隱於風景，孤舟蓑笠翁遂成禪境的點睛之筆。歐洲的風景畫家也畫隱士，在人與風景的關係中，風景是人性的烘染。無論是中國還是西方，人文風景乃山水至境。

十九世紀的紐約有哈德遜畫派（Hudson School），此派畫家們多畫哈德遜河沿岸風景。這條河北起加拿大蒙特利爾，向南流到美國紐約，匯入大西洋。幾年前我住在紐約西郊，幾乎每個週末，都要去曼哈頓的南碼頭，在那裡看哈德遜河入海口，遠眺自由女神像。後來從西郊遷往紐約上州，住在哈德遜河西岸。那幾年中，我時常驅車北上，沿八十七號公路逆哈德遜河而行，溯遊到蒙特利爾。在數小時的行程中，要隨河穿過風景迷人的愛榮戴克（Adirondack）國家森林保護區，翻越美東最高的阿巴拉阡山（Appalachian）主峰，途經風光迷人的喬治湖（Lake George）和香檳湖（Lake Champlain）。一路上，春天看野鹿漫遊於綠林，夏天看瀑布從天空飛落，秋天看萬山紅遍，冬天看雪崩迷霧。於是，在我的眼中心中，哈德遜河便富有了人格色彩。

哈德遜畫派雖以美國風景入畫，其畫風卻有明顯的歐洲痕跡，這派畫家們將歐洲的人文精神，注入到美國藝術中。不過，我到歐洲旅行時，對風景畫並不特別在意，而專注於人物畫的精神因素。在多瑙河邊的奧地利國家美術館，有席勒（Egon Schiele）的繪畫作品。遊至維也納，我得以去感受藝術家那流淌在畫面上的激情。席勒生於一八九〇年，一九一八年逝於疾病和貧困，只活了二十八歲。席勒的畫，其色彩因激情而顫抖，其線條因激情而扭曲，其筆觸也因激情而硬拙。他活著時，曾因其繪畫過於激情澎湃而有色情之嫌，被員警數次逮捕入獄。

曾讀到一本與藝術無關的書，名《眨眼之間：不思之思的力量》，暢銷作家格萊代爾（Malcolm Gladwell）著，前兩年在紐約出版。作者講判斷和決策，說第一印象和最初感覺至關重要。格萊代爾的觀點很有意思，說是分析得越多越仔細，便越把握不准，越可能作出錯誤的判斷。就看畫而言，我贊成他所說的第一印象和最初感覺，但不敢苟同他後面的話。我看席勒的畫，第一眼看到的，是他那神經質般扭曲顫抖的色線，這色線總讓我想起綿延在紐約和蒙特利爾之間的哈德遜河，想起風景中渺小的人物。車行於阿巴拉阡山的群峰和莽林中，有誰不是點景小人呢？對藝術家和文化人而言，席勒是偉大的表現主義者，但對員警而言，他卻是個有傷風化的搗亂分子。

中國古代的文人士大夫，平日做官，以儒教為行為準則，但假日退居山水間，卻以道家思想來規劃生活方式。所謂達則兼濟天下，窮則獨善其身，這一進一退，莫不是對大我與小我的把握。正因此，古代的文人風景畫才成為有我之境與無我之境的完美合一，這就像大河上空的氤氳，呼應著個人心思的流淌。

3

說到物我合一的思想，在北美，印第安土著與自然的關係，遠比歐洲殖民者與自然的關係更為和諧。歐洲人自命為文明的化身，主張人對自然的掠奪與改造。印第安人信奉泛神思想，認為自己是大自然的一部分，對物我合一的概念有獨特的理解。

過去在美國明尼蘇達州工作時，我曾到附近的曼克托鎮（Mankato）參加印地安人的節慶活動。其時，近千人齊聚在大森林中的一片空地裡，人們身著色彩鮮豔的土著服飾，身披各種漂亮的羽毛，腳上戴著響鈴，載歌載舞。天空中，美國的星條旗，加拿大的楓葉旗，印地安各部落的旗幟一同迎風飄舞。耀眼的斜陽透過樹林，把所有人都籠罩在同一片橙紅色的光暈中。

活動開始時，印地安大酋長說，在今天的活動中，我要講自己的土語，儘管現在能聽懂土語的人已屈指可數，可是，我們不應該忘記自己的語言和文化。他說，雖然我們現在都說英語，我們的後代也都接受了英語文化，雖然我們也都是建設美利堅和眾國的一分子，但我們還是要保護我們自己的語言和文化，這是今天美利堅文化的一個重要部分。他用土語重述了這段話，然後祭歌班的年輕人就開始擊鼓唱歌，巫師們也開始如癡如狂地跳舞。

舞蹈間，有位部落首領走了出來，他來到主持節慶的大酋長面前說，我們部落有四位勇士，幾十年前加入美軍赴越南參戰，從此再沒有回來。我們要為這四位勇士舉行特別的祭禮。

祭禮儀式的開始，是十多位年印地安退伍士兵，身著迷彩服，舉著越戰時期印地安團隊的軍旗，由穿著土著服裝的一大群少男少女相伴，繞場行進一周，然後將一面飾有純白色羽毛的獸皮鼓放在部落首領面前。這位首領口中念念有詞，並在祭歌班的低沉哀歌聲中獨自起舞。他閉著眼，面對西斜的太陽，張開雙臂向長空呼喚那遊蕩了幾十年的四條亡靈。每一曲歌畢，他都從皮鼓上拔下一片羽毛交給大酋長，他共跳了四曲舞，象徵四個自由之魂在長空飛翔。接著，該部落的所有婦女，都集中到部落的戰旗下嗚嗚長歌。最後，該部落的人全體起舞，其他部落的人也隨之共舞。

關於「物我合一」的思想，其實不獨印第安人有此信仰，即使是聖經中也早有「來自塵土歸於塵土」的說法。一個人在這世上行走一遭，既是享受生命的恩賜，也是體驗生活的沉浮起降與酸甜苦辣。這享受和體驗有各種方式，「行萬里路、讀萬卷書、閱萬幅畫」即為一種。只是，行者走這麼一程能悟出些什麼，則是另一回事了。

4

我輩庸碌，與預言家之類智者無緣，若有幸偶遇神人，便會手足無措。十六年前剛到蒙特利爾求學時，身無分文，暑假裡便到旅遊區給遊客畫肖像，常常畫到半夜一兩點鐘。子夜時分的遊人，醉醺醺地從餐館出來，一雙雙眼睛朦朧迷離，他們似乎是在漫無目的地尋找著什麼。有天夜裡，一位五十多歲的灰髮人，朝我徑直走來。定睛一看，他留著愛因斯坦式的髮型和鬍鬚，嘴裡叼著一隻煙斗，其相貌與我用作範畫招貼的愛因斯坦畫像幾乎如出一轍。他一屁股坐到我面前，並不讓我為其畫像，而是直盯盯地看著我，眼裡流露出不同尋常的深沉和敏銳。他一開口，就嚇了我一跳，說：「你要堅持。儘管現在是你最困難的時候，但一切都會過去。哪怕以後仍有大風大浪，你都不會翻船」。這人是誰？為何說這是我最困難的時候？雖然這是在盛夏裡遊人如織的旅遊區，他的話卻如一注寒冷的夜雨，澆得我脊背發涼。

他看出我的心在輕微顫抖，便寬慰我說，他不是算命的，而是來自希臘的遊客，是一條希臘貨輪的船長，剛在蒙特利爾港靠岸。他說，他在餐館用餐時，遠遠看到了我畫的愛因斯坦肖像，被吸引住了，便留心觀察我作畫，並想同我聊幾句。又說，他一生周遊四海，與風浪為伴，在世界各地閱人無數，見識過像我這樣以畫謀生的外國學生，知道個中艱辛。聞此言，我彷彿是在與荷馬史詩裡的奧德賽交談，聽他講述海上遠征的故事。希臘船長離開前，給了我一張名片，說自己在愛琴海岸有一座石頭建成的別墅，讓我以後去希臘旅遊時住到他家裡。

前不久我在上海小住了幾日，有天到賓館的餐廳用早餐，遇一遊僧。其時，我正端著盛早餐的託盤尋找座位，見各處均已滿員，唯那僧人獨擁一大空桌。剛一躊躇，心想要不要與出家人為鄰，便聽他大方地以「你好」相招呼。於是我也大方落座，將早餐盤放在桌上，卻見他面前空無一物，竟由此而聯想到西遊記裡的師徒化緣，想起中世紀歐洲的游方僧和托缽僧。我素無與僧人打交道的經驗，本想將自己的早餐盤向前推一推，與之分享，但又怕有辱他的尊嚴，只好在打過招呼後趕緊用餐，力圖儘早結束這尷尬的場面。

正尷尬間，只聽這位僧人氣定神閑地說我有福相，然後問我何方人氏，接著告誡我要警惕小人，末了又問我是否常到寺廟拜佛，並遞給我一張金燦燦的護身符和一張漢英雙語的名片，印著某佛教名山之寺院住持的字樣。我一邊埋頭用餐，一邊與僧人敷衍，其間，注意到他的眼神其實飄忽不定，目光在其他餐桌間遊弋。接了護身符和名片，我摸摸自己的褲兜，發現未帶錢包。飯後放下餐具，我對僧人說，如果您不在意，我上樓去一下再回來。他仍是滿臉微笑，嘴一努，做出「去吧」的表情。回到房間，我用信封裝了兩張紙幣，重返餐廳遞到他手上時，見他臉上藏不住獲得了成功的燦爛笑意。

昨晚夢回二十多年前，乘船過三峽。到萬縣小憩，在斜陽的餘暉中下船登岸，眼前是高聳入雲的台階，通往一片耀眼的光暈。我手裡捏著船票，拾級而上，卻見上岸之路竟無終了；驀然回視，唯見長江天際流。在這雲水之間，眼前無盡的青石台階，來自無限，伸向無限。回目間，船票從手中飄落。欲拾之，在高高的台階上竟不得彎腰。夢遂醒，得文題「行者無疆」。

2006年聖誕，蒙特利爾

天津《散文》月刊2007年第5期

恰如筆行之於人生

1

童年時代常與夥伴們一起看螞蟻搬家。下雨前到草地上尋找蟻穴，然後頭對頭圍成一圈，琢磨這搬家隊伍的來龍去脈，彷彿要在這忙忙碌碌的螞蟻行列中看出門道來，常常看得入迷，直到雨點落下才不舍而歸。那時候從不會想像自己以後會不會也這樣搬來搬去，更不知自己的遷徙會循著一條什麼道。

少年時代讀西班牙小說《唐吉訶德》，著迷於這位瘋狂騎士的遊俠故事。其時在商店站櫃台，因沉浸於書中，顧客來時竟只給貨物不收錢，結果一個月的工資全賠了進去。於是只好騎上自行車，像騎士遊俠一樣到附近的村子裡尋找那顧客，結局自然是一無所獲。這一無所獲的追尋，像是一道宿命的符咒，預言了這一生的遷徙，茫無所終。

到了求學時代，從南方遷至北方，又從北方返回南方，然後再到加拿大和美國，從一個學校換到另一個學校。畢業以後工作，在北美高校執教，也從一個學校換到另一個學校，就這樣不停地遷徙，總是伴隨著茫無所終的感覺。

十年前離開加拿大到美國執教，前往一所著名的文理學院，地處名為「北地」的鄉下小鎮諾斯菲爾德，在美國偏遠的中西部。我在地圖上沒找到這小鎮，只好憑地名來想像，眼前似乎有一條彎曲的小路，在一片白雪茫茫的世界裡延伸，路上人跡罕至，自己就像文革時期的下鄉知青，即將前往茫無所知的北大荒。

北地的一個同事，教藝術史的，有次聊天，說自己從紐約來，老家在紐約西郊的莫里斯縣。我知道那是美國最富的三個縣之一，屬紐約的後花園。為了工作，這位同事放棄了紐約的生活，她丈夫也辭掉了紐約一大美術館的職務，陪她一路遷到這偏遠的北地，作了家庭婦男。在美國，工作比生活重要，沒有工作便無法生活。這道理很淺顯，但我卻常常很迷糊，辨不清究竟工作是為了生活，抑或生活是為了工作，只知道自己為了工作而年年遷居，且不知下一次將遷往何處。

2

也許有人天生就清楚自己未來的旅程，但我不在其中。黑格爾的歷史哲學講「目的論」，認為人類歷史的發展有著內在目的和方向，因此歷史發展是必然的，而非盲目或偶然。可是，我們的實際生活經驗卻與黑格爾理論相反，個人的旅程可以按著我們希望的方向前行，但不一定真能到達那希望的目的地，否則算命先生就沒飯吃了。我們只能回頭看自己走過的人生軌跡，卻不能像黑格爾那樣往前看到未來的路程。前人說路是人走出來的，但我卻要說，尚未行走，何來道路？

當我回頭細看來路時，我看到自己早年最重要的一次遷居。那次遷居不僅對我的生活經驗很重要，對我的寫作也很重要，因為它讓我有機會去體驗一個完全不同的世界，既嘗到了生活的艱辛，也發現了生活的美好和寫作的美好。那是七十年代中期，剛上中學，隨父母從四川遷往山西。坐了兩天火車，到了山西，才知道那是一個學大寨的地方。我很快就棄學就業，被單位派到大山裡的小村莊去挑水抗旱、去炸石頭修梯田。那日子苦歸苦，但有機會接近自然，見識了北方乾枯的大山，和日落時從大山背後泛出的紫色天光。

那透明的紫色天光給了我繪畫的激情，我用水彩和油畫畫了許多夕陽風景。然而意猶未盡，又開始寫詩，都是長城內外萬山紅遍之類的豪言壯語，一直寫到進大學後對詩歌倒了胃口。停下詩，轉而寫散文，模仿楊朔。那時學寫作，最有心得的是立意和結構的關係問題，也就是所謂「形神關係」問題。

散文結構緊湊，段落間的轉折十分講究，行文的走向，就像黑格爾的目的論，也如遷居，得知道遷往何處，得知道下一筆該怎樣落墨。古人說文以載道，如果文而無道，只有自言自語或風花雪月，文章會單薄、零亂、漂浮，不知所終。君不見范仲淹的應景之作，也講究先天下之憂而憂。儘管他沒去洞庭湖，也沒登岳陽樓，但因有道，其應景之作才得以流芳百世。

這裡面有兩個問題，一是何為道，二是怎樣載道。前者涉及散文的選題立意，後者涉及散文的篇章結構。對散文之道，我們不能看得太狹隘，彷彿除了王道就是孔孟老莊。前幾年學術散文興起，其學術問題便是一種道。再如寫遊記，我力圖發掘漫遊之道，而道之於我，通常是藝理。所以，我也嘗試在寫作藝術評論時用散文筆法，更嘗試在散文中討論藝術問題。

散文因篇幅短小，講究謀篇佈局和形神關係，謂之「形散神不散」。照過去的說法，散文之散，看似天馬行空，卻猶風箏放飛，總被一根無形之線牽著。堂・吉訶德遊俠八荒，看似漫無目的，要麼與群羊為敵，要麼與風車大戰，但無論漫遊何方，這位騎士都以道義為追求，以除暴安良為己任，其所作所為，雖荒唐可笑，卻遵循著正義之道。寫散文也一樣，其形雖消散於長空，其神卻凝聚於一線。唯因此道，散文的風箏在翱翔之際才不會不知所終。

因為寫散文，進大學後便再不碰詩歌了，畫畫也少了，正所謂有所為有所不為。這也是一種遷居，從繪畫遷往詩歌，再遷往散文。一次次筆墨搬家，雖非理性思考和現實算計後的選擇，卻是追隨內心的呼喚。

3

蒙特利爾是一個浪漫的城市。所謂浪漫，就是不守規矩，就是寬容。例如大街上的行人可以闖紅燈，例如在市中心的商業區三步兩步都是討錢的流浪漢。在我浪跡過的歐美城市中，可與蒙特利爾之浪漫相比的，唯有美國首都華盛頓。冬天，白宮的南草坪蓋上了一層厚厚的雪，流浪漢們就在草坪的鐵柵欄下刨個雪坑，再鋪些硬紙板，便有了雪居的窩。不遠處的國會山莊，在大樓通風口和暖氣出口的附近，也有流浪漢們用紙箱做成的穴居。

每看到這些流浪漢，我總是心有戚戚焉。他們跟我的區別，僅在於他們搬家比我容易，而我跟他們的區別，也僅在於我比他們多了一張棲息的床。我們之間沒有區別的是，我們都不知下一次會遷往何方。

十年前遷居北地時，房東到機場接我。鄉下女人沒乘過飛機，她從小鎮駕車到了大城市的機場，立刻就懵了，不知東南西北。好在我同她早說好了接頭暗號，就像李玉和講的，左手戴手套。她開的車是農用皮卡，我的行李就放在後面的車斗裡，半路上下雨，行李全淋透了。遷居並不浪漫，每次搬家都有損失，要麼扔掉傢俱，要麼賣掉舊書。

我的傢俱中值得一說的就是那張賴以棲息的床，那是從北地遷到紐約郊區後買的，並不太貴，一千三百美元，發票至今還保存著。安裝床的時候，床兩頭的裝飾鐵欄，要用一個個螺絲釘擰到床架上去。次年搬家，又將螺絲釘一個個擰下來，然後遷入新居，再將這些螺絲釘一個個擰上去。如此這般周而復始，美國六年，換了五次工作，搬了六次家，每次都要將這床欄擰上擰下，不勝其煩。結果，最後一次遷回會蒙特利爾時，我實在累了，因不知下次又得遷往何處，於是決計不再用螺絲釘，就讓那床欄立於床頭，用席夢思將其頂在牆上。這是懶人應付搬家的辦法，但沒想到巫山雲雨時，那沒固定住的床欄便不停搖晃，在牆上撞得砰砰直響，也不知是否打攪了隔壁的好夢，或讓鄰居想入非非了。

搖晃的床欄象徵了不穩定的生活。傢俱乃身外之物，既是行者的負重，也是人生的羈絆，可人生又不能沒有這些安身立命之物。也許人生的羈旅原本就沒有邏輯和理性，原本就無道可言。

4

當年上大學後，從詩歌和繪畫遷移到散文寫作，同時也因所學專業為比較文學而轉向學術研究，畢業論文是分析美國作家海明威的小說。

海明威的語言冷靜、簡潔，甚至乾枯，他自稱為冰山一角或電報風格。那時是八十年代初，海明威剛被介紹到中國，其譯著只有一本薄薄的《老人與海》。由於海明威以語言幹練著稱，而我的畢業論文，卻不能討論譯成中文的語言，於是便讀英文原著。那時自己的英文水準有限，讀了兩遍英文版《老人與海》，其中不少段落更是反復揣摩，卻讀不出那語言的深厚和味道，唯讀到一頁頁簡短的大白話。我不想人云亦云地恭維海明威那種乾巴巴的語言，我覺得他的詞句像是太陽底下暴曬的蘿蔔乾。後來海明威的譯著出版得多了，見到不少作家和學者著文，對他的電報語言表現出深得要領的敬佩狀，真不知這些人是惺惺作態，還是故意蒙人。

畢業論文之所以寫海明威，是因為讀了他的傳記故事後，著迷於他那作為強者的人格力量，就像《老人於海》中桑提亞哥那不服輸的脾氣，你可以在肉體上打敗他，但無法在精神上戰勝他。

從解讀海明威的作品，我走上了治學之路，後來攻讀學位時研究十九世紀的英國小說家哈代，被其「性格與環境小說」的力量所打動。哈代是現代英語小說的先驅，他小說中的心理描寫、象徵意象、田園風光，無不貫穿了文明與自然的衝突，貫穿了道德的批判和人性的探索。為了寫作論文，我讀完了哈代小說的全部中譯本，那些尚未翻譯的重要作品，便讀英文原版。

哈代的小說具有內在力量，例如《卡斯特橋市長》和《還鄉》，前者寫一個性格悲劇，男主人公總是不服輸，他浪跡天涯，大起大落，最後失敗了，但他那堅強的性格，卻震撼人心。後者寫大自然的力量，正是冥冥之中無處不在的自然力量，阻擋著個人的努力，使勇者的性格與威嚴的天意永無休止地相互衝突，使性格的悲劇在巨大的天幕背景下永不停息地演出。

閱讀哈代小說的英文原版，我窘迫於自己的外語水準，不得不用很多時間自修，並嘗試以翻譯為自修之道。於是，研究生畢業後，一邊執教，一邊翻譯，經歷了從寫作到翻譯的又一次筆墨搬遷。

5

在紐約西郊工作了一年，我遷往紐約上州，任教於紐約州立大學。又過了一年，再次上路，遷往新英格蘭的麻州小鎮，任教於一所女子大學。這一路遷移，眼前風景各異，時有誘惑，就像奧德賽在返回希臘的航程中，遇到歌聲迷人的海妖一般。

一個比我早一年到女校就職的同事告訴我，對女學生要多留個心眼。他現身說法，講一位學生因功課不好而到他辦公室懇談的故事。他說，那女生一臉渴求，緊張不安，手上不停撥弄翻轉一支鉛筆，那筆不時掉到地上，她便不時俯身去拾。每一俯身，其單薄而寬鬆的衣領，都大泄春光。同事說，他知道那女孩子是要引誘他，想換得一份好成績。這種交換，互惠互利，何樂而不為？問題是，不知那女生以後還會提出什麼要求，更不知那女生會不會在達到目的後反咬一口，告他個性騷擾。權衡之下，保住飯碗更要緊，不能因小失大。

別以為女子大學豔遇多，其實得熟視無睹才好。觀摩學生球賽或演唱之類集體活動，時見瘋狂的女生脫掉上衣，群魔亂舞。藝術系的學生，常在校園裡搞行為藝術，往往都是裸體造型之類。女子大學也是同性戀的高發區，傍晚時分，在校園的湖邊和樹林裡，不定就會撞見雙雙對對的女生摟抱接吻撫摸。那位同事熟視無睹的功夫，操練得真是了得。有次搭他的車上高速公路，他突然讓我替他看路牌。問他何故，竟說只見路牌，不見路牌上的字，他眼裡的路牌上一片空白。聞此言，我嚇出一身冷汗，讓他趕緊到路邊停車，換我來駕駛。

英語裡有個搞笑的說法，叫「我什麼都能抗拒，除了誘惑」。我總在想，人生之路上的諸多誘惑，會不會讓人茫無所見、不知所終？

週末的時候，如果不去紐約或波士頓逛美術館和書店，我便在小鎮附近的鄉下騎自行車。這是鄉下生活的誘惑，我並不想抗拒。早上清風迎面拂來，騎車沿著田間小路漫無目的地前行，可以到湖邊看人釣魚划船，也可以到山上登高遠望。有次無意中到了一處養牛場，那戶農民自製的優酪乳和霜淇淋味美無比。後來每騎車至此，都要到農場的小店裡歇息，品嘗一杯加了青桃和杏仁的優酪乳。

鄉下生活的另一誘惑，是到農村的家庭小飯館吃地道的農家早餐。農村的早餐都比較晚，大約在半上午的十點前後，稱「早午餐」。所食並不複雜，通常是一個煎雞蛋和烤肉片，再加兩片抹了黃油的烤麵包和水果。當然，最重要的是一杯農家自製的咖啡，其味之醇厚香美，遠非星巴克之類連鎖店能比。農家飯館的食客都是當地常客，鮮有過路的陌生人，所以飯館裡總是充滿了溫馨的家庭氣氛。週末的早午餐，實際上是一種聚會，就像哈代在小說中描寫的鄉民集會。

在麻州住了兩年，換了兩個大學任教，都是在山區的鄉下小鎮。這種安靜的地方適合退休人士居住養老，我卻寧願大城市的喧嚷，於是終於得了個機會遷回蒙特利爾，重新過起了嘈雜的都市生活。

6

都市生活的要義，在於鬧中求靜，從而能在一方稿紙上走筆天涯。當年從中國到北美，放棄了翻譯，遷回到寫作。北美時期的寫作，又從文學研究，轉移到藝術研究，多寫關於當代藝術的話題。這種遷徙，雖發生在一方小小的稿紙上，但這一次次遷徙，卻都追尋著內心的筆墨之道。

寫作關於藝術的話題，起於介紹和闡釋當代西方繪畫，靈感通常來自閱讀和觀展。紐約有位抽象畫家叫布萊斯・馬爾頓（Brice Marden），號稱當今美國十大畫家之一。馬爾頓的畫和書，我都讀過一些，知道其繪畫題材，來自中國唐詩。他的名作《寒山》系列，便是用抽象的線條，來闡述他對唐代佛門詩人寒山的理解。

馬爾頓在繪畫中感興趣的是大隱於市的禪宗之道，正如寒山詩雲「人問寒山道，寒山路不通」。馬爾頓畫面上繁複的線條，在我看來，就是在喧嚷的都市大街上尋找和探索退隱深山的禪宗之道。這東方之道，不知迷住了多少西方知識菁英。十多年前美國小說家查理斯・弗雷澤（Charles Frazier），辭去大學教職，與妻子一道退居山鄉，埋頭寫作處女作《寒山》。這部小說寫美國南北戰爭時期一個南方士兵尋路回家的故事，小說一出版便好評如潮，成為暢銷書。作者在小說的扉頁上引用了寒山的詩句「十年歸不得，忘卻來時道」。後來這部小說由好萊塢拍成轟動一時的電影，並很快作為大片而進入中國，被譯作《冷山》而非《寒山》。

顯然，電影《冷山》的譯者完全不知弗雷澤小說背後的唐詩典故，其無知真稱得上「不知來時道」。同樣，西方也有無知者，例如一位著名的美國藝術史學家，在自己的大部頭著作中，將馬爾頓的《寒山》繪畫系列，解釋成一組關於寒冷的山脈的繪畫，還說畫家的目的是要用抽象線條來描繪現實中的某座山。

歐美的抽象繪畫，興盛於二十世紀中期，現在過時了。馬爾頓之所以在今天仍然重要，並不是因為他那純粹的抽象形式，而是因為他在作品中探討了東西方兩種文化的互動，這是馬爾頓的繪畫之道。我在寫作關於馬爾頓繪畫的文章時，試圖尋找一條有別於他人的闡釋之道。從畫面形式上說，馬爾頓的抽象線條，旨在進行探索，而非再現某座具體的山。從修辭手法上說，馬爾頓用了唐詩中寒山的典故，使作品別有一番意境。雖然意境是中國古典美學的概念，但卻可以用於解讀馬爾頓之類西方畫家的東方藝術。惟其如此，我們才有可能把握這位畫家探索禪宗精神的觀念所在。

在多年關於藝術的寫作中，我總在尋找一種方法，嘗試在形式、修辭、審美、觀念這四個層次上闡釋繪畫，希望用各類不同的藝術家及其作品作為試金石，來探索這四個層次上的闡釋之道。在我看來，這四個層次的貫通一體，是一件作品的本體存在方式，呈現了藝術的存在之道。我並不反對別人寫介紹畫家、評價展覽的泛泛文字，但我自己不會老寫這種缺乏學術深度的文章，即便是用散文語言來討論藝術，我也希望自己的文字多少能有點理論價值。

7

無論是什麼類型的文字，無論寫什麼題材，都要講究道。虛構的小說、紀實的歷史、思辨的哲學，莫不以文載道。紙上走筆尤如人生遷徙，一路行來，留下的墨蹟，便揭示了文心之道。

說起文心之道，我就想到《南京大屠殺》的作者張純如，想到她從一個世界到另一個世界的遷徙。那年在北地，有幸聆聽她的演講，我現在仍能記得，她說好萊塢有製片人同她聯繫，打算根據她的書拍攝《南京大屠殺》的歷史片。她說，由於寫作這部書，她時常接到騷擾電話和威脅郵件，日本政府也將她列入不受歡迎者的名單，禁止她去日本採訪和收集史料。

沒多久，日本駐美國的一個外交官也到我們學校演講。有個中國留學生當面問他，為什麼日本政府拼命掩飾過去的戰爭罪行，而且拒不認錯？後來一個日語教師對我說，那學生太不禮貌。我只好直率地回應說，任何學生都有權提出這樣的問題，這並非不禮貌。

又過了幾年，張純如有新書出版。那時我已到麻州任教，正好她到我們學校推銷新書並作演講，於是我有機會再次聽她談論二戰時期的日軍罪行。沒想到，我遷回蒙特利爾不久，便得知她吞槍自盡的消息。據公開的新聞報導，張純如駕車外出，在公路邊扣動了手槍的扳機。那段時間，關於她的死因謠言四起，其中不乏污蔑她的內容。我相信，她因為調查日本的戰爭罪行而接觸了太多的血腥史料，心理上終於無法承受，不得不選擇一走了之。同時，日本右翼雇傭的打手對她進行死亡威脅，也是一個不可忽視原因。

兩次聆聽張純如演講，都折服於她不凡的氣質和高雅的風姿。在我眼中，她是一個浪跡天涯的俠女，一生行走，無論走在路上，還是走在紙上，都循著自己的道，像一陣風飄然直前。張純如吞槍時不足四十歲。曾讀到有人寫文章，說四十之所以不惑，乃因人生的前半已到此結束，四十過後就該停下來歇息和享受了。可是我認為，對一個行者來說，若能不惑而得道，四十過後將開始新的生命。子曰：「朝聞道，夕死可矣」。張純如吞槍並不是歇息，她為我們發出了再次上路的信號。

於是我又想到人稱獅子的海明威，想到他那一臉粗獷的風霜和一生在死亡邊緣的漫遊。海明威最後也是吞槍自盡，但那是何等勇敢的選擇。

2007年4月，蒙特利爾

撫摸文字

若用比喻來說，人為了謀生而勞動，其過程就像是把雞蛋煮熟，要經歷一番沸騰。我的勞動是寫作，雖有沸騰的過程，但結果卻恰好相反，我那煮熟的雞蛋竟然變生了。這當中的氣惱，讀者可想而知。聊以自慰的是，我並不以寫作為生，雞蛋變生了，可以不吃。

我寫作，僅僅是滿足寫作的慾望，享受寫作的樂趣。我既不靠製造學術垃圾去評個教授職稱，也不用虛構小說來獲取世俗功名，更不必炮製酷評以取悅他人。借一句舶來洋話說，我寫故我在，我寫故我樂。

敘述一　別人的愛，很無奈

這樣斷斷續續就寫出了一本書，都是幾年中在西歐和北美各地的藝術博物館和畫廊欣賞名畫的所見所思，書名《觸摸藝術：一個批評家的旅行劄記》。

在這之前，大約是九十年代中期的一個暮春，我到紐約的惠特尼美術館參觀「美國當代藝術雙年展」，然後寫了一篇展評，不是泛泛介紹展覽，而是通過展覽去觀察當代藝術的新動向，並在寫作技巧上嘗試稠密描述的方法。文章寫好後投給了台北的《藝術家》雜誌，兩周後的一個半夜，我被電話鈴吵醒，對方是《藝術家》雜誌和藝術家出版社的社長，邀我以後繼續給《藝術家》寫展評。這一寫，就是十多年。其間，也給海內外的其他藝術刊物寫稿，不算多，每年寫下十來萬字。

這些文字經過挑選，彙編成《觸摸藝術》，我請當時旅居紐約的畫家朋友陳丹青寫了序，然後將書稿郵給台北藝術家的社長，並很快得到出版承諾。出版社的責任編輯，是幾年來編發我展評的同一編輯，我們早有筆墨往來，算是緣分。

我不好意思催問自己的書，心想遲早會面世，所以只在網上留心出版社每月的出書簡訊。過了一年多，責編寫來一份電子郵件，我見了一喜，想是書出來了。急忙點開郵件，卻見責編說，她將辭職到法國留學，我的書稿交給了另一位責編，並附新責編的郵箱地址。雖感失落，但畢竟有新的聯絡方式，希望還在。

我給新編輯寫去郵件，不料對方毫不知情，我趕緊又去信詳述，卻沒了回音。無奈，直接聯繫社長，信函竟如泥牛過海。

罷了，我急忙同台北常刊發我文章的另一雜誌《今藝術》及其出版社聯繫，並擴充書稿內容，重新編目，將書稿郵了過去。回信來得很快，編輯說由於書稿內容豐富，建議分成上下兩冊出版。真是大喜過望。書稿整理成兩冊後郵過去，一等又是一年，直到責編去英國留學，新編輯同樣一問三不知，後來乾脆沒了音信。

當然，出版社既不欠我錢，又不欠我情，更無合同糾葛，出不出書，由不得我。好在那幾年我已有條件回國，不像過去拿不出銀子買機票。一回國，便關注國內的圖書市場和出版業，還購得不少書，不僅閱讀，也借此窺探出版動向，喜愛天津一家出版社的名家散文叢書。我曾經在那家出版社的雜誌上發表過散文作品，於是便給叢書主編郵去自己的書稿。

隨著時間的推移和寫作的繼續，書稿內容已增加不少，我便將上下兩冊編為兩部不同的書。經過改寫修訂，上冊變成了研究藝術問題的學術文集《觀念與形式》，下冊變成談畫說藝的散文集，沿用舊名《觸摸藝術》。不久，一位編輯回信，表示接受後一部散文集。

過了一年多，未見出版動靜，便給責編寫去電子郵件詢問。責編很快回信，說自己早已到美國留學，讓我同主編聯繫。我又給主編去信，但終無回音。至此，讀者該會留意到，上述三次經歷，都是我同未曾謀面的出版社直接聯繫，並未托人從中介紹。三次經歷後，時間已過了四五年，而書稿卻一字也未付印。那時候每年回國，有次途徑上海，便將出書之事，託付給上海新聞界的一位兒時舊友，才有所獲。於是，我在上海得以同出版社的責任編輯相晤。其人熱情很高，建議我將兩部書稿，分成三部。我當然樂意，我們一不做二不休，根據二書的目錄，一合一分，馬上就有了三部書稿，分別是《觀念與形式》、《觸摸藝術》和《歐美看畫記》，各二十萬字，百幅彩圖。儘管最後一部的書名尚待進一步考慮，但他當場就同我簽了三部書的出版合約，稿費為百分之八的版稅。在文化商業化的年代，不收取出版費就不錯了，能有稿費，不管多少，已是幸中之幸，這該算是對拙著幾年顛沛流離的報償。

接受過去的教訓，我同上海這位熱情的編輯保持了密切的通信聯繫，而且，每次回國路過上海，都要同他一聚。去年夏天在上海又聚，分手前責編說有事相告。我心裡一緊，不知會是何事，但料定與書有關。他說：他即將辭職到外地工作，我的書稿尚未著手處理。事不過三，那一刻，「舊戲重演」一詞立即浮上腦際。但是，也就在那一瞬間，我突然發現自己一點脾氣都沒有了。我平靜得出奇，面帶微笑，專注地聽他講為了愛而離開上海的美麗故事，並祝福他。

倒敘二　天上無餡餅

我的第一部書在二十多年前出版時，並沒有通過任何朋友關係，而是自己聯繫出版社。那時候是八十年代中期，文化環境寬鬆，也沒什麼黃銅污染，美術界正如饑似渴地引進西方現代藝術理論。我拿了一部英文的藝術心理學專著，到一家美術出版社尋求翻譯出版。找到社長，得知社裡剛來了一位新編輯，中央美術學院美術史系畢業生，負責美術理論。我找到這位新編輯的辦公室，他不在，別人說他下樓打開水去了。我走到電梯口，見一長髮青年提著暖水瓶從電梯出來。我問他是否那位新編輯，他說是，於是我翻譯的《藝術與精神分析》不久就出版了。

我們就這樣成了二十多年的哥們，而當年對他的感謝，只是一小瓶咖啡。

有一部好萊塢電影，《美國大美人》，故事中的母親是個房地產經紀人，在經歷過人生的大起大落後，她對年少的女兒進行人生教育：記住，這個世界上誰也靠不住，你唯一能依靠的只有你自己。

的確，靠人不如靠己，但靠己卻會有難處。我在八十年代初大學畢業時，工作由國家統一分配，雖然人人都有一碗飯，可往往不是好飯，所以希望自行找工作。然而，在那年代自己找工作，猶如天方夜譚。八十年代中期研究生畢業時，國家分配我留校執教，我不從，一意要去北京，或者回成都。

那年春天到北京，我去某藝術學院求職。找到學院的人事處，同處長頗談得來，我以為工作有了眉目。談話快結束時，處長想起了什麼，問我是誰介紹來的。我說沒人介紹，是自己找上門的。處長臉色一變，幾乎是吼著說，進我們這裡，至少要師級以上的軍官介紹。然後不由分說，讓人把我請了出去。

第二天，我到新華社求職，也同人事處長談得頗為投機，但一切也是舊戲重演，處長最後問我怎麼進的新華社，我說就這樣走進來的。他問：門崗沒攔你麼？我答：攔了，我說是找人事處的，就進來了。這位處長稍微文雅一點，客氣地讓我離開。我剛轉身，就聽見他打電話，說怎麼可以讓外人隨便走進新華社。

見鬼去吧，皇家大院。

回到成都，我去某教育學院，找到院黨委書記，這位書記當年與我母親是同學。我說明來意，他面有難色，從抽屜裡拿出一份材料，一頁一頁地翻著，對我說，你看，我們今年不需要你這專業的教師。但是，我從他的眼神和臉色看出他擔驚受怕。

然後我去四川大學，找到某系主任，說明來意，沒幾天就得肯定答覆，謀得了教職，時為一九八六年初夏。

我認識一位畫家，在美國一高校執教。與別的畫家不同，他不找畫廊作仲介，而是自行代理。他的理論是：雖然請經紀代理可以省事省時，但代理人要拿走一半的賣畫所得，因此，只要自己精力充沛，最好自我代理，而所費之事與時，不足一半，何樂而不為？畫家說，他與經紀無緣。

我則與資助無緣。在美國和加拿大高校教書，我不申請科研經費。若論研究能力、論發表論文的數量和品質，雖不敢自誇，但敢說遠在平均水準之上。然而，命定就是命定，幾次申請失敗後，便斷了這念頭，再不去做無用功。我命中註定一切所得都來自雙手的勞動，天上沒有給我準備免費的餡餅。

倒是也有人想讓我不勞而獲，這便是《藝術與精神分析》的作者，英國藝術批評家彼德•福勒，我將他的書翻譯成中文出版了。一九九〇年春，就在我要啟程去英國，靠他的資助在倫敦大學學習藝術理論時，福勒因車禍去世。

有些事，命中註定了，強求不得。別人留學，要麼有國外獎學金，要麼有國內公費。一九九〇年我到加拿大讀書，國內國外，一分錢資助也沒有，連申請減免學費都不成。於是，暑假裡就到旅遊區給遊客畫肖像，畫出幾千塊錢，秋天一開學，全交了學費。加拿大是北方國家，入秋天冷，無法再外出畫肖像，只好四處打工，從餐館打到報館，通才。

插敘三　不暢銷，惟有死

去年夏天在杭州見到一位老朋友，從事美術理論寫作，已經出書無數。在西子湖畔相聚，他送我一部剛出版的大部頭《中國現代藝術史》，上百萬字。撫摸著這部漂亮的書，我說如今的市場經濟，使這類學術書難以面世。朋友笑答，他從來不愁出版，只要書一寫好，就可付印。聞此言，我自歎不如，只敢說不愁發表文章，只要一寫好，就有雜誌刊登。

我寫作靠的是苦行和靈感。說到苦行，九十年代初留學時，給國內的理論期刊撰文評介西方後現代主義文學和美術，不是在書房裡的台燈下寫作，而是在打烊的餐館裡。那時在餐館打工，每天下午兩點和四點之間，餐館關門，別人休息，我就埋頭在餐桌上寫作。那些文章都發表在國內著名的學術期刊上，如中國社會科學院的《外國文學評論》和中央美術學院的《世界美術》雜誌。

說到靈感，我不像有些作者，為了寫作而挖空心思擠牙膏。我腦中無物時決不去寫，不去苦思冥想撚斷髫鬚。我寧可一個月不著一字，也決不會無病呻吟或粗製濫造。一旦有了靈感，無論是散文還是學術論文，自會緩緩而出。

其實，苦行和靈感並不能保證寫出好文章。好文章的保障，在於感知能力和判斷能力。多年前美國暢銷《達文西密碼》一書，我購得一讀，便無法釋手，深為其故事所吸引。但是，讀過之後回味，發現這部小說有兩大毛病：語言乾枯，有如一堆空心稻草；故事的邏輯也漏洞處處，鎖鏈不時脫節。看得出，這是一部急就章，作者和出版商為了盈利，顧不得語言和邏輯的潤飾。據說，這部書的中文版和法文版，譯文語言也無法恭維。對這類大名鼎鼎的書，要讀出其短處，或許不難，難的是確認自己的感知，這全靠自信的判斷。若無感知和判斷的能力，要想寫出好文章，只怕無從談起。

今天，作者的感知和判斷能力，面臨了商業利益的挑戰。商業利益對文化生態的破壞，正如貪婪的人類破壞自然。幾個月前我回成都度假，其間去北郊一個水城小住，那裡有三條大河環繞，形如半島。文革十多年，我在那個水城長大，如今猶記往日古風與舊時景色。那時不足十歲，暑假到河灘去撿石灰石，每日所得，能在石灰窯上賣到五毛錢。傍晚的時候，下河游泳，躺在水面看天上奇形怪狀的火燒雲，想像那濃雲裡興許藏著什麼故事。夏天也常外出釣魚或到河邊的蘆葦蕩裡玩耍。現在，不要說釣魚，就是那骯髒的河水也快斷流了，河灘已成生滿癩瘡的禿頭。

有一年回國，我帶回一部藝術理論書稿，在北京轉機時到一家出版社尋求出版。我不認識那家出版社的任何人，也沒托人介紹。就像當年出第一本書那樣，帶著書稿，直接找上門去，詢問誰是理論編輯室的負責人。我至今也忘不了出版社裡那一雙雙魚一樣的眼睛（借用丁玲語），男魚女魚老魚嫩魚皆有。魚們神情怪異，彷彿在用京腔說著同一句話：你以為你是誰呀，就這樣來出書？

是啊，又不是八十年代中期，現在全球化了，地球村了，跟國際接軌了，文化變產業了，哪會再有電梯口提暖水瓶那樣的事。也許，我應該向魚們吹噓自己在美術理論界如何如何了得，最好再拿一封某某大師或某某高官的私人信函。如今，人們已不習慣自食其力，無論做什麼事，一定要有人從中牽線，哪怕是去側身之所。

這部書在北京無緣，後來到重慶出版，收入《美術理論新視野》叢書，書名《跨文化美術批評》。

當今寫字的人，不無名利的焦慮。職業作者以寫作為生，由於這焦慮，難以真正享受寫作之樂，其文字不再純粹，語言也染上了黃銅味。我等業餘寫字的人，雖以寫作為樂，但文章總得發表，書也得出版。本文提到三部沸水煮過的拙著，經過重新整理又恢復為兩部。散文集《觸摸藝術》，現在仍在上海的出版社裡，已有新編輯接手，但願今年能夠面世。

至於《觀念與形式》，則因其學術性而市場狹小，前途不明，到今天仍是一隻煮熟了的生雞蛋。

嗚呼，這年頭只能迎合時俗，不暢銷，惟有死。

2008年3月，蒙特利爾

第三輯

不在故我思

關於氣質的私人話題

1 個體經驗

藝術有沒有氣質？何謂藝術氣質？我在此問的不是演藝明星在媒體燈光下的亮相術，而是藝術的要義。藝術作品以什麼打動人？這看似一個大而不當的問題，而且前人早有諸多說法，可我看重面對藝術時的個體經驗。

當年見到法國印象派大師德加給他的女學生卡薩特畫的像，《卡薩特在羅浮宮看畫》，立刻就被迷住了。儘管那是在畫冊裡看到的印刷複製品，但第一個念頭居然是要臨摹那幅畫，以便掛在書房裡每天欣賞。既然想臨摹，就得琢磨一些問題，例如通過臨摹我能從中學到什麼？這一問不要緊，竟真成了一個問題。

印象主義繪畫多以陽光下色彩的跳躍和光影的斑駁而取勝，故稱外光派，但德加這幅畫描繪的是室內景，既無陽光，也談不上影調，色彩更趨平緩。顯然，通過臨摹這幅畫不可能學到外光派的用光用色之妙。然而，德加用筆的速度及畫面效果也稱一絕，例如他描繪那些芭蕾舞女，便以急促的筆觸而畫出了舞裙的薄而透明以及顫動的感覺。但是，德加筆下的卡薩特並沒有跳舞，她步履平緩，正在羅浮宮專注地看畫。顯然，通過臨摹也不可能學到德加的用筆之妙。

琢磨至此，我只好自問：為什麼要臨摹這幅畫、這幅畫為什麼打動我？沒有找到答案，於是我放棄了，既不求答案，也不臨摹。儘管如此，二十多年來一直不能釋懷，直到看了這幅畫的原作。

那一刻，站在德加的卡薩特畫像前，我難以移動腳步，唯自言自語：我知道了，是氣質，是畫中卡薩特的優雅氣質，是這幅畫的古典氣質（儘管這是一幅印象派繪畫），是德加的大師氣質。這一切，是畫家賦予畫中人、賦予這幅畫的氣質，這是藝術的氣質。這氣質不可能臨摹，是學不來的，唯有日復一日的修煉，唯有長年累月的觀察、體驗、思考、嘗試、積累，否則不可能悟出並獲得這樣的氣質。

2 原生態

藝術氣質是個近乎玄學的問題。

今夏我到四川彝族地區的大涼山旅行攝影，住在西昌的邛海邊。雖然喜歡邛海山水，但也有點失望：邛海與杭州的西湖沒什麼區別，一樣美輪美奐的湖光山色、一樣漂亮的湖邊公園、一樣上乘的賓館飯店交通等服務設施，一樣擁擠的遊人，甚至連湖邊的畫廊也有一樣的商業氣味。當然，邛海比西湖大了很多。

西湖是一處人文景觀，以厚重的歷史和文化意蘊而具盛名。邛海是自然景觀，卻沒有發揮原生態的天生麗質，反而效法西湖的人文理念來開發旅遊，人工味重，像是盆景，難以拍攝其原生的天性。

好在西昌城外有螺髻山，那是原始森林的所在，是我夢寐以求的攝影地。

還在上個世紀的七十年代初，我學習繪畫，臨摹何孔德等前輩畫家的油畫風景。有天聽說北京軍事博物館的畫家們沿當年紅軍的長征路寫生，一路畫到了四川，他們的寫生作品正在成都軍區臨時陳列，供內部觀摩。我知道得晚了，沒看到那些畫，但後來買到了他們的畫冊，就叫《長征路寫生》。那是我在70年代見過並臨摹過的最好的畫冊，不僅喜歡那些畫，也喜歡畫中的風景。

也就是在那時，從川北回到成都的知青帶回一個消息：川北藏區有一處山水美若仙境。後來才知道，那地方叫九寨溝，因偏遠而人跡罕至，連紅軍長征也沒入溝，只從溝外經過。在長征路寫生的畫冊裡，有很多九寨溝附近的風景，其原始之美，讓人歎為觀止。

我在八十年代去九寨溝，那時還沒通公路，更無公共汽車，也無「旅遊」一詞。我坐四川大學的校車去，一路是塌方和泥石流，走走停停，夜裡就睡在車上，歷盡艱辛，四五天才到達。可是，就在車入九寨溝的那一刻，路上的一切艱辛都煙消雲散了。看著眼前山水，我心裡只有一個念頭：這不是真的，除非世上確有仙境！九寨溝的天然美景，超出了常人的想像，所以不是真的。

九寨溝很快成了旅遊熱點，公路修通了，賓館建起了，遊人如麻，失去了原生態。以後再聽人說起九寨溝，我都乾脆回答：不去，不能毀了當年的感覺。

那時候川西的海螺溝也是同樣的故事：沒有公路，我和朋友們騎了一天馬，進入原始森林，然後在林中又徒步走了一天，才到達冰川。海螺溝沒有飯館，我們便在林中採蘑菇，然後用雪水煮，其味美不可言。現在，海螺溝與九寨溝是一樣的旅遊熱點，一樣的遊人如麻，只怕冰川也快被遊人的體溫給融化掉了。

登西昌的螺髻山，我原以為能找到當年在九寨溝和海螺溝的感覺，但是我錯了。螺髻山雖是原始森林，可山路卻修得很好，就像西湖邊的公園小路，一路登山，沒有探險的感覺。山頂的海子也非原汁原味，倒像是江南園林的荷塘。

所謂美景，是客觀的外在景觀，若不與內心共鳴，便難達物我合一之境。原生態失落，沒了探險和艱辛，那美景來得太容易，少了一份心許，便如男人厭倦美女，這時的攝影，哪裡還談得上氣質。

3 看見一個想法

在原生態的自然裡拍攝風景，得有想法，而不是舉著照相機不假思索地拍些沒有靈魂的照片。攝影不僅是視覺的，更是訴諸思想的，對攝影者來說，想法乃通過雙眼所見而產生。西方的攝影教材強調「興趣中心」，可這只是一個視覺對象，更要緊的卻是通過視覺而達於思想，否則會停留於形式。

就形式而言，攝影的要害在於構圖，在於利用光與影來製造氣氛和效果，以追求寧靜或動感之類。構圖可以人為控制，即所謂選景的角度和剪裁，這與繪畫的審美原則相似。光與影也可以人為控制，但室外攝影卻不然，風景的氣氛帶有偶然性，靠老天眷顧。過去到青藏高原和新疆拍照的人，總帶回些濃雲低徊、夕陽斜射、光暗對比強烈的照片，其撼人的氣勢常讓無緣去那些地方的人激動不已。現在青藏鐵路建成，往日的生命禁區舉步可及，那些斜陽濃雲的照片，遂成人盡可攝的景象。

這時候，用雙眼去發現和捕捉一個想法，就變得更加重要。那想法不僅在視界裡，更在大腦裡。

我在七十年代末八十年代初患了攝影發燒症，除了拍照，還閱讀那年頭幾乎所有的攝影雜誌，諸如《大眾攝影》和《中國攝影》之類。現在看來，那些雜誌在當時的水準比較業餘，只重形式，談不上什麼想法。三十多年過去了，到今天流行的攝影網站去看看，其水準仍然是業餘愛好者的見識，僅以悅目為目的，濃雲霧靄總能博得喝彩，卻少有什麼想法。

藝術家有基本的視覺修養，他們雙眼的發現和判斷能力，非攝影發燒友所能企及。看發燒友的作品，且不要說構圖和光影，有的甚至連取景框裡的水平線都擺不平，即便偶爾拍到兩張不錯的照片，也不過是瞎貓撞上了死老鼠。要想看到好作品，得去優秀攝影家的個人網頁。那些高人在公共網站通常都潛水，只在個人網頁上才偶爾露崢嶸。

所謂藝術水準，是從視覺到想法的一道門檻。有些作品初看還不錯，作者對攝影的方方面面都有所意識。但仔細琢磨，卻經不住推敲，即便其視覺效果差強人意，但想法卻有簡單之嫌。每看到這樣的作品，我就思忖：作者若能再進一步、再上一個台階，就可以跨過這道門檻，進入另一個境界了。然而，那不是一個容易的門檻。能一路跋涉而到這門檻前的作者，都有相當的悟性和毅力，可是在這門檻前卻惶然了，他們不知道該怎樣跨過去。

這時候，高人的指點至關重要，但問題是，高人不一定指點得了，因為各人情況不同，高人的智慧和經驗未必放之四海而皆準。

4 騎車走海路

也就是在這時候，睜大雙眼到處看，不失為一個權宜之計，但要求觀看者有充分的判斷能力，也即通過觀察和思考，要作出判斷和選擇。

在資訊時代，互聯網是個值得一看的地方。作為相對公平的民主平台，網路編輯不做專業裁決，放棄了對劣質作品的生殺予奪權，於是阿貓阿狗都可以上傳自己的圖片和文字。這對觀看者來說，判斷能力便遭遇了挑戰和考驗。

比方說眼下的美術網站，乃草根與菁英的交匯處。菁英原本不與草根為伍，後來發現應該佔領網路陣地，便不時與草根在網上狹路相逢，甚至爆發惡戰。其實，有的草根很有想法，但缺乏必要的美術知識，既不會做作品，也不瞭解美術史，更不懂得美術理論和批評方法。結果，他們那些閃著火化的想法，便因行文的結構無章、邏輯失諧、語法混亂、詞不達意而葬送了，最後只好以穢語惡行來搏出位。不過，這樣作因滿足了人性中的陰暗面而應和者眾。應和的一眾草根，生就與菁英不共戴天，要不是有網路這一平台，他們只能眼睜睜生銹發黴。與此相反，一些菁英訓練有素，卻沒什麼想法，他們所玩的，不過是語言和概念的遊戲，僅與鸚鵡有一拼。

局外人旁觀，雖是看熱鬧，卻也對雙方的惡戰有一番思考與判斷，只不過觀棋不語罷了。

我喜歡週末騎車出行，幾乎走遍了城裡所有的自行車道。有次在飛機上看到蒙特利爾城南的湖裡有一長長的堤壩，就像西湖的蘇堤。我在互聯網上查出那長堤叫「海路」（Maritime Seaway），是城外新建的水中自行車道，起於聖羅倫斯河的老港，在湖裡一路西行，再繞向南岸，經陸路沿哈德遜河至紐約，行程千餘里，最後由紐約南碼頭進入大西洋。

我不可能騎車到紐約，但打算騎車入湖探索這海路，便先上網做功課，確定騎車路線。網上路線是俯視圖，走向一清二楚。我列印出來，隨身帶著，於週末騎車上路。不料從老港一入湖就迷失了方向，在一座小島上轉圈，幾經周折才找到海路的入口。在大湖裡的海路上騎車，清風帶著水氣拂面而來，何其快哉。可是騎行四小時後，我從另一小島離開海路，竟再次迷失方向，又是一番周折，於日落時分才回到城裡。

此行往返八十餘里，所得教訓是：俯視觀察可獲全局意識，但進入現場觀察細節，才是擇路的依據。

曾讀到一位舞蹈家寫的文章，品評行為藝術，說是若用專業眼光看，那些行為藝術家的表演，整個是門外漢。舞蹈家的判斷，從舞蹈專業的角度出發，而不是行為藝術的角度。聰明的行為表演者大都打出觀念的旗號，以藝術為名義，掩飾自己的拙劣行為，使缺乏專業知識的看客三緘其口。

無論是藝術家還是批評者，都需要觀察與思考，需要判斷與選擇，而這一切，皆是內心的探索與嘗試。若非如此，其藝其文恐會成為乾枯的花：

你，還有你的藝術，
其實是朵枯萎的花
雖然枯萎，可還是一朵花，
雖是一朵花，卻已經枯萎。
你的智慧，使你成為花，
無論真假；
也恰是你的智慧，使花枯萎，
哪怕是朵假花。
花的色相在於智慧，
一旦智慧怒放，
你的花便開始枯萎。
為何不用愚蠢來掩飾你的智慧，
卻用智慧來掩飾你的愚蠢；
為何不用枯萎來展示你的美麗，
莫非枯萎不是智慧的結局？

5 寫作的嘗試

關於寫作的嘗試，我關注意圖與結構的關係。

過去的老式散文，講究形神關係，其「形」涉及形式，其「神」涉及意圖，二者的關係即結構。實際上，結構問題仍屬寫作的形式問題，而意圖與結構的關係，實為怎樣設計一種行之有效的結構來實現作者的意圖。

散文的複調主題是一種表述結構，既平行又交叉，以達意為目的。近來嘗試的模組結構帶有些許論述特徵，每個模組都像是一個論據及論證，各模組以論題而相合。本文的碎片寫法似乎比模組零亂，類似短篇隨筆系列，但那些看似不相干的碎片，卻因暗含的主題而整合。這猶如古人作詩，靈感來時寫一兩句，然後由這一兩句發展成詩，或將那些獨立的詩行組合成篇，關鍵在於各碎片間的內在聯繫，而聯繫的機制，除了一致的意圖，也可為意象的暗示，或語言的粘接，不拘一格。

作為個人寫作的經驗，我過去總是附和「袖手於前、疾書於後」的說法，從提煉主題到設計結構，先寫提綱，再組織材料，隨後一氣呵成，以求行文的整體感和語氣語調的一致。後來厭倦了固定的寫作程式，開始嘗試複調主題、模組結構和碎片寫法，但骨子裡仍信奉「形神關係」的教義。

寫作的探索並非易事，當探索駐足不前，便轉而閱讀他人文字，並自問：此文若值一讀，長在何處？一般而言，所長者要麼是為文別致，要麼是故事動人，要麼是立意不俗。此三者，涉技巧、內容、想法。

當下寫作的形式技巧，見於作者們對散文語言的窮極其工。不過，追求新奇、陌生和怪異走過了頭，便洩了初出茅廬者刻意為之的小家子氣，也露了寫壇老手在新時代的惶然不知所措。當下寫作的選題內容，見於作者們對某些特定題材的迷戀，如鄉村記憶、節氣物候、遊記感悟，不一而足。處理這類題材，初出茅廬者多是「為賦新詞強說愁」，以矯揉造作為能事，實則空洞無物，而寫壇老手則玩深沉，卻是老而彌暈，喪失了判斷力和自信心，惟以故作深沉來掩飾心中缺失底氣。至於想法，如前所述，那些時尚文章大都沒什麼想法。

且到流行的散文網站看一看，所見多是平庸之作，跟貼也都一團和氣，不像美術網站那樣有新舊較量和朝野對峙。各散文網站上很少有回帖挑剔平庸之作，很少有思想交鋒。一團和氣不能促成散文寫作的發展，只會在滿屋子昏昏欲睡的惰性氣體中讓人休眠。這時的寫作，決然談不上藝術氣質。

2009年9月，蒙特利爾

性，文氣，與原生態

1 文氣與自然

這些年我時不時在紐約一家報紙的週末副刊發表遊記，有次副刊主編對我說，你的遊記文氣較重，我聽出那潛台詞是：文氣重的遊記不太適合報紙讀者的口味。報紙是尋常百姓每天閱讀的篇什，不像雜誌那樣講究人以群分。報紙的遊記是用大白話講的所見所聞，也是實用的出行指南。我的遊記卻相反，通常是顧左右而言他，或隱或顯，所言多半為藝術，紐約的主編稱之為文氣。

照字面理解，「文氣」的「文」原義為「紋」，莊子說「越人斷髮紋身」，講的是南蠻野氣未馴。後來許慎作《說文解字》，以「紋」為「理」，指鳥獸留在地上的印跡，以及野蠻人畫在身上的條紋裝飾，所以清代注家段玉裁便用「紋理」來解說文字的起源和文明的發生。寫作的文氣，指語言的文化蘊含，是教育和知識給語言烙下的紋理，有「人文」之喻。這就像古代文人畫，與素面朝天的民間藝術不可同日而語。

然而，中國文人所仰慕的境界，不是人為的紋理，反倒是「天然去雕飾」。古代戲曲家們幾乎眾口一詞，以自然「本色」為追求，而南宋詩詞大家姜夔也說：「詩有四種高妙，一曰理高妙，二曰意高妙，三曰想高妙，四曰自然高妙。」今天的文人寫作，講究自然，那些矯揉造作的文字，徒令讀者肉麻。

在此，文氣與自然似乎相悖，這當中究竟是出了邏輯問題，還是出了觀念問題？

2 苦瓜和尚的性焦慮

這問題聽起來有點玄，我且以文人們暗地裡津津樂道的性話題來試說之，因為性既是自然的也是人文的，更是二者的合一。

明末清初的遺民畫家石濤，工山水花鳥，他有明室的朝廷背景，不滿清人入主，出家後自稱苦瓜和尚，其禪意筆墨為歷代文人畫的極品。

很多年前我去紐約看望一位畫家朋友，說起我喜歡的文人畫家，當數到石濤時，這位朋友壞壞地一笑，說他有石濤的善本冊頁，打賭我沒見過。我心想，雖然石濤的原作我見得不多，但印刷品幾乎全見過，難道還有秘本不成？而且，這位仁兄怎麼會一臉壞笑？

朋友從櫃子裡取出一個字畫盒子，裡面是石濤的山水冊頁。這是一套高仿真的複製品，像是日本二玄社的出品。朋友戴上白手套，小心翼翼地翻開冊頁，讓我一幅一幅地欣賞。其中一頁，他先摁住，賣了個關子，然後壞笑著說：這可是石濤的畫。

冊頁翻開，畫上是一高僧，坐在山頂的一塊大岩石上沉思。這是文人畫的常見題材，表達物我合一之意，該是石濤退居山水間的自畫像。我定睛看去，見石濤所坐的岩石，是長長的一條，縱向突起在山頂正中，其形為男性陽具。岩石周圍雜草叢生，山頂的外形乃女陰之象。再看畫中的石濤，他哪裡是在低頭沉思，分明是壞笑著回目凝視我們這些看畫的人。

作為明室後裔，石濤在異族統治下苦咽著古代文人特有的屈辱感；作為棄世入林的高僧，他又有不念塵事的逍遙曠達。於是，性之於苦瓜和尚，便是一種自然，而世間對性的人為禁忌，則如滿清對文人的壓制，徒令他發笑，這笑中別具一番悽楚和悲涼。

看過畫，我大吃一驚：這是苦瓜和尚的畫麼？當然，石濤的筆墨我太熟悉了，此畫非他莫屬。那麼，這幅石濤是哪裡來的，過去怎麼從未聽說過？

朋友收起壞笑，說：以下故事純屬虛構，紐約華裔畫界請勿對號入座。

話說紐約某著名藝術博物館的中國分館前任分館長是位畫家兼收藏家，當高仿真的電子複製技術出現時，他請人將自己的藏品刻製成了電子版。那位電子技師是書畫愛好者，見了這絕世收藏，便偷偷自留了一套電子版附件。

過後不久，分館長去世，那位電子技師便在紐約的華裔畫界悄悄高價出售他複製的獨家藏畫。現在這冊石濤，便是其中之一。

朋友說的那位前分館長是文化名人，他當年去世是紐約藝術界的大事，我讀過不少相關報導，也讀了他的傳記。

根據公開發表的傳記，分館長早年是江南畫徒（一說為世家出身），在太湖邊一家畫店作夥計，師從著名畫家吳湖帆。這位夥計收藏了大量古代名家書畫，並在二十世紀中期悉數帶到台灣，然後又攜往美國。那時二次大戰結束不久，百廢待興，美國的大型藝術博物館欲擴大東方藏品，而從台灣到美國的文化人為了生計便出售自己的藏品，二者一拍即合。前館長比其他賣畫者聰明，他將自己的部分藏品捐給了紐約的著名博物館，條件是要以自己的捐贈作為藏品基礎，在館內建一中國分館，並自任分館長。

這位前任分館長未捐出的藏品也數量巨大，但他秘不示人，只有能與吳湖帆那樣的大師相比肩者，才能得幸一睹秘藏。所以，連國內的美術史學界專家，也不知石濤畫有這樣一幅畫。問題是，前分館長當年只是畫店學徒，幫人裱畫，雖跟吳湖帆習畫，但何以能有如此大量的收藏，且都是古代名家真跡？

思而不得解，成為我的焦慮，就像苦瓜和尚的性焦慮。

3 秋色山水

古代文人到山水間徜徉，感受雙眼所見的美景，享用腳下原生態的林中路，於身於心都是一種療養，是醫治塵世焦慮的方法。北美的國家公園是自然保護區，在現代生活中也有類似的身心治療功能。保護區雖向遊人開放，但保持原生態，例如園區內的步行道多是「晴天一把刀雨天一包糟」的土路，稱trail，印證了「路是人走出來的」先賢之言，並無過多的現代化修建。國內旅遊區的建設理念正好相反，是以人工來改變自然，比如原生態的九寨溝，園區內卻有公共汽車，遊客的步行小道也修建得如同市內公園的步行道，與原生景觀極不協調。這就像暴發戶的品味，要把鄉下別墅裝修得像大城市的豪華賓館，生怕露出一丁點土氣。

這品味其實是內心深處缺乏自信的自卑感在作怪。

北美的秋天層林盡染，上個週末我去蒙特利爾遠郊的國家森林保護區茂瑞斯公園（Maurice Park）看秋色。進入園區後，窄窄的汽車道環繞在山間湖邊，若要去道路兩旁的景點，得下車步行。步行的小路上鋪滿了厚厚的黃葉，被遊人踩進雨後濕軟的泥土裡，泛出草木和泥土的氣味，沁人心脾。

下午的斜陽穿過暮秋的樺樹林，逆光將樹葉照得透亮，紅黃相間，與地面的落葉呼應有致。我順著小路獨自在林中穿行，一邊拍攝這光與影的合奏，一邊留心聆聽鳥獸的動靜。這山地湖邊的林中有黑熊和大角鹿之類動物，對遊人有威脅，尤其是獨行者。

但我沒碰到危險動物，只遇到一隻火狐。那火狐一身棕紅色皮毛，油光錚亮，在斜陽灑下的光斑裡像燃燒的星火一樣耀眼。火狐並不怕人，它站定了盯著我看，似乎在揣摩我會不會給它食物。我想起公園門口的告示牌：請勿給野生動物餵食，以免影響動物的自然遷徙。我沒有拿食物給火狐，它與我對視了一陣，明白不會有什麼收穫，便用長吻拱拱地上的落葉，悻悻地退回到密林中。

此行看秋色實為與自然對話。唐宋八大家的柳宗元曾寫到過自己歸隱山水的愚蠢，但在我看來那卻是大智若愚。八大家的另一位文人歐陽修在《三琴記》中借琴瑟說事，言金、玉、石三琴各有美妙音色，而適合自己的僅是石瑟之聲。所以，原生態若不是放之四海而皆準的真理，也一定是我個人的真理。

4 頹廢是一種審美

我寫遊記之所以顧左右而言他，是因為出行指南沒什麼文學性，非我興趣所在，又因為山水敘事是對自然的觀照，我可以借此討論藝術問題。

最近北京一家藝術雜誌的主編邀我主持一期「情色藝術」專題，儘管應承了，可我對情色這個概念的理解卻與別人不同。我認為，情色藝術不是指那些黃色下流的淫穢圖畫，而是以人的自然天性為題材的嚴肅藝術，其暗含的意旨是在情色之外。所以，我組織的文稿，便以性為話題來進行社會批判和心理分析，而對藝術家的選擇，則以歷史意義、觀念內涵、審美價值為考量。

其中的審美價值，便涉及人與自然的關係，我選的藝術家是何多苓，他畫中的人物總處在自然環境中。何多苓雖是接受西式教育的油畫家，但骨子裡卻有著中國古代文人畫家的高蹈氣質。依我看，這就是他繪畫中無處不在的青灰色調子，是那色調裡瀰漫著頹廢之美的人文氣，恰如南朝宮體詩《玉台新詠》，但何多苓多了一分沉鬱。

這頹廢的人文之氣，來自畫家天生的悲劇性格，來自他知青時期面對茫茫蒼穹所生的淒美詩意，來自他不隨時俗的孤獨精神。這一切，何多苓用頹廢的青灰色塗抹而過，只給人展示一幅情色的假相。

面對這假像，如果你認真體會過他早年的連環畫《帶閣樓的房子》和《雪雁》，認真感受過他昔日的作品《春風已經蘇醒》和《今夕何年》，你就會理解，那假像所遮掩的頹廢具有何等的美感力量。

何多苓的畫不僅是視覺的，更是心理的。那淒美的詩意、那淡淡的情傷、那唯美的性感，以及那無奈的戲謔，在大自然的時空裡，無一不達心靈深處，而頹廢的審美力量便由此產生，並化作青灰色的調子，使情色成為靈魂的心印。

5 人文廢墟

今夏我在北京住了兩個月，原本打算利用這機會到附近的壩上草原和白洋澱遊走，但因俗務纏身而未能成行。有位愛好攝影的朋友建議同遊圓明園，我們便在一個斜陽淡然的午後前往，去拍攝暮色中的廢墟。

到了圓明園，已過開放的時段，門票停售，我們只好直奔大門，給門衛塞了幾個碎銀子，得以入園。我們邊走邊拍照，到大水法的時候，天色已暗了下來，那廢墟在陰森的天色背景下透出一絲鬼魅之氣。這氣氛讓我想起十八世紀英國思想家柏克的美學理論，他認為大自然的雄偉讓人產生敬畏，從而體驗美與崇高之感。圓明園的廢墟異曲同工，正因其被毀而喚起人的淒涼與悲壯之感，這也是一種美與崇高的感覺。

天色完全沉了下來，僅在天地交接的遠方剩下一條細長的暗紅色亮線，加深了廢墟的鬼魅之氣。這時，一隻黑貓從大水法的亂石叢中探出頭來，黑暗裡，那閃著螢光的雙眼，似乎看透了圓明園廢墟中掩藏的所有故事，洞悉了人世間的大戲。

在十八世紀的歐洲，有一派專畫古代廢墟的畫家，他們總是遊走在雜草叢生的斷垣殘壁間，描繪古羅馬遺跡的陰森感覺，在恐怖的顫慄中享受審美的快感。文學中的哥特式小說也追求這種陰森的恐怖快感，甚至在英國十九世紀女作家艾米莉·勃朗蒂的小說《呼嘯山莊》裡，我們也能讀出那愛恨情仇裡的鬼魅之氣。無論是繪畫還是文學，那鬼魅之氣，不僅生成於作者筆下，而且流蕩在讀者心底，就像《呼嘯山莊》的結句，讓我們如此心顫：「我在這三塊墓碑前盤桓，望著飛蛾在石南叢和蘭鈴花中撲飛，聽著柔風在草間吹動，我納悶有誰能想像得出在那平靜的土地下面的長眠者竟會有並不平靜的睡眠。」

當圓明園被一把邪火化為廢墟後，有誰知道，這廢墟究竟是人文的殘跡，還是自然的印痕？

6 夢幻豔遇

前兩天上課講李白的《月下獨酌》，說起詩人酗酒的問題。作為對照，我提到兩百多年前英國浪漫派大詩人柯勒律治（Samuel Taylor Coleridge, 1772～1834）和他的名詩《忽必烈汗》（Kubla Khan,1798），說那是在吸食大麻後寫下的幻覺片斷，描繪了詩人從未見過的元大都北京的輝煌宮殿。下課後回味，我相信如夢的幻覺可能真的很美，李白的明月和舞影說不定是位兩位美人，而柯勒律治的大都則肯定有後宮三千。

有次凌晨兩點多鐘我被低沉的搖滾樂吵醒，便半睡半醒地披衣而出，循著噪音到了樓上，去敲一戶人家的門。門開後慢吞吞地出現一個人影，屋裡沒燈，只有三兩個暗暗的光暈，像鬼火般閃爍。那人影是個裸體小夥子，一頭金髮，身前斜挎著吉他，擋在私處。他咕咕濃濃地問我怎麼了，我說現在是大半夜，你的音樂吵著鄰居了。

這時，黑暗中又有兩個淺色人影出現，如幽靈般站到小夥子兩旁。我努力辨認出那是兩個一絲不掛的裸女，從深度空間的暗色背景中漸漸浮現出來，看年齡該是大學生。左邊那女孩抬起雙手扶在門框上，正面全裸，一覽無餘，將結實而有立體感的乳房明晃晃地放到我眼前。右邊那女孩挽住小夥子的腰，身體前傾，雙眼迷離，朝我傻笑，兩隻乳房沉沉地挺在胸前晃動，顯得有分量。在這深暗的背景中，我夢幻般看見兩人的身影，各自在一片淺色底面上有兩團突起的亮色和一處暗色，英文稱那暗色為維納斯的三角洲，讓我聯想到一百年前瑞典畫家佐恩（Anders Zorn, 1860～1920）筆下的裸女。

屋裡溢出大麻的氣味，我往後退了一步。小夥子口辭不清，二裸女明白是怎麼回事後，用英語和法語一迭聲道歉，我機械地回答沒關係，然後趕緊走掉。

是夜的夢幻有點醉人，我覺得兩個女孩子很可愛，那深色背景中的一片淺色兩團亮色和一處暗色，總在我眼前浮現，簡直就是佐恩的畫。

佐恩眼中的裸女，是自然的一部分，恰如石濤眼中的情色，是山水的一部分，只因別人看不到這一點，苦瓜和尚才不懷好意地笑。於是，加拿大森林裡的火狐和北京圓明園的黑貓便交織在我的腦海中。這一刻，文氣與自然的錯位消解了，就像看山不是山和看山還是山，我覺得二者的關係可以為審美認識論提供一個新的哲學命題。

2009年10月，蒙特利爾

重慶《當代美術家》2010年第2期

讀圖時代的關鍵字

1 學術速食

讀圖，尤其是趨圖象而捨文字，是今日讀圖時代的淺薄行為。就個人而言，我承認自己淺薄。這不，歲末已近，回想一下今年讀了些什麼有價值的書，竟然屈指數不出來，倒是看了不少影視作品。影視也是圖象，一種活動圖象，motion picture是也。我看的多是將理論話題簡化為通俗影視的文獻片，如《文明》和《英語歷險記》之類，即所謂學術速食。

《文明》出自英國著名美術史學家肯尼斯·克拉克（Kenneth Clark）之手，40年前由英國廣播公司BBC推出，幾乎成當時家喻戶曉的熱門電視節目，後來經過時間的沉澱又成為通俗學術經典，至今仍在網上有售。克拉克還寫了與影片相配的《文明》一書，一九六九年出版，到第二年就印了六版，自然也是通俗學術讀物的典範。

當然，若同今天的影視文獻片相比，克拉克的《文明》比較單調，片中就老先生一人從頭到尾講了十幾個小時，沒有視覺和聽覺的變化，頗為乏味。儘管他的發音出自丹田，雄渾深厚而有穿透力，跟趙忠祥有一比，但觀看時間一長，我還是昏昏欲睡。

今年BBC播出的《英語歷險記》就不同了，這部八集電視片，講一千五百年來英語之形成、發展和流傳的過程，敘述英國與歐洲其他國家的語言衝撞，實為一部文化交流史。而且，影片集風光片和傳奇片於一身，又引入古代神話傳說和中世紀的浪漫際遇與教會秘謀，很有故事性，看得我如癡如醉。

中國也有類似作品。前不久央視推出的《漢字五千年》系列片，集人類學、考古學、歷史學和語言學為一體。不過，在電視上講造字法和詞源學會乏味而催眠，所以影片對文字本身講得並不多，反倒是講了不少歷史文化，頗象《英語歷險記》，看起來還比較提神。

如今我已懶得讀書，轉而墮入圖象之中了。

2 還是單身好

是晚又看影碟，完後歎了口氣。這一歎不要緊，突然發現了自己的淺薄：竟然會對這樣膚淺的娛樂電影發出感歎。這影碟是很多年前從國內帶出來的馮小剛賀歲片《手機》，那聲感歎是：還是單身好。

之所以週末晚上會看影碟，是因為《當代美術家》雜誌的編輯來信催稿，自己的專欄已缺稿兩期。儘管專欄文章的主題和大綱早已寫好，但每欲敲鍵，卻不知該敲打什麼字，於是只好扭頭去看影碟消磨時間。

窗外飄著今冬的第一場雪，又一個抑鬱的季節開始了。加拿大的十一月底已近仲冬，週末的晚上很冷，我不想在風雪中出門散步。而且，在這蕭瑟的北國冬夜，即便是市中心也一定人跡寥寥。雖說還是單身好，但成天只與文字打交道也的確沉悶，所以，看影碟也算是看人，沾點人氣。

《手機》男主角嚴守一也喜歡看人，但他看得不能自拔，掉進去了，忘了自己身邊早已有人。可惡的是，他把自己的心靈導師也拉下了水，讓費老最後不得不遠走他鄉。嚴守一栽了嗎？不好說，但他活得累，自找。所以，還是單身好。

後來馮小剛又拍了一部賀歲片，《非誠勿擾》，類似的男主角，但這次卻是茫茫人海知音難覓，可悲復可憐。

又一聲歎息，同樣淺薄。

好萊塢每到年底也出賀歲片，今年是《聖誕歡歌》，根據十九世紀英國小說家狄更斯的老故事改編，實際上是倫敦迷霧中的聖誕悲歌。影片還未上映，不知好萊塢會弄成怎樣的喜劇，或許會是馮小剛式的黑色幽默吧。

3 我悶

我向來不喜歡命題作文，凡有稿約，都我行我素，不照編輯的意思寫，只按自己的想法寫，不然就沒法寫下去。《當代美術家》不給命題，只給版面，所以那專欄文章便寫得愉快，一寫就是兩年。現在編輯催稿，雖因或懶或忙而空缺兩期，卻讓我第三年接著寫，我真的問心有愧。

其他雜誌和報紙也時常來約稿，但條條框框太多。若婉拒，編輯小妹會在MSN上撒嬌，連哭帶蒙，讓人接招。可是一應約，就會言不由衷，寫些連自己都讀不下去的應景文字。在我的記憶中，凡是寫得愉快的應約之稿，一定是關於藝術的話題，凡是讓人痛苦的約稿，一定來自通俗雜誌。應約喜歡的話題，屬於萬事具備只欠東風，材料和想法早就有，只需以編輯的約言作為切入點。問題是，現在不時來約的，好些都是通俗雜誌的時尚話題，而自己卻非時尚中人。一反省，才明白這都是淺薄在作怪。

然而，所謂不受約束，所謂我行我素，所謂性情中人，其實也是一派淺薄的胡言。昨天加拿大廣播公司CBC寫郵件來約我訪談，讓我講每年暑假帶學生回中國學習的情況，以製作配合加國總理訪問中國的節目。這是有可能在國家級電視上亮相的難得機會，但我也知其中的危險：會招來同事的白眼（別以為只有中國人才小肚雞腸）。好在我對媒體露臉全無興趣，所以把郵件轉發給上司了事，我閃。

4 上帝是個二流子

能閃到哪去？最多也就做個獨行俠，轉一圈又回到原地。

有次去歐洲，隨身只帶了一個小背包，返回加拿大時竟在機場被海關攔住不放行，以為我是偷渡客或有走私嫌疑，因為我遠行歐洲卻既未購物也無行李，於情理不通。看來我行我素的確有違常理，而所謂天馬行空也只是俗人的淺薄罷了。

上週末去多倫多，雖未購物，卻有收穫，一是欣賞了一場音樂劇《音樂之聲》，二是在皇家博物館的《新藏品展》看到了高其佩的畫，而失落之處則是錯過難得一見的「死海古卷」。

早在三十年前就看過電影《音樂之聲》，片中那一曲《孤獨的牧羊人》和《雪絨花》至今餘音繞樑。三十年後再看舞台演出的音樂劇，有身臨其境之感，那些耳熟能詳的歌聲，讓我忘了今夕是何年。實際上，音樂劇（musical）是紐約百老匯的金字招牌，典型的美國文化產物，雅俗共賞，比歐洲歌劇低了一個檔次。

高其佩是清初的東北畫家，其畫用筆瀟灑，有南宋梁楷之潑墨禪韻，又有明代徐渭和清初八大的狂放不羈。這次在皇家博物館見到高其佩的一幅立軸《梧桐鶴立圖》，比虛谷的松鶴圖雅了很多。展廳裡還有高其佩的好些扇面，用筆都流暢而簡約。高其佩在不少畫上寫有「指畫」二字，據說他是鐵嶺指畫派的創始人。但是，我看畫只關心效果，不關心畫家究竟是以指蘸墨還是以筆塗抹，因為我不喜歡雕蟲小技。我猜想，即便高其佩不用指而用筆，其畫也一樣灑脫。

那天下午在皇家博物館的中國館看了高其佩，我急忙轉往樓下去看死海古卷，不料晚了一步，展室剛剛關門。

死海古卷是二次世界大戰後西方最重大的考古發現，指兩千多年前希伯萊人抄寫在羊皮和草紙上的《聖經舊約》等文稿殘片，其價值類似於中國的敦煌卷軸，或上世紀七十年代出土的馬王堆老子帛書。前些年的流行小說《達文西密碼》化用了死海古卷，說其中記錄了耶穌的身世之謎，有反教會的意味。事實上，西元前希伯萊人在古卷上抄寫舊約時，基督教尚未產生。如今的通俗文學喜歡牽扯古物，挑起事端，該是一種商業策略。

好在我對死海古卷沒有真正的興趣，無非是以後不能自吹見過真跡而已。但是，我對《達文西密碼》之類與藝術史相關的通俗文學卻情有獨鐘。這類作品以解構而出彩，無論是小說還是電影，讀者和觀眾在《達文西密碼》中總能發現一句潛台詞：上帝是個二流子。

5 隨緣與盲約

所以，在反復無常的上帝注視下，凡人只能隨緣。我欣賞淺薄的通俗作品，就因為這是讀圖時代的「隨緣」之舉。

照我的理解，「隨緣」的意思就是被動、不努力、無作為、聽天由命、愛咋咋地。因此，不管收穫抑或失落，皆是緣分，由不得人。

畫家作畫也是「隨緣」之舉，是憑感覺而興之所至。但看畫的人卻不同，有些畫僅是看看而已，有些畫卻要看仔細了。

看畫之於我，第一印象最重要。先是一眼看上了，然後再做細緻的理性分析。若第一眼沒看上，便會棄之而去，就像約會異性。但是，西方所謂「盲約」（blind date）卻正好相反，指被約者先得符合各種條件，然後才看是否對上眼。寫作美術評論不是盲約，而是對直觀感受進行理性闡述。那麼，該怎樣準確、充分地描述第一印象？維米爾的寧靜、瓦特豪斯的唯美與感傷，都是在看了第一眼被打動後，才給予理性描述和闡釋。

行文至此，我想起《詩經》裡的蘆葦：「蒹葭蒼蒼，白露為霜，所謂伊人，在水一方」。很多年前我住在美國麻州的和麗山莊，居所旁有一方水塘，四周水草叢生，恰似一幅中國江南圖景：高高的蘆葦在逆光中顫動，畫意無盡。有次一位古詩專家從上海來訪，我便在夕陽西斜時領他到水塘邊看那一大片蘆葦。我說：這蘆葦就是詩經裡的蒹葭，其葦花不是常見蘆葦那樣呈稀疏的散開狀，而是像糖葫蘆串一樣緊緊地裹成棒狀。那串串葦花吸附力極強，現在被開發為治理海洋污染的天然材料，用以吸收油輪洩漏在海面的石油。

專家聞言便仔細察看那棒狀的串串葦花，然後若有所思，說沒見過這種蘆葦，在他的故鄉江南也沒有，所以不會是詩經裡的蒹葭。

聽他這樣一說，我倒吸了一口氣，沒想到他居然在這水塘邊做起了學術考證，全然不顧隨緣的妙處，給這畫意圖象兜頭澆來涼水。

莫非你不能淺薄一點，就像我這樣？

6 你在畫什麼？

我並不是說圖象就一定比文字淺薄，實際上畫家也研究圖象。

十年前居紐約時，在陳丹青的畫室見過他的靜物小品，畫的都是畫冊，有中國古代山水和花鳥冊頁，也有歐洲經典名畫。後來陳丹青回國，把這些畫拿出來展覽，讓不少人跌掉眼鏡：這畫的都是些什麼呀，全無當年《西藏組畫》的震撼力，會不會是江郎才盡了？

無奈之下，陳丹青寫文章解釋這些畫，但他是說反話的高手，就像古希臘哲人柏拉圖，不經意地把自己貶上一通，讓人領悟其中的隱喻。他先說自己在紐約閑得無聊，便用油畫來寫生那些畫冊，然後又說他是用油彩與中國筆墨交談。

也許陳丹青的話是微言大義，但如今人們都忙，沒功夫去深究。於是我想到了一個淺薄的類比，用來解說他為什麼要畫那些畫冊。我假設陳丹青在畫室作畫，他媽媽喊他吃飯，二人這樣對話：

「兒子，你在做什麼？」

「我在畫畫」。

「你在畫什麼？」

「我在畫畫」。

沒錯，他在用油畫繪製畫冊上的中國古畫和歐洲名畫。如果說前人的畫是對景象的再現，那麼畫冊便是對前人之畫的再現，而陳丹青的靜物寫生畫則是對再現的再現的再現，是以圖象的方式來探討再現問題，恰如柏拉圖探討「理式」與「床」的關係。幾十年前福柯寫了一本書《詞與物》，還寫了一本小冊子《這不是一支煙斗》，用文字探索再現問題。陳丹青用圖象來做類似的探索，他的確是在畫畫。

在這個意義上說，陳丹青是當代文人畫家。古代文人畫家都是些個人主義者，他們作畫是為了個人修養、為了逸情、為了領悟禪道哲學。這與張擇端那樣的宮廷畫家不同，文人畫家不接受命題作畫，不會去畫《清明上河圖》那樣的國家級重大題材。

世上的畫並不只一種，藝術家也各有自己的生存原則和方式。自稱前衛的畫家不必痛罵別人給皇帝作畫，因為前衛也渴望能為財神作畫，並對財神搖尾乞憐。吃皇糧的畫家小瞧那些食不果腹的畫家，而自己卻不過是寄人籬下的走狗罷了。在二十一世紀初的讀圖時代，有幾個畫家不淺薄？不管你說陳丹青怎樣矯情，我卻欣賞他的獨立人格和固執己見，這是古代文人畫之人文精神的精髓。

如果一件作品不能說明畫家腦子裡有想法，那麼至少也要顯示一下畫家手上的功夫。要是腦子裡沒想法，手上也沒功夫，那麼，畫家嘴上叫喚得再厲害，其畫也只能是垃圾。

好了，本文就此停筆，我該躺到沙發上去看新買的影視文獻片《二十一世紀藝術》了。

善哉，我讀圖，我淺薄。

2009年11月，蒙特利爾

重慶《當代美術家》雙月刊，2010年第1期

逆向三思

一天的浮躁過後，有機會拿起書來閱讀，然後萬事歸於平靜，能做一番逆向思考。雖說逆向思考老舊而無新意，卻仍可給懶惰的思維習慣注入一點異想，以此完成每日的「三省」。

一省雅興：業餘水準

有天同一位朋友閒聊，他問我最近讀什麼書。過去對類似問題的回答都很簡單：枕邊放著什麼書就讀什麼書；但是前不久買了些考古學方面的書，便答得較具體：在讀關於「聖經考古學」（Biblical archaeology）的書。估計知道這門學問的人有限，我怕他不明白，便多說了一句：這是通過聖經的線索去發掘古跡，也通過考古發掘去證實聖經事蹟，就像根據荷馬史詩發掘古希臘遺跡那樣。朋友面露詫異之色，像是聞所未聞，我趕緊補充：這也算新學科，才一百多年歷史，現在是顯學。

話說出口，正暗自得意，不料朋友卻說：聖經考古是西方考古學家的主要工作，因為西方文明的一大起源就是聖經文明。言外之意，這不是什麼曲高和寡的東西。聽這一說，我突然覺得自己很愚蠢。見我一臉尷尬，聰明的朋友不經意地打了個圓場：你研究當代藝術和文學，這離考古學很遠啊，怎麼會有了這雅興？我趕緊自找台階下：其實也不遠，藝術史和文學史總是同考古學有關聯的，只是過去顧不上，現在才有點閒情而已。

於是我們的話題就轉到互不相干的職業和興趣上，轉到二者的水準上。我說，二十多年前的美蘇冷戰時期，美國有個軍控專家，好像叫布熱津斯基，是美方裁軍談判的首席代表，似乎後來還作了國防部長或國務卿什麼的，總之，專業水準極高。記得當年他在離職時對記者說，他的下一份工作是到大學去教文學，講莎士比亞專題。我當年覺得不可思議，冷戰裁軍與莎士比亞風馬牛不相及，而這人卻能將二者都做到如此高深的專業程度，不服不行。

一個朋友的女兒從小喜歡音樂，管樂弦樂都很上手，讀大學時順理成章上了音樂學院，專攻管樂。數年後我去觀賞她的畢業表演，見她得了最佳成績，以為她會留在音樂學院讀研究生，她的老師也建議她留在研究生院繼續深造。但她沒留，而是到歐洲去周遊了一年多，在各地的樂隊客串演出，體驗藝術家的生活，也睜眼看世界，在遊走中思考自己的未來。二十四歲那年從歐洲回到加拿大，此時主意已定，她重返母校攻讀法律，從本科讀起。我跟她聊起這一決定，她說，在歐洲遊蕩時曾苦思很久，卻毫無主意，一日忽得靈感，決定聽從自己內心的聲音，不再思前顧後。又是幾年過去了，從法學院畢業後，她通過了法庭見習和執照考試，前幾天給我打來電話，說自己將成執業律師。不消說，她的業餘愛好是音樂，且具專業水準，而法律同音樂相距何其遠矣。

最近為國內的藝術期刊組稿，主題是當代藝術理論，我在美國約到一位華裔畫家。這位畫家的畫是具象與抽象兼有，色彩尤其漂亮。但是，我向他約的是文字稿，因為我讀到過他的文章，發現他不僅熟悉藝術史，而且對當代藝術理論也很瞭解。更重要的是，他對全球化時代的藝術現象，有獨到的批判性見解，其文章的理論水準較高。然而出乎意料的是，無論繪畫還是寫作都不是他的職業，他對藝術理論的研究完全是出於個人興趣，繪畫也是興趣。他在美國的職業是醫學研究，他過去在國內的工作是醫生，給人治病的。

西方有「文藝復興式的人物」一說，指那些多才多藝的人，既是畫家，又是工程師，同時還當間諜頭子。現在仍有這樣的人，但無非懂一兩樣而已，不會是萬事通，水準也有限。當今學問複雜而高深，學科分得很細，要操練到跨學科專家的程度談何容易。結果，今人可以有風馬牛不相及的興趣，但要做到專業水準，卻為時晚矣，文藝復興畢竟是五六百年前的事了。

前些年我在美國執教時有個年長的同事，一到週末就慫恿我駕車出遊。他是色盲，不能開車，總想蹭我的順風車遊山玩水。我問他為什麼週末不在家做點學問，他一本正經地回答：我已經出版了十本書，全是學術專著，十本書和十一本書沒有區別；再說，已經是終身教授了，還做什麼學問？當然，他信奉享樂哲學，只要職業基礎奠定了，剩下來要做的事情就是享受人生。

我跟他的人生哲學不同，但從他的話中卻得了啟發：寫十本書和十一本、十二本有什麼區別？做學問究竟是追求數量還是品質？

學術界有暢銷書，俗稱「學術速食」，作者們大都是年出一書，算得上著作等身，其中不乏東拼西湊、抄襲剽竊、粗製濫造者。大學問家錢鍾書究竟出版了多少書，我不太清楚，但他的《管錐編》和《圍城》分別是學術界和文學界的一流著作。錢先生在兩個不同領域的成就，各由一本書奠定，即便沒有其他著述，他的地位也不會動搖，這就是所謂「一本書主義」。古今中外，一本書定乾坤的人不少，從老子到曹雪芹，從柏拉圖到索緒爾，這個名單很長很長。

問題是，學問就像金字塔，若無平庸之作墊底，很難一躍而到塔尖。

我至今寫了十二本書，八本已經出版，另兩本即將付印，還有兩本剛完稿，其中多數是文學和美術方面的理論著述。不過，這些書的水準如何，只有天知道，唯一放心的是，自己寫得還算認真。所以，反躬自省，現在要做的，不是追求數量，而是追求品質。今後數年內若能寫出一本真有水準的書，便心滿意足，可以盡情去遊山玩水了。

恰恰是在這時候，該轉而追求業餘愛好的水準，追求那風馬牛不相及的境界，既玩軍備，也玩莎士比亞。或如那個藏室之史，留下一本書當買路錢，騎著青牛逕自出遊去。說不定，將來出現生存危機，還可以改行去挖古跡，將業餘愛好拿來換飯吃。

只不過，到了那境地，業餘愛好的樂趣也就消失了。

二省攝影：尋求平凡

說到攝影，人們通常強調，要在平凡中發現不凡。但是我認為，若要進入更高境界，攝影反倒是要在不凡中發現平凡。

過去攝影圈有一種說法：若能在美國《國家地理》雜誌上發表作品，就算是得到了攝影界的認可。顯然，這本雜誌的意義並不局限於自然地理和旅遊探險，而且也涉及攝影。由於該雜誌影響大，世界不少地方都先後出現了合作版或山寨版。在中文圖書界，先是台灣出版了類似雜誌，欄目設置幾乎就是美國的翻版。我認識一位旅居紐約的上海攝影家，他經常接到台灣地理雜誌的委派，到中南美洲去拍照，從事類似於人類學和地理、旅遊方面的考察。後來國內也辦起了同類雜誌，欄目內容也幾乎如出一轍。

發表於《國家地理》的攝影作品，絕大多數都不是攝影棚裡人為擺佈的攝影，而是戶外自然攝影，旨在追求難得一見的不凡，其作品每每因此而引發讀者驚呼，於是效尤者眾。在全民旅遊的今天，野外的自然攝影，已成為無數發燒友的最愛，他們在蠻荒之地的旅行中，執意尋找、發現、捕捉不凡的攝影場景。

早在大半個世紀前，美國著名攝影家亞當斯給《國家地理》做過外勤記者，在自然與荒野中拍了不少好照片，其中有不少便是在平凡中發現不凡。例如，有天傍晚在完成了一天的拍攝後，亞當斯驅車返程。途中他看到一處普普通通的村莊，天上暗淡的流雲緩緩地沿地平線漂流，初升的月亮也緩緩升起。在這平凡的鄉村景象中，亞當斯感受到了一種寧靜、安詳和神秘，以及寧靜中的湧動。他的心被觸動了，立刻停車抓拍，捕獲了這轉瞬即逝的感覺。這是他在平凡中捕捉不凡的經歷。與此相對，亞當斯也有相反的經歷。有次在高山森林拍攝了不凡的景致後，他在密林的背景前看到了一株普普通通的白樺樹，被逆光襯托出來，雖然平凡，卻有平凡的魅力。

但是，在國內地理雜誌上發表的攝影，全然沒有亞當斯的品味，而常是所謂不凡的「畫意」或「詩情」照片，其媚俗，諸如江南煙雨、小橋流水之類，甜膩得令人作嘔。

在二十一世紀初，美國《國家地理》雜誌出版了《國家地理攝影精選》影集，收錄該雜誌百年來發表的攝影精品，以二十世紀末和二十一世紀初的作品為主，既有不凡之作，更有平凡之景。欣賞這部影集，並從攝影者的角度來設身處地地考慮，我有機會假設幾個不凡與平凡的場景：

其一：面對同一風景，張三在普普通通的晴天拍攝，李四在暴風雨前的濃雲下拍攝，前者拍出的風景平凡無奇，後者拍出了不凡的風雲變幻，營造了意境與氛圍。

其二：仍然面對同一風景，張三用普通鏡頭拍攝，李四用超廣角鏡頭拍攝，前者拍出的風景仍然平凡無奇，而後者的風景則因誇張變形而奇妙不已。

其三：兩人面對不同的場景，張三拍攝家門口的大街小巷，其攝影讓人見慣不驚，李四拍攝正在融化坍塌的北極冰川，以及冰川上孤獨的北極熊，其鮮見的場景讓人讚不絕口。

當張三李四的上述作品一併展出時，人們多數都會不假思索地大贊李四的不凡之作，而對張三的平凡之作則視而不見。

在這種情況下，我要問：二人之攝影的平凡與不凡主要是因為什麼造成的？是天氣、設備、景點等外在因素決定一件作品的成敗，還是攝影者的修養等內在因素決定藝術水準的高下？如果一個人完全不懂藝術、不會攝影，但拿著一台專業相機，來到北極冰川，在北極的雲霞天光下拍攝無數照片，莫非不能從中挑選裁剪出幾張好作品？但是，如果讓張三李四都用普通相機、都拍家門口的街景、都只許拍一張照片，那麼誰有可能拍出更好的作品？在這同等情況下，決定作品之優劣的因素是什麼？

當然讀者可以反對我的假設，而強調設備、拍攝地點和自然條件的重要性，甚至會質疑我為什麼要將張三和李四對立起來？其實，我在此想說的是，真正的藝術、真正的水準，得自攝影者的內在修養，而不僅僅是外在條件。我認為，相對而言，要在平凡中發現不凡比較容易，而要在不凡中發現平凡卻不太容易，因為「不凡」容易抓人眼球，而「平凡」則容易被人忽視。

最近讀到一位北京攝影家的旅行筆記《我思故我行》，此書似乎為上述思考提供了一些答案。書中的攝影，有點像國家地理雜誌的作品，多在西藏、新疆等人跡罕至的高山峽谷所攝。上世紀八十～九十年代，人們不易前往那些地方，其景色的確罕見而不凡。但是到了二十一世紀，青藏鐵路建成，高速公路四通八達，不少攝影者也有了私家越野車，現在發燒友已不難去西藏新疆獵影。所以，《我思故我行》的真正價值，不是作者到了什麼人跡罕至的地方去拍攝那些常人難及的不凡場景，而是書中作品所透露的藝術修養，正是這修養，才使不凡的場景能讓凡人接近。作者是畫家，藝術修養較好，後來做攝影記者，行走四方，眼界和思想都很開闊。從書中文字可以讀出，作者對攝影場景有獨到的觀察、發現和思考。

我認為，攝影的要義不僅僅是在平凡中發現不凡，而更是在不凡中捕捉平凡。唯有平凡的作品，以其平實的藝術語言，才易與普通的凡人溝通。

三省翻譯：那條細紅線

中文「底線」一詞這幾年比較流行，如說道德底線、讓步底線之類。這詞估計是從英文bottom line直譯過來的，但英文的意思是說：無論過程如何，只需結局如此。十多年前好萊塢有一部關於二戰時期美軍與日軍在太平洋小島上苦戰的電影，叫A Thin Red Line，中文譯作《一條細紅線》。這譯名聽起來很浪漫，電影卻與浪漫無關，那條細紅線指人的精神和肉體的承受能力，也就是底線。如果過了這底線，或者細紅線斷了，人就會崩潰，就會發瘋。電影的暗示是：日軍過線了，美軍也快過了，戰爭是人類的瘋狂行為，文明會因細紅線斷了而毀滅。

這部電影用殘酷的戰爭場面來獲取強烈的視覺效果，通過對觀眾眼球的衝擊而直達心理的震撼，進而訴諸人的思維和行為。這一系列過程，無論目的還是手段，都是今日視覺文化研究的課題，尤涉其中的圖象問題。

我近年對視覺文化感興趣，目前正編撰一部關於視覺文化與圖象研究的譯文集，委託國內學術界的朋友約請十了多位譯者參與翻譯。當時我這樣設想對譯者的要求：最理想的是本科為英語專業、研究生階段為藝術或文藝理論專業，而且中文寫作也過硬，最好是大學老師或博士研究生。這樣的要求可以保證英文理解和專業知識的雙重正確，也可以保證漢語表述的清晰流暢。

不過，這部譯文集是純學術著作，無商業利益可言，稿費很低，不易求得理想的譯者。於是退而求其次：若譯者是英文專業出身，我希望其懂一點當代文化研究的理論，若是藝術專業出身，希望其有一定英文能力，文藝類研究生皆可。

所幸，這部譯文集的學術價值較高，是北京一家重點學術出版社的叢書之一，入了國家十二五計畫的相關專案。對那些執意做學問的人來說，反正目的不是賺錢，所以加入翻譯團隊還是頗有吸引力的。

可以料想，翻譯團隊的譯者背景多樣：學英文的、學藝術的、學文學的有之，大學老師、博士生、碩士生也有之。人多力量大，翻譯工作進展較快，我曾一度沒日沒夜地校讀譯稿。譯稿中有上乘者，出自外語學院教師或名校博士生之手。當然，也有一些較差的，差在中文表述，讀之詰屈聱牙。

校讀這兩類譯稿，我不得不再次思考翻譯的標準問題。照過去的說法，翻譯要「信、達、雅」，現在看來還是這要求，而其中的「雅」便是中文表述。有的人鄙視漢語，以為翻譯僅與外文水準有關，實際上中文水準一樣重要。

正作上述思考之際，團隊的最後一位譯者要結稿，寫來郵件詢問譯稿的要求。我對他說：要確保英文理解正確、專業術語準確、漢語順暢。他回復說：這是最低要求了，言外之意，這算什麼呀。

得這回覆，我愣了一下：是啊，這是最低要求，是翻譯的底線，若不達這要求，就不是學術翻譯。底線之下的譯稿，若難以修改，就只好棄之不用了。

為了彌補放棄之失，我轉向海外尋找譯者。當然，海外譯者成本高，而且幾乎無人願做這種不賺錢的學術工作。所以，我不奢望大學老師或博士研究生，只請到一位中學老師。然而再次出乎意料的是，這位中學老師竟是團隊中最好的譯者之一。

這是國內一所中學的英語老師，本科專業為商務英語，至今已教了十多年書，眼下在美國一所大學作中文助教。一開始，考慮到這位老師既無西方文學和藝術理論的專業背景，也無研究生學歷，更無翻譯的實際經驗，所以只敢請她小試一下。不料讀其試譯，卻發現她出手不凡，不僅中文很好，而且英文也不比大學老師差。僅舉一例：所試之稿論述美國哲學家皮爾斯的符號學理論，文中有iconic sign一語，我過去將其譯為「圖象符號」，後來讀到國內專家學者的譯文和著述，他們也都譯作「圖象符號」。可是，在視覺文化研究和圖象學的理論語境裡，image才譯作「圖象」，與icon不是一回事。皮爾斯的原意，不僅指圖象，而且進一步包括了其他多種視覺圖式。當讀到這位中學老師將icon譯為「圖標」時，我立刻拍案叫絕：這正是皮爾斯的本意。我同譯者說起這一譯法，她卻覺得沒什麼，莫非電腦螢幕上的icon不叫「圖標」？

也許學者們將問題想得過於複雜，才有image、picture和icon的困惑，也許這位中學老師是天生的譯者，才覺得這沒有什麼，也許這一切都無非是個偶然，天下本無事，庸人自擾之。不管究竟是哪種情況，當我讀完最後定稿的譯文時，我承認這是整部譯文集中最好的譯文之一。

那麼，對於這位中學老師來說，她的翻譯有沒有底線，若有，這底線是什麼？我沒同譯者討論這問題，但我覺得，除了英語和漢語的能力，另一個重要方面是工作態度，指先天的悟性和後天的認真。如果譯者對翻譯有興趣，樂於反復修改潤色，而不是出於別的考慮，例如經濟效益、升級晉職、謀取名聲，或者不得已而為之，那麼，把翻譯當作樂趣和享受，作為悟性的展示和認真的證明，就可能拿出上乘譯品。這就像有的作家將寫作當成樂趣、有的藝術家將繪畫當成享受一樣，悟性加認真，方會產生好作品。

翻譯之難，也如太平洋上的海島之戰，參戰的態度決定了事情的成敗。在此，態度是做事的底線，而這僅是最低要求。或許，我可以把這話延伸一下，說得誇張一點：保住底線是從事學術活動的最低要求，也是文明得以延續的最低要求。因此，那條細紅線萬萬不可斷。

問題是，底線在哪裡，我們常人看得見那條細紅線麼？

2010年10～12月，蒙特利爾

藝術是前世的記憶

對有些人來說，欣賞藝術作品是一種無與倫比的享受、從事藝術活動是一種與生俱來的樂趣。這是為什麼？

我且繞個圈子，從夢說起。當然，這不是通常的夢，而是一種真切的幻覺，發生在大白天冷靜而理智的清醒時刻。人憑了理智可以區分夢與醒，而幻覺則是醒時的夢，連接夜晚的夢境與白晝的現實，並非「日有所思，夜有所夢」，而是「似曾相識」。

十年前我從紐約西郊的新澤西遷往紐約上州的奧伯尼，那是紐約州府，但卻是一個乏味而破敗的小城市，屬於「髒亂差」一類，我對之沒什麼興趣，因此一到週末便往附近的城市跑。從奧伯尼向南開車三小時是紐約市，向東開車三小時是波士頓，向北開車三小時是加拿大的蒙特利爾，向西開車三小時則什麼也不是。除了這三個大城市，在南、東、北三面，還有不少自然保護區、國家公園、州立公園等去處，都是旅遊名勝，所以那幾年我也開了點眼界。

其中有兩處，十年來每一回想，總要犯迷糊，搞不清是真去過，還是夢遊的景象，甚至迷糊得起了心結，只好懷疑自己辨別夢幻與現實的能力。

第一處是在從奧伯尼往蒙特利爾的半路上。縱貫奧伯尼的南北高速是八十七號公路，南起紐約，北至蒙特利爾，全程六小時。奧伯尼在紐約和蒙特利爾之間，由此驅車北行，半小時就入山，那是艾榮代克（Adirondacks）森林保護區，山林中到處是湖泊，包括美國第六大湖香檳湖（Lake Champlain），和美國奧運帆船隊的訓練基地靜謐湖（Lake Placid）。

當年紐約州有所文理學院讓我去講一堂課，我從地圖上查到這所學院的位址是在八十七號公路旁，在艾榮代克山林的北坡，從奧伯尼往北開車只需一個半小時。我又在網上查出了行車路線，只需向北直行，然後按出口號碼，一下路就到。去講課的那天，我一路開車都留心著出口號碼，快到時發現出口在公路的左邊而不是通常的右邊，感覺有點奇怪。不過，我立刻就喜歡上那地方了，因為路左邊是一面巨大的絕壁，下路的出口是絕壁的裂縫，駕車順路進入裂縫，裡面竟然別有洞天：那是一條河谷，谷地為密林，校園就在林中的綠色坡地上，背山面水。

真是奇怪了，這是我駕車歷史中最經常行駛的公路，怎麼以前就從未見過這樣一條絕壁裂縫？縫裡的世界居然有如桃花源，該不會是做夢吧？當然不會，我真真切切地在那所學院講了一堂課，還記得那天下著小雨，我站在屋簷下，看著校園裡濕漉漉的綠樹，心裡哼著雨打芭蕉的曲子，一邊同相陪的老師聊天。我在美國去過不少高校，這所學院的校園最奇特，建在一個懸崖絕壁圍起來的世界裡，幾乎與世隔絕，但師生的所教所學，卻與外面大同小異，一點也不與世隔絕。後來我向朋友們講起那學校，卻總也記不起校名，結果惹來朋友們的笑話。

有人聽了我的描述，說是像西點軍校，我說是文理學院，不是軍事學院。我曾開車路過西點軍校，那是在八十七號公路南段，在奧伯尼和紐約之間，而非八十七號公路北段的奧伯尼與蒙特利爾之間。而且，我看見過河岸高地上的西點校園，那裡沒有絕壁裂縫。再說，我也從沒進過西點軍校的大門，更不會去軍校講課。

至今每次駕車在八十七號公路北段行駛，我都要留心那個出口和絕壁的裂縫，但卻一無所見。十年過去了，我越來越懷疑整個事情真是子虛烏有的夢幻，哪怕我的確記得那出口的裂縫，的確記得屋簷下的雨打芭蕉。我想，只要能記起學院的校名，一切便會迎刃而解。可是，任憑我怎樣在腦海裡翻尋、在電腦裡查找，卻就是想不起校名、找不到當年講課的邀請函。

第二處是從奧伯尼往波士頓的半路上，在麻薩諸塞州境內，是一座城堡。麻州是美國最老的州之一，很有歷史和文化淵源，遍地名勝。麻州很小，從東到西車行也就兩個多小時，從南到北全程不到一小時，我幾乎走遍了麻州的每一個地方。九十號洲際公路橫貫麻州，我出遊時通常是向東開車，去波士頓，沿途下路遊逛麻州鄉村。

有次下了九十號公路，拐入一條鄉間小路，沒多久就看見一座城堡，白色大石塊築成的龐大建築，像童話故事一般，實為歐洲中世紀貴族莊園的風格。我當時很驚奇，心想：這小小的麻州我早逛遍了，怎麼從未聽說過這樣一座城堡？而且，這麼漂亮的設計，保護得又好，應該是旅遊名勝，卻不為人所知。即便是私家城堡，也不會秘而不宣吧，反倒該是拍電影的好地方，早就會名揚四方了。

那天不知何故，我開車繞著城堡轉了幾圈，拍了不少照片，卻沒進入城堡內參觀，只是開車圍觀，打算以後專程來遊。後來籌畫重遊，卻無論如何記不得那是什麼地方，也不知那城堡叫什麼，甚至連公路的哪個出口都不清楚，只記得那是一座巨大的白色石頭城堡。翻檢當時拍的照片，竟然一無所攝，連城堡的影子都沒有。看來又是一個夢幻，但當時開車繞著城堡轉圈的情景卻歷歷在目。

當然了，如果用佛洛伊德的象徵理論來牽強附會地解說，第一個夢幻來自性焦慮，屬於虛幻類，第二個夢幻是追求安全感和歸屬感，卻求而不得，也屬虛幻類。然而，即便是在十年後的今天，我仍然不願承認那裂縫和城堡都是虛幻的白日夢，因為這兩處都是我真切親歷的地方。可是，我也相信一個法文詞的說法，叫déjà vu，中文譯作「似曾相識」，講的是前世的記憶。

行筆至此，我要問問讀者，在你的生活經歷中，有沒有發生過這樣的情形：某天在大街上或地鐵裡，你看見一個人，一個根本不認識的人，但那人有一個什麼特點很吸引你，於是你意識到，曾經在一個無所知的時刻、一個無所知的地方、一個無所知的場合，你千真萬確地見過此人，你唯一知道的只是見過此人，其餘則一無所知。這就是「似曾相識」。再比如，你某天走路不小心差點摔一跤，就在將要跌倒的那一瞬間，你真真切切地看見一位麗人對你回眸一笑，就憑了那一笑，你立刻就站穩了，沒倒下去。但是，當你回過神來用雙眼去搜尋這麗人時，卻發現周圍空空蕩蕩連個人影也沒有。也就是在那一瞬間，你想起摔跤時麗人回眸的情景過去發生過，那一幕似曾相識。

「似曾相識」的法語意思是舊戲重演。當似曾相識的一幕發生在你身上時，你會享受到一刻美妙的瞬間，所謂鴛夢重溫，就是重溫前世的記憶。

當我把上述故事寫出來貼上博客後，有不少網友留言，說得很有意思，其中有些幾乎是對故事蘊意的昇華，且摘錄幾條於此：

1. 記憶和夢境很相似，都有一部分進入潛意識，混合以後就「似曾相識」。
2. 「似曾相識」，若夢若即，意識的稀釋，尋覓的堆積。不必是你也不必是我，所有的一切，無論是流逝還是輪迴，都是前世的記憶、今世的夢寐、來世的回憶。
3. 佛家說：人有三世輪迴，前世、今生、來世。今生的似曾相識是前世的因緣，來世的似曾相識是今生的因緣。
4. 情感、道德、因果、末那識、阿賴耶識、藝術，我思我快活。
5. 幻景就為彌補現實的遺憾啊，藝術的魅力也在於此呢。
6. 生活在他處，不然，為何總要讓回眸一笑轉瞬即逝？也許只是為了留下那個可以時時歸返的精神桃源。

7. 似曾相識的風景，也許真是前世曾經從這裡路過：生活、死去，寫出了很多人都曾經擁有的一種感覺。

我無意從佛家的因緣概念去談論藝術，但早年學習藝術理論時，記得馬克思講到過古希臘藝術的魅力。他說，現代人對希臘藝術著迷，就像成年人在兒童身上看到了自己那一去不返的過去。我覺得，這還不是簡單的懷舊心理，而是因為古希臘藝術能引起似曾相識的前世記憶。對我來說，欣賞藝術作品、從事藝術活動，就是在無意識中追尋這前世的記憶，享受今生與前世的緣分，就是在藝術中尋找那個桃花源，並在自己與桃花源的緣分中獲得安全感與歸屬感。

2010年5月，北太平洋上空

《作家報・散文在線專刊》2010年12月

那些瘋狂而絕望的浪漫主義者

1

去年初夏得知英國BBC廣播公司正在拍攝一部關於拉斐爾前派畫家的電視連續劇《瘋狂的浪漫派》（Desperate Romantics），便立刻同BBC的一位朋友聯繫，讓他務必在第一時間給我弄張碟來，先睹為快。朋友回復說，該劇尚未殺青，估計九月才能播出，影碟上市會更晚。我說，若能早早在市面上買到影碟，我還找你這內線幹什麼。

拉斐爾前派是十九世紀中期英國維多利亞時代的前衛畫家團體。一八四八年，皇家美術學院的三位二十多歲的學生因不滿學院成規而退學，組成叛逆的「拉斐爾前派兄弟會」，推崇拉斐爾之前的早期文藝復興藝術，提倡其自然純樸和唯美詩意，強調藝術細節的真實和象徵性。這三位年輕畫家是羅塞蒂、米萊斯、杭特。他們剛出道時，遭到倫敦文化界的嘲諷與拒絕，但由於大批評家羅斯金不遺餘力的推舉，他們終於被認可，其作品成為英國十九世紀繪畫的代表，米萊斯後來甚至當上了皇家美術學院的院長。

《瘋狂的浪漫派》於二〇〇九年九月如期播出，僅限英國，無緣北美。朋友從倫敦郵來光碟，我急不可耐地打開郵包，將碟片放入播映機。但是，我看到的不是拉斐爾前派的故事，而是螢幕上的一行文字：「制式不符，無法播映」。

真是難以置信。我反覆將碟片取出再放入，試得手都顫抖了，可仍然不能播映。最後只好扔下碟片，一頭栽倒在沙發上。

但我立刻又從沙發上跳了起來，先試用電腦播放，再借別人的播放機，均無果。我又去專業店轉換制式，仍未果，便買了一台全制式播放機，結果還是失望。

狡猾的BBC採用了不可知的加密技術。

求而不得，乃生焦慮。

2

一年後，《瘋狂的浪漫派》光碟於二〇一〇年夏秋上市，我從亞馬遜網站購得一套。放入影碟機，摁下播放鍵，哈，終於看見了，大喜。

我看見了英國維多利亞時代藝術界的三個壞小子，還看見了羅金斯，那三個壞小子在他面前幾乎像狗一樣可憐巴巴地匍伏爬行。還有著名小說家狄更斯，他像個小丑，不懂藝術，卻偏愛說三道四，還一心想著拯救風塵女出苦海。不消說，英國美術史上那群名垂青史的美女模特兒都出場了，她們是西達爾（羅塞蒂的情人、妻子）、伊蒂絲（羅斯金的妻子，後改嫁米萊斯）、安妮和范妮（二人都是杭特的情人，風塵女），以及超級美人傑恩（羅塞蒂的情人，後與莫里斯結婚）。

全片並不長，約五小時，分六集，前三集講三位拉斐爾前派畫家成名前的掙扎，後三集講他們成名後的瘋狂。到了最後一集，拉斐爾前派的傳人莫里斯出場，給以後拍攝續集埋下了伏筆。

看完全片，有滿足也有失望：這不是十九世紀中期維多利亞時代的浪漫故事，而是二十一世紀倫敦藝術界的情色故事，影片中完全沒有舊時浪漫主義的高雅和華貴，卻滿是現時前衛的淫亂和神經質。

不過，故事的基本史實還算準確，只是為了迎合觀眾與市場，一些具體細節有所編造，尤其是直接演示瘋狂的性愛場面，有如低俗的三級片。

3

當年初識拉斐爾前派，由觀賞繪畫複製品開始。那是七十年代後期，剛上大學時，北京有個難得一見的英國繪畫展，展出維多利亞時代作品。我在雜誌上看到拉斐爾前派的圖片，立刻就被迷住了。儘管那時並不知道這派藝術有何魅力，但能看出它們與當時的中國藝術大異其趣。

被魅力所迷，卻無緣進京觀展，焦慮始生。

因了這焦慮，我開始留意拉斐爾前派風格。無論是感傷的攝影，還是象徵的繪畫，只要有這風格的感覺，我都全力收集。記得有次同一位感傷型畫家聊天，他說喜歡拉斐爾前派的淒美詩意和感傷情緒。

我看拉斐爾前派繪畫，在詩意、感傷和象徵的包裝裡，在中世紀和早期文藝復興的純樸氛圍中，隱藏著性感和情色，這是那三個年輕的叛逆畫家及其美貌模特兒將肉體和精神在藝術中攪拌而碰撞出的激情。這是我對拉斐爾前派的感覺，為了這感覺，我在八十年代中期甚至翻譯過拉斐爾前派的詩歌，寫過關於拉斐爾前派的文章。那時的一大願望，是希望有機會親眼看到這些畫家的真跡。

4

拉斐爾前派的藝術活動是在十九世紀五十年代，僅十餘年，但其影響卻延續了半個多世紀。《瘋狂的浪漫派》截取了一八五一年三位畫家從反叛到成功的故事，他們與羅斯金的關係、他們與美女模特兒的關係，是故事的主要情節。

電視劇開始，一個名叫弗萊德的年輕記者出來講故事，自稱是三位畫家的好朋友。若用敘事學術語說，弗萊德既有局外第三人稱之便，又有局內第一人稱之利。由他出場敘事，既得旁觀者的全方位視角，又得當事人的在場與介入。這樣的敘述口吻和人物關係，構成電視劇的敘事框架。

翻開英國美術史，我看不到弗萊德這個人，但在電視劇中他卻是拉斐爾前派的見證者。他不僅敘述故事，也參與甚至製造故事。第一集開場，他將西達爾介紹給三位畫家作模特兒，又將這三個年輕人引薦給羅斯金。這樣的信使角色使弗萊德成為故事發展的推進者，可以說沒有他就沒有電視劇。但是，他在劇中每每墮入愛河，成為畫家們的潛在情敵。不僅如此，他還在畫家間傳遞假資訊，造成內訌，以便從中漁利，獲取美人芳心。

沒錯，電視劇利用美女是為了收視率，甚至將美女們那一頭「拉斐爾前派式的金色長髮」作為賣點。

5

上世紀最後十年，我旅居加拿大和美國，其間在各地的大型美術館看到了一些零星的拉斐爾前派藏品，雖是原作，但所見不多。

九十年代末的某日，得知耶魯大學美術館展出拉斐爾前派作品，我驅車前往，總算如願以償。隨後不久，我又在紐約的布魯克林美術館參觀了維多利亞時代繪畫展，第二次集中欣賞了拉斐爾前派畫家的原作。

然而，這些畫家的代表作多在英國，少在美國，我渴望看到名作真跡的焦慮並未緩解。

所以，我去倫敦時專門到泰特美術館和皇家美術學院參觀了拉斐爾前派的收藏，在真跡面前流連忘返。那一刻，也許我可以自稱拉斐爾前派的粉絲了，因為我已購買了不少拉斐爾前派的畫冊、詩集、研究專著和傳記，對這些畫家的事蹟可以如數家珍。

6

羅斯金是對藝術無所不知的大批評家。根據傳記史實，這位見慣了古希臘羅馬和文藝復興裸女繪畫的大學者，竟以為現實生活中的裸女也如畫中裸女一樣肌膚光潔如玉。結果，新婚之夜他看見妻子伊蒂絲的三角洲長滿了濃密的水草，竟然驚嚇得不知所措，他對女人的美麗幻想頃刻轟毀。

在電視劇中，羅斯金是個人格分裂的陰謀家、偽君子。出門在外，他一副體面的派頭，回到家中，他是個怪異的性折磨者。由於幻想轟毀而導致心理障礙，他與妻子形同陌路。電視中伊蒂絲出場是在床第間，她向羅斯金求歡而不得，便抱怨說：結婚五年，他僅吻過她的脖子四次，摸過她的乳房兩次，而她的雙腿之間，連一次也沒碰過，自己至今仍是處女。

羅斯金的回答比較搞笑，說自己把她當作藝術看待，所以他們的夫妻之情應該是柏拉圖式的，沒有肉慾的成分。這當然是自欺欺人，果然，羅斯金在背地裡與母親密謀：讓伊蒂絲給米萊斯作模特兒，待他們有了私情，便以通姦為由提出離婚。此計得逞，羅斯金便轉向羅塞蒂的情人西達爾，收為她入室弟子，同時對她洗腦，讓她怨恨羅塞蒂，並以介紹工作為由欲使羅塞蒂離她而去。不過，這些伎倆被花花公子羅塞蒂識破，羅斯金便不由分說拋棄了西達爾，轉而將一個未成年少女收為學生和情人。

也許，這一切都為了是要滿足他關於三角洲不長草的離奇幻想。

電視劇裡羅斯金的人格分裂，該是編劇出於票房考慮而誇張失實，使得影片流於媚俗。

7

憑這看法，是不是說我該從粉絲晉級為專家了？

在當今的讀圖時代，我不滿足於畫冊裡和美術館的靜止圖象，我渴求螢幕上的活動圖象。那幾年我發瘋般的尋找、收集有關拉斐爾前派的電影。然而，互聯網上搜尋的結果是，無論英國還是任何別的國家，都沒拍攝過關於拉斐爾前派的故事片，我只買到文獻資料片。

真是難以置信，這些畫家的故事如此富於傳奇色彩，尤其他們與美女模特兒之悲歡離合的浪漫情仇，是西方美術史上的著名美談，怎會沒有電影？

得知BBC正在拍攝《瘋狂的浪漫派》時，我的高興和激動難以言表。可是，當我用顫抖的手取出無法播映的光碟時，那高興和激動一變而為失望，這失望又加深了我求而不得的焦慮。

終於，《瘋狂的浪漫派》在電視上播出後，又於二〇〇九年底上線，我立刻上網觀看，但看到的卻是些顛三倒四的片斷，像是剪接錯了的故事，讓我的焦慮難消而徒增。

8

電視劇對史實的處理是戲劇化的，編導為了票房而媚俗，演繹了三兄弟的勾心鬥角和爭風吃醋。電視裡，羅斯金觀賞三位年輕人的畫作時，看到羅塞蒂《尋獲》的畫稿，對其拯救風塵女的道德主題大為讚賞。杭特在一旁默不作聲地聽著，後來悄悄畫出了關於風塵女的名畫《覺悟》，讓羅塞蒂大吃一驚，責怪他剽竊自己的主題。

這兩人為了美女也有衝突，都想將西達爾據為己有，結果杭特先下手為強，而羅塞蒂則後來居上。這些故事本是史實，但電視的戲劇化處理在於將故事編排為智取美女，不戰而屈人之兵。那天杭特正以西達爾為模特兒，繪製《牧羊人的誘惑》，羅斯金來畫室看了後說，西達爾的相貌像是蕩婦，不能入畫。杭特只好另覓模特兒，在妓院找到了真正的蕩婦安妮。次日西達爾來畫室，發現自己的模特兒位置被蕩婦取代，怒不可遏，當場吵鬧，羅塞蒂這個有義大利血統的花花公子便趁虛而入，抱得美人歸。

以繪畫作品來演繹電視故事，是影片的敘事賣點。

類似的戲劇化處理，也見於三位畫家的成名展。電視裡，英國大作家狄更斯來到畫展開幕式，在參觀者對三個年輕人的嘲笑聲中，他火上澆油，用詩一樣的暴力語言，高聲嘲弄這些可憐的年輕畫家。正在這時，羅斯金到場，聽到眾人的諷刺挖苦，再看牆上的繪畫作品，他當眾義正詞嚴地宣稱：英國藝術的偉大時代到來了，這三個無名之輩的成就，可與浪漫派大師透納比肩，他們是英國三百年來的藝術高峰。羅斯金一語定乾坤，其驚世之言，讓嘲諷者鴉雀無聲，讓狄更斯灰頭土臉，讓三位畫家歡呼雀躍。

也就是在那一刻，一個到開幕式來向羅塞蒂討債的催命鬼，馬上以高價買下了羅塞蒂的參展作品，讓畫家一朝脫貧。

9

幾年前我剛從美國遷回加拿大，正值多倫多美術館有杭特繪畫回顧展，便專程從蒙特利爾驅車前往，有幸看到了杭特的所有重要作品，其中不少名畫早在倫敦就見過，多倫多之行是再次重溫。

拉斐爾前派的三位畫家雖說不分高低，但各有千秋。三人中的大哥羅塞蒂長於描繪女性肖像，但對人體結構和動勢的把握卻有失諧之處。或許，這是因為三人未完成皇家美術學院的訓練，基本功欠佳。相比之下，米萊斯技法最好，但其畫有甜膩之嫌。這也難怪，他在功成名就做了院長後，放棄了拉斐爾前派最初的藝術追求，轉而為富人畫像。這些商業性的肖像畫雖在技法上無可挑剔，但已喪失了畫家早年的藝術創造力。

在三位畫家中，我最喜歡杭特，他的畫具有心理深度和震撼力，這力量來自他的宗教精神，表現在繪畫中便是一種隱隱的苦澀。如果只看杭特的單幅作品，不易看出這苦澀，但在多倫多的畫展上，當許多震撼人心的作品同時呈現時，它們互為參照，共性突顯，昭示了畫家的苦澀之感。

這苦澀之感，給杭特繪畫以厚度和分量。

10

這苦澀來自靈與肉的搏鬥，為了靈魂的追求能戰勝肉體的誘惑，杭特離開倫敦，離開畫家兄弟，離開自己的模特兒情人，隻身前往巴勒斯坦，到死海邊去描繪聖經起源地的真實景色，畫出了震撼人心的名作《替罪羊》。

在電視劇裡，杭特的中東之行變成了陰謀的結果。羅塞蒂曾經後發制人，將杭特的模特兒西達爾據為己有。然後，他又想讓杭特的情人安妮給自己做模特兒，便故意誤傳羅斯金的話，在杭特為中東之行而猶豫不決時，說羅斯金講了，杭特一定要去中東才能畫出好畫，促使杭特踏上了行程。

這一戲劇性處理的高潮，是半年後杭特從巴勒斯坦回到倫敦，他踏入家門時看到的第一幅景象竟是安妮、羅塞蒂、弗萊德三人正在畫室裡淫亂。不久，杭特和羅塞蒂為了安妮而大打出手，兩人在電視裡脫掉上衣，赤膊上陣，揮拳對決。

淫亂的場面太多太浪，電視劇《瘋狂的浪漫派》不適合家庭觀看，而像黃色電影一樣只適合成人欣賞。杭特本是個苦行僧式的畫家，在電視裡卻是個墮落的天使，沉迷於現世的肉慾，以瘋狂做愛來排遣內心的苦澀和鬱悶。

11

構思這篇文章時，我翻出了一篇舊稿，那是我在八十年代中期翻譯的羅塞蒂詩歌《神佑的女郎》。我也在書架上的《拉斐爾前派詩選》中找到了排在詩集第一頁的英文原詩。兩相對照，羅塞蒂在詩歌的開篇這樣寫死去的西達爾：「神佑的女郎從天堂的金色欄杆探身下望，她的雙眼就像靜止的天湖之水般深沉，她手握三枝百合花，黑髮上閃爍著七顆長明星。」

那時候我在國內高校講授英國詩歌，因無現成的譯詩，便用自己的翻譯，後來將講稿改寫成文，發表於專業期刊。

羅塞蒂也畫過一幅同名繪畫，現在收藏於美國哈佛大學美術館。有一年我去哈佛，順道參觀美術館，不料看到了這幅畫，喜出望外。在哈佛美術館，我仔細看畫，心裡默誦羅塞蒂的詩歌，見證了羅塞蒂自比義大利詩人但丁，他將西達爾視作但丁《神曲》和《新生》裡的碧翠絲。

羅塞蒂的父母都是義大利人，旅居倫敦，教授義大利文學，他們將但丁之名給予兒子，畫家的全名是但丁・蓋布里埃爾・羅塞蒂。其中「蓋布里埃爾」是基督教裡的大天使之名。

後來我去義大利佛羅倫斯旅行，拜訪但丁故居，重讀但丁與碧翠絲的故事，總要聯想到羅塞蒂與西達爾。

12

然而，羅塞蒂與西達爾的恩怨情仇，並不真的像但丁與碧翠絲那般屬於柏拉圖式的精神戀愛。羅塞蒂是個花花公子，他雖愛西達爾，卻又與杭特的模特兒情人安妮淫亂，後來更勾引美人傑恩。為了掩人耳目，他甚至強迫自己的學生莫里斯與傑恩結婚。

由於這層原因，西達爾開始酗酒，並陷於吸毒不能自拔，最後終因服毒過量而死。西達爾下葬時，羅塞蒂將自己的詩稿同葬墓中，後來在友人和出版商的勸說下，才掘開墳墓，取出詩稿付印。在電視劇裡，所有人都懷疑羅塞蒂對西達爾是否真心，直到他將詩稿埋進墳墓的那一刻，朋友們終於齊聲默語：這是真愛。

在電視劇裡，羅塞蒂向西達爾求婚時，宣稱他們是但丁與碧翠絲再世。

但是，電視中掘墳取詩的一幕，拍得像是一群盜墓賊半夜掘寶。

13

或許，電視劇裡潛藏著一個隱蔽的暗示：是那些美女成就了三位年輕畫家的作品，是羅斯金認可了他們的藝術成就，而羅斯金的認可，則是因為他暗戀並想引誘這些年輕畫家的美女模特兒。

莫非這不是編劇暗藏的票房噱頭？

西達爾死於愛的絕望，相反，伊蒂絲在離開羅斯金後改嫁米萊斯，獲得了幸福。安妮欲嫁杭特，但他不肯接受她的風塵女身世，使她最後又從藝術墮回紅塵。範妮也相反，她雖給杭特做模特兒，與杭特瘋狂做愛，但對杭特欲救她出紅塵的願望卻以耳光回報。傑恩雖嫁了莫里斯，暗地裡卻仍作羅塞蒂的情人。如果從女性主義的角度來編寫這些美女模特兒的故事，探討女性對男性的依賴，探討女性的社會地位問題，那麼，《瘋狂的浪漫派》會有一定的深度和意義。可是，編劇沒有這麼做，而是將這些美女演繹成整天高聲浪叫的性感尤物。

寫好這篇文章時，我意外得知，《瘋狂的浪漫派》早就有中文盜版行世，譯名《情迷畫色》，網上能免費觀看。由此說來，在資訊傳遞高度發達的今天，我寫這篇文章其實已無必要。雖然我自認是拉斐爾前派的粉絲和專家，卻不知早有中文盜版，看來我該晉升到骨灰級了。

英文片名中的Desperate有瘋狂和絕望二義。今天，如果我們不肯接受藝術變為商品的現實，我們便只能瘋狂，或者絕望，我們只能是些不合時宜的浪漫主義者，否則，我們永遠會有「制式不符，無法播映」的焦慮。

2010年10月，蒙特利爾

上海《文景》月刊2010年第10期

批評之死與批評的熱病

1 批評之死

五月上旬的最後一天，下午，麥吉爾大學藝術史與傳播研究系有講座《批評之死》，演講人特瑞・伊格爾頓（Terry Eagleton），當代文學理論與文化批評的泰斗。名家開講，估計會聽眾爆滿，於是我提前半小時到場，結果還是席地而坐，盡聞熱烘烘的汗氣。好在開講前臨時轉移陣地，換到了寬敞的大演播廳。

伊格爾頓早年是牛津才子，後來在英國諸家名牌大學執教，現在是蘭卡斯特大學教授。更主要的，他是二十世紀後期西方文藝理論和批評界的大牛，與美國杜克大學教授詹明信（Frederic Jameson）一道，鼎立於大西洋兩岸，堪稱今日歐美馬克思主義文藝理論的兩位大師。伊格爾頓至今已出書四十多部，算得上著作等身。

演講開始，伊格爾頓出場，原來是個小老頭。早在八十年代初我就讀他的書，那是一家文學理論雜誌上連載的譯文，選自其一九八三年出版的名著《文學理論導論》，內容是文學理論的歷史述評，其中誘人者為二十世紀西方現代主義文學理論和批評方法。記得那譯文很差，幾乎不能卒讀，因為當時西方現代文藝理論剛介紹到中國，許多術語都是舶來新貨，譯者不知道該怎樣譯成中文，而且書中所述的許多理論，譯者也不懂，只能照字面直譯，結果譯文很僵硬，讓人雲裡霧裡。儘管難讀，我還是與許多讀者一樣硬著頭皮讀下去，收穫在於初次接觸了西方現代文藝理論和批評方法。到了二十七年後的今天，《文學理論導論》已一版再版，仍是西方高校文學和藝術類學生研習二十世紀文論的必讀書。

演講的主持人介紹說，伊格爾頓信奉天主教，也信奉馬克思主義。伊格爾頓接過話筒，第一句幽默就讓全場爆笑：「有人說我是保守主義者，可是，難道從天主教走向馬克思主義，就一定得經過自由主義這一步麼？」笑過之後一想，一百多年前馬克思主義是西方的激進思想，遠比一百多年後的自由主義更激進。集最保守的天主教與最激進的馬克思主義於一身，的確有點不倫不類。可是，畢竟一百多年過去了，馬克思主義早已不再激進。在二十世紀後半期，經過歐洲法蘭克福學派的努力，西方新馬克思主義漸漸成為當代學術思想的先鋒，但已無激進的銳勢。

於是，我腦中出現了一個懸念：既然伊格爾頓在二十世紀末與後現代主義有過節，那麼，他究竟是保守的形式主義者，從現代主義的立場去質疑後現代，還是激進的當代批評家，從後現代之後的文化批評立場去超越後現代？

想來應該是後者。再說了，「批評之死」與「藝術終結」之類口號一樣，是個廣告式噱頭，旨在執人雙耳、奪人眼球罷了。在二十一世紀初的西方，儘管是在學術界，一個馬克思主義者要想活得如魚得水，沒點宣傳本事和公關能力是萬萬不行的。念及此，我便用懷疑和批判的心態去靜聽演講，聽他講怎樣從天主教跳躍到馬克思主義，看他嘴裡能吐出什麼象牙來。

幽默過後，伊格爾頓話鋒一轉，開始講外星人和演藝明星，我突然覺得自己像是坐在3D電影院裡看《阿凡達》或《2012》。這一刻，我竟有了「頓悟」：要想做學術明星，絕不能皓首窮經鑽故紙堆、絕不能終日向壁只顧子曰詩云遠離人間煙火，而要做當代學術潮人，要走在時尚的前沿，引領學術主流，例如去研究低俗的大眾文化，去鼓吹雷人的流行浪潮。唯其如此，千年故紙才會化腐朽為神奇，一變而為先鋒前衛，就像前些年的《達文西密碼》。或許，這就是信仰和思想的跳躍，一跳千年，從中世紀散發著黴味的陰森森的石築教堂，躍入大革命的激進的馬克思主義陣營。也就是在這一刻，我領悟到：既然要追求學術時尚，那麼嚴肅而認真的批評當然會過氣、會毫無用處、會一無是處，結果自然是必死無疑。

話說回來，伊格爾頓也的確有見地，他講了不少讓我覺得中聽的話。他說：在今日時髦的文化批評中，語言研究作為一個人文課題，已經「異化」了，批評的領地早被後現代以來的解構主義、女性主義、後殖民主義等時髦話語霸佔了。卻原來，伊格爾頓也用馬克思的術語來嘲弄時尚，聽上去卻又像是形式主義者。那麼，他會不會是自嘲？

不料，他接著調侃形式主義：德里達是不是離文本太近了？是的，他離得太近了。那麼要離多遠才合適？聽了他的問題，我想站起來這樣回答：文本前面沒有絕對合適的距離，批評家只能前後移動，不斷調節自己與文本的距離，這樣才會產生批評的空間，這空間存在於新批評的「細讀」與原型批評的「向後站」之間。如果批評家不去佔有這空間，批評便沒有生存的餘地，批評便必死無疑。想到了這樣的回答，但不好意思打斷他的演講。好吧，繼續聽。

伊格爾頓說：批評應該是一種語言研究，因為語言並不僅僅局限於傳遞作品的含義，語言本身是深富蘊意的，例如隱喻和象徵，揭示了語言的內在結構，這些都該是研究的對象。如此看來，伊格爾頓的「語言」並非語言學上的語言，而是修辭學上的語言。嗯，我喜歡這觀點，他的確不是一個機械而瑣碎的形式主義者。

由語言研究而轉到研究課題，伊格爾頓說：他曾讓自己的博士研究生去查閱過去的博士論文選題，結果發現不少選題十分迂腐，如像「某某文學名著中蒼蠅翅膀的面面觀」，他嘲笑說：我就愛「面面觀」。呵呵，這可愛的小老頭真是學術潮人，讓我想起二十世紀前期英國小說家福斯特的論著《小說面面觀》，也想起中國文革電影《春苗》裡的「馬尾巴的功能」。看來當今文化研究領域裡的博士論文，最好要這樣選題：《論芙蓉姐姐之身段與鳳姐之牙口：兼論審美比較研究的娛樂化大勢》。若此，批評就活了、也火了，說不定會拿到某某煤窯或某某房地產公司的贊助，這樣，學術研究便再生了，英特耐雄耐爾的文藝復興就實現了。

講了近一小時，結束，該聽眾提問了。環視全場，問者寥寥。也許伊格爾頓的話題比較艱深，哪怕他用了最時尚的淺顯語言來講，卻因西方現代文論和當代批評過於深奧，人們難於把握他的語言遊戲和修辭表述。於是，我打算起身提問：

您講「批評之死」，有時聚焦清楚，有時離題太遠，因此，可否請您只用一句話來總結回答：為什麼批評死了、怎樣死的？

不過，他也許會因這問題太籠統而反嗆我一句：我剛才白講了一通麼？

算了，既已娛樂，就不管批評的死活了，退場。

2010年5月，蒙特利爾
重慶《當代美術家》雙月刊2010年第4期

2 批評的熱病

美術界對批評的不滿由來已久，各種說法都有，最近有人就說「批評界集體失語」。對這說法，我不敢苟同，因為眼下美術批評正是熱鬧的時候，而對某一話題集體失語，多半是那話題本身有問題：也許那話題乏味，也許那話題技術含量低，也許那話題容易得罪人，也許那話題沒錢可賺。

但這並不是說批評界自身就沒毛病了，相反，毛病很多很厲害，其中一個早就被人指出的老毛病，至今依然如故：浮躁、跟風趕時髦、不肯靜下心來思考。

比方說，去年前年圖象的話題很熱鬧，批評界一窩蜂拿圖象說事，但是進入二〇一〇年，這話題一下子就冷下去了，好像人們一夜之間都對圖象失去了興趣。說這毛病像股市吧，不確切，因為股市還有個反彈的時候。或許該說這毛病像甲流或非典，都是雞瘟豬流感吃野味惹的禍，說來就來，說走就走，來無蹤去無影，神龍見首不見尾，像地震一樣沒有可預測性。但是，這麼熱熱鬧鬧一陣，大家把圖象問題討論清楚了嗎、討論深入了嗎？無非是淺嘗輒止，踩一下水濕濕腳而已，你踩我踩大家踩，表示「我這回也圖象了一把」，說白了就是做了一次潮人。且看那些關於圖象的文章，有什麼理論水準？不過是一陣浮躁罷了。

我稱這老毛病為批評的「熱病」。如果你讀過奧地利作家茨威格的小說《馬來狂人》，你就會知道這是熱帶叢林的一種惡性傳染病，帶有神經和心理病毒，害得人心慌意亂、終日狂奔、汗流浹背。是的，當今批評界也有類似熱病：一個問題還沒搞清楚就撇下不管了，急慌慌轉向另一個時髦話題，就像近乎窒息的狂人追逐熱浪，滿口胡言亂語。

批評並不是張嘴瞎說，而要有理論依據。批評界的潮人說圖象，多半是撿了個時髦術語。二十一世紀初的圖象研究，大體有三類，一是文學界和文化批評領域的圖象研究，偏重玄學，故作高深，說些話大而無當，把讀者嚇跑了事。二是傳媒影視界的圖象研究，偏重技術，顯得很專業，與電子設備瓜葛多，不會玩設備的人也會被嚇跑。三是美術界的圖象研究，既無形而上的高度，又無形而下的低度，兩頭都不沾，空洞無物，潮人開口全是圖象，卻全不似圖象。

今年可好，一開春就有了新話題：抽象。批評界的潮人們扔下圖象，趕緊轉移陣地，像趕場子跑廟會一樣猛衝到新地盤上抽象一把，如熱病抽風般又做了一次潮人。其實，抽象的話題早就有，去年就在議論，但火在今年，誰若不抽象一回，誰就落伍了、就邊緣了。可是，把那些抽象的時髦文章拿出來看看，有幾篇具有嚴肅的理論深度、有幾篇是有分量的？無非是自說自話，又一陣浮躁罷了。

不料，今年還沒過一半，抽象竟已過時，批評家集體轉了向，扔下抽象，大談歷史。拜託，講點批評的獨立性和自主性好不好，別老跟著黃金時尚的風向標轉。

如果脫掉時尚的外衣，批評界的潮人還剩下什麼？演藝界的潮人可以露出腰身來肉搏，拼個溝什麼的，批評界的潮人沒有溝，只露出兩個字：無恥。此話怎講？前面剛說了，批評要有理論依據，可是眼下的批評有兩大類：研究性的批評、吹捧性的批評，前者講究理論依據，後者是拿了人的錢，只好瞎扯一通。批評寫作是一種智力和精神勞動，替人幹了活當然要拿報酬，可問題在於批評家的職業態度。我的主張是：雖然替別人幹活，但要把這活當回事來幹，要對得起雇主、更對得起自己，別製造文字垃圾。也就是說，別人要開畫展了，或者要出畫冊了，請你寫篇千字文，付你幾千塊萬把塊錢，你就不要糊弄。文章雖短，你也得有個像樣的觀點，或者至少講究點寫法，不要信口開河。可是批評潮人不肯費這工夫，拿了錢，筆下千言，一味吹捧，卻沒個實在的說法，通篇唱高調，不僅胡說八道，而且丟人現眼。

如果批評界的潮人沒有理論修養，只會吹捧，那麼吹捧也得有個依據。當然，藝術不是數學物理化學，難以量化觀之，但是，藝術批評並非絕對主觀，某些客觀依據還是存在的。比方說評價寫實繪畫，造型能力和技法技巧就是依據之一。有些寫實畫家的作品實在不敢恭維，畫中人的胳膊和身體對接不上，脖子也扭著，像是晚上睡覺落了枕，或者畫面色彩各不相干，整個一匠人之作，卻被潮人吹捧成天上的大作。這樣的畫、這樣的文章，居然還敢拿出來示人，可謂不知恥而勇，真是奇怪了，怎麼還不去跳樓？

英國十九世紀中期的著名美術批評家羅斯金有句名言：何謂文明？文明就是立功、立言、立藝的結果。所謂立功，古希臘人修建神廟，那些建築保留到了今天，便是立文明之功；所謂立言，古希臘哲學家的著述在今天仍是我們做學問的必修課，此乃立文明之言；所謂立藝，古希臘藝術家的雕刻作品，兩千多年後仍是我們仰視的神品，即為立文明之藝。中國古代也有類似說法，儒家講究立功、立言、立德，雖與羅斯金有一字之差，但也算不謀而合。況且，我們還有「德藝雙馨」之說。用這些要求來反觀批評界的潮人，卻是無德無藝。那麼，他們究竟追求什麼？當年乾隆皇帝下江南，看見大運河上船來舟往，一派熱鬧，便問舟船何以忙碌，大貪官和珅回了句老實話：天下熙熙皆為名趨、天下攘攘皆為利往。

批評潮人所立者，名利二字，與文明無關。大運河上這些弄潮兒，整日忙忙碌碌，飯局、開幕式、研討會、名家對話，熙熙攘攘，名來利往，恨不能趕緊到央視的百家講壇去開講。這樣忙碌的潮人，能指望他靜坐下來認認真真寫點東西、踏踏實實做點學問？見鬼去吧，潮人原本就不是做學問的，說穿了就是批評界的混混，只不過混法不同，不像街頭童黨，而是模仿演藝明星，混個豔照門、走光門之類，以達炒作之目的。

話說回來，誰不為名為利？大家都別假裝清高。可是，為名為利總得有個前提，這就是掙取名利的真本事，而不是靠兩片鴨嘴嘎嘎瞎扯，做批評不能太無恥。

且讓我仍說圖象。圖象問題至今還遠沒研究深入，潘諾夫斯基的理論卻過時了，潮人們轉而追求別的時尚。我因此要問：我們對潘諾夫斯基究竟瞭解多少？對潘氏的認識論和方法論，批評家們大多說是三個層次：前圖象志、圖象志、圖象學。然而再仔細讀讀原著，有沒有讀到潘氏最後還有一層，即反過來進行驗證的「糾偏之舉」（corrective measure）？當然，可以說這算不得一層，但是有多少批評家看見了這一「舉」？看書讀圖浮光掠影，不得要領，是潮人熱病的症狀之一。西方批評家讀圖，重視潘氏的第三層，即超越圖象之上的歷史、文化和人格引申（extended theorization），但這引申卻以第二層的圖象閱讀為基礎。批評潮人的理論水準，連第二層次也搞不明白，面對一幅文藝復興繪畫，完全不知道畫中圖象是什麼意思，不明白圖象符號的所指，就會一句拾人牙慧的「人文主義」。

但是，批評潮人個個都很聰明，他們在學習和借鑒西方理論與方法時，都是跨越式的，他們不需要第二層的圖象解讀，而是直接進入潘氏第三層去大加發揮，真的是高屋建瓴、口若懸河、滔滔不絕，以三寸不爛之舌，化腐朽為神奇，將匠人吹捧成大師。這一刻，就像猶大赴最後的晚餐，悄悄摸著錢袋，心裡想著名利雙收，哪還顧得上無恥二字。

熱病患者的面相特徵是雙目暴突，批評潮人也總是鼓著甲亢般的兩隻眼，像餓狗嗅食一樣搜尋新的時髦話題，隨時準備轉移陣地，隨時準備撲向新的食物。

可惜，對批評的熱病，至今還沒有猛藥。

2010年5月，蒙特利爾

南京《畫刊》月刊2010年第7期

知識份子的羞恥感

當代藝術與內褲反穿

1

當代藝術究竟是什麼？

用比喻來說，如果古典藝術是人類文明的華麗外衣，如果現代藝術是揭示人類心理的內衣外穿，例如二十世紀中期英國畫家佛蘭西斯・培根描繪的扭曲人物，那麼當代藝術就是內褲反穿。

何謂內褲反穿？

今夏回國，在北京住了兩個月，其間買了幾條國產名牌內褲。內褲質料不錯，穿上後感覺輕軟舒適，特別適合夏天，讓我想起歌劇《茶花女》中那只冰涼的小手，雖觸身於腰際，卻通體爽遍。

不幸的是，穿上新內褲才半小時，腰部便奇癢難耐，身上出現過敏症紅斑。急查過敏源，原來是內褲商標惹的禍。那商標像塊補丁，絲質，縫在褲腰內面，密不示人，只向主人宣示著名牌的高貴。這補丁不負名牌貨的精工細做，質地堅硬，四個尖角銳利無比，在腰間又紮又刺又撓，跟跳蚤臭蟲有一拼，像是拼命要讓主人記住這內褲是一款名牌。

難受至極，打算拆掉商標，於是想起七十年代末八十年代初美國電視連續劇《大西洋底的來人》裡的太陽鏡。當時那眼鏡很時髦，稱「麥克鏡」或蛤蟆鏡，潮人們捨不得揭掉鏡面上的商標，留著就像眼睛上長了個疤，成為鄉巴佬的符號。

名牌內褲是一體化設計，一旦拆掉商標，褲腰可能會掉線散架。怎麼辦？我靈機一動，內褲反穿，那要命的商標便不再親吻腰間肌膚。

這靈機一動可以作為當代藝術的比喻：把人最隱秘的部分翻露出來，像現代藝術那樣以此示眾，使之成為古典藝術似的的華麗外衣。

當古典主義者安徒生借小孩之口說出這新裝的真相時，現代主義者便接著說：表像的再現早已過時，內在的呈現才是現代標誌，而當代藝術家則竊笑著說：只有裸露出來才是當代藝術。

2

當代藝術的弄潮兒，引領時尚，其藝術就像內褲商標，雖是名牌，卻讓穿者難受，他人卻不得而知。在此，內褲反穿的意義是：反藝術之道而行。

西方的藝術之道，自古希臘起，便以再現為目的，以寫實為方法。然而兩千多年中的藝術大家們，卻有反其道而行之的記錄，尤其是文藝復興以後那些覺醒了的大師，例如倫勃朗用畫筆對牛的解剖，再如委拉斯開茲對鏡像的把玩，這一切都向我們今人展示了怎樣反其道而行。

西方古典藝術對物象世界的再現，信守著外在表像的寫實，高級匠人的寫實可以亂真，而優秀藝術家則力圖通過外在表像而進入內在實質，遵從一條從外向內推進的道路，英文稱outside in。倫勃朗將一整頭牛倒掛起來，剖開牛肚，將其內部一覽無餘地示之於眾。這一刻，儘管倫勃朗仍是從外向內，但他已經開拓了從內向外的道路。唯其如此，三百多年後的培根，方才有可能重畫這頭被解剖的牛，並將這重畫的方法，用於對人物和肖像的描繪，讓世人看清了那條從內向外的道路。一位英國當代藝術家比前人更狠，他乾脆刀斬活牛，將剖開的牛浸泡在玻璃藥液櫃裡展出。也因此，一位中國當代藝術家才做了個暴力行為：爬進牛肚，再鑽出來。行為者自已說是體驗生命，但願這位藝術牛人知道西方藝術史上這一連串關於牛的故事。

這條從內向外的現代藝術之路，英文稱inside out，這既是對早期現代主義的總結和歸納，也是為後來者設立的路標。當年維拉斯奎茲就從自己的宮廷畫室內景起筆，借鏡像而畫出門外來客，以此顛覆古典藝術的再現之道，為從內向外的逆行鋪墊了道路。三百多年後的思想家福柯洞悉了委氏繪畫的玄機，在煌煌巨著《詞與物》中用整個第一章來討論之，可惜中文翻譯者不得要領，譯著誤導了漢語讀者（見拙文《誤讀福柯論宮娥》），未能把握委氏反藝術之道而行和福柯的早期解構思想。

現代藝術的從內向外之道，是針對古典藝術的從外向內之道。其實，當代藝術也是從內向外，但不再針對古典藝術，反而針對現代藝術。所以，才會有後現代的貌似復古，才會有當代的疑似寫實。

有了這樣的歷史認知，我們就會明白，岳敏君的傻笑、張曉剛那麻木的家庭相冊、周春芽的淫穢山水，不僅是八五新潮的內褲外穿，而且也是當代的內褲反穿。一個通常的凡人，莫非見了內褲外穿不發笑、莫非因商標緻敏不難受、莫非飽暖之後不思淫慾？當然，思與行有所不同。

3

藝術批評界對中國當代藝術的討論，時常不在點子上，而藝術家對批評家也時常報以不屑，二者常常是揀了芝麻丟了西瓜。為了避免無謂的哄吵，我且拿藝術之外的個案來說事。

最近網上鬧得沸沸揚揚的唐駿文憑造假案，有些人不厭其煩地討論發放博士學位證書的是不是野雞大學。在我看來，這問題不是該案要害，而真正的要害是唐駿為什麼撒謊的問題。我們都知道，撒謊在中國是正常人都做的事，只有傻瓜才不撒謊。所以，十多年前美國時任總統克林頓在性醜聞案件中撒謊，險被彈劾，國人不肯由人及己，只管幸災樂禍看熱鬧，草民津津樂道於總統性事，高官睜大雙眼關注政治暗算，只有傻瓜才在乎其中的誠信問題。

最近的另一個大案例，是清華著名教授汪暉的抄襲案。令人吃驚的是，連孫郁這樣的學界前輩都出來替汪暉辯護，以八十年代學術規範不嚴謹為托詞，猶如孔乙己所言「讀書人竊書不算偷」。這當中的問題，不是八十年代的學術規範問題，也不是抄襲了多少字的百分比問題，而是知識份子的誠信、良知和人品問題。可是，那些道貌岸然的知識份子，卻為了個人私利而轉移話題攪渾水，企圖暗渡陳倉。這些人一方面口口聲聲社會良心，儼然是國家棟樑，另一方面卻偷雞摸狗，被捉個正著還死不認錯。這樣的知識份子一旦成為當政者的軍師，其禍國殃民則不可低估，而實際上，這樣的軍師大有人在。

這類知識份子就是天朝盛世之名牌內褲的商標。若能拆掉這些商標，當然大快人心，若不能，我們就只好循著由內向外之道，反穿內褲，或內褲外穿，將那些致敏、致命的華麗商標曝光於外、昭示於人。

這就是觀念藝術的批評意識，也是當代藝術的主導。

4

然而在無主流的當今時代，草民狂歡、菁英霸權、西式民主，莫不被人有意混淆。於是，這亂世反倒可以檢測我們的觀察和思維方式，可以考驗我們從外向內和從內向外的雙向辨別能力。

網路寫作是草民狂歡的場所，各大論壇的草民以數量之巨而顯示了暴力文字的威猛，使當朝者畏之如虎，防民之口勝於防川。而那些聰明的菁英，身為官方的既得利益者，卻以反菁英的受害者姿態出來煽情，打出悲情牌來利用草民的數量優勢並獲取草民的暴力支持，同時又口口聲聲民主自由，討好西方。這現象，我們在各大門戶網站都可看到，在美術界的流行網站也能看到，讓我想起十多年前的兩件事，皆涉黑白兩道的既得利益者。

第一件是我的親身經歷。上世紀九十年代初，流亡海外的藏傳佛教精神領袖獲得諾貝爾和平獎，他隨即開始了環球演講之旅。大約是在一九九三或一九九四年，這位精神領袖巡講到了加拿大蒙特利爾，我有幸前往聆聽。巡講會才開始，主持人逐一介紹端坐主席台的各位嘉賓時，聽眾譁然，我也大吃一驚：坐在精神領袖身旁擔任翻譯的，是北京某位少數民族頂級高官的兒子。

靜下心來一想，其實是聽眾愚笨，是自己少見多怪：這有什麼可譁然可吃驚的，難道太子黨不是黑白通吃麼？

另一件事是從海外報紙上讀來的：全世界向美國波音飛機公司訂購總統座機（俗稱「空軍一號」）的只有三個政府，華盛頓、台北、北京。華盛頓政府的訂購，理所當然、無可非議；台北政府的訂購，願打願挨，不關別人的事；而北京政府的訂購，卻讓人匪夷所思。報紙說，中國訂購的空軍一號抵達北京後，立刻被查出安裝有二十七個竊聽器，海派領袖聞訊龍顏大怒。波音公司急忙撇清干係，說是為了商業利益自己絕不會做這蠢事。海派查來查去，竟說竊聽器是飛機運回國內後，被京派勢力安裝的。問題並不在於這是美國中情局幹的，還是京派勢力幹的，而是這種類似於與虎謀皮的買賣，龍王爺竟然能點頭畫押。海外報紙說，在龍王廟和波音之間奔波穿梭的仲介，是位黑白通吃的太子黨大佬。

類似的個案太多，菁英便被草民視為漢奸買辦，而草民一旦有了菁英的能量，或者搖身一變而成為菁英，所謂赤貧乍富，那就不是要訂購一架總統專機了。儘管現在買的還是小型的笨艙號，以中國當前的經濟發展速度來看，要買下美國的整座航太城，也指日可待。

嗚呼，菁英牌內褲從內向外翻出來一看，是草民。草民牌內褲從外向內一翻進去，就是菁英。這不僅是中國當代藝術的實質，也是當代中國的文化嘴臉。

穿開襠褲的知識菁英

1

本文前一部分《當代藝術與內褲反穿》在圈內傳閱後，一位畫家回應說「當代藝術沒穿內褲」，另一位畫家則說「當代藝術穿的是開襠褲」。

第一種說法類似於皇帝的新衣，而其隱喻還要再進一步，暗示皇帝「被穿新衣」。那麼，是誰膽敢給皇帝穿新衣、那些瞞天過海的裁縫為何敢如此囂張？

這問題引出了本文主題：在中國，知識菁英是個無恥的群體。這主題與第二位網友的留言相關：當代藝術穿的是開襠褲。

我想說：知識菁英是穿開襠褲的群體。

2

西方遊客到中國旅行，看到中國兒童穿開襠褲，大為驚訝：為人父母者竟然端著孩子的雙腿，讓其在公共場所當眾拉屎拉尿。這是二十世紀後半期中國社會一道亮麗的人文風景，就像天安門廣場有無數中青年男子勾肩搭臂、拉手挽腰拍照留念一般，讓老外大開眼界：誰說中國不開放、不自由？中國的男同性戀者於光天化日之下可以在天安門廣場公開親暱呢。

當然，這是誤讀。

可是，關於開襠褲一例，卻並非全盤誤讀。

有些老外將開襠褲看得很認真，並以此來研究中國人的國民性，就像二戰結束前夕美國人類學家本妮迪克特寫作《菊與刀》那樣。二十年前我到加拿大學習藝術教育，讀到一篇關於開襠褲的學術論文。現在還恍惚記得作者是美國哥倫比亞大學藝術教育系主任、著名教育家裘蒂絲·波頓教授。波頓自七十年代初就到中國作田野調查，研究課題是中國的兒童教育。

記得波頓在文章裡說，中國父母給孩子穿開襠褲，為的是孩子拉屎拉尿方便，還可以少洗尿布。她根據實地觀察發現，孩子自幼穿開襠褲，養成了隨地大小便的習慣，而且不以為恥。在農村，有的孩子已經到了小學年齡，仍穿開襠褲，這些孩子自幼缺乏羞恥感。在城市，父母讓孩子隨地大小便，使孩子從小缺乏公共意識和公德心。於是，在中國的成人社會裡，才會有不排隊、擠車、搶座、公共場所高聲喧嘩、大街上叫罵打架、群體圍觀等獨特的社會現象。

據說波頓的文章譯成中文發表後，引起了中國學者的反感，有人著文反駁，說她以偏概全、不懂中國文化。

3

本文並不打算討論誤讀問題，而是想借此指出，中國知識份子毫無例外是自幼穿開襠褲長大的，尤其是當今這一代知識菁英，生長在文革時期，從小就很習慣兩腿一叉、旁若無人地隨地大小便，毫無羞恥感。幸虧後來上了學，接受了現代教育甚至西式教育，於是，穿開襠褲和隨地大小便的習慣，在成年後就被人倫教化給壓抑下去了。這就像佛洛伊德心理學所說的，被壓抑的本能慾望換了一種方式，以隱喻變形而表現出來。在常人，這隱喻變形為夢；在教養較差的人，則是公共場所缺乏公德的行為；在藝術家，這隱喻變形為下流作品；在知識份子，這隱喻變形為無恥之舉。正是這無恥，揭示了成年後的知識菁英今天穿著變形的開襠褲。

上述變形的心理原型有著同一根源：童年的開襠褲。例如，知識菁英剽竊抄襲，不以為恥，反以為榮，辯解起來振振有詞。古人云知恥而後勇，但今天的知識菁英卻是無恥而勇。中國知識菁英群體缺乏羞恥感，禍根仍是童年的開襠褲。

對個人而言，穿開襠褲是一種自由選擇，雖因年幼而由父母決定，但孩子卻很享受開襠褲給予的隨地拉撒的自由。可怕的是，開襠褲的自由被成年後的知識菁英給貼上了西方民主的標籤，如此一來，誰還敢對開襠褲說個「不」字？

對群體而言，穿開襠褲的樂趣在於可以不守社會公德和法律，例如滿大街橫衝直撞、逆行醉駕、違規超車的有車一族。這些人破壞公德和交通法規的潛在心理，可稱「開襠褲心理」，這就是：當年老子和你一樣都穿開襠褲，現在老子闊了，穿名牌西裝了、開名車了，你卻仍舊還窮，所以老子要撒點野給你看，並死摁著高音喇叭對全世界大聲叫喊：我闊了！

在此，西裝與名車是成年人之開襠褲的變形呈現。

從符號學角度說，車是金錢財富和地位權力的能指，老子開車就是有錢，沒錢的行人就得給老子讓路。開豪車的人敢於在光天化日之下倒行逆駛、敢於煽交警耳光，就因為這是豪車，說明老子有錢有地位。可憐的阿Q當年只敢想像自己的先輩曾經是闊人，卻不敢想像自己的後人還真闊了。阿Q的在天之靈若是有知，一定會高興得笑醒，再次手執鋼鞭，深更半夜從墓地裡爬出來，高聲向世人發佈宣言：我兒子孫子真的闊了！

4

有學者從社會心理學的角度說西方文化是一種「恥感文化」，這就是以羞恥感來約束個人行為，體現出個人的社會公德意識。一則聖經故事說，有群人要用亂石砸死一個妓女，耶穌制止說：請那些從不作奸犯科的人先舉起石頭來砸吧。人們面面相覷，漸漸退散，因為這些道貌岸然的人想到了自己的恥辱。

只有那些從無過錯的人和毫無羞恥感的人，才敢舉石砸人。問題是，世上沒有毫無過錯的人，人人都犯過錯，那麼，要維護社會公德，羞恥感便十分重要。然而，那些從小穿開襠褲的人，雖然後來開化了，穿名牌西裝了，但骨子裡的開襠褲意識仍在，這潛意識終於有一天爆發了，以違法或違反公德的行為來宣示「我闊了」。

在此，開襠褲心理就是暴富心理。為什麼我說「知識菁英是個無恥的群體」？

因為這是一個沒有羞恥感的疑似暴富群體。名牌大學的教授博導乃至院長校長勇於剽竊抄襲，教師研究生為了職稱學位也上行下效。在汪暉抄襲案發生後，如今中國學術界竟然出現為抄襲正名、視剽竊為合法的可恥勢頭。

若真這樣，中國的當代學術和高等教育，就此可以休矣。

好在可恥的知識菁英並非全體知識份子，這些菁英僅是自以為高人一等的阿Q後人。這些人的確在學術地位上「闊了」，而那些雖還沒來及闊的人，卻也做起了闊夢，甘為闊人代言，變著法拼命解說「讀書人竊書不算偷」。

5

此刻，話該說回到中國當代藝術，該細講美術界知識菁英的無恥，細說那些穿開襠褲的當代藝術家。在前文《當代藝術與內褲反穿》中，我支持當代藝術和觀念藝術，但反對內褲裡的致敏商標。曾有人說這是「以藝術的名義」，名義者，商標也，藝術的名義即是開襠褲的商標。

要數落當代藝術中的無恥商標，可謂罄竹難書。不過，為了避免在美術界惹是非，我且舉美術之外的例子來說知識份子的無恥。

第一例：一份著名文學期刊曾發表某作家的旅歐遊記，說他在飛機上因語言不通而與洋空姐發生誤會，這誤會幾乎發展成一場衝突，二人誰也下不了台。於是，這位作家急中生智，抬起一隻手，握成手槍的樣子，近距離對著空姐的眉心開了一槍，嘴裡還發出「砰」的一聲。空姐惱羞成怒，卻無可奈何，只得含淚退去，這位中國作家大獲全勝。

我喜歡這個故事，因為這個故事的價值，在於多層次地揭示了中國當代知識份子從個人到群體的醜惡和無恥。首先，就個人行為而言，且不說在空中飛行的客機上模擬開槍，違反了航空安全法，而且這動作是對人的侮辱和挑釁，尤其是在發生了嚴重誤會和衝突的情況下，有可能演變成一起航空事件，延誤大家的旅程。這位中國作家如此缺乏公德意識，難道不是無恥？其次，在性別的層次上說，一個受過教育的、有知識的男人在公共場所對女人做出打手槍的動作，無異於撩起開襠褲，當眾向異性展示陽具，這難道不是無恥？第三，就群體心理而言，這位作家的無恥，還更在於他竟然有臉將自己的醜行寫出來，不以為恥反以為榮，拿自己的無恥來博讀者一笑，自以為幽默智慧。若讀者認可這幽默與智慧，則進一步暴露了這位作家及其讀者群的共同無恥。第四，在社會學分類的層次上說，這無恥的群體行為還表現為，那家著名文學雜誌社竟然喪失了判斷能力，拿無恥當有趣，以為發表這樣的故事好玩，可以招徠讀者。實際上，這絕不是好玩，而是中國知識界之群體性開襠褲心理的可恥洩露，無異於在大庭廣眾之下毫無顧忌地打嗝放屁、隨地便溺。

第二例：最近歐洲的體育盛事，是環法自行車賽。據報導，中國參賽隊員有業餘選手，包括一些退休人士，這些人一邊騎車，一邊拍照，只把比賽當觀光，使得認真參賽的外國隊友在情急之下要求中國隊員退出比賽。這與上一例有許多相似處：當事人不以為恥、反以為榮，竟然好意思說給人聽，而報社則拿著無恥當幽默，發表出來讓讀者開心，將無知的讀者捲入不自覺的無恥之中。

讀到此，也許有人會對我說：至於嗎，不就是吐痰撒尿嘛，看你說得像回事兒似的。是啊，這恰好就是缺少羞恥感，不以為恥。

中國知識份子的無恥，在「新語絲」網站有集中表現，讀者在那裡可以看到兩類無恥之徒：部分被舉報者和部分舉報者，前者學術不端，後者抹黑誹謗。恕我不再浪費筆墨，有興趣的讀者可以自己去「新語絲」見識中國知識份子的嘴臉。

當然，藝術界讀者也可瀏覽有人氣的藝術網站，看看當代藝術圈的某些知識菁英穿的是什麼牌子的開襠褲，看看他們是怎樣穿名牌開襠褲出來混的。

最後，讓我抄襲一句作結語，不用引號，也不注明出處：

出來混，遲早是要還的。

無良媒體 VS.業餘批評家

常見有作者誤用英文vs.，以為是「和、與、同、跟」的意思，錯，此詞實為「對」，即「對手、對立、對照、對比」。本題用此詞，意即業餘批評家與無良媒體相對而立，是無良媒體的天敵。

1

在藝術界，批評家類似於媒體從業人員，只不過新聞記者偏向於報導事件，而批評家則偏向於評論時事。照通常的理解，新聞報導是客觀的，時事評論相對主觀。但事實是，由於新聞報導具有強烈的選擇性和傾向性，也不乏主觀偏見，還可以左右並利用公眾輿論，所以媒體記者有「無冕之王」的隱形權力。

媒體權力究竟有多大？這權力一旦濫用會造成怎樣的社會公害？

據說，上世紀七十年代美國前任總統尼克森的政治敗筆，不是水門事件，而是他過於自負、沒將媒體供在頭頂，反而忽視媒體、得罪媒體從業人員，這才有了水門醜聞。如果說水門事件展現了媒體的力量和正義，那麼蘇聯的「克里空」則暴露了新聞記者濫用媒體權力的邪惡行徑。當年北京元老陳毅在一首詩中用了「克里空」的典故，借指無良媒體從業人員。

大約在上世紀八十年代中期，國內某出版社要出版一部關於美國媒體內幕的書，中文譯名《無冕之王》。出版社將譯稿交給四川大學新聞系一年輕教師校譯，此人剛從復旦大學新聞系碩士畢業，與我是鄰居，於是我有機會早早見到這部書的英文原版和中文手稿。鄰居很熱情，常在傍晚聊天時同我講新聞學知識和媒界內幕，讓我大開眼界，遂對無良媒體略有所知。

到九十年代，好萊塢拍了一部關於無良媒體的電影Wag the Dog，中文譯名《搖擺狗》，講美國一家全國性的大電視台炮製南斯拉夫侵略阿爾巴尼亞的假新聞，揭露美國媒體與政府、軍方、情報界的勾結。電影告訴觀眾：媒體並無客觀、公正、正義、良知，媒體的所作所為，是由收視率、經濟效益、集團利益、國家利益來決定的，媒體既操控政府和公眾，也被政府和金錢所操控。

2

就今日中國的實情而言，無良媒體的邪惡，首先是利用無冕之王的輿論力量來謀取一己私利。其邪惡之文雅手法，是裝扮成正義的化身，超越法律、公德和良知，以判官的姿態居高臨下，挾持公眾，飽中私囊。其邪惡之下三爛手法，則是要脅事主收取封口費，為所欲為、無惡不作。作為社會公害，無良媒體誤導公眾輿論、敗壞社會風氣、為一己小利而損害社會大義。

此外，還有一類媒體人是國內公眾不太瞭解的，僅見於國外媒體。這就是北京等中心城市的一些媒體從業人員，為了賺取外快，給外國媒體充當「研究員」或「資料員」，而實際上是以翻譯、嚮導、仲介的名義而替外國媒體收集情報，成為妖魔化中國的幫兇。這些人一旦犯事被捕，便祭起民主、言論自由和普世主義的大旗，打出悲情牌，騙取輿論的眼淚，祈求外國政府出面解救。

西方媒界每年都要發表資料，列出那些迫害記者的國家，而中國每次都在榜上名列前茅，彷彿中國是個與媒體為敵的國度。可是我們並不清楚，這究竟在多大程度上是由於西方媒體的妖魔化和無良媒體的「研究員」「資料員」出於一己私利而抹黑中國。古代奸臣都懂得挾天子以令諸侯，今日無良媒體也很懂得利用西方媒體抹黑中國來達到個人目的。

在這個意義上說，今天的資訊時代，是一個被媒體綁架了的時代。

3

不過，媒體是綁架者，同時也是被綁架者。

記得是九十年代前半期的某一天，美國各大新聞媒體都大轟炸式地報導了一條轟動性新聞：美國海岸衛隊在加州海岸截獲了一條走私船，船上藏著兩千多件武器。軍火走私在美國算不得新聞，因為黑社會常搞這事，但通常是手槍、半自動步槍之類輕型武器。這次走私案的轟動性在於，截獲的非法軍火中，不僅有輕武器，更有重武器，甚至有槍榴彈、反坦克火箭、肩扛式防空導彈之類超越黑幫個人使用的武器。這條新聞的真正轟動性，是走私船來自中國，所有軍火均為中國製造。媒體說，在三藩市唐人街的某寫字樓內，美國調查人員逮捕了一批中國商人，其頭目來自北京一家有複雜背景的公司。

美國電視、報紙等媒體在事發當天的報導，可謂鋪天蓋地、驚天動地，但多是炒作事情經過，還來不及對內幕作深度挖掘。照美國媒界的常規，內幕要在第二天才來得及步步揭示。於是，我急切地等著看次日的新聞。可是，第二天的報紙、電視卻全無關於這件事的片言隻語，一夜之間，風平浪靜，彷彿什麼也沒發生過。我大失所望，唯留疑慮。

另一案例是紐約九一一恐怖襲擊發生後大約一個多月，媒體轉入對事件的深度挖掘。有天我在電視上看到一個特別報導，說是在與世貿大廈一河相隔的地方，有幾個以色列人買了一座住宅。鄰居向電視台報料說：在九一一那天一大早，這戶人家將一輛廂型車停在屋前，將錄影機、照相機等設備架設在車頂，鏡頭一律對準世貿大廈。之後沒多久，恐怖襲擊就發生了，隨後，這戶人家人去樓空。專題報導估計，這些以色列人事先知道恐怖襲擊將會發生，到河邊買房是為了記錄事件。據電視台調查，這家人來自以色列情報部門，於是派記者追蹤到以色列，甚至在特拉維夫找到了其中一人。這個專題報導探討的問題是：既然以色列政府事先知道會發生恐怖襲擊，甚至知道日期、時間、地點、方式等細節，那麼，為何事先不向美國政府通報？

這個特別報導在電視上播出後，美國公眾一片譁然，要求政府介入調查。然而，這件事並無下文，美國媒體不再提起，也不知政府有無進一步調查。

軍火走私和恐怖襲擊二事，有一共同點：媒體受制於某種神秘力量。我在此要問的首先是：誰在控制媒體、為什麼控制、怎樣控制？其次我要問的是：媒體在今日社會生活中到底扮演什麼角色？

4

順著這些問題，本文該回到美術批評了。

在美術界對批評的諸多不滿中，有一條是說中國沒有真正的批評家。對此我要問：什麼是「真正的批評家」、誰來定義「批評家」、誰給批評家頒發從業執照？

針對當代藝術的內褲商標、針對知識菁英的開襠褲、針對無良媒體的邪惡，我提倡批評家的業餘身份。我的觀點是：批評寫作應該是專業的，但批評家的身份卻可以是業餘的。

在西方，不少藝術大師都是業餘畫家，例如魯本斯的正職是外交官、達芬奇是多面手；在中國古代，文人畫家要麼是官員，如鄭板橋，要麼是鄉紳，如倪瓚和董其昌。因此，我們不必對批評家的業餘身份大驚小怪，只要其文章寫得專業就行了。

業餘批評家有如票友，從事批評寫作憑的是興趣愛好和一腔熱情，目的是為了自己的心性，並兼及業界。這樣的批評相對純粹，其寫作可以興之所至，筆到文成，減少了利用職業機會來謀取私利的可能性。戲劇票友不指望從演唱中獲取功名利祿，而僅僅是為了怡情養性、廣交同好。對藝術批評家來說，只有業餘了，寫作才能優哉遊哉，沒有謀生進階的壓力，不必看美協官員的臉色，也不必揣摩藝術家是否高興。業餘批評家寫作無所求，所謂無欲則剛是也。相反，批評家一旦職業化了，就會有種種壓力和顧慮，其寫作會受到多方制約，動筆會顧忌多多，其文也失去批評的鋒芒。

業餘批評家與職業批評家的區別，有如古代文人畫家與畫匠的區別，但二者間的具體界線卻難以劃清。比方說，藝術院校的美術史論教師從事批評寫作，其文章很專業，但其身份究竟是職業的還是業餘的？

西方媒體的職業批評家，該是各大報之美術評論版的作者和專業期刊的編輯記者。可是據我所知，西方大報的週末美術版，通常僅有兩三個批評家寫作評論，其首席批評家由該版主編擔任，另一特約批評家一般是當地高校的美術史論教師，第三人不固定，常為客串，該版基本不接受外來投稿。嚴格地說，這些作者的正職是編輯、教師，無一是職業批評家。這樣，所謂職業批評家便僅剩專業美術期刊的編輯記者了，但他們的職業，卻也是編輯記者，並非專司批評。

所以，「中國沒有真正的批評家」之說是個偽命題，但這並不是說，批評界就沒有無良媒體的邪惡了，只不過美術批評的社會公害小於無良媒體而已。

哦，不對，我應該說：無良美術批評對文化肌體的禍害，與無良媒體的邪惡有得一拼。

2010年7～8月，北京——峨眉山——成都

重慶《當代美術家》雙月刊，2010年第6期

智慧餵狗的時代

本文個別詞句不雅，請讀者明察。

1 博客

兩年前網路世界的博客熱達於頂峰，但不少博客名人卻在峰巔時期急流勇退，包括美術界的潮人。究其原因，「不在同一頁面」該算一條。也是在兩年前，藝術界知名網站「藝術國際」開通，藝術家們「不在同一頁面」的問題遂有新動向，引出了中國當代藝術之存在和發展的新思考。

十年前的「美術同盟」網和數年前的「雅昌藝術」網都設有博客頻道，由於玩家們不在同一頁面上，博客江湖便呈現戰國局面。到今天，世事更替，對年滿兩歲的「藝術國際」而言，「同一頁面」的概念關涉一個要害問題：不在同一頁面的博客玩家們需要制定並遵守共同的遊戲規則麼，或曰：美術界需要遊戲規則麼？

這個問題，說玄點，是在網路世界裡探索秩序，涉及虛擬世界裡的民主問題。秩序與等級制相關，與民主制相對，「同一頁面」的概念是秩序的基礎，它不是要去調和民主制與等級制，而是要另闢蹊徑，以求公平遊戲，追求魯迅所深惡痛絕的「費厄潑賴」（fair play）。

「同一頁面」是英文裡的說法，稱on the same page。關於這個話題，且讓我從旅行和海關說起。一位英國作家著文說，他每次出行在機場過海關時，面對關員的問話，都會產生一種犯罪感，好像自己是個走私犯。這不僅是因為有些海關人員將過客看成嫌犯，而且也是因為作者自己的心理毛病：儘管守法、無辜，但一到海關，就覺得自己的行李箱中有非法物品，子曰「小人常戚戚」。

我出行總是輕裝，無論去歐洲還是回中國，就一隻小行李箱或背包，另加一個小挎包。每次過海關我都很坦然，關員也就問一兩句話，諸如出行目的之類。有的關員多問幾句，也都無關緊要，反正我沒違禁物品，也非偷渡客。

但是，自從九一一恐怖襲擊後，美國海關就不一樣了，對誰都要多問幾句，有時語言中甚至帶有挑剔和質疑。這樣的關員居高臨下，旅客只能抬頭仰視，對話不平等，像是審訊和被審訊。

有次我在美國芝加哥機場換機前往加拿大，過海關時關員看了我的護照和機票，本應讓我過關了，不料他卻問了我一句話奇怪的話：你會唱加拿大國歌嗎？我聽了先愣住一秒鐘，然後就笑了起來，那關員也跟著笑了起來。我邊笑邊說：過去曾經會唱，現在不會了。笑過之後，那關員沒再說話，只對我擺手示意：走吧。

過了海關，我到候機室等待轉機，便琢磨剛才那一幕：如果我真是個偷渡客，海關那一問會讓我猝不及防，因為偷渡客十有八九都不會唱加拿大國歌，於是我會語無倫次、滿頭大汗，其結果，便是進一步盤問，直至露出偷渡的馬腳。在這過程中，偷渡客、走私犯、恐怖分子無論如何是笑不起來的。再假設另一情形：我不是走私犯、不是偷渡客或恐怖分子，但卻是個沒有幽默感的板著臉的人，我會認真地解釋為什麼不會唱國歌，會拼命證明我的合法身份，甚至一本正經地告訴海關，我懂得唱國歌的重要性，以後一定要好好學習、牢牢記住。這樣的對話，貌似公事公辦、嚴肅認真，實則對話雙方不在同一頁面上，二者沒有幽默感和責任感的理解與溝通。若真這樣，即便過了海關，那關員說不定會在心裡詛咒一句：what a moron，意即SB一個。

海關那一笑，說明我理解對方的幽默，說明我認可那幽默中的職業責任。那關員也笑，說明他知道我沒嫌疑，也知道我理解了他的幽默與職責。二人相視一笑，便達成了共識，獲得了無言的溝通。過去的武俠小說用「相逢一笑泯恩仇」來描述同一頁面上無言的溝通。中文的「會心一笑」，也發生在同一頁面上，只有在同一頁面上，才能「會心」，才不會誤解。人與人處於「同一頁面」是相互溝通和理解的前提，是平等對話的基礎。如果不在同一頁面，便只能是雞同鴨講，或對牛彈琴，英文稱「we are not on the same page」（我們不在同一頁面上），恰似「話不投機半句多」。

回到「藝術國際」，我們看到一個超級文本：點擊主頁面上的按鈕可以打開另一頁面，以及無數頁面，每一頁面又可層層點進，打開更多頁面。這些頁面相互指涉，形成糾結纏繞的「怪圈」。這就像埃舍爾的畫，沒有起點，沒有終點，相互包含，諸頁面的超級文本永無止盡，也形成海德格爾和伽達默爾所言之「循環」，暗含「此在」與「彼在」的異同與互動。

由於頁面不同，即便討論同一話題，玩家們也是各說各話，互不搭界，甚至一言不和，拳腳相向。既然打鬥的雙方不在同一頁面，別說是「一言不和」，縱是千言萬語也不會和。於是，為了遊戲的繼續，玩家們便有必要在這虛擬的超級文本裡尋求或建立秩序、制定遊戲規則。

前面說了，秩序與民主相對，甚至相悖。

在「藝術國際」的不同頁面上，都可碰到這夢噫般的永恆話題「民主」。有些玩家說民主，旨在佔據道德制高點，在混亂中保護自己、攻擊他人。這樣，由於玩家們不在同一頁面上，這民主的打鬥遊戲就複雜化了。有些頁面提供不同的視點讓人觀察「民主」，甚至提供對立的角度讓人從不同立場去理解民主。有的頁面則是單一的，那頁面上的玩家們僅有一個視點、一個角度，卻自負地認為只有自己理解的民主才是真正的民主，這類玩家既看不到民主概念的兩面性，也看不到民主之宣導者的兩面性，卻以專制的方式去強行推銷自己的民主。例如，這類玩家喜歡鼓吹一個極具蠱惑性的說詞，叫「人權大於主權」。這是一個時髦、美麗而又可愛的昏話，聰明的美國總統是不會去付諸實踐的，也不會讓美國公民去付諸實踐，但卻竭力向其他國家提倡這一理念，鼓勵甚至資助其他國家的玩家們去付諸實踐。

儘管司馬昭之心路人皆知，但這理念的確很動聽，的確感動了各頁面上無數玩家那純樸而稚嫩的靈魂，讓他們激情澎湃。那些自以為是的知識份子和屬於知道分子的藝術家們，被這句話感動得熱淚盈眶、鼻涕橫流，以為找到了真理和正義，願意為之拋頭顱灑熱血。是時，天上的偉大的西方政客們卻遠遠看著下界的這一切，禁不住暗自偷笑：看啊，好一群moron。這就像一百年前的共產主義理想，讓moron們踩著親朋好友的鮮血衝鋒陷陣、前赴後繼，為偷笑者火中取栗。

正因為頁面不同，在「藝術國際」的聚義廳裡，我們常看到玩家們為各自的理想而打得頭破血流、肝膽塗地，蒙面軍火商也趁機出場，煽風點火，出售槍炮賺銀子。此時此刻，邪惡者向後偏著脖子閉嘴笑看這一地血污，愚蠢者向前伸著脖子張嘴笑看這一地血污，而打鬥的雙方卻像文革時期的兩派，都自稱是為了保衛偉大領袖而拼個你死我活，真是慷慨悲歌、萬壽無疆。

念及此，我們得隨超級文本快退到兩千年前的古羅馬鬥獸場。在那裡，打鬥的雙方根本不在同一頁面：一是人，一是獸；而兩種笑看者也不在同一頁面：一是統治者，一是被統治者。正因為每一陣營都不在同一頁面，所以鬥獸場內才各有各的狂歡，鬥獸表演才有如此吸引力，鬥獸場才成為大千世界的舞台和縮影。

是的，奴隸和奴隸主之間相差好了幾個檔次，沒有平等對話和交流的可能。今日網路也是鬥獸場，但奴隸時代早就結束了，而且，我也不欣賞「檔次」或「層次」的說法，因為這說法以奴隸時代的階級劃分為基準，若以此議論網友，則有違今日民主概念中關於平等的理念，有違「政治上正確」的原則。也就是在這時，「同一頁面」的概念，才為網友們開闢了一個平等相處的空間。

這就是說，「藝術國際」的超級文本與古羅馬鬥獸場有一本質區別：古代鬥獸場以等級制而建立，今日網路以平等理念而建立。超級文本的無數頁面，給各種各樣的玩家提供了在各自的頁面上進行平等對話的條件。在此，物以類聚、人以群分，玩家們在自己的頁面上各耍各的，井水不犯河水。

十年前的「美術同盟」時期，各種頁面尚不健全，到了後來的「雅昌」時期，因頁面有限而出現混戰，好鬥的玩家為了生存空間而大打出手。兩年前「藝術國際」問世，不同頁面逐漸設立，各類玩家跑馬圈地、撒尿劃界，宣示了自己的領土主權。如今，細心的玩家會看到，凡是發生打鬥混戰者，多屬越界侵權。想一想，如果玩家們能以民主平等的理念律己，照遊戲規則行事，就會節約不少寶貴的血漿，否則，道不同，不與謀。

當然，「藝術國際」會有玩家反對我這「同一頁面」之說，而且，寫下這敏感的話題也像過海關，讓我產生了犯罪感。無奈，這是一個自由世界，人人都有說話的權利，而民主也給了人扔磚的權利。所以，在「藝術國際」兩歲之時，要扔磚塊的，請從其他頁面砸過來吧。

2 來而不往非禮也

來而不往的話題，得自國內藝術網站，其英文的反義表述是responsive（來信必回）。此乃西方的人際交往原則，屬西式「誠信」之一方面，暗合了中國古訓：「來而不往非禮也」。

最近幾年，國內藝術網站興起，給藝術家提供了交流平台，使那些難以面世的作品有了曝光機會，可謂善莫大焉。一些聰明的藝術家也充分利用了這平台和機會來推銷自己，這本是好事，但個別人的推銷方式卻不敢恭維。

當年剛在某藝術網站註冊不久，就有年輕藝術家用「悄悄話」的方式留言，提供自己的作品鏈結，希望得到「指點」。讀這留言，能感受到這位藝術家的執著和情真意切，於是花時間認真看畫、認真思考、認真寫回信，講自己對其作品的看法。然而，這回信卻如石沉大海。後來在網上碰到這位藝術家，對方儼然有如陌生人。

曾與一位批評家閒聊時說起這類事，對方說他也收到過情真意切的悄悄話。卻原來，某些畫家在藝術網站以群發悄悄話的方式搞自我推銷，全然記不得給誰發過悄悄話、也記不得誰給他回過信了。

在藝術網站紅火的今天，對類似的事不必介意，就算是誠意和熱情被人耍弄了一回，浪費了自己的寫作時間，自認愚蠢得了。只是以後再收到群發悄悄話，不必回復，而收到陌生人的郵件，回復時也謹慎為妙。然而這裡的問題是：當誠意和熱情被耍弄後，若因「一遭被蛇咬十年怕井繩」而有來無往，豈不失禮於人、失信於人？

且把話說得稍遠一點。

夏天回國出差，在北京一高校同新上任的外辦主任討論國際交流問題。這位外辦主任說，他剛接手工作時，發現辦公郵箱裡竟有三百多份海外電子郵件沒打開沒回復，這些郵件都是外國學生詢問和聯繫到北京留學事宜的。他說，前任外辦主任居然不回信，失去了多少外匯收入啊。

若用西方的話說，前任外辦主任便缺乏responsive的責任心，屬有來無往的人。在西方商界，來而不往是件很犯忌的事，會影響商業信譽，一次不回信，就可能失去一個客戶。其他行業同樣講究有信必回，而個人的為人處事也相仿，若不responsive，便會影響個人誠信，失去朋友。

中國人講誠信已有兩千多年歷史，所謂「來而不往非禮也」和「人而無信，不知其可」便是。不過，現在來而不往的人多了去了，就像北京那位前任外辦主任。這不僅僅是懶惰、不僅僅是對工作不負責任，更重要的是忽視誠信，並以個人的不誠而影響一所大學的信譽。

關於誠信，再講兩個真實故事。澳大利亞某偏遠小城民風純樸，一位中國留學生有次開車超速被公路巡警攔下。情急之中，這位留學生便謊稱內急要找廁所，員警一聽，不僅沒給他開罰單，而且駕車給他領路，將他引到了一處公廁。這留學生很得意，將此事寫到網上，炫耀自己的急中生智，還建議其他人在超速被逮後如法炮製。也是在同一小城，一位到超市賣菜的中國女士，因所購太多，無法手提，需乘坐計程車，卻不願花錢，便靈機一動，向純樸的員警謊稱家有急事，員警便用警車送其回家。這位女士也很得意，將此事寫到網上炫耀自己的聰明。後來當地警方聞知中國人的此等劣跡，便有了默契：向中國人提供幫助時要謹慎。

一兩個人的小聰明，敗壞一個種族的誠信，就像九十年代初到東歐和俄國擺攤的中國商販之所為，難道這不是大智慧的失落？聰明的中國人經常嘲笑美國人愚蠢，例如美國人開車再堵也不用應急車道，而中國人不僅佔用應急車道，甚至越過黃線逆行超車。近日京藏高速內蒙河北段大塞車，莫非其中沒有小聰明的惡果？

話又說回到藝術網站，一個搞群發的人，得意於一時，顯得智商很高，其實是小聰明罷了，失去的卻是誠信。這就像那個叫喊「狼來了」的牧童，可以得計一次兩次，但難於再三再四。儘管這年頭誠信不值錢，但不講誠信的人何來大智慧？因此，英文responsive的意思，在中國的語境中已超越了「有信必回」和「有來有往」的本義，可以引申為中文的「回報」乃至「報應」。

3 智慧餵狗的時代

前文《來而不往》言及「小聰明與大智慧」，據說，如今誇人聰明得用「智慧」一詞，這會顯得自己也智慧而且還時尚，此乃國人智慧的過人之處。憑了這舉世無雙的智慧，開車時可以佔用應急車道並越黃線逆向超車。這可比米國人智慧多了，米國人之愚蠢也舉世無雙，公路再擁堵他們也不會佔用應急車道，真是傻得可以，不怕媽媽做的飯菜擱涼了。

可是，為什麼愚蠢的米國人總能在國際事務上讓智慧的中國人手忙腳亂、舉止失當？

近日，中日兩國為釣魚島和漁船被掠一事發生衝突，米國人就掩嘴偷著樂。這之前，米國借越南港口在中國南海炫耀武力，我朝智慧的貴胄們卻不知該如何應對，惟有瞻前顧後，無所作為。其間，米國又揚言要將航母開到中國黃海的家門口演習，後改口說不來了，然後又說要來。幾句出爾反爾的話，把中國政界、軍界和媒界搞了個暈頭轉向，讓世人笑看中國智者的驚慌失措與束手無策。

年初，米國女國務卿請谷歌老總吃了頓飯，就把中國網路界、科技界、知識界、思想界撕裂為兩大派，讓中國菁英內訌，也將中國政界搞得烏煙瘴氣。為什麼愚蠢的米國人有這一兩撥千斤的能力，而智慧的中國人卻毫無招架之功？

去年，在新疆和西藏騷亂的背後，米國中情局也只請了頓飯，席間給疆獨藏獨說了幾句話，就把中國搞了個天翻地覆。為什麼盛世中國如此弱不禁風？前年，也是米國中情局輕輕彈了下手指頭，就把海外傳遞的中國奧運聖火給彈滅了。為什麼盛世中國竟如此不堪一擊，事後還不敢承認火炬在巴黎熄滅一事？

事實是：智慧的中國人在國際大事上對付不了愚蠢的米國人，雖然屢敗屢戰，卻屢戰屢敗。

這就是當今的天朝「盛世」。提出這「盛世」之說的諂諛者和相信這說法的眾愚民，活脫脫上演了一出寫實主義鬧劇，直向世人證實：這是一個智慧餵狗的時代（本人愛狗，此處無意侮辱狗們）。如果說當今中國在世界上是「四面楚歌」，像是危言聳聽，那麼，上述國際大事總是事實吧，這就是「盛世」的真相。

然而，「盛世」像把遮陽傘，在其陰影下，諂諛者可以把所有敗仗都說成勝仗，欺上瞞下，把世人當阿Q，反正在盛世別人沒有知情權，更無話語權。

今夏回國，迷上新版電視連續劇《三國》，感觸最深的是那些軍師謀士們的超凡智慧。蜀有諸葛亮龐統、魏有荀彧司馬懿、吳有周瑜魯肅陸遜，而那些被輔佐的君主，無論是假仁假義的劉備、奸詐狠毒的曹操，還是年輕有為的孫權，都是大智大勇。反觀今日盛世，為什麼國中獨缺夠水準的軍師謀士？

真的是國中無人，還是別有玄機？我不相信中國人都吃了三鹿奶粉而立竿見影變蠢了，我相信國中軍師謀士們仍有智慧，但他們的智慧不用於社稷大事，只用於小集團和個人私利，其表現是：不為國家存亡出謀劃策，只琢磨怎樣讓主子高興、怎樣媚上欺下假公濟私，所謂「內鬥內行，外鬥外行」，就像清宮宦官對皇上說「洋人沒膝蓋，跪不下去」。所以，這真是一個智慧餵狗的時代。

當今盛世的軍師謀士們不少是「團派」菁英，這些人在小學、中學時期就學得了進仕的智慧：雖無本事，卻會阿諛逢迎；雖然做事偷懶，不顧下屬死活，卻會讓上司滿意，恰如舊時宦官。後來在大學期間、以及大學畢業後的工作中，這些人洞察世事，保留並發揚光大了宦官傳統，終於等得時機，紛紛走馬上任，成為國家棟樑。

記得二十多年前大學生上街，有團派走在前面搖旗吶喊，可是晚上一回到學校，就把尾隨自己上街的學生名單交給有關部門。真是聰明啊，兩頭通吃、八面玲瓏，後來在官場果然混了個如魚得水。

十多年前皇上剛繼任時，米國在國際上處處刁難中國，周邊小國也趁機起哄，中國陷入八面埋伏，危機四伏。作為應對之策，這些諂媚的謀士們譜寫了一曲「盛世」之歌，並昭告百姓：皇上在下一盤很大很大的棋。今天，皇上退位的日子快到了，被「維穩」了十多年的愚民百姓卻不知道那是盤什麼棋，更沒見棋局贏了。

盛世的學界菁英，也多有幫兇者，以拾人牙慧為時尚。例如，米國宣稱冷戰結束了、地緣政治結束了，以此忽悠世界，而國中菁英們則屁顛屁顛地跟著老米寫文章，論述大同世界的「普世價值」。一時間，從朝廷到江湖，爭相給米國舔鞋，哪怕被踢腫了嘴踢掉了牙也在所不惜（莫非我們忘了十多年前的炸館撞機事件？）。於是，中國不僅早早失去了越南，現在也即將失去朝鮮。冬天一到，唇亡齒寒，國門大開，任由米軍航母在東海和南海遊弋。說不定，明年米軍航母駛進長江時，宦官菁英們還會連滾帶爬趕去夾道歡迎，高歌無國界的普世時代來到了，英特納雄耐爾實現了，吾皇萬歲萬萬歲。

這聽起來像是妖言惑眾，可是，難道中國的學界菁英沒有歡呼蘇聯解體、沒有慶祝柏林牆倒塌、沒有歌唱東歐轉向？從國際關係和博弈學的角度說，這一切莫非不是中國的大災難？更有甚者，一些裝比的普世主義者在中日東海衝突時，竟唱起超越塵世的高調，說什麼釣魚島是全世界全人類共同的島嶼，為什麼要去爭個你的我的？——裝比裝得像不食凡間煙火的外星人。的確，西方時髦的「後冷戰」之類新思維、新概念忽悠得中國菁英欣喜若狂，就像打了雞血，誰若敢再說「地緣政治」誰就是落伍，就是不與時俱進。菁英們不願承認中米衝突是國家利益的衝突，而愣要說是意識形態的不和。

所以，趕緊放棄國家利益吧，這可是普世主義的時尚啊，萬萬別落伍了。

在智慧餵狗的時代，老百姓不必替國家操心，只需關心房價和奶粉好了；軍師謀士們也不必操心國事，只需做裸官就行，讓妻兒老小到敵人後方去住大房子、喝純淨水、享受藍天白雲就是了；學界菁英們也只需拾人牙慧、抄襲論文得了。至於皇上嘛，就請他夢回南宋吧，那可真是個經濟騰飛、科技進步、文化繁榮、一命嗚呼的千年盛世啊。

萬歲，不作為的盛世皇上，烏拉，不作為的盛世朝廷。

2010年5～9月，蒙特利爾

第四輯

意亂情迷

人性的弱點

1 人際「氣泡」

近十多年來，由於西方文化的潛移默化，國人對「個人空間」的意識越來越強烈，對「私人事務」越來越尊重，這與過去只強調公共性的集體主義意識形成反差。記得早在一九八〇年代中期，我剛到四川大學執教，有次在課堂上講起「個人空間」和「私人事務」問題，我說這個術語在英文中就是「隱私」。有個學生「蹭」地一下站起來問：「老師，你有隱私嗎？」那年頭「隱私」是個見不得人的壞詞，猛聽此問，我猝不及防，幾乎語無倫次，為免自相矛盾，只好結結巴巴地說：「當然，有」。結果，教室裡傳出一片竊竊私語，學生們用怪異的眼光看著我，個別同學則露出同情的目光。

其實，個人空間和私人事務不僅是意識形態的，而且也是心理和生理的現象。過去我有個鄰居，搞音樂的，每到半夜總要練琴，讓我無法入睡。平心而論，那樂聲並不難聽，但我在半夜不需要聽，那聲音只能讓我心煩意亂。我忍無可忍，往鄰居門上貼了個條子：夜深人靜，請勿擾鄰。

可是，我並不真的怕噪音，反倒常常躺在沙發上看著電視昏然入睡，電視的聲音竟成了催眠曲。有次同一個研究心理學的朋友說起這怪事，他哈哈大笑：這可不是怪事，太正常了，每個人都生存於自己的「氣泡」（bubble）裡，不容他人入侵或過於靠近，鄰居的音樂聲入侵了你的「氣泡」，而電視的聲音是你自己弄出來的，不論多嘈雜，都不存在入侵問題。換言之，這不是一個噪音問題，而是一個入侵「氣泡」的問題。朋友這樣一說，我才想起，半夜時分遠處大街上的汽車聲，比鄰居的音樂還吵鬧，但因遠在我的氣泡之外，沒有入侵之虞，所以我照樣呼呼大睡。

這「氣泡」便是「個人空間」，這空間裡的一切都是「私人事務」，即所謂「隱私」，容不得他人干擾，北宋皇帝的「臥榻之側，豈容他人酣睡」是之謂。人每行一處，都要給自己畫出一個看不見的心理和生理空間，就像小貓小狗到處撒尿，圈定自己的領土，宣示自己的主權。

若要確認個人空間，最好是藉助對比而在公共空間進行求證。有位心理學家在醫院作了這樣一個實驗性觀察：在候診室裡放一張長座椅，可供五人坐。第一個病人進了候診室，領了排隊號碼，然後毫不猶豫坐在了長椅的五分之二位置上。接著第二個病人進來，取了號碼，坐在了椅子的另一頭。這時，工作人員往候診室擺放了第二張長條椅，第三個病人進來時，他環顧一周，坐在了第二張長椅上，儘管此時第一張長椅上還有三個空座。顯然，這三個人都本能地與別人保持距離，既尊重他人的空間，也求取自己的空間。可是，隨後進入候診室的病人越來越多，個人空間越來越小，人們只好一個挨一個地擠著坐下。個人空間的壓縮，會引起人際衝突，最好的例子便是公共汽車或地鐵裡乘客爭搶座位，或因肢體碰撞而發生衝突。

上述心理觀察是否放之四海而皆準？我相信，尊重「氣泡」是人的本能，唯在空間不夠的情況下，「氣泡」才被別人入侵。但是，有些人對「氣泡」全無意識，會不自覺地入侵他人氣泡，這時，我們該怎樣回應？

這個週末我去成都郊外古鎮洛帶一遊，中午到一家小飯館吃午飯，在一張四座的飯桌前落座。我正低頭吃飯時，有人「咚」地一聲坐到了我對面。抬頭看去，是一對老夫婦，扭頭環視，旁邊有一空桌，但位置不好。若是在國外，這對夫婦多半會坐到位置不好的空桌去，也許成都或北京上海也會這樣。但洛帶是鄉下小鎮，人們沒有「氣泡」意識。

我在「氣泡」被入侵的第一秒鐘，感覺不悅，但立刻就對老夫婦產生了好感，因為他們兩人在那樣的高齡還結伴下飯館，透出一種人際的溫馨。於是我主動同他們聊天：

「婆婆是這鎮上的人嗎？」

「是村裡的，離鎮上有十多里路。」

「大爺今年高壽？」

「八十二了，我們都八十二了。」

「你們在村裡還種莊稼嗎？」

「好多年都不種莊稼了，我們種果樹，我們有十多畝果園，有桃子、柚子、柳丁、桔子。」

「你們能幹了果園的活嗎。」

「兒子幫我們做。」

我想抓拍兩位老人的照片，但面對面坐著，抓拍會有點唐突，只好問能否給他們拍照。兩人聞言，立刻擺出照相的姿勢，我不得不假裝擺弄相機，等他們放鬆下來再拍。

飯後我要替二位老人付帳，他們不從，鄰桌的食客目睹了全過程，便為我幫腔，說是尊敬老人，應該的。飯館老闆見狀，也跑來幫腔。

付過三人的帳，我與二老道別，走出餐館，抬眼看見一片溫馨的陽光。這是成都平原難得的冬日陽光，在霧氣中形成一個巨大的暖洋洋的光環，像個氣泡，籠罩著古鎮熙熙攘攘的遊人。

2 沒文化的旅遊

出門旅遊看什麼、是否參觀美術館？這個問題涉及遊客的文化素質問題，也涉及整體的國民素質問題。但是，若遊客不參觀美術館，便真是國人沒素質，還是中國旅遊沒文化？這問題是否更涉及美術館的社會職能？

我買了不少出行歐洲的旅遊手冊，多是歐美出版的英文系列套書，既有大部頭的全歐旅遊通覽，也有歐洲名城的單本小冊子。這些手冊的共同特點，是介紹各地旅遊景點時，會推薦當地的主要美術館或藝術博物館，甚至將其列為旅遊首選，例如巴黎的羅浮宮和奧賽美術館，倫敦的大英博物館、國立美術館和泰特美術館，以及羅馬的梵蒂岡博物館，等等。到這些地方參觀，主要是看畫，看歐洲歷代藝術作品。

我也買了不少國內出版的中國旅遊手冊，也是各種套書，包括各地旅遊通覽和主要城市的單本小冊子。這些書的最大特點，是很少有或者乾脆沒有各城市美術館或藝術博物館的介紹。比方說，前兩年的夏天我都在旅遊名城杭州度過，但手頭的旅遊書，卻沒有列出杭州的美術館。我在杭州居住的時間加起來近半年，其間竟然沒在當地逛過一個美術館。不消說，看畫並不在國人的旅遊日程中。

我幾乎每年都到歐洲旅遊，在所到之處，總是從一個美術館到另一個美術館，馬不停蹄地奔波參觀，美術館是我出行歐洲的首要目標。當然，並不是所有的遊客都像我一樣喜歡看畫，也許他們對美術館沒興趣，因為他們並非藝術家。那麼，遊客出行究竟看什麼？所謂「觀光」，如果就是觀看風光，那麼什麼是風光？國內的旅遊手冊介紹的多是山水風景和古鎮遺跡之類，即所謂自然風光和人文風光，可是，遊客們也並非都是生態學家或考古學家。

此處的問題依然如故：旅遊出行看什麼？

我的家鄉是四川成都，可是四川省博物館我只參觀過兩次。第一次是二十多年前，省博物館還在人民南路舊址，其藏品很少對公眾開放。那是八十年代末，我參加四川大學和省文化廳組織的一個電視攝製組，拍攝三星堆考古發掘的專題文獻片，我寫作劇本，片名《蜀國之謎》。當時出土的三星堆寶藏，都收藏在省博物館內，所以攝製組不僅到出土現場拍攝，也前往省博物館拍攝。那是國內關於三星堆的第一部電視專題文獻片，一九九〇年在四川電視台和中央電視台播出後，獲得了省文化廳和中央電視台當年的大獎。由於寫作劇本，我第一次有機會觀看省博物館的收藏。

還在拍片的時候，中央美術學院的美術史教授易英帶學生到成都考察古代藝術，想參觀省博物館，但不得其門而入。省博要麼不開門，要麼不展示藏品，而師生一行又無時間坐等。於是，我自告奮勇，說是認識省博的人，便與易英一道前往聯繫。進了省博辦公室，不料那人滿口官腔，說到底就一句話：不能參觀。悻然告退時，易英說：「我每年都帶學生到全國各地參觀，成都已來過多次，但總與四川省博物館無緣。」聽此一說，我覺得自己實在顏面無光。

二十多年很快就過去了，四川省博物館已遷往城西的新址，並向公眾開放藏品，今冬我有機會第二次參觀，深歎今非昔比。如今四川省博物館的辦館理念同西方文化大國的理念比較接近，注重藏品的陳列展示，也有文獻資料的查閱研究，其服務專案、硬體設施等，基本與國際接軌。

此次參觀，我在繪畫館看到了宋元明清和近代許多大師的作品，其中清人李鱓的花果冊頁，極富表現力，並以簡約而獲禪意，實為精品。清代畫家中我最喜歡金陵八家的龔賢，曾寫過研究其繪畫的文章。這次在省博見到他一幅立式掛軸，是我在國內第一次看到龔賢山水。二〇〇六年夏天我在南京住了兩個月，其間前往南京博物院，想看龔賢的畫，因為那裡是國內收藏龔賢作品最豐富的地方，可惜該院不對公眾展示藏品。二〇〇七年夏天我前往瀋陽的故宮博物院，想在滿清的皇室故居參觀龔賢繪畫，竟然也無果而終。北京的故宮博物院就更不用說了，皇家藏品是很少對老百姓開放的。

具有諷刺意味的是，我其實觀賞過很多龔賢真跡，但不是在國內，而是在美國的紐約和波士頓，那裡的美術博物館收藏有不少龔賢作品，並一律對公眾開放，我甚至帶學生去參觀。二〇〇二年我有機會參觀南京博物院收藏的龔賢繪畫和金陵八家作品，但不是在南京，卻是在紐約的大都會藝術博物館和華美協進社陳列館。由於這種諷刺性，此次在四川省博物館見到龔賢真跡，才別有一番感歎。

言歸正傳，關於中國遊客出遊不參觀美術館的問題，在此便成了另一個問題：究竟是遊客的文化素質低，還是旅遊手冊的編者文化素質低，或者是藝術博物館缺乏社會職能，抑或三者互動，使中國旅遊成了沒文化的旅遊？

3 偏見與妥協

偏見導致固執，妥協是否可以糾偏？

妥協是一種策略。當年我喜歡的一位學生，如今是北京某著名高校的青年教授，智慧迷人。前不久閒聊，她教育我要學會妥協，否則會在生活中碰得頭破血流。我這人固執，雖表面隨和，骨子裡卻認準一個理不回頭，所以常被朋友們曉之以理。「妥協」之教，給了我當頭一棒：連當年的「乖乖女」學生都明白的道理，我卻執迷不悟，真是白活了半世。

中文之謂「妥協」，有單方面讓步之意，以求「有話好商量」。西方之「妥協」為compromise，是雙方讓步，即各退一步海闊天空，聖經說「事就成了」，如今的時髦語則說「雙贏」。

據說有剩女身高不足一米六，相親條件卻要求對方不得低於一米八。此類不識時務的要求，有違妥協的教義。單方面的「妥協」聽起來不妥，像是勸降，可仔細一想，卻是曲線救國。老子有剛柔之論，說是剛易折、柔可存，講變通之理。當代西方思想理論界的「新歷史主義」學派，主張「協商」，引申為雙方妥協。生活是務實的，那些固執的想法，貌似堅守信念，實則迂腐，未能在務實與務虛之間周旋。

無論單方還是雙方，妥協之妙，反襯出偏見與固執乃人性的弱點。

二十年前初到北美，接觸到一些粵語人士，有不愉快的經歷，遂對粵語抱持偏見。其時同屋是個香港人，常流露粵語優越感，視普通話為鄉下土語。此人每天下班後吃一包速食麵，然後就整晚看港產粵語錄影，對警匪功夫和搞笑片大呼上癮。目睹耳聞，我遂在潛意識中將速食麵、港片、粵語視為一物，產生了生理上的厭惡感。

有次同屋的母親從香港打來電話，兒子不在，便讓我轉致留言祝福生日，結語是「多搵些錢」。可憐天下父母心。

同屋的死黨將自己供職公司的商業機密出賣給了對手公司，獲得五千加元諜報費。為防事情敗露，他不敢讓對手公司將酬勞直接匯入自己的銀行帳戶，而是匯給死黨，由其轉交。過了幾天，同屋神情焦灼地對我說，若有人打電話找他，一律說不在、不知何時返回。果然，那些天總有個更加神情焦灼的人不斷打來電話找他，都被我擋了駕。無數次電話後，那人終於忍不住了，可憐兮兮地對我說：死黨欠他五千元錢不還、躲他、玩失蹤，希望我理解他的電話煩擾。又過了幾天，同屋對我說願付我旅館費，讓我當晚別回家。問其何故，答曰有人會到家門口坐等，我若開門，等者會入室搬物抵債。

如前說言，妥協是策略，而非原則。早年留學時，我到當地中文報社求職掙學費。第一家報社的老闆是港人，答應讓我編寫新聞、主持專欄、製作廣告，每天工作十小時，每週六天，月薪七百加元，節假日加班無補貼。呵呵，這是海外華人的資本原始積累方式，我領教了，未接受，不妥協。

第二家報社的老闆也是港人，工作條件大致同上，附加一條：他在郊外的家有一間空屋，願以每月二百加元的低價租給我，而且每天早上可以搭他的車上班，下班後還可以搭他的車回家，車費全免，每月付點汽油費便可。呵呵，賣身為奴，我滴不幹，不妥協。

第三家報社的老闆是大陸的粵語人士，早年經香港轉道加拿大謀生。談到工作條件時他有驚人之語：這裡的雇員都是香港人，他們每天下午五點準時下班，你是唯一的大陸雇員，自家人，就別按時下班了，我什麼時候下班，你什麼時候下班。我問：你通常什麼時候下班？答：工作太多，晚上八點以後，節假前忙到夜裡十二點。又問：加班費怎麼算？答：我付你月薪，不是時薪，再說了，都是自家人，加班算什麼。呵呵，原來是剝削剩餘價值，我可不是活雷鋒，拜拜了您吶，不妥協。

如此這般，由於生理上的厭惡感，我對公共場所大聲嚷嚷的粵語聲更是深惡痛絕。我喜歡出門旅行，幾乎遊遍了西歐、北美和國內的主要城市，但不遊粵語區，不遊香港，對海外的唐人街也唯恐避之不及。

最近因公出差到香港，彷彿是糾偏之行，雖對楨啊楨的粵語不敢恭維，但對港島卻充滿了好感，一因香港的人性化城市建設，二因香港對自然環境的保護。關於前者，只說從中環到半山的自動扶梯，便可見出其人性化理念，那不僅是為了方便遊客，更是為當地居民的生活著想。關於後者，只消到太平山走一遭，經山間小道的濃蔭曲徑而享受山林之氣，便不得不嘆服其文明與自然的並存。

此行香港時日雖短，不能改變我對粵語的偏見，但讓我放棄了今後不遊香港的誓言。這放棄，是不是一種妥協？

2009年12月～2010年1月9日
北冰洋上空，北京至紐約航班
北京《工人日報》2010年5月

美人懷揣迷魂散

舊時俠女出行，總是懷揣迷魂散，有攻防兼備之效。現時美術界有句玩笑話：讓美女露背面是藝術，轉身露正面是色情。本文從這兩面說女人，但我之謂「正反」，卻指女人的魅力與愚蠢，而這兩面恰是當今女人的迷魂散。

先說魅力，這魅力當然是針對男人的。憐香惜玉是男人的天性，聰明的女人懂得何時以及如何喚起男人憐香惜玉的天性，給男人一個機會去表現自己對女人的溫存、滿足男人充當護花使者的慾望，從而達到自己的目的。可是，那些天生麗質的女人，完全不需要這樣挖空心思去矯揉造作，甚或根本就沒有勾引男人的初衷，但卻以天然的香玉之氣，讓生猛男人頓生憐惜之心，叫滄桑男人湧起溫柔之感，使冷漠男人喚回善良之情。

也許，這就是傳說中的魅力。這魅力，有時僅在於一個簡單的動作或顧盼，在於一個簡單的聲音或言語，其間流露出擋不住的氣質。這氣質與內在的智慧相關，而外在的美貌卻無非是skin-deep而已。

我是俗人，每學期開學，都與不少男教師一樣，走進教室後下意識地掃視全班，在一排排金髮碧眼的學生中，發現一兩個香玉極品。當然，這僅僅是觀察罷了，不會有後續故事，因為在美國和加拿大，老師若與學生發生緋聞，多半會砸掉飯碗。所以，雖然不時聽到學生為功課成績而色誘老師的故事，但老師通常都不會接招，除非有金鐘罩或鐵布衫。在這種情況下，男教師能做的事，最多也就是養養眼，意淫一番。每念及此，我都要羨慕國內同仁，他們的後宮波濤滾滾，真是長江後浪推前浪，老師玩死在沙灘上。

在美國和加拿大高校教了這麼多年書，不消說也見識過一些極品香玉，其魅力多在於氣質與智慧。

給我印象較深的學生中，有個是法國留學生。記得開學上第一堂課，她坐在最後一排，但氣場卻力蓋全班，那魅力像剛漲潮的海浪，自遠而近，穩穩地向前漫來，給人海水浴般的享受。我通常與女學生只談功課，即便偶爾聊天，也在大庭廣眾之下，並無更多往來，因而不知這位學生是法國人，只奇怪她怎會有如此這般的氣質。有次聊天問她原籍何處，答曰巴黎，原來是法蘭西女郎。那時是冬天，下課的時候，她拿出一頂法式小帽，站起身，往頭上一戴，再回眸一瞥，身姿優雅無比。這連串動作一氣呵成，像是揮毫作書，意脈相貫，運筆與線條中透出的氣質，魅力四射，我幾乎被當場謀殺，只能暗呼絕倒（恕我不用「回眸一笑百媚生」的俗套說法）。這氣質不是淑女學校能教出來的，而是巴黎女人天生的，是在巴黎耳濡目染二十年後自然習得的，那些半路出家的歌星影星哪會有這樣的氣質。

另一記憶來自一位義大利女生，其魅力在一堂美術史課上展露無遺。義大利魅力與法國魅力並不完全相同。若用唐詩宋詞來打比方，說法蘭西美女似宋人的婉約詞，那麼義大利美女便像唐人的田園詩，其魅力透著山水氤氳。

那天的中國美術史課，講清初山水畫家龔賢，我說這是我最喜歡的畫家之一，因為我喜歡那些以筆墨之運籌和線條之力道來描摹白水黑山的畫家，例如元代的倪瓚和黃公望，還有清代的石濤和八大。這些畫家的筆墨都很純粹，只有深淺濃淡的大氣與微妙，沒有花裡胡哨的假把式。這類筆墨純粹的畫家中，我最喜歡龔賢，卻不待見董其昌，因為前者嚴謹而後者虛張聲勢。筆墨純粹的畫家多以簡約至勝，但龔賢卻反其道而行之，追求繁複，其畫有歐洲銅版畫的韻味。

龔賢的出奇制勝，在中國美術史上絕無僅有，他畫中的歐洲銅版畫效果功不可沒。於是，我的話題便涉及到了西方繪畫對中國繪畫的影響。我說，在明末清初，歐洲傳教士已到中國，當時南京就建有基督教堂。西方教堂裡的油畫，旨在圖說聖經。但是油畫不易遠洋運輸，所以那些傳教士們帶到中國的繪畫，便主要是根據油畫刻制的銅版畫，有黑白素描的韻味。雖然沒什麼史料證據，但不少美術史學家都猜測，作為金陵畫派首席大師的龔賢，可能在南京的基督教堂裡見識了單色線刻的歐洲銅版畫，從中獲得靈感，由此發展了個人化的「積墨法」，筆下山水方獨一無二。

說到此，我往螢幕上投放出龔賢山水畫的細節，讓學生們揣摩其銅版畫似的素描味，同時指出龔賢以墨色的深淺來塗抹山體陰影時的光源問題。我說，龔賢的畫法，與西方繪畫中的「明暗法」有可比之處，邊說邊在黑板上寫下明暗法的洋文chiaroscuro。我解釋說，明暗法起自文藝復興時期的義大利，完善於十六、十七世紀，代表畫家是義大利十七世紀的巴羅克大師卡拉瓦喬，而大致同一時期在法國則有德拉圖爾，在荷蘭有倫勃朗。由於義大利明暗畫法的廣泛影響，義大利語中的chiaroscuro一詞，被法語、英語等歐洲其他語言採納。

學生們當然認得這個詞。我所在的蒙特利爾，是講法語和英語的雙語城市，學生們知道這個詞在英法語中的讀音。但是，他們知道這個詞的義大利語讀音和原義嗎？我班裡有位義大利學生，是美少女，我請她給大家講講這個詞。那女生開口一讀，沒想到義大利語竟如此動聽，從她口中讀出，美得不可言狀。難怪義大利語適合歐洲古典歌劇，那悠長、高亢、空靈、沉鬱的音色，如山水般起伏跌宕，綿延而去，已經不僅僅是唐人的田園詩了，還有邊塞詩的寬闊與厚重，應和了宋人郭熙的高遠、深遠、平遠之說。

這位義大利女生解釋說，義語chiaroscuro的前半部分讀作「恰洛斯」，意為明亮，後半部分讀作「古洛」，意為「黑暗」，這個詞指用明暗影調來造型的繪畫方法。我大喜過望：此詞中文譯作「明暗法」，準確而又精彩，這不是譯品中所謂「信、達、雅」皆得麼？她可真是幫了我的忙，其義大利語言和文化知識，成了我這堂課的點睛之筆。她的詞源學解釋，她那美麗的義大利語發音，尤其是該詞後半的一聲「古洛」，發自丹田，力壓群芳，魅力無盡。那一刻，我心中突然湧起一股衝動，想要抱住她猛吻一番。

可惜，前面已說過，國內的同仁們可以盡情在沙灘上享受前浪後浪，我是不能下海的。但是，我一定要讚美魅力女人的氣質和智慧。婉約的法國少女，如中國文人畫的南派山水，濃妝淡抹總相宜。沉靜的義大利少女，則似北派山水，不鳴則已、一鳴驚人，無論田園還是邊塞，在沉靜中都暗含著高妙而深遠的智慧。女人的魅力，釋放於恰到好處之時，有氣質和智慧的保障，讓人不「古洛」她一下都不行，所以法國和義大利街頭隨處可見親吻的人。

話又說回來，男人好色無可救藥，多將女人當花瓶，雖然女人的魅力源於氣質與智慧，但美貌卻總能迷惑人。且不說希臘美女海倫引發了特洛伊之戰，不說埃及豔後引誘了古羅馬的安東尼，也不說霸王別姬和馬嵬坡的楊貴妃，就是在我自己的學生中，也有迷人的繡花枕頭。

當年剛在北美高校任教時，重獲過去在國內高校任教時的自信，一派感覺良好的樣子，信心滿滿地站在講台上，用這感覺看學生，一發現美女，尤其是言談舉止皆優雅者，便以為是魅力無邊。但因我遵守北美高校「不與學生有染」的潛規則，與美女素無交往，對其美貌之外，一無所知。有次上課我讓班裡一美女回答問題，不料她站起來直直地說了句「不知道」，臉上毫無愧色。我對這回答始料不及，對其面無愧色大吃一驚，心想：美女啊，您真讓我失望，您為什麼不鑽地縫啊，我若是您，連死的心都有。

其實，這並不是美女的錯，是我將美女想像得太完美了，將其虛構成無所不知的智者，而實際上那美女也就是臉蛋乖一點而已。記得早年讀猶太女革命家羅森堡的日記，她說她剛進監獄時與一犯案的女貴族同室，那女貴族冷豔高傲，讓人仰視，羅森堡一開始甚至不敢同她講話。過了幾日，二人聊天，那女貴族一開口，談吐俗不可耐，氣質全無，像個村婦，羅森堡甚至都不願再搭理她。我提到這故事不是要影射學生，而是泛指花瓶美女。

這種繡花枕頭如今滿世界做秀，例如在網上電視上頻頻走光的影視歌體各路女星。在國內網路上的交友站點，更有不少單身美女貼出自己的婚紗照，並故做一臉含羞狀。既然是上網徵友，還穿個鳥的婚紗，真不知是愚蠢還是裝嫩。有些年紀一大把的美女，喜歡將裝嫩的照片貼到網上，明明是半老徐娘，卻抱個布娃娃或絨布大動物，一幅甜膩相。美女之蠢，由此可見一斑。在西方，關於美女的愚蠢，有許多笑話，稱為金髮女郎笑話（blonde jokes），蓋因金髮女郎意即胸大無腦。且說一笑話來見識見識：在一堂生理課上，教授說精子的成分主要是葡萄糖，一金髮美女立刻插話「不會吧，精子是鹹的呀」，讓全班學生高興得差點瘋掉。

智商低的美女，其情商不敢讓人恭維，而智商高的美女，也並非情商都高。前些年女博士被線民稱作滅絕太師，後來有憤憤不平的女博士現身說法，證明自己很懂人情世故。沒錯，聰明的女博士不少，但不聰明的也不少。有個詩人朋友曾想追求一位美女博士，那博士也傳過話來，說是對這位詩人很有興趣，願意結交。不幸的是，美女博士很忙，每天從早到晚都在實驗室工作，沒時間約會。癡心的詩人總是求見而不得，打算最後一試，便扔掉詩人的酸腐氣，在電話上半認真半調侃地說，願到實驗室裡幫她幹活，免費盡義務。那博士居然不懂得這是求見的藉口，竟信以為真，問他：你知道兔子的冠狀動脈結構嗎？答曰不知道，博士便說，那你可幫不了我的忙。詩人又說：我可以去實驗室掃地，博士說我這裡是超淨空間，不需要掃地。詩人問：實驗室需要門衛嗎？博士答：哪能讓大詩人當門衛。詩人只好苦笑，追這種情商為零的美女真是身心俱累、自討沒趣。

不過，最沒趣的美女，還不是這種職業女強人，而是那種既聰明又自戀到極點的美女。這種人只在意自己，不關心他人，無論是在社交場合，還是在網上寫博客，她們著意而為的既是孤芳自賞，也是向別人展示自己的高雅生活，即所謂受過上等教育的小資情趣，而這假惺惺的情趣卻總讓人肉皮發麻、汗毛倒立。

好了，話說到這份上就不能再說下去了，否則我會有厭美症、恐美症或反美症的嫌疑，而實際上我卻是喜歡美人的，尤其是懷揣迷魂散的美人：以魅力為進、以愚蠢為退，反之亦然，正所謂大智若愚。

2010年3月，蒙特利爾

《天津日報・文藝週刊》2010年6月

四月紀事，滄桑女的香頌

1 圖書

這是復活節長週末的最後一天，早上像平常一樣打開電腦，見數份新郵件中有一份標為「急件」，來自上海某著名美術月刊，約我寫一篇討論西方今日美術現狀的文章，要求四月中旬交稿，以便在六月號的專欄裡刊出。

年初在上海曾與該雜誌兩位主編小聚，其間也有約稿，但屬禮節性泛泛相約，未必當真。此刻來急件，不可搪塞，吃過早飯便開始思考怎麼寫。這類文章多為描述性，且以視覺觀照為主，不用太講理論深度。但是，寫這類文章卻又另有難度，即怎樣進行描述。今日西方美術的現狀所涉很寬泛，情況很複雜，處身其中，難識真相，不敢斷言自己所述者就是主流大事件。雖然每日讀報、看電視、上網瀏覽，更閱讀專業期刊，也常在歐美各地旅行觀展，瞭解西方當代美術的現狀，但要寫作綜述，卻需要一番梳理的功夫。

因約稿急，上午便著手在家翻檢近年收集的圖文資料，藉以構思寫作提綱。書架上有幾本關於當代美術的書，屬於綜述性，對西方近二、三十年的藝術發展，進行了分類描述，並對各類主要藝術家做了一定深度的闡釋。可是，這些書中最新出版的是在二〇〇五年，德國達森社的《今日藝術》英文版，格羅森尼克主編，未涉及近五年的西方美術。

下午出門，在市中心連逛三家人文社科書店，「段落」、「靛藍」、「章節」。各家書店關於當代藝術的圖書都不少，但綜述性的卻不多，而對現狀進行全面綜述的則更少。最後逛到「章節」的二樓，正失望時，見一部《今日藝術》，也是德國達森出版，開本及裝幀與五年前那本相同，惟封面設計不同。拿起翻看，仍是格羅森尼克主編，但內容有異，原來這是同一書的第二版，增加了二〇〇五～二〇〇八年的內容。

這正是我需要的書。攜書急急下樓，到收款櫃檯，卻人們見排著長隊。靜下心排到隊尾，移步間看到音樂架上有售克爾特民歌光碟，名《心聲・克爾特女人》。

我素來喜歡古代克爾特民歌，如《綠色的衣袖》和《士嘉堡集市》等，收藏了不少這類光碟，於是順手買下這張《心聲》。

晚上聽碟，大失所望，這是我收集的克爾特民歌中最差的一張，由今日流行歌手演唱，完全沒有古代民歌那種沉鬱、悠遠、透明的音色，只有當今商業化的調子。放下唱碟，拿起新版《今日藝術》，徐徐翻讀，想到一個問題：西方當代藝術的現狀是商業性與實驗性的妥協甚至合謀，卻美其名曰「觀念藝術」。我是否該在綜述文章裡以此認知來審視西方當代藝術的現狀，尤其是二〇〇八至今的現狀？

《天津日報・文藝週刊》2010年4月23日

2 滄桑女的香頌

自二〇〇七年電影《玫瑰人生》獲奧斯卡最佳女主角獎，半個世紀前的法國女歌星艾蒂・碧雅（Edith Piaf，英文讀作伊蒂絲・碧雅芙）再次走紅。其實，我喜歡聽碧雅的歌至少是在十五年前。那時有人問我：聽說中國人不喜歡爵士樂，是這樣嗎？我說不知道別人喜歡不喜歡，但我自己沒興趣。那人便向我推薦了幾張碟，都是半個多世紀前的美國爵士曲，藍調味較重，包括黑人歌手阿姆斯壯的歌。聽了這些碟，我還真迷上爵士樂，於是順流而下，追趕到當時的爵士前沿，發現了那時正走紅的加拿大爵士女歌手戴安娜・庫嬈（Diana Krall），買了她不少碟。有一年一位肖像攝影家到蒙特利爾辦展覽，我去畫廊參觀，見他拍的都是文藝界名人，其中就有庫嬈，是位豐滿的歌手，一身古典魅力，讓我聯想到《古詩十九首》裡的「盈盈樓上女」。

聽了庫嬈，我開始喜歡爵士女聲，於是返身回溯，遇上了二戰剛結束時的法國女歌手碧雅。

碧雅的歌屬於Cabaret一類，是半個多世紀前的流行曲，抑揚頓挫，很有爵士味。當然，碧雅與庫嬈很不同，碧雅的歌聲沙啞低沉，極富磁性，加上法語顫音的質地，在急促中有一種深遠緩慢的滄桑感，很對我口味，於是開始收集碧雅的唱碟。由於這滄桑感，我以為只有三十歲以上的人才會喜歡碧雅，不料有次上課時見一女生戴著耳機，我提問她竟一無所知，便問她在聽什麼，她說碧雅。我吃了一驚：二十歲的女孩子也喜歡碧雅？既然如此，放她一馬，不難為她。

很多年後我去巴黎旅行，當地一位畫家朋友送了我一張唱碟作為旅遊紀念，名《巴黎之歌》（Les Chansons de Paris，現在譯作「巴黎香頌」，真是洋盤）。我告訴畫家：我最喜歡的巴黎歌手是碧雅。正好，這張香頌碟裡就有兩首碧雅的歌，詠唱她成名前在巴黎街頭賣唱的往事。

電影《玫瑰人生》是碧雅的傳記片，講她的生平故事。一九一五年碧雅生於巴黎貧民區，母親是街頭賣唱的，父親也在街頭表演。由於父母不和，碧雅自小隨外祖母，住在其經營的妓院裡。後來父親讓她跟隨自己的馬戲團巡演各地，在一次街頭表演出現冷場時，碧雅被迫頂缺。她在慌亂中唱了一首歌，卻唱得出奇地好，就此開始了街頭賣唱的生涯，那年碧雅才十歲。

這樣過了差不多十年，碧雅二十歲，有次在巴黎街頭賣唱，被一個酒吧老闆發現，隨後到酒吧演唱，就此時來運轉，唱出了大名，成為法國文化名人。碧雅的一生大起大落，前二十年在貧困中度過。二次大戰期間為德國佔領軍演唱，受到法國人指責，但她說自己暗地裡幫助了地下抵抗活動，卻沒有人證物證，唯一落實的是她救助過一個猶太人，幫他逃亡。碧雅的後二十年是人生和事業的峰巔時期，但個人生活卻很不幸：孩子早夭、情人在搭機赴約時死於空難、自己酒精中毒、兩遇車禍、健康惡化、數次昏倒在舞台上。一九六三年碧雅病逝，僅四十七歲。巴黎天主教會拒絕為她舉辦宗教葬禮，因為她的生活方式有違教義。但是，她出殯那天巴黎萬人空巷，主要街道都封鎖了交通，成為二戰後巴黎最大的葬禮。今天，喜歡碧雅的人可以到拉雪茲神父墓地去給她獻花。

最近購得《玫瑰人生》一碟，才有機會看這電影，碧雅在半個多世紀前那滄桑沉鬱的磁性歌聲，遠非今日流行歌手所能比美。

3 藝術瘋子

十九世紀前期是歐洲的浪漫主義時期，浪漫派藝術家大多比較瘋狂。當時法國文學界有女作家喬治桑，音樂界有來自波蘭的蕭邦。喬治桑對蕭邦一見鍾情，收留了這位流落巴黎的小青年。用中國古話說，這是收為門客，若用現在的話說就是包養。喬治桑是文壇名人，而且富有，她以巴黎文藝界大姐大的身份，將小她十五歲的蕭邦養為情人，恰似法國張開懷抱接納各國藝術家，顯出雍容大度。

可是蕭邦並不甘心當個小白臉，雖然身為下賤、寄人籬下，卻心比天高，做些偷雞摸狗的事，電影《蕭邦與喬治桑》講的就是這段悲歡離合。

本來我很喜歡蕭邦的鋼琴曲，比如他那激情澎湃的《波蘭曲》。但是看過電影，也許有違導演初衷，我卻看到一個很不厚道的人，此人一路行惡，算得上藝術瘋子。舉幾個例子，其一，他寄居喬治桑家，卻要喬治桑圍著他轉，真是大藝術家做派。他不讓喬治桑關照自己的兒女，吃他們的醋，甚至對喬治桑的兒子咆哮「滾出我的房間」，卻被反嗆一句「這是我的家」。其二，蕭邦以大藝術家自恃，待人接物極不成熟，而且過度自戀，無視他人感受。喬治桑的兒子學畫，將作品掛在牆上請蕭邦觀賞，蕭邦視若無物，只說自己的事，根本不看畫。兒子深感受辱，對母親說「以後再也不讓他看我的畫了」。其三，蕭邦寄居在喬治桑的屋簷下，既扮演情人角色，當個寵臣，又勾引她的女兒，密謀私奔。

當然，這電影是為蕭邦唱讚歌的，但透過導演的極力掩飾，我們仍能看到蕭邦的不厚道。那麼，喬治桑為什麼容忍他？因為愛才，蕭邦是音樂天才。蕭邦的音樂天分，除了天生，相當一部分來自他遠離祖國時的懷鄉之情。關於這一點，只要聽聽他那《波蘭曲》的琴聲就會明白。這一腔激情，加上他花花公子的惡行，終於成就了這個藝術瘋子。

的確，不瘋的人不是真藝術家，只有進入瘋狂狀態，才能做出好作品。在此，藝術家一分為二：一種是主動尋瘋，一種是被動等瘋。主動者有進取心，就像蕭邦那樣，一邊搞喬治桑，一邊玩她女兒，獲取靈感，能量超大，哪怕是寄人籬下、健康不佳，也在所不惜，直到一命嗚呼。被動者缺少進取心，只好玩頹廢，磕藥吸毒，求high不止，同樣玩至一命嗚呼。

與蕭邦似而不同的藝術瘋子還有俄國的柴可夫斯基。英國BBC拍過一部奇特的片子，叫《柴可夫斯基：悲劇生活與音樂天才》，其奇特之處在於這是紀錄片和故事片的混合，以一個英國指揮家到俄國彼得堡追尋柴可夫斯基的足跡為線索，記錄並呈現他對今日俄國芭蕾和音樂人的採訪、對柴可夫斯基作品之舞台演出的實錄，借此而戲劇化地演繹了這位天才音樂家的瘋狂生活。這部影片有點像做學術研究，力圖探討一個設問：柴可夫斯基是病故還是自殺？

這問題富於爆炸性，有戲劇般吸引力，成為電影的賣點，也是故事的中心。根據電影的陳述，柴可夫斯基是個同性戀者，在彼得堡文化界的隱秘同性戀人群裡，他與大作家托爾斯泰等是中心人物。最後因性事敗露，為了面子和名譽，為了不被判刑、不被流放西伯利亞，柴可夫斯基在自己事業的黃金時期，不得不自殺。這是電影的結論，提示了這個藝術天才的瘋狂結局。

退出電影裡的老故事，反觀中國當代藝術圈，見識一下今天的藝術瘋子：我們可以打開熱門藝術網站的博客頁面，讀讀那些自封大師的譫言囈語，看看那些毫無邏輯的文字，就會知道這圈裡有多少自命不凡的瘋子。但是，儘管這些狂人與蕭邦和柴可夫斯基一樣瘋癲，卻拿不出一樣水準的作品。真不知他們是碟看多了不辨虛幻與現實，病入膏肓，還是碟看少了不瞭解瘋狂天才的真正結局。

2010年4月，蒙特利爾

杭城遺事

1

今夏來杭州，五月到七月，撫遍西湖水，不著遊記文字，唯掘杭城記憶。

這記憶，出自近年在海外對南宋杭州的研究；這記憶，從西方漢學的角度，對杭州文化作個人化的解讀。

這解讀，涉及南宋杭州的豪門貴冑張炎，一個七百年前的紈絝才子。

也許，張炎的個人身世和家族沉浮，可以敘說當年杭州興衰的點滴，可以揭示我們民族性格的懦弱與剛強，可以讓人反思今日國家命運。

2

張炎，又名張玉田，宋末江南的公子哥兒、風流倜儻的詩書畫大才子，一二四八年生於杭州，以詞為名，集有《山中白雲詞》和關於詞學理論的《詞源》，家族數代均為南宋軍中大將，顯赫一時。

關於張炎家族的歷史，官方正史鮮有記載。七年前的夏天，我在美國密西西比河邊的明尼阿波利斯城度假，有機會到明尼蘇達州立大學的東亞圖書館查閱有關歷史文獻。從館藏《杭州府志》、《宋史》、《元史》和南宋詩人周密所著關於當時杭州生活的筆記《齊東野語》及《武林舊事》中，收集到一些片斷材料。將這些材料組合起來，可以大致勾畫出張炎的家世。

張炎的六世曾祖張俊（1086～1154）為南宋朝廷建功立業，軍功卓著，死後被宋高宗追封為循王。

到張炎的曾祖父張滋（生卒年不詳）一代，張家在杭州已是豪門大戶。張滋附庸風雅，能詩善文，江南名士莫不與之結交。現今杭州最時髦的仿古商業旅遊街清河坊，最早就是張滋打造的。張滋也時常在自家的貴隱園中，召集杭州上流社會的雅集。每此時，高朋滿座，朝廷官員、地方名流、富商大賈、文人墨客齊會，歌女舞姬、美酒佳餚、燈光花影競豔。在這樣的社交場合，嘉賓往往多達上百人。其間詩人賦詩朗誦，詞人作詞交予歌女演唱，一片歡聲笑語，盡顯王朝的昌盛、杭州的繁榮、張家的奢華。

周密在《齊東野語》中轉述了張滋的一次名為「牡丹會」的社交雅集：

> 「眾賓既集，坐一虛堂。……命捲簾，則異香自內出，鬱然滿座。群妓以酒肴絲竹，次第而至，別有名姬十輩，皆衣白，凡首飾衣領皆牡丹，首帶『照殿紅』一枝，執板奏歌侑觴，歌罷樂作乃退。復垂簾談論自如。良久，香起復捲簾如前，別十姬易服與花而出，大抵簪白花則衣紫，紫花則衣鵝黃，黃花則紅衣。如是十杯，花與衣凡十易，所謳者皆前輩牡丹名詞。酒竟，歌者樂者無慮百數十人，列行送客。燭光香霧，歌吹雜作，客皆恍然如仙遊也。」

3

這仙境夢遊般的奢華，或許只有今天的貪官新貴，才敢追慕。但是，張滋在奢華中對精微細節的講究，如歌女舞姬的服飾花色，則不是今日貪官新貴們所具有的品味，可能只有張藝謀的電影才備其精髓。

關於張滋的藝術修養和品味，美國當代學者奧弗蕾達・莫克（Alfreda Murk）在其研究南宋文化的專著中，曾經談及：

> 「他將自己的大部分時間，都用來侍弄花園，他也懂得怎樣欣賞和享受茶道、飲食、古玩、器物，他還訓練自己家養的歌妓，以表演樂舞提供娛樂之用。張滋繼承了父輩的巨大財富，他在杭州一帶修建了不少豪華的花園別墅。其中，貴隱園建在杭州郊外的一片湖區，那裡有十多處廟宇、居所和禪房，還有畫室書屋、亭台樓榭、小橋流水和觀魚池塘。」

試想，今天的貪官污吏和暴發戶們，除了一身銅臭和血腥，也就只有聲色犬馬場中人體蛋白質的氣味了。他們與張滋的唯一共同處，不是品味，而是奢華，諸如炒房團和煤老闆嫁女娶媳的豪華排場。

4

莫克的上述記敘，出自其《南宋詩畫中的婉約異見》一書，二〇〇〇年由哈佛大學出版社出版。那時我居紐約西郊，得知有這樣一部書面世，索之卻未見諸書店貨架。某日去東岸港市波士頓，便駕車到波士頓近郊的劍橋鎮，直奔哈佛大學，在出版社的零售部裡買到了這部書。

我的最大驚喜，是發現書中有一插圖，為南宋大畫家馬遠（約1186～1225前後）描繪張滋貴隱園雅集的繪畫《春遊詩會圖》，原作現藏美國密蘇里州堪薩斯市的納爾遜——艾金斯美術館（Nelson-Atkins Museum of Art）。這幅橫式長卷，未見於國內出版的馬遠畫集，也未見國內美術史學家提及，因而彌足珍貴。

據莫克記述，這幅畫由張滋委託馬遠所作。以馬遠之南宋皇室首席大畫家的高貴身份，他很可能受邀參加過張滋的社交雅集，因而得以如實再現張滋的貴隱園聚會。這幅畫的中心部分，是張滋在園中長案上提筆書寫自己的詩作，來賓和侍女們則聚以圍觀。

馬遠的妙筆在於，這不僅是一幅寫實繪畫，而且更是一幅超現實的作品。畫家將張滋貴隱園聚會的現實場景，同想像中的仙人來賀、前朝詩人赴會的場面，合而為一；將當時的達官貴人，同古時的先賢智者，同置一畫。如是，馬遠借張滋的私家生活場景，以自己非凡的想像，向我們展示了南宋杭州之百鳥朝鳳的盛世景觀。

5

那時杭州的繁華，超過了馬可波羅道聽塗說的描繪。南宋周密稱杭州為「銷金鍋兒」，他在《武林舊事》中寫到了杭州的聲色場所：

> 「翠簾銷幕，絳燭籠紗。徧呈舞隊，密擁歌姬。脆管清吭，新聲交奏，戲具粉嬰，鬻歌售藝者紛然而集。」

他還從一個別致的視角寫到了杭州富人的揮金如土：

> 「至夜闌，則有持小燈照路拾遺者，謂之掃街。遺鈿墜耳，往往得之，……貴璫要地，大賈豪民，買笑千金，呼盧百萬。以至癡兒矣子，密約幽期，無不在焉。日糜金錢，靡有紀極。故杭彥有『銷金鍋兒』之號，此語不為過也。」

其實，早在北宋時期，風流詞人柳永就寫過杭州的美麗、富足與繁華，他在《望海潮》一詞中留下了名句「煙柳畫橋，風簾翠暮，參差十萬家」和「重湖疊巘清嘉，有三秋桂子，十里荷花」。

據野史記載，金兀術讀到後一句時，終於忍不住漠北人對江南天堂的歹意，遂決定躍馬揚鞭，南下屠城。

6

到南宋末年的一二七五年，時任蒙古將軍的伯顏（1237～1295），任命廉希賢（1231～1280）和嚴忠範（？～1275）為使節，派他們到杭州勸降南宋朝廷。

張炎祖父張濡（？～1276），是南宋軍中將領，其時正駐守杭州西北的獨松關。是年三月，蒙古軍的兩名使節在獨松關被張濡手下的士兵捕獲，嚴忠範斃命，廉希賢被押往杭州入獄。由此，蒙古軍對張濡恨之入骨。據《宋史》和《元史》記載，蒙古軍在一二七六年攻破杭州後，逮捕張濡，判處死刑，並抄沒張氏家族的全部產業。

遭此變際，張炎之父張樞（？～1276？）只得隱匿，不知所終，張炎本人也倉皇出逃，其妻則為蒙軍所俘，後音信全無。

至此，張氏豪門敗落。那一年，張炎二十八歲。

隨著南宋的滅亡和杭州的淪陷，張炎從一個豪門才子，淪落為算命賣字者流。他浪跡江南，過著朝不保夕的生活。與張炎同時代的文友及後世詩人，在為張炎詞集作序時，都寫到了他的潦倒。舒月祥記述「玉田張君，自社稷變置，凌煙廢墮，落魄縱飲」。陸文圭則記述他「棄家客遊，無方三十年矣」。

舊時王謝堂前燕，飛入尋常百姓家。

7

還在南宋末年，張炎就以詞聞名，到了元初，他的詞作更成為宋詞的最後一星閃亮。張炎的詞，承續婉約傳統，在典雅的詞風中傾訴國破家亡的哀怨，將一己身世，化為南宋的社稷悲歌。

按照歷史文獻的紀錄，元蒙統治者進行種族和階級劃分，將治下的人民分為三六九等，南方漢人被劃為最下等。張炎在《高陽台・西湖春感》一詞中寫出了國家民族與個人生活的此種不幸。這首詞寫於南宋滅亡後的某一春天，其時，張炎至西湖，見春景仍在，但昔日繁榮卻一去不返，唯餘一抹荒煙。觸景傷情，他作詞云：

「無心再續笙歌夢，掩重門、淺醉閑眠。莫開簾，怕見飛花，怕聽啼鵑。」

這憂傷而無奈的心緒，在他最著名的《解連環・孤雁》詞中，化為名句「寫不成書，只寄得、相思一點」。

張炎由此得名「張孤雁」。

8

俗話說：人窮志短。

大宋皇帝的末世孫趙孟頫（1254～1322）在宋亡後歸順元蒙，成為元代開國大畫家和首席書法家。關於南宋遺民，今日美國學者詹尼芙・傑伊（Jennifer Jay）認為，在元蒙異族統治下，江南地區的文人可分三類，一是投向異族的同謀者，如趙孟頫；二是抵制異族統治的反抗者，如文天祥；三是自殺或隱退的不合作者。傑伊將後兩者稱為南宋忠民。按照這種劃分，張炎屬第三類人，因為他以漂泊的方式來自我放逐，逃避異族統治。

可是，張炎卻也試圖走趙孟頫的路，只是沒走通。

在張炎的生平中，他北上大都（北京），向元蒙求職一事，最讓今日學者頭痛，因為學者們不願將張炎這樣的大詩人劃入趙孟頫一類，但卻又解釋不清張炎為何要北上求職。

所幸，張炎求職未果。

據正史記載，一二九〇年，當時的元朝統治者忽必烈漢下詔書徵書法家與畫家入宮，為皇室謄寫佛教《藏經》，以充實皇家收藏。也有學者認為，忽必烈漢抄寫經書一事，實為私家瑣事，只因其母對宗教的個人愛好。

無論如何，張炎應徵，是年秋北上大都。

此次北行並不愉快。除了張炎在自己的北行詞中有幾則小序略記而外，沒有其他文獻記錄，所以我們不知道張炎是否通過了徵聘考試。總之，他未替元室抄寫經卷，而是在大都徒費光陰，並於次年南返。

有當代學者推測，是張炎自己不願為外族統治者服務，他的北行只不過是「無奈」和「敷衍」之行。

張炎北行是個謎。他的朋友舒月祥說他在大都求職無果，「概然濮被而歸」。短短六字，張炎的無奈，躍然紙上。我們今人面臨的問題是，既然張炎不情願，為何又要北行？

「無奈」與「敷衍」二語，是否自相矛盾？

9

張炎畢竟出自豪門，即便在困頓之時，公子哥兒氣仍然不減。他北行大都，無所事事，混跡章台北裡，與煙花女唱和玩樂。在《聲聲曼・都下與沈堯道同賦》中，張炎直接描述了那時的境況：

「情正遠，奈吟湘賦楚，近日偏慵。客裡依然清事，愛窗深帳暖，戲撿香筒」，一副不得志的紈絝相。詞中的「窗深帳暖」乃煙花女的閨房臥榻，而「戲撿香筒」則是張炎對自己狎妓玩樂的描述。

10

學者們大多回避張炎欲向元蒙求榮的話題，但是，我在野史中卻讀到一條關於張炎祖父張濡的故事，頗能說明有其父必有其子的民諺之確鑿。據說，張濡得知自己的部下逮捕了兩名蒙古使節後，驚恐萬狀，既向蒙軍統帥伯顏通報誤會，又要手下立刻放人，可惜為時已晚。

又有史料說，張濡與岳飛同為南宋軍中大將，但二人意見卻每每不合。於是，當秦檜加害於岳飛時，張濡竟落井下石，扮演了一個不漂亮的角色。

11

魚米之鄉，江南的水是柔弱的，水似柔情；江南的空氣，也是柔弱的，氣若遊絲；就連江南人的呼吸，也是女性化的，呼出吳儂軟語。

張炎的詞，更是一聲哀怨：

「望花外、小橋流水，門巷愔愔，玉簫聲絕。鶴去台空，佩環何處弄明月？十年前事，愁千折、心情頓別。露粉風香誰為主？都成消歇。淒咽。曉窗分袂處，同把帶鴛親結。江空歲晚，便忘了、尊前曾說。恨西風不庇寒蟬，便掃盡、一林殘葉。謝楊柳多情，還有綠陰時節。」

這是由宋入元後，張炎回杭州故居探舊，寫下的《長亭怨・舊居有感》。

昔日風流才俊，如今只盼西風庇護寒蟬。

12

二十二年前初遊杭州，我到西湖畔拜謁岳飛和秋瑾，心中巨瀾起，只想狂叫吶喊。

去年再遊杭州，又拜岳飛和秋瑾，心如靜水。

今夏居杭州，不欲再往拜謁，怕見飛花，怕聽啼鵑。

13

一九九九年五月八日，美國軍機空襲中國駐前南斯拉夫大使館。美國總統克林頓匆忙致歉，稱「誤炸」，並降半旗志哀。

中國政府堅稱不是誤炸，而是刻意為之，但卻接受了道歉。

當然是刻意為之。華盛頓知道，北京也知道，但雙方都不說為什麼是刻意。

中國忍受奇恥大辱，換得十年軍事技術的進步。值或不值，唯待後人評說。

14

南宋軍隊在人類歷史上，第一次將火藥用於實戰，雖然一時阻止了金人和蒙古鐵騎的南下，卻未能挽救自己最終的滅亡。

南宋，一個繁華而奢侈的王朝，一個隻盼西風庇護寒蟬的懦弱王朝，一個命中註定的敗落王朝。

15

二十世紀六十年代初，美國加州大學研究中國古代美術史的著名學者高居翰（James Cahill）教授，曾談到北方遊牧民族的南下入侵和南宋的失利，及其對中國的文化性格所產生的影響。高居翰寫道：

> 「宋代不同於外向的唐代，宋代文化轉向內傾；……其唯一的養分來自內部，……一種特殊的擬古主義出現於北宋後期，並保留下來成為南宋藝術的主要成分；……藝術風格上重大的革新創造只屬於過去和未來；這一時期是一個內省和回顧的時期，是一個綜合和總結的時期。……南宋文化的另一引人注目的傾向，是極度的唯美主義，也就是那時期對超級精緻的追求。」

正是在這樣的歷史、社會和文化背景下，才會有張滋的貴隱園雅集，也才有張炎「恨西風不庇寒蟬」的哀歎。

二十世紀八十年代，美國普林斯頓大學華裔教授劉子健在《兩宋之際文化內向》一書中指出，南宋以前的中國文化是一種向外擴張的文化，但至南宋，卻開始向內收縮。他寫到：

> 「十二世紀的菁英文化更注重在全社會鞏固並貫徹自己的價值觀，比以往更注重回顧和內省，因而變得更加謹小慎微，有時甚至悲觀絕望。一句話，北宋之特徵為向外伸，南宋之實質乃向內轉」。

就此，內斂成為中國文化的性格：「從十二世紀起，中國文化轉向內傾」。

16

二〇〇一年四月一日，南中國海上空。美國一架大型軍用偵察機與中國一架小型殲擊機相撞，美國軍機受損，迫降中國領土；中國軍機墜海，飛行員王偉跳傘失蹤。

這不是愚人節的玩笑。

在紐約西郊的寓所，我從電視上看到了中國飛行員駕機執勤的視頻片段。他手裡捏著一張小紙條，對著錄影機說著什麼。看口形，彷彿是在叫喊：拍呀，這就是我。

電視裡傳來解說：紙條上寫著他自己的電子郵箱位址。

一個越戰老兵評論說：「王偉是只好鬥的狗。」

《紐約時報》後來發表了一篇文章，題為《中國失去了一名飛行員，卻獲得了一個巨人》，諷刺中國媒體對王偉的宣傳和推崇。

我上網搜索王偉籍貫，得知他是江南人，出身於浙江湖州一個普通工人之家。

17

大約在一三二〇年前後，七十多歲的張炎，一個落拓而孤苦的南宋遺民，默默地死於貧病交加，後人甚至不知道他究竟死於哪一年。

昔日杭州的豪門貴胄，只恨西風不庇寒蟬。

試問今日江南男兒，何處尋覓陽剛之氣、漢唐雄風？

2007年6月，杭州

太原《黃河》雙月刊2007年第5期

卡夫卡上下篇

上篇：駛往城堡

1

想去布拉格，不是因為昆德拉，而是因為卡夫卡，因為那裡的中世紀建築，那些有高高尖塔的建築讓卡夫卡夢見了城堡。

可是我沒機會去，因為在我面前流淌的，不是那條彎彎曲曲穿城而過的伏塔瓦河，而是一大片汪洋般的無名淺水。那水像沼澤，淺淺的水面上漂浮著沙灘、閃亮的卵石，以及濃密而陰森的樹林。

我赤腳淌過淺水，走過沙灘，踩著卵石進入森林。密林深處有一塊空地，一條船錨泊在空地上的濃蔭裡。那船看上去像是女巫夏洛特前往卡蜜拉時劃乘的船。那船，史文朋寫過、瓦特豪斯畫過，所以我認得。

我知道卡夫卡就躲在船裡，他不想讓我看見，但我知道他在船裡陰陰地盯著我，他指望我會轉往城堡去。

我才不呢。

2

這之前的一個傍晚，我曾駕車去過城堡。還沒到，就突遇暴風雪，氣溫降到零下十多度。在一個十字路口紅燈亮起，一踩閘，車熄火了。我試了幾次想重新點火，但沒點著，像是電池沒電了。

換綠燈時我的車一動不動，被我擋在後面的一長串車喇叭亂叫，我也急得一頭大汗。幸好有路人過來，幫我把車推到路邊，這才疏散了交通。

剛松了口氣，就聽見後面警笛哇哇響，原來這個街區要開始掃雪了，路邊不許停車。要離開這是非之地，我的當務之急是給「駕車互助會」打救急電話，讓他們來幫我給車點火。

那年頭還沒有手機，好在不遠處有個公用電話亭，我趕忙奔去，不料一跟頭栽進雪堆裡，積雪快淹到膝蓋了。撥通互助會，對方說一小時之內會派車來幫助我。我說不行，我既堵塞交通又妨礙掃雪，不能等一小時。對方說我至少得等半小時，因為是夜需要救援的人太多。

剛出電話亭，一輛警車就停到了我的車旁，員警見車內無人，且又黑燈瞎火，以為是違章停車，要給我開罰單。我一邊向著員警大叫誤會，一邊深一腳淺一腳奔過去說明情況。員警說我應該把應急燈打開，以免吃罰單。可是我的應急燈不聽使喚。員警說他可以叫拖車公司來把我的車拖走。我想，那可就慘了，一拖走會後患無窮，便忙說我已叫了互助會來給我點火。

打發走員警，掃雪車隊打前站的清障車又來了，車上的人用高音喇叭對著我大吼大叫，說我妨礙了他們的工作，要把我的車拖走，我只好說互助會的救援車馬上就到。

3

半小時過去了，互助會的救援車並沒有來，那隆隆開來的是巨人般的掃雪車。先是兩輛推土機一樣的大型鏟車前後開過，把路中央的雪鏟到路邊，路邊立刻堆出一道半人高的冰雪大壩，我的車被這雪壩埋掉了一半。緊接著，幾輛小型鏟車從人行道上開過，把人行道上的積雪也推向路邊，給那雪壩增加了高度和厚度，我的車也立刻被來自兩邊的雪困在了中間。

掃雪隊的第三波是捲揚車和運雪車。捲揚車像收割機一樣向雪壩挺進，那旋轉翼片的利刀，所向披靡，將雪席捲而入，再高高揚進並行的運雪車裡。眼見車隊就要殺到我的停車處，而他們似乎沒有看見雪堆中還有輛車掩埋著，我只好在轟鳴的機器聲中向他們揮手示意。掃雪隊停了下來，工人們很吃驚我的車居然沒拖走，便問是怎麼回事，我只得把給員警講過的老故事又講了一遍，掃雪隊才不得不饒過我的車繼續掃雪。

4

終於看清楚了，那不是夏洛特漂向卡蜜拉的小船，因為卡夫卡並未躺在船裡，更沒有閉目朝天。這船像頤和園的畫舫，卡夫卡斜坐在船上的樓閣裡，我看見了，我看見他留著狄更斯一樣的鬍子，黑暗中，他那兩隻深陷的眼睛狡黠地眯縫著，他在揣摩我來幹什麼。

5

一個多小時過去了，互助會的救援車還是沒來。我又去給他們打電話，對方說知道我的困境，十分鐘內一定來解救我。這時街上的積雪已經清除，路面平坦寬闊，唯獨我停車的地方剩下一座雪山，像個小島。大雪還在下著，狂風把雪片吹得漫天飛舞。我開車時為了方便沒穿防寒服，也沒穿冬靴，因為車裡反正有暖氣。但一熄火，車很快就變成了一堆冰冷的鐵疙瘩，我在車外不勝其寒，而進車又如鑽冰窖，不知如何是好。身旁經過的車裡，都有驚異的眼光射出，可能人們以為我在練耐寒氣功。

我想往家裡打個電話，讓人給我送衣服來。轉念一想，說不定互助會馬上就到，別折騰家裡人了，便繼續在暴風雪中縮著脖子發抖，望眼欲穿。

這時有位朋友開車經過，認出了我，見我深陷困境，便想用他的車來幫我點火。要讓他靠過來連線點火，我們先得愚公移山，剷除圍困著車的大堆積雪。我們二人揮動雪橇奮力鏟雪，汗水濕透了衣服，鞋裡也灌滿了雪水，汗水雪水結了冰又溶化，溶化了又結冰。鏟了雪，他的車總算靠了上來，但接上線一點火，才發現不是電池沒電了，而是發動機壞了。我唯一的辦法還是等互助會來救援。

朋友走了，我看了看錶，才知道自己已經在風雪中挨了三小時凍。我又給互助會打電話，對方說馬上就給我派救援車來。聽這麼說，我心裡一股火立刻竄了上來，責問說：原來你們還沒有派救援車來，可為何卻稱半個小時之內甚至十分鐘之內就會來解救？我說我已經給你們打了三次電話，已經在冰天雪地中等了三個小時了，我說我既妨礙了交通又妨礙了掃雪，員警要給我開罰單，掃雪隊要拖我的車，我說我身上的汗和鞋裡的雪都已成了冰，你們還要讓我等多久？對方讓我再等十五分鐘，救援車一定會到。

6

我第一次給互助會打電話時是晚上八點，三個小時以後，我第四次給他們打電話。對方說查了我的會員記錄，我應該為這次救援付一千元服務費。我說我是駕車互助會的會員，我每年都付千元會費，一分未少，我的會員資格也並未過期。我問：你們憑什麼要我付服務費，而且一次收費就相當於一年的費用？對方說，現在你情況危急，我們沒時間向你詳細解釋，如果你不付這一千元服務費，我們就無法去解救你。

無奈，我只得答應他們的要求，對方便說十分鐘內救援車一定趕到。我當時猜想，我之所以在暴風雪之夜受困數小時，大概與服務費有關，現在既然錢的問題說好了，救援車也該在十分鐘內來了。可是我錯了，我風雪嚴寒中又等了整整一小時。到夜裡十二點過，我忍無可忍，第五次給互助會打電話，本想對他們破口大罵，出通惡氣，但對方卻一迭聲歉意，說救援車已經上路了。

7

卡夫卡見我走近了，知道躲不過我，便向前推了一下筆記本電腦，欠起身，從船窗裡探出頭來。哦，他在寫作，是怕我打攪他嗎？

8

救援車終於來了，我對開車的司機說，我已經給你們打了五次電話，在風雨中等了四個多小時了。司機很吃驚，說他十分鐘之前才接到調度室的派遣通知。他又說，調度員告訴他，我答應付一千元服務費。我說不是我答應而是你們強迫，他說這與他無關，他只管收錢幹活。

我讓他先試試看能否點火，如果不行，就把車拖到我的家門口。他讓我先付錢，我便掏出信用卡，他說不收信用卡，也不收支票，只收現金。這真是豈有此理。我告訴他我身上沒裝那麼多現金，你可以把這筆錢記在我的會員檔案的帳上。他說不行，調度室說了，一定要現金，否則不幹活。我說深更半夜我怎麼變得出一千元現金來。他說你可以回家去取。我說如果我能回家，還用得著你來救援嗎？他說你可以去銀行提現金。我問他，難道你讓我冒著風雪走到銀行去？他說你可以坐我的車去。我反問，那麼我的車怎麼辦，扔在這兒讓員警來開罰單，或者讓交通局給我當違章停車拖走？他說這好辦，我拖著你的車去銀行。

這時刻，暴風雪之夜的大街上已沒了行人和其他車輛，只有路燈映出的大團大團的雪花還在天空中亂飛。我的車後輪懸空，前輪著地，被倒拖著到了銀行。我從自動櫃員機裡取了一千元現金，當我把錢遞給救援車的司機時，覺得自己像是被綁匪用槍押著，去銀行取錢贖身。

付了錢，我向他要收據，因為這筆收費是不合理的，我日後要找他們算帳。司機說他從來不開收據，也根本就沒有發票。我說那麼你怎麼證明我付過服務費了，他說已輸入電腦了，並敲打著駕駛室裡的一具什麼鍵盤對我說，這和公司總機是聯網的。我將信將疑，盯著他的雙眼問：「Are you sure？」他不屑地回答：「Yeah, I'm sure」。

9

這時已是夜裡一點過，我在暴風雪中凍了五個多小時。家人久未得我消息，以為出了車禍，曾給警察局打過電話，問從某處到某處的路段，今夜有無事故發生。得知沒車禍，家人反而更著急，以為我被綁架了。

我決意討回公道，第二天就給互助會打電話，講了頭天夜裡發生的事。接電話的人說不可能吧，你能肯定去解救你的是互助會的車嗎？你有發票收據作證明嗎？聽這麼一問，我突然覺得昨夜的一切好像真的是場夢，是在夢裡發生的。但我換下來的那堆被雪弄髒的衣服卻證明了昨夜的真實性。我說車身上互助會三個大字一清二楚，不會有錯。那人便說需要花時間去查我的檔案記錄，本周內互助會的人會給我打電話解釋。

一周過去了，我沒有接到互助會的電話，又等了幾天，還是沒動靜，我便第二次打電話過去。接電話的是另一個人，他同樣表示不可能，同樣問我有無發票作證明，同樣讓我等幾天，但也同樣音訊全無。又過了一個星期，第三次打電話給互助會時，我耐著性子與其進行了一番同樣的對話，當他再次同樣讓我等幾天時，我火了，我說我在暴風雪中等了五個小時，現在沒了風雪，我又等了兩個星期，你們還要我等多久？我提高嗓門說，現在我不是要向你們證明那場雪夜惡夢是真是假，而是要向你們討回公道，要你們道歉退款，要你們保證今後不再發生這種事。

10

卡夫卡突然狂笑起來，笑得歇斯底里。我在他那抽搐般狂笑的背後，卻看到了一種神機妙算，以及這妙算中難以察覺的憤怒、嫉妒、瘋狂和無奈。

11

既然打電話毫無作用，我便登門造訪。在互助會的接待處排了半天隊，終於有機會向值班員當面陳情。那值班員聽我講了事情的前前後後，便從電腦上調出我的檔案，歪著頭看了又看，邊看邊自語：怎麼會、怎麼會。末了，她到底還是承認有這麼回事，但至於為什麼會耽誤四五個小時、為什麼會收費、為什麼不給收據、為什麼未回電話，電腦上一時也查不清。她讓我等幾天，互助會會給我一個回答。

一個月過去了，我沒有從互助會得到任何回答。一個當律師的朋友說，電話和造訪都沒用，你得寫信，掛號信，要白紙黑字，要有簽名、有日期，使之成為案卷，他們才會鄭重處理，否則他們是不理睬的。他告訴我，駕車互助會像個大機器，你永遠是與機器對話，那裡無人承擔責任，一切都是能推就推，搪塞了事。於是我給互助會寫了一封掛號信，詳細敘述了暴風雪之夜的經過，並指出，你們的救援拖延了四五個小時，這是不顧他人性命、不顧公共交通、你們的不合理收費屬於趁人之危的敲詐、你們不給回話敷衍了事的態度是官僚作風、瀆職行為，你們已經走到了法律允許的邊緣。

又一個月過去了，冬天也過去了，大雪早已沒了蹤影，互助會的回答也仍然沒有蹤影。我不甘自己的申訴石沉大海，便把上次寫去的信，從電腦裡調出來重新列印了一份再給他們郵去，並在前面附了這樣一段話：這是我最後一次同你們聯繫，如果你們仍然置若罔聞，我將把這封信直接寄給首都的全國駕車互助會總部，也寄給全國各大報、電台、電視台，我要向全國揭露你們的官僚和瀆職，我還會尋求法律途徑來伸張正義。

12

這下有了反應。才幾天，我就接到互助會的電話，向我求證那晚付錢的確切數目、時間、地點。我很氣憤，說你們應該有記錄，為什麼還來問我，這只能說明你們的檔案管理是一筆糊塗帳。當然我還是回答了他們的問題。第二天，他們又打來電話，說當時向我收費是由於某種誤會，並就誤會的發生作了解釋。我說既然你們對事情一清二楚，當時就根本不該發生這種誤會，再說，向持有效會員證的人收費，完全沒道理，其中不存在誤會的可能。對方又說那晚拖延了救援，是因為需要救援的人太多，望我諒解。我本想說，需要救援的人再多，也不至於讓我等四五個小時，而且我當時妨礙交通、妨礙掃雪，又衣薄鞋單，理應首先得到救援。但轉念一想，對方已要求諒解，那麼你仁我義，也就算了。

一個星期後，我收到互助會寄來的退款支票。我想，這件事就算了結了，儘管拖了這麼久，但畢竟我沒當官僚機器的犧牲品。沒料到的是，收到退款後的第三個星期，我又接到互助會打來的電話，問我那晚的事情經過。我只好不厭其煩地重述老故事，對方聽完後深表同情，連致歉意，並說很快就會給我退款。

我一愣，說早收到退款了，對方聽了也一愣，半天說不出話來。我便講了數次電話、造訪、寫信的經過，對方大感驚訝，一連串說這就好、這就好，只要你接受了道歉、收到了退款就好了。最後他說了句：我現在就把退款的事記到電腦上。

13

卡夫卡停了笑，合上筆記本電腦，恨恨地說：下一個諾貝爾獎是你的。

我知道，八十多年前，卡夫卡的城堡不通電。

下篇：媒體王國

14

卡夫卡合上電腦後，與我對視對話，我方才看明白，這淺水森林中的畫舫卻原來是個大型建築的入口，卡夫卡在門衛室裡值班。

從外面看，這是一座中世紀風格的城堡，由粗大的條石堆壘而成，建有無數高聳入雲的尖塔，但從裡面看，卻是十九世紀末二十世紀初那種大理石材的所謂鍍金時代風格的摩天大樓群。然而，進得城堡大廳，我才發現這城堡是個十分前衛的媒體中心。掛在高牆上的城堡導覽圖指明，這座現代城堡裡有電視、廣播、報紙、雜誌、影視、互聯網、廣告公司、手機通訊、衛星導航等等機構。

卡夫卡告訴我，這裡不僅是一個新聞編採、傳播和通訊的地方，也是一個發生新聞和製造新聞的地方。他問：你對城堡的那一部分感興趣？

我答：報紙，因為我以後想做報紙。

於是我們乘電梯來到第99層。

卡夫卡陰陰地說：這層是城堡的報業層，高高在上。城堡人口十萬，有十家報社，為了爭奪讀者和廣告，爭奪市場生存權，各家報社都變成了冤家對頭。

15

冤家們的內部體制和運作模式基本一樣。例如，編輯和記者的工作沒什麼區別，他們在城堡採訪一些社區活動，寫作新聞報導，然後排版付印。他們不介入城堡外面的世界，若不得不報導外面的世界，他們便照抄外面權威的《城外時報》。由於城堡內的十家報紙都抄襲，外面的被抄者只好兩眼一閉，由他去吧。可是，有的抄襲卻太下作，把《城外時報》的文章整塊剪下來，直接貼在自己的版面上，連重新排版的事都不肯幹，結果版面字體千奇百怪，圖片品質一塌糊塗。

有次《老城堡報》從城外剪貼了一篇文章，只把原文開頭的「XX通訊社」字樣切掉，弄得像是自己的記者寫的文章，結果報紙出版後有讀者找上門來，說是要和作者「商榷」，因為文章顛倒黑白。老闆先說不是本社記者寫的，然後又說作者出差了。

為了擴大財源，城堡內的報紙爭相給城堡外的客戶作廣告，通常是將堡外語的廣告翻譯成堡內語，這樣刊登出來一般沒什麼問題。不過，報社都怕意料之外的事發生，例如有次一個來自城堡外的移民到《老城堡報》求職，老闆沒雇他，此人便與該報結下冤家，一年後自辦了一份報紙，名《城堡新報》，報社與冤家緊鄰，而且正對電梯門。結果到冤家報社來登廣告的客戶出了電梯就徑直往新報社走，一下子就把《老城堡報》的生意搶走近一半。為此，兩家報紙打開了垃圾戰，都在下班後趁人不備將剪剩下的破報紙往對方門口堆，最後發展到互仍西瓜皮、互倒剩飯剩菜。

《老城堡報》的老闆忍無可忍，決定要教訓一下那個新報人。

有天老報人在新報人的報紙上看到一條賣房子的廣告，那廣告顯然是譯自堡外語，廣告詞很簡短：「新建別墅一座，位於高尚地區之僻靜死路，沒有過往車輛，沒有閒人遊逛。」老報人大喊一聲「看我的」，就照著廣告上的電話號碼打了個電話到城堡外：

「我要買房子，可是你的房子建在死路上，誰敢去住。我們的讀者可是講風水的。」

刊登廣告的客戶回答：「我的廣告上沒有死路二字。」

「可是那該死的報紙上有。」

「我讓他們照譯我的原文，沒讓他們作任何改動，這是非法的。」

「反正你的路是死了。」

至於廣告客戶怎樣教訓那新報人，不得而知，但《老城堡報》不久就遭到了一次可怕的報復。

一家聲譽極好的私立貴族女子中學，想在堡內招收女學生，便在《老城堡報》上登了個整整半版的大廣告，說該校歷史悠久、傳統優良、聞名全球，歷屆學生大都是名門閨秀，畢業即考上名校，還特意指出廣告照片上的那些學生是某某家族的後裔，或是某某高官的千金。校方要求廣告詞不得有任何改動，只能照直翻譯成堡內語。這個廣告要連續刊登很多期，成為老報社那段時間的一筆大生意。大廣告刊出後，新報人又嫉妒又憤怒，但他突然從版面上發現了一個可以報復的天賜良機，於是一個電話就打給了貴族女校的校長。

第二天早上《老城堡報》剛上班，女校長就手捏報紙，怒氣衝衝地敲開了報社的門。老闆滿臉堆笑，以為她是來送廣告費或續合同的，不料女校長把報紙往桌上狠狠一摔，怒吼一聲：「看看你的報！」報社的人都驚呆了，趕緊打開報紙盯住廣告使勁看，卻沒發現任何問題。老闆拿出廣告的原稿來對照，十分疑惑地說：「都是照直翻譯的，一點問題都沒有。」女校長鋪開報紙，那廣告登在末頁的下半版，是個很值錢的位置。她指著緊鄰的上半版高聲問：「這是什麼？」這一聲呵斥，把所有的人都震傻了：上半版是脫衣舞廳的下流廣告，一個巨胸女郎正一絲不掛地展示高踢腿姿勢，廣告詞中有這樣一句：「熱情的綠眼睛姑娘今夜要改變您的生活態度。」女校長又一聲怒喝：「你怎麼敢這樣毀壞我們學校的名譽？你怎麼敢把我們學校同這下流坯放在一起！」

16

揭了別人的隱私，卡夫卡得意地笑了。

我問他：你是不是做過報紙，怎麼會知道這些細節？

卡夫卡更得意了：無能的作家才只會虛構。

17

新報人在完成了上述完美無缺的報復後，心滿意足地遷址了，他要遠離冤家，認真地當個體面報人。然而，仍在同一層樓，能躲到哪裡去？《老城堡報》不肯就此甘休，承接女子中學廣告的那個廣告推銷員不服自己的經濟損失，決意要給新報人致命一擊。《城堡新報》搬遷後報紙改了版，新報人在報頭上加了這樣一句話：「本報品位最高讀者最多廣告效果最好，本報被帝國政府和國立圖書館指定收藏。」冤家的推銷員對自己報社的老闆說：「你看看，這傢伙厚顏無恥，居然敢連用三個最字，還敢說是指定收藏。」老闆便暗示他放手去報復。

話說回來，《城堡新報》的老闆也的確噁心，那傢伙像是有自戀症，偶爾寫了一篇文章，便在自己的報紙上反覆發表，還在編者按中說，因為文章出自名家之手，內容又很重要，唯恐城堡裡有人沒讀到，對不起廣大堡民，因此要連續幾周重複發表。有次堡內選舉，競選的一方在一家餐館舉行新聞發佈會，別的報紙發出來的消息都是關於選舉的，唯有《城堡新報》的文章寫的是自己的記者怎樣採訪這次新聞發佈會。報紙的正中登了一張大照片，下麵的說明文字是：「瞧，本報記者為了更好地採訪新聞發佈會，站在椅子上，堅持了整整兩個小時。」照片上是個腿短腰肥的女人站在飯館的椅子上，從其他高頭大馬的記者們肩縫間向前窺視。不少讀者懷疑那女記者究竟懂不懂新聞採訪，否則報上的文章為何沒寫選舉，卻在自我欣賞。

不消說，那女記者是《城堡新報》的老闆娘。

此外，新報人還有種種惡習。其一，他需要有人給他的報社幹雜活，卻不願付工錢，便想出一個絕招，在自己的報上登了這樣的廣告：想豐富您的辦報經驗嗎？只要你有堡語基礎，本報免費向你提供實踐機會，如果您毫無辦報經驗，本報免費傳授。

惡人自有惡報，這傢伙應得的報復很快就來到了。在《城堡新報》出週末版的前一天下午，也就是最忙的時候，一輛電瓶車停在了報社門口。開車的小夥子下了車，抱著一個大得出奇的塑膠包，敲開了報社的門。新報老闆問他幹什麼，他說你向我們飯店訂了十份晚餐，我現在送來了，請你付款。老闆說根本沒這回事，來人便拿出一張紙條問：這是不是你的姓名？這是不是你的電話號碼？這是不是你的地址？既然是，你為什麼否認，你必須付帳，還得付我小費。當時正是出報前夕最緊張的時刻，新報老闆沒工夫理論，只好付錢把他打發走。

過了沒幾分鐘，一陣刺耳的警報聲由遠而近，一輛救護車開到新報門口停下。幾個身穿白大褂的人推著急救車直奔報社，一迭聲地問：「病人在哪兒？」老闆氣得七竅生煙，他那本來就蹩腳的堡語這時徹底啞了。醫院的人弄清這是一場惡作劇後，讓他無論如何要先付出勤費，醫院沒責任當員警，讓他自己去找罪犯要錢。救護車還沒走遠，又傳來了呼嘯的警報聲。這次來的是兩輛救火車，消防員下了車拿起水龍就要向報社的窗口噴水，但幸好消防員眼尖，發現裡面沒有煙火冒出來，才止住了水患。這樣一搞，新報老闆幾乎氣昏過去。報社門口圍了很多人，人們都不知道發生了什麼事，一個員警趕緊跑來疏導交通。

道路打通了，一輛漂亮的流線型黑色殯儀車也到了，要迎接老闆的令尊進天堂。新報老闆最後說了一句：「可能等會兒還有員警要來抓劫匪。」

18

聽了卡夫卡的故事，我笑得快岔氣了，說：過去讀你的小說，以為你是個憂鬱、陰冷、自閉、變態的憤青，卻原來你很可愛啊。

卡夫卡的臉上不經意地露出了一絲輕蔑的欣慰。

19

新報人吃了大虧，只好休戰。為了療傷和自慰，他把上述痛苦經歷寫成一篇長文，卻不敢發在自己的報紙上，而是偽託他人之名發在了另一家報紙上，稱《老城堡報》的廣告推銷員是「城堡裡的害群之馬」。這句話倒是一點不假，那推銷員也的確不是個好東西。

害群之馬拉廣告自有一套絕招。他每天大清早提前一個多小時到報社上班，他的桌上堆滿了當天堡內堡外的各種報紙，把報上所有的廣告瀏覽一遍後，他選出可能上鉤的魚，然後一個個打電話過去，說本報的讀者購買力極強，本報廣告效果最好。如果對方不買帳，他馬上就說其他報紙根本無人讀，去登廣告是白花錢。或者，他又說這是城堡內最大、最好、發行最多的報紙，其他報都是街頭小報，直到魚兒上鉤為止。假如某條魚死活不肯上鉤，他等一會便會再打電話過去，冒充另一家報社的人，把那條魚臭罵一頓，不等對方回過神來，就把電話猛然掛掉。等到那家被冒名的報紙也打電話去拉廣告時，那條魚便把來電話的人罵得狗血淋頭，而挨罵者卻雲裡霧裡。

害群之馬幾乎每天都要幹一大堆這樣的事，城堡裡所有報人都知道是他幹的，但抓不住把柄，因為他有無數個假名，一會叫馬勒，一會叫曹尼，一會又叫法克。他還有好幾條電話線，每條線號碼都不同，其中只有一個號碼是註冊在自家報社名下的。他用不同的名字和不同的號碼打電話時，也用不同的口音，不是掐著鼻子就是捏著喉嚨，或裝女人腔。

害群之馬不僅連哄帶騙加恐嚇為自己拉廣告，而且還封鎖其他報社的生意門路。當拉廣告的電話告一段落時，他不是坐下來休息，而是立刻換台電話機給其他的報社打電話。對方接起電話，他卻沉默不語，對方剛掛掉，他又打過去。他就這樣不厭其煩地往每一家報社的所有號碼上打，搞到對方崩潰，一聽見電話鈴聲就犯神經質，好歹不敢接聽，於是對方的生意線便被徹底掐斷了。後來城堡法律允許電話公司為客戶提供顯號服務，打騷擾電話的人會露出馬腳，害群之馬才只好甘休，但有時仍用公用電話進行騷擾活動。

由於作惡太多，他根本不敢參加城堡裡的社區活動，怕碰到仇人。那些仇人們每次聚會，都有一個共同話題：如果是在城堡外，這匹害群之馬非被亂棍打死不可。

20

可能卡夫卡當年辦報時吃了害群之馬不少苦頭，悟出了人性惡的真相，才變得陰森古怪，對人類充滿了仇恨。

他指著一間辦公室對我說：你看那辦公桌上有多少電話機，那不是用來做人際溝通的，那是謀殺人心的兇器。

21

害群之馬同其他報社的人搗亂不說，也同自己報社的人搗亂。《老城堡報》本來有廣告推銷員，他們以廣告傭金為生，報社只給他們發很低的基本工資。為了防止推銷員因爭奪客戶而發生內訌，報社訂了條制度，禁止去拉別人已拉到的客戶，這樣大家會相安無事。可是自從害群之馬進了《老城堡報》，這規矩就整個亂了套。

一個推銷員有次拉一個大廣告，客戶因價錢太高而猶豫，那推銷員就請他去泡小姐，之後他總算表示同意簽合同。就在簽字的前一天，害群之馬得知了這消息，一個電話給客戶打過去，把價錢砍掉三分一，說自己是廣告部經理，那推銷員沒向自己彙報過價錢的事，致使合同老簽不下來，他要把他炒魷魚。次日那推銷員去簽合同時，對方一連串感謝，說是感謝你們報社給的好價錢，合同已在昨天與你們的廣告部經理簽了。推銷員怒不可遏，告訴了報社老闆，老闆因白白丟掉三分之一的廣告費也很不高興，便慫恿那推銷員設計教訓害群之馬。

第二天一上班，兩人就發生爭吵，然後大打出手。在城堡裡，吵架打架之類的事少之又少，特別是在白領人士間，幾乎聞所未聞。報社一發生內戰，立刻驚動了同樓的左鄰右舍，人們大驚失色，以為黑手黨來了。有人打電話叫來員警，員警進門時害群之馬正高舉著一把大砍刀。員警二話沒說，立刻將他逮捕，先戴上手銬，然後推上警車。後來據他自己說，進了警察局的第一件事，是解下鞋帶和腰帶，然後拍照、按手印、作電腦檔案，接著關進拘留室，就此再沒人理睬他。那一天一夜他覺得像是過了一整年。

老闆沒料到害群之馬會進局子，只好虧了一筆銀子，將他保出來。出乎意料的是，他竟向老闆提出賠償精神損失和肉體損失的要求，否則就要打官司，因為他知道這是老闆串通別人在算計他。他的要求被拒絕後，又提出要增加廣告傭金的分成，不然他會投奔其他報紙。

這害群之馬拉廣告也真有兩下子，他的傭金已經是城堡內所有報社中最高的了。別人的傭金都是百分之十左右，他卻是二十。而且，如果他每天拉到的廣告超過四千元，報社就給他百分之二十五的傭金。他實際上拉的廣告每天都在五千元上下，其傭金收入很可觀。他提出要把傭金增加到百分之三十五，老闆說，如果那樣就等於是自己在為他辦報了，並問他願不願意承擔報社百分之三十五的開銷。老闆最後說，如果你能找到哪家報社肯給你百分之三十五的傭金，你只管走人，我給你百分之二十五已經是大出血了。

22

卡夫卡問我：你真的想以後做媒體嗎？你沒聽說媒體、政治、娼妓都一樣骯髒嗎？你看網路大王「姑姑」和「伯伯」打架，一個有女王撐腰，另一個有王子支持，一個口口聲聲要民主自由，引來網上暴民一片喝彩，另一個要掃除色情，得到教會信徒一片歡呼。

我說：我也許可以做得乾淨一點。

「什麼，乾淨一點？」卡夫卡冷笑了一聲：「你以為你是誰啊，除非你不想賺錢。」

23

死對頭《城堡新報》的老闆娘是賺錢的能人，她利用報紙另開了一條戰線，組織一年一度的「城堡選美」活動。如前所述，新報的老闆娘一身橫肉，短小粗壯，其醜無比，但卻喜歡側身於佳麗之中拋頭露面，被稱為「城堡老小姐」。

老小姐是城堡裡人所共知的最不要臉的人，因為她不僅有賴帳的美名，而且還有其他種種豐功偉績。

當年第一次選美時，她請了一個學大眾傳媒的學生到報社幫她籌備。從佳麗們的服裝設計到選美會場的舞台佈置，從攝影宣傳到最後的化裝遊行，都由那學生一手策劃組織，前後忙了兩三個月。在那段時間，報紙的主要任務就是為選美而鼓噪。選美結束後，老小姐一直不提付工錢的事。那學生等了兩個多月實在無法再等，就找上門去，不料她把臉一橫，說：「要錢？我們為堡胞服務了幾十年，你才服務了一次就想要錢？」

那學生沒辦法，就去找律師，律師讓他給老小姐送上一分正式帳單，並告訴她，如果再不付帳就法庭上見。老小姐見帳單上寫的是五千元，眼睛都大了，尖叫著說：「什麼？五千元！我選美還沒掙到這個數。」

學生說：這是你當時說好的五千元報酬。

老小姐說：那不是我說的，是選美委員會說的。

學生拿出合同說：這上面有你的簽字。

老小姐說：那是委員會讓我簽的，不代表我個人。你找委員會去。

學生問：委員會在哪裡，誰負責？

答：委員會早就解散了，選美早就結束了。

學生說：委員會就是你和你先生，你們兩人就是委員會。

老小姐：現在不是了，現在沒有委員會了。

老小姐一付無賴相，逼得那學生讓律師出面，要提起法律訴訟。老小姐為避免官司，這才給那學生付了一千元，又給律師塞了紅包，終將此事了結。

付了一千元錢，老小姐心裡很不爽，就像被人挖了塊肉，於是到處說那學生的壞話，說是現在的學生接受黨的教育那麼多年了，還不肯為人民服務，動不動就要工錢。

其實老小姐心知肚明：最容易剝削的就是學生。

有次城堡大學的學生要組織演出活動，籌集善款，資助經濟困難的同學。由於時間緊迫，學生會來不及自己準備節目單，便找到老小姐，請報社承包節目單的設計和印製。雙方談好了製作節目單的具體要求和交貨時間，也談好了承包價是三千元。老小姐不主張簽合同，她說不好意思為了錢而斤斤計較，可是實際上她心裡卻另有一個算盤。

演出的時間是星期六晚上，老小姐在星期四日中午讓人給學生會送去了一份印好的節目單樣本。學生會負責人一看樣本很吃驚：紙張品質太差，捏在手上又薄又軟，而原先說好的是用硬卡紙印刷，捏在手上應該像聖誕賀卡一樣有份量。顯然老小姐是偷工減料，想從原料成本的差價中額外賺一筆小利。

學生會給她打電話，讓她賠償，她不認帳，說是原來說好的用這種紙。她心裡想，扣住節目單不放，演出日期將至，學生會一定會乖乖就範，拿錢來取貨。否則整個演出便砸了，因為印在節目單上的一頁頁廣告，是這次演出的主要經濟來源。對學生會來說，情況也很危急，如果拿不出高品質的節目單，或者說拿不出高品質的廣告，那些廣告客戶便不會付錢，學生會便不僅不能籌款，還會倒貼。

學生會不斷給老小姐打電話，她卻一付得意相，根本不接電話，後來乾脆到鄉下過週末去了。她算定最晚在星期六一大早，學生會會向她投降。於是，到了星期六早上，老小姐回到城堡，準備受降。她的秘書告訴她，在她剛離開時，學生會幾乎每半小時就來一次電話，她聽了後心裡受用無比。

但是，這之後學生會一個電話也沒打來，到星期六下午，她終於沉不住氣了，讓秘書給學生會打電話，得到的回答是：學生會不要那些節目單了。原來學生會把老小姐拿來的樣本給了一家印刷廠，請他們連夜開工，印出了高品質的節目單，而且只收了一千元的紙張和印刷費，沒有設計費。

老小姐虧了錢，氣得一個星期沒睡好覺，想打官司，又沒合同證據，只好發誓再不同學生做生意了。

24

參觀了城堡的媒體王國，卡夫卡問我：你為什麼想做報紙？

他又連說帶問，像是自言自語：當然了，我不是要說城堡媒體的壞話，你知道我說壞話都是用隱喻的，如果直說出來，就成了新聞報導。再說了，媒體是生意，新聞和傳播也都是生意，莫非城堡外面的媒體就不做生意？

「我們離不開媒體，我們已經被媒體綁架了」，卡夫卡送我出城堡時，毫無表情地說。

1994～1997年初稿，蒙特利爾

2010年1月重寫，蒙特利爾

太原《黃河》雙月刊2010年第2期

藝語與囈語

藝術信風

手

一雙緩慢移動的手，黑暗中在天穹的衣衫下游走，在大地的肌膚上撫摸。這雙手，觸及了衣衫下的峰巒，滑入了群山間的溝壑；這雙手，探到了清澈的泉眼，洞悉了溪流的思緒，進入了森林的心間。

這是一雙尋路的手，在黑暗中為我們尋獲了光明，啟動了我們麻木的神經，讓流動的空氣浸入我們幾近窒息的大腦。

站在畫家的作品前，我想到這樣一雙無所不往的手，時而溫柔、時而粗暴，但總是執著、總是自信。

十八世紀末的英國畫家兼詩人布萊克（William Blake，1757～1827），以靈異的感知而著稱，他在鬼斧神工般的名詩《虎》中寫道：

虎虎生風
像夜色森林裡燃燒的火光
是誰的神手或神眼造就了你
竟敢賦予你如此威懾的模樣

布萊克所說的「模樣」，是猛虎的形式，比如對稱的四掌和雙目，還有煌煌虎色的斑紋，更指強壯孔武的身軀。猛虎的一撲一吼，在布萊克看來，都是八面威風的表現形式。

眼前這位畫家，在二三十年的藝術歷程中，描繪過象徵的具象畫面，勾畫過抽象的內心圖景，製作過觀念的裝置作品。他的藝術形式，早已超越了造型的層次，而成為語言的的探索。這一切，都得自他那雙無所不往的手。這雙手，借著暗夜中猛虎之眼的燃燒，將心靈的語言，大筆塗抹到緊繃的畫布上。

眼

緊繃的畫布上那遊走的筆觸，感染了我緊繃的情緒，於是，站在這些色調沉鬱的作品前，我又聯想到了猛虎般搜尋的雙眼。那雙眼，在黑暗裡燃燒、在內心間狂奔、在寂靜中咆哮。

猛虎的目光，可以攔截太陽射出的灼熱利劍，並化劍為犁；也可以捕捉夜月的清輝，為大地鋪上一層涼意。

八十年代，因了對光明的渴求，畫家仰望長空，描繪一代人的反思；九十年代，他的目光從天空中的玉宇瓊樓，回到現實的大地，他背著行囊一路尋去，在東亞、在南洋、在西歐、在北美，看到了人間的喜劇和世事的反諷。於是，他的筆下多了一份思考與機智。進入二十一世紀，他的畫筆探入人的靈魂深處，他以自我心理分析為切片，解剖知識份子那深藏不露的精神世界，透析大時代的血脈動律。

正是這探究的雙眼，操縱他雙手的去向，於是在所到之處，便留下了十指的印痕。這印痕，無論是沉鬱的色調，還是黑白的聲響，都反射出不同的視角，以及從這些視角描繪出的內心圖象。

這一幅幅內心的圖象，是暗夜森林中猛虎之所見，那煌煌虎眼的威懾力量，將沉鬱的色調和黑白的聲響，化作燃燒的烈焰，在激蕩的筆觸中顫抖升騰，與天地大氣融為一體。

是誰的神手或神眼，造就了猛虎如此的智慧與威懾？

心

畫家是一個浪人，一個肉體的、藝術的、政治的自我放逐者，他那永不安寧的燃燒之心，無時無刻不在浪跡天涯。

他用象徵、抽象和觀念的表述，描繪河流、群山、森林，描繪消失在視點之外的越野車，描繪背著行囊的遠行人，描繪歷史大浪裡的弄潮兒。

他是政治的，這是其藝術觀念之所在，他展示夜空中的繁星，猶如天幕上昏暗的燈火。他是憂鬱的，這是其藝術抽象之所在，他用晦澀的黑白隱喻，來述說自己的憂傷、苦楚和疼痛。他是情色的，這是其藝術象徵之所在，他描繪袒露的青澀少女，如同直面赤裸的青蘋果。所有這一切，都是畫家心靈深處的呈現，不管是委婉也好、直接也罷，我們都看到了他意識的流淌，從城市到鄉村，從黑非洲到北冰洋，他永不停息，浪跡四方。

他筆下的人間浮世繪，來自其觀察，源於其思考。他在畫面上寫下的視覺文字，由宏觀現象而入微觀本質，也從最原始的微觀形態，步步轉回到宏觀的把握。

這就是浪人的心思，是一個作為藝術家的天涯浪人對世界和人生的考問。唯其如此，才能使雙眼去觀察、去搜尋；才可賦予雙手以不凡的功力，去打造猛虎的智慧和威懾。

2007年9月，蒙特利爾

藝語癲狂

2008年初夏，大災難對判斷力做出了判斷。當無恥獲得廣泛同情，而正義卻變成跳樑小丑的時候，謹以本文獻給今日藝術及藝術批評界。

藝術鬥獸場

1

到羅馬鬥獸場參觀，恍若進了時空機器。

只見一美鬚者，貌似楊家老將，躍馬橫槍，直入中場。先聽他大呼一聲「老夫來此作場」，以為是聯合國維和部隊殺到。聽他聲聲斷喝，連日不絕，指點江山，若受天帝派遣。可是，此人並不維和，卻棒打兩方。定睛細看，其亂棍全無章法，打了藍營打綠營，損人不利己，唯熱鬧是圖，或自以為是，替拍賣行義務做廣告。

然則，此番亂棍卻經過了精心策劃，旨在利用網路媒體，成就一己私利。

至此，我方記起先賢四十年前所言：天下大亂，形勢大好，鼠雄輩出。

於是笑看。

接著數小生出場，皆西裝革履，滿嘴洋腔，噴出大蒜和小蔥的味道。這等人雖書童之命，卻無所偷之學，一口穢語，但不悉玄機，且陣線不明。料是初次耕種自留地，為節省化肥開支，在鬥獸場內滿地掘坑，坑坑遺矢。

場內觀眾怒不可遏，卻只好掩鼻掩嘴掩耳，眼巴巴盼著終場。

此際，巨型喇叭傳來最高指示：肅靜，請演員們對號入座。

2

近日忽得一夢，浮現數年前在北京一工廠所見少女雕像。這少女被五花大綁，弄得露陰爆乳，像個抵死玩性虐的變態波霸。

是藝術家江郎才盡、黔驢技窮？瞎說。如今大家都惡搞，但他人只敢小搞，無非玩個饅頭而已，真乃雕蟲之技。咱玩大的，別看雕的是個少女，別看她的乳房就饅頭那般小，可政治的乳房是大乳房，咱玩大智慧，唯老外才慧眼識貨。

會不會因此坐牢？笨蛋，那真是求之不得，說不定米國總統還會派特使來要求中國政府放人，那麼民主鬥士就產生了，也許還可以到米國國會去發表演說，去揭露社會的黑暗、去控訴政治的恐怖。

哈哈，這樣的天才，幾百年才出一個。

3

觀念主義深得藝術真諦，專注於性與政治的媾合。有易裝癖者，每一出場，總是長髮披肩、面化女妝，難辨是否同性戀。其時，那赤裸的身體，露出男人的天然裝備，雖已退化，卻不怕女人竊笑，並以陰陽玄學來做理論噱頭，美其名曰：未分化的狀態。

果然，這未分化的陰陽混沌得到了洋人喝彩，有洋女人落筆為文，稱之為兩性間的遊移，解構了性別進化論。

這深刻的哲理，能有幾人領悟其莫測的隱喻？

該死的佛洛伊德。

羅馬的路牌

1

某日，我去羅馬的聖——皮埃特洛小教堂，去那裡看米開朗基羅雕刻的摩西。

看過之後，回頭欲離開教堂，卻見大門的暗處，坐一年老嬤嬤，向遊客出售教堂說明手冊，便過去買了一本，並問她地鐵站在哪兒。

嬤嬤說：出門向右，向左，下台階，不對，向右，向左，上坡，下坡，不對，向左，向右，到了。

我暈了。出門走到午後的陽光下，向右，有一幽暗的門洞，伸了脖子一看，門洞裡是陡直的石台階，一皺一皺，像毛蟲蠕動的背皮。

踩著毛蟲背上的皺皮下了台階，見大街兩頭都沒有地鐵標誌。

我返回門洞，向上爬台階，抬頭見一賣唱的藝人，對著我笑，彷彿在說：我知道你會迷路。

我想給他一個鋼蹦，可他不懷好意地笑著。我決定不給了，手從褲兜裡空著出來。

上台階，出門洞，橫穿過教堂前的小廣場，上坡。這才見有地鐵標誌，我順著指路的箭頭穿過彎窄的小巷，又想起了佛洛伊德。

2

好你個佛洛伊德，你以為爬那門洞的台階容易麼，你以為穿過那彎窄的小巷真有快感麼？

你頭一次看見那門洞時，是一九一二年夏天，世界大戰的硝煙已快升起了吧？想逃避戰爭？哈，你只能躲到門洞裡。門洞裡長而陡的台階給了你靈感和快感？在你大腦皮層的皺紋溝壑裡，藏著利比多，你想像力太豐富了吧？

所以你用文字順著那台階爬上爬下，用書寫在那門洞裡進進出出，就像火車鑽山洞，享受你的感官愉悅。可是，你沒預見到外面的戰火？

你溜進教堂，想在安靜的聖樂聲中清理思緒，卻看見了憤怒的摩西。你因為潛意識裡的罪惡感，被這憤怒震撼了。你害怕了，你知道，那是米開朗基羅的摩西，已經怒視你四百年了。

3

三十多年前，一九七六年，一個叫彼德・福勒的英國學者，二十九歲，從倫敦來到羅馬，專門來聖——皮埃特羅教堂看摩西。

在他眼裡，這不是米開朗基羅的摩西，而是佛洛伊德的摩西。他賦予自己的使命，就是要在佛洛伊德和米開朗基羅之間，找到對應關係。

佛洛伊德像大半個世紀後的解構主義者，執意誤讀米開朗基羅的雕像，他將摩西的憤怒，說成是對那些不爭氣的子民的憤怒。

解構主義大師保羅・德曼，為了掩飾自己當年給納粹的報紙寫專欄文章，便鼓吹誤讀理論，想讓人相信文本的意圖是不可確定的。

但是，彼德・福勒洞悉了佛洛伊德的意圖：教皇朱利斯二世欣賞米開朗基羅的才華，但二人都脾氣暴烈，各執己見，他們的關係就像一對不和的父子。米開朗基羅後來為教皇設計陵墓時，便雕刻了憤怒的摩西，表達對教皇的不滿。

彼德・福勒相信，佛洛伊德研究米開朗基的摩西，是因為他從這位雕塑家與教皇的關係中，看到了自己與老師的衝突，以及自己與學生的衝突。佛洛伊德提出精神分析學說，讓老師憤怒了，而做學生的榮格提出分析心理學，又讓自己憤怒了，這就像不聽話的米開朗基羅，總讓教皇憤怒。

所以，米開朗基羅雕刻了憤怒的摩西；所以，佛洛伊德寫出了米開朗基羅的摩西。

憤怒的文本

1

舊約《出埃及記》，第三十二章，編譯：

上帝對摩西說：跟你出埃及的人，已經腐敗墮落了，他們偏離正道，竟然崇拜金牛，將其視作偶像。去，懲罰他們。

以色列人圍著黃金鑄成的牛歡唱舞蹈。面對這些黃金偶像的崇拜者，摩西大怒，他用火焚毀了金牛，粉碎了金牛的殘渣，將碎沫扔到水裡，讓那些崇拜者的子女們喝去。

摩西回見上帝時，卻為自己的子民求情：您息怒吧，他們崇拜金牛，罪莫大焉，我教訓了他們，但請您高抬貴手，給予寬恕，不要滅了他們。

2

佛洛伊德《米開朗基羅的摩西》，一九一四年版，第三章，節譯：

「我們仍然可以問這位雕塑家雕刻摩西像的動機，問他為何要用這雕像來裝飾教皇朱利斯二世的陵墓。許多人認為，這動機潛藏於教皇的性格中，也隱蔽在雕塑家與教皇的關係裡。」

「教皇可能欣賞米開朗基羅，因為他們是同類人。但是，教皇喜怒無常，全然不顧別人感受而大發雷霆，使得米開朗基羅無所適從。這位藝術家在自己身上也發現了類似的暴力傾向，但他是一個善於內省的思考者，也許他預知這內心的暴力會給二人的關係帶來毀滅，於是便為教皇的陵墓雕刻了摩西像。這不僅是對已故教皇的責備，也是對自己的警告，是用自我批評來昇華自己的人格。」

3

老子帛書，一九七二年長沙馬王堆漢墓出土，首句：「道可道非常道」。

斷句一：「道，可道，非，常道」。

斷句二：「道，可道，非常道」。

斷句三：「道可道，非常道」。

可道者，不是常道；闡述可道之道，並非恆常的闡述。正常恰是不正常，不正常才是正常。或曰：正常乃失常之象，失常為正常之實。小而言之，此乃今日藝術與批評的公開秘密，大而言之，則為人世萬物之道。

果然，當藝術家拋棄了價值觀，當批評家喪失了判斷力，於是，無恥便獲得了同情，而正義則變成了小丑。

2008年4～8月，蒙特利爾——杭州——成都

北京《藝術焦點》月刊，2008年第8期

與北京的哥過招

我信奉「與人為善」的處世哲學，可這並不意味著別人也都信奉。我走南闖北、越洋過海，趕的夜路多了，見的鬼也多。對鬼們用不著行善，然而世上並無鬼，只有裝神弄鬼的人。那麼，對裝鬼的人，要不要發善心？

讀台灣女作家龍應台的書《野火集》，她對環境污染、政治腐敗等社會問題大加撻伐，毫不留情。書中一句「中國人，你為什麼不生氣？」振聾發聵，讓我不得不思考怎樣對付鬼。「與人為善」的意思是把人往好裡想，與人發生衝突時，採取「退一步海闊天空」的辦法。但是，那些鬼迷心竅的人，往往得寸進尺，你退一步，不是海闊天空，而是被鬼逼進死胡同的牆角旮旯裡。

這裡說的鬼，是計程車司機。

我不想一竿子打翻一船人，開出租的也有好人，所以就說「個別」計程車司機吧。今年夏天我在北京出公差，從五月初到七月初住在魏公村。這可是奧運一年後，據說北京市政府為了奧運而整治計程車行業，頗有成效，但我仍遇到了三個「個別」的鬼的哥。

第一個且稱「的哥一」，此人出手夠狠，一下子就宰了將近一倍的車費。那是五月下旬的一個傍晚，有朋友從外地到北京開會，住在望京的珀麗酒店，約我晚上一聚。我從魏公村打的過去，到達後的哥按表收費，八十六元。我問為何這麼貴，答曰晚上要加價。我看看表，是晚上八點過。無語，付錢。

過了夜裡十二點，我又從珀麗酒店打的回魏公村，出租司機仍然按表收費，六十五元。這就怪了，我問為何是這個價，答曰晚上要加價。我問從幾點開始加價，曰晚上十一點。於是我向這司機講了的哥一和八十六元的事，他說我被騙了。我拿出剛才的八十六元收據給他看，他看後說那是假發票。我再次無語。

第二天下午我從魏公村去798，遇到第二個「個別」鬼的哥，且稱「的哥二」。因為常去798，我知道票價應該是四十元左右，但出租司機通常都收四十五元以上，我總是兩眼一閉，退一步海闊天空就是了。可是這天的哥二打表打出五十五元，點燃了我昨晚的憤怒。我做了一口深呼吸，靜了靜心，語氣平緩地問：天黑了嗎？

答：沒黑，下午呢。我又問：為什麼比半夜的票價還貴？的哥二知道棋逢對手了，轉過身來一臉無辜地看著我說：我是打表計費。

計程車載人宰人是慣例，我並不真的在乎，但我很在乎被欺騙的感覺。我從包裡掏出照相機，鏡頭對著儀錶盤上的駕駛證，問的哥二：你知道什麼是被欺騙的感覺嗎？那感覺實在很差，你現在就讓我感覺很差。我做出要拍照的樣子，接著說：如果我拍下照片，投訴你，你也會感覺很差。

的哥二說：「那麼你想付多少錢？」我說：「不是我想付多少錢，而是你要告訴我該付多少錢。」他說：「四十吧。」我收回相機，沒拍照，給了他兩張20元的鈔票。無語，下車走人。

兩個月後公差完成，我離京去周遊列省，七月底又回到北京，準備從北京飛返加拿大。晚上下了飛機，我從3號航站打的到望京的花家地，遇到了第三個鬼的哥，且稱「的哥三」。

得知我去花家地，的哥三便說：「你怎麼去那地方啊？」一副不情願的口氣。我說：「你是覺得太近了嗎？你可以停車，我現在就下去坐別的車，或者，我多付你一點錢也行。」的哥三沒說話，開了一程，突兀地冒出一句：「我喜歡你這人，痛快。」我心想：他這是要確認我會多付他錢。根據我打的屢屢被騙的經驗，應該儘量少跟司機搭腔，否則他會根據言談來判斷該怎麼宰人，所以我只當沒聽見。

到了花家地的酒店門前，打表四十九元，外加十元機場高速的買路錢，共五十九元，的哥三給了我發票。我身上沒零錢，便掏出一張百元票子遞給他，心裡琢磨著他會找我多少。可是的哥三沒動靜。我等他找錢，坐在後座沒下車。的哥三回過頭來，用「你怎麼回事？」的眼光看著我。我問：「你不找錢麼？」的哥三說：「不是說好要多給的嗎？」我說：「你不會讓我多給你四十一元吧？」

我答應多給他二十元，他不肯，就是不找錢。我只好像上次那樣掏出照相機，說是會投訴他。的哥三露出一副把外地乘客吃定了的表情，說：「你投訴啊，我不怕！」我拍了照，又將座椅靠背上印著的投訴電話號碼輸入手機，然後把手機螢幕轉向他，說：「我只要再摁一下，就投訴了。」的哥三仍是一副不屑的表情，挑釁中帶著藐視地說：「那電話號碼不對，你要用發票上的號碼。」

我重撥了發票上的號碼，再次讓他看手機螢幕。的哥三還是一臉「你敢怎麼著」的表情，說：「你投訴啊！」

其實我並不想投訴他，我不想惹麻煩。這大熱天的晚上，剛下飛機，帶著國際旅行的一大堆行李，我又累又渴，只想趕快到酒店沖個淋浴、喝點冷飲，然後看電視、睡覺。再說，開計程車掙錢也不容易，何必難為人家。

可是，的哥三晾我不敢投訴，硬是把我這外地乘客給晾乾了，不僅不找錢，而且一口一個「你投訴啊！」

沒辦法，我實在無法欣賞他的態度，只得摁下了手機的發射鍵。

的哥三拿出四十一元錢找給我。

我說：「對不起，晚了。」

的哥三下了車，用大嗓門對圍觀的人群聲嘶力竭地說：「他硬是要多給我十塊錢，我就是不要啊！我怎麼能多收顧客的錢呢？他一定要多給我十塊，這是擾亂北京計程車市場的秩序啊！」

呵呵，什麼叫「鬼話」？這回聽見了吧。

我也下了車，讓的哥三打開後艙蓋，我要取行李。

他不，卻將四十一元錢摔在後艙蓋上。我取不出行李，於是拍下一張後艙蓋上摔著錢的照片。

我再次要求取行李，的哥三拒絕了。

我說：「你非法扣押乘客物品，我要報警！」

他可能豁出去了，說：「你報啊，我不懂什麼非法不非法。」

我撥打了110。

見我報了警，的哥三便像祥林嫂一樣一遍又一遍地對圍觀的人群訴說：「他就是要多給我十塊錢啊，你們都看見了，我不要啊，你們是證人，我怎麼能多收顧客的錢呢？他這是擾亂北京計程車市場的秩序啊！」

有理不在言高，我懶得理他。

接到舉報電話的計程車公司回電話了，要我將手機給的哥三接聽。這做法可不怎麼專業，我說對不起，為防萬一，我不能把我的手機給他用。於是計程車公司又給的哥三打電話，我聽見他對著手機再次聲嘶力竭地講述祥林嫂的淒慘故事。

警車很快就來了。員警聽到兩個完全不同的故事，見有人圍觀，不願事態擴大，便讓我們去派出所。在派出所門口停了車，我對員警說我的行李還在計程車裡。員警讓的哥三拿出行李，他再次拒絕。我對員警說：「扣押他人物品是非法行為。」員警嚴厲地讓他取出行李。

進了派出所，的哥三還是不改口，仍然講述他的祥林嫂版本。我問員警：「你信嗎？」然後對的哥三說：「我可以告你誣陷罪。」

員警是息事寧人，說：「既然找了錢、還了行李，就沒事了，其他問題都投訴了，等計程車公司處理吧，你們可以走了。」的哥三先走，員警讓我留下手機號碼，說計程車公司會與我聯繫。

三天後我離開北京返回加拿大，臨到國際航班要起飛了，我關手機時，也沒等到計程車公司的電話。不知他們是不是聽信了祥林嫂的「鬼話」。那一刻，我又想起龍應台的話：

> 中國人，你為什麼不生氣？

2009年8月，蒙特利爾
紐約《世界日報・週刊》2009年9月

第五輯

遊吟的篇章

誤讀意境

解構主義文學理論在二十世紀後期得勢，學者們大多承認文意不確定的說法。於是在散文研究中，一些學者以所謂許可的誤讀來掩飾不求甚解。本文以解讀意境概念為中心，指出朱自清散文《荷塘月色》在表面看是寫景，進一步看是營造意境，而再深入一步探討，則境中之意當是禪悟。本文同時也指出，《新散文思維》一書的兩位作者，停留在朱自清作品的表面進行解讀，為貶低朱自清散文，他們不顧及作品可能的潛在意蘊，結果暴露了自己解讀的膚淺。

1

在段建軍、李偉合著的《新散文思維》（商務印書館，2006）一書中，為了通過貶低朱自清的舊散文來推崇季羨林的新散文《清塘荷韻》，這兩位作者解讀了朱自清的名篇《荷塘月色》，求得了對這篇作品的「一種新的認識和評價」[1]，從而顛覆了人們過去對《荷塘月色》的認識，並將這篇散文定性為老舊的平庸之作。對季老的散文，筆者不敢妄評，但要貶低朱自清，卻無法苟同。

朱自清的散文為何平庸？照這兩位作者的說法，《荷塘月色》不過是一篇寫景之作，並無什麼深層含義。兩位作者說：「《荷塘月色》的成功之處在於作者精湛的藝術描寫功底，他對荷葉那如樂如舞的妙曼姿態的傳達，對月光那如夢如幻的醉人神韻的寫照，一直是後來散文的楷模。」這幾句話對朱自清之描寫功底的肯定，我表示認同，但說到朱自清這篇散文之所以成功的要義，莫非僅止於描寫荷葉和月光？這個問題先放在這裡，留待後面闡述。

當然，兩位學者也承認，朱自清寫景是有目的的，他「想通過在荷塘賞月觀花來排遣憂思」，這憂思是因「思鄉情緒」而引起的「煩悶與憂愁」，是中國文人傳統的思古心緒。其實，兩位學者解讀到這一步，本可以脫離膚淺的表層閱讀，並繼

---

[1] 段建軍、李偉《新散文思維》，北京：商務印書館，2006年版，第7～11頁。相關引文皆由此出，後面不再註明出處。

續深入，進一步去探討朱自清的鄉愁思古與寫景的關係。可是，他們的探討卻到此為止，緊接著竟給出了讓讀者目瞪口呆的結論：「總體來看，《荷塘月色》是作者的一次觀賞活動的記述，具有很強的感性魅力，除此之外，我們很難獲得什麼深層的東西」。換言之，除了寫景，這篇散文一無是處。對此，本文不得不提出第二個問題：究竟是朱自清的散文太膚淺，還是兩位學者的解讀太膚淺？

其實，這兩位學者也很難相信朱自清的經典之作真會這麼膚淺，所以他們環顧四周，要看看別人怎麼解讀，卻發現「很多人讀過多少遍，甚至捕捉不到這篇散文的主題究竟是什麼。」有鑒於此，他們堅信，朱自清的《荷塘月色》的確是寫景的篇什，而其他學者對其可能含義的解讀，都是「牽強附會，無法讓人苟同」的。有了這樣的信念，這兩位學者就開始批評其他學者對朱自清的解讀。在我看來，一方面，他們的批評有些還比較切實，例如，儘管朱自清在文中有一句「這令我到底掂著江南了」，他們不同意因這句話而說《荷塘月色》就是一篇關於南方革命的散文。但是另一方面，他們又否定朱自清散文的思想性：「朱自清走的是一條抒情散文的路，沒有想到把情與思結合起來，沒有想到讓情為思增添血液和動力，更沒有讓思為情增加深度和廣度。」筆者很難苟同這樣的判斷，我很難想像，一個抒情散文的大家會沒有思想，我認為，散文中的思想，並不一定非要用議論的文字來表述，而完全可以隱藏在感情的抒發和事件的敘述中。就朱自清而言，我們只要參照一下他另外的散文名篇《槳聲燈影裡的秦淮河》及《背影》，便能看到情與思的巧妙融合。我認為，這兩位學者對朱自清散文之思想性的否定，只不過是為了貶低他而強詞奪理。

關於《荷塘月色》，更多的學者將其解讀為對意境的描繪，或曰營造意境，但未進一步探討朱自清描寫和營造的是何種意境。學者們對朱自清筆下的意境，常常是點到為止，或津津樂道於對「境」的描述，卻每每缺乏對「意」的闡釋。這裡的關鍵是意境這個概念中有「意」和「境」兩方面。上述兩位批評朱自清的學者，也意識到了《荷塘月色》的意境，但沒有探討這種意境，而只是簡單地說：朱自清「創造了一個優美宜人的抒情意境，給人一種清風拂面、細雨潤物的美感。」如果說具有「美感」的「清風拂面」和「細雨潤物」是對「抒情意境」的闡釋，那麼這意境也僅僅是對「景」的描摹而已。而且，兩位學者的此種闡釋也太過簡略、太過感性，雖書於研究性的學術專著中，卻幾無學理可言。

退一步講，這兩位學者所說的朱自清散文意境，只有景而沒有意，所以才說朱自清「他的優點在於抒情的自然，而不在於思想的獨特和新穎」。這也就是說，兩位學者對朱自清散文的研究，只停留在解讀其「描寫功底」的表面層次上，他們即便看到了朱自清所描寫的「境」，也沒有看到這境中之「意」。於是在他們眼中，朱自清的散文便是千真萬確的寫景之作了。

2

我對《荷塘月色》的解讀完全不同，我看重朱自清散文的「境」中之「意」。關於意境，我們首先要弄清「境」與「意」的關係，然後方可探討《荷塘月色》的「意」、探討其境為何意之境。我這一探討，從中國古代詩學的意境概念切入，以禪意為綱，將月色中的荷塘解為禪境，將朱自清這一散文名篇的境中之意，解為心理治療的禪意。我的觀點是，朱自清的《荷塘月色》不僅是營造意境之作，且更主要的是悟禪釋惑之作，而絕非膚淺的寫景之作。

何以有此說？且讓我從頭道來。我讀朱自清，是由於教學的需要，而我的教學是用英文講授中國文學，所以一觸意境話題，便立刻涉及這一術語的翻譯和闡釋。意境這一概念，是中國古代文論中最難翻譯、最難闡釋的概念之一，也因此正好可以知難而進，從翻譯這最難的概念入手，來進行闡釋。

我先清理一下海外漢學家們的翻譯和闡釋。美國華裔學者孫康宜教授用「詩境世界」（poetic world）來翻譯「意境」，實為一種闡釋性翻譯，她注重主觀之意與客觀之景的合一[2]。加拿大華裔學者葉嘉瑩教授也注重意境的主客觀兩方面，她將其譯為「被感知的環境」（perceived setting）。這個英文術語的中心詞「環境」（setting），是一種客觀的存在，但同時又被人的「感知」（perceived）所修飾和限定，因而也同時是一種主觀的存在。葉嘉瑩還有另外的譯法，為「經驗世界」（experienced world / world of experience）[3]，其中客觀的「世界」（world）是語法上的中心詞，而「經驗」（experienced）作為語法上的修飾性定語，則是人的主觀感知和體驗，此譯同樣突出了意境的主客觀雙重性。

北美學者大都看重意境的主客觀雙重性。美國學者佐伊・勃納爾（Joey Bonner）和斯坦福大學已故華裔教授劉若愚都用直白的「世界」（world）來翻譯意

[2] Kang-i Sun Chang. *The Evolution of Chinese Tz'u Poetry from Late T'ang to Northern Sung*. Princeton: Princeton University Press, 1980, p. 96.

[3] Florence Chia-ying Yeh, "Practice and Principle in Wang Kuo-wei's Criticism," in James R. Hightower and Florence Chia-Ying Yeh. *Studies in Chinese Poetry*. Cambridge: Harvard University Asia Center, 1998, p. 497, p. 499.

境。勃納爾看重的是「外在體驗和內在體驗相融合」的世界[4]，劉若愚強調的是主觀精神和客觀環境相融合的世界。劉若愚說，在印度古代哲學和梵語佛經中，意境既是一個精神的世界，也是一個現象的世界，既反射著詩人所處身於其中的外部環境，又是詩人之內在世界對這外部環境的回應。他寫道：「這是生活之外在方面與內在方面的綜合，前者不僅包括自然的景與物，也包括事件和行動，而後者則不僅包括人的情感，還包括人的思想、記憶、情緒和幻想。也就是說，詩中的『世界』同時反映著詩人的外部環境，以及詩人對自我之全部知覺的表達。」[5]在劉若愚看來，詩境世界的主客觀兩方面因詩人的生活體驗而融合為一。

但是，在這個主客觀共存的詩境世界中，也有學者強調主觀方面的重要性。美國普林斯頓大學華裔教授高友工，將意境譯為「inscape」，指內心之景。這是西方詩學的一個概念，帶有宗教和超驗神秘的色彩。高友功採用了後結構主義的理論，認為企及意境乃為「頓悟的瞬間」，在那一瞬間，意境的外在表像被把握，其內在意蘊更被洞悉[6]。

與此相應，在西方文化中還有一個強調主觀心象的術語「mindscape」。在語言學的構詞法意義上說，這一術語與風景（landscape）、市景（cityscape）、海景（seascape）等術語相對應，沒有什麼宗教色彩，也算不得神秘概念，或許也可用來翻譯「意境」，但我還沒有看到任何學者採用之。當然，漢語和中國文化裡的「意境」一語，有比較強的佛教和心理色彩，而mindscape僅僅是一個指代內心意象的普通術語，雖有心理內涵，卻無宗教的超驗與神秘，說不定這就是為什麼迄今尚無人用這個英文術語來翻譯「意境」。

由於「意境」概念的複雜，另有一些學者，例如美國學者李又安（Adele Austin Richett），便力圖避免意境之主客觀因素間無休無止的爭論和辯解，為了盡可能保留意境之含意在中文裡的豐富、複雜和微妙，他乾脆採用音譯的方法，將其譯為「jing」[7]。

---

[4] Joey Bonner. *Wang Guowei: An Intellectual Biography*. Cambridge: Harvard University Press, 1986, p. 385.

[5] James J.Y. Liu. *The Art of Chinese Poetry*. Chicago: University of Chicago Press, 1962, p. 84, p. 96.

[6] Yu-kung Kao, "The Aesthetics of Regulated Verse," *in The Vitality of the Lyric Voice: Shih Poetry from the Late Han to the T'ang*, eds. Shuen-fu Lin and Stephen Owen. Princeton: Princeton University Press, 1986, p. 385.

[7] Adele Austin Ric*kett. Wang Kuo-wei's Jen-chien T'zu-hua: a Study in Chinese Literary Criticism.* Hong Kong: Hong Kong University Press, 1977, pp. 23-24.

海外漢學家們對意境概念的不同理解，以及他們對主客觀二者的不同偏重，使他們對這一概念的闡釋各不相同。但是，他們的翻譯和闡釋，卻都說明了意境概念最重要的特徵，是意境有意與境兩方面。不管這兩方面孰重孰輕，二者都不可分割，它們構成意境概念的整體，無論失去或否認其中任何一方，整個意境概念便會分崩離析。

中國古典文論也強調意境的這一特徵，其中最具代表性者，當屬唐代詩人王昌齡的三境說。王昌齡在其詩論文本《詩格》中，論及意境的三個層次：物境、情境、意境。最表層的「物境」是可視的，為客觀物象，相當於今人所言之「景」；再深一層是「情境」，即注入了詩人之個人情感的「景」，這景並非完全可視，也不是詩人和畫家筆下的單純風景，而是有情之景，大致類同於我們現在所說的「境」；最深層的「意境」指富於詩人和畫家之哲思的「景」，大致類似於我們現在所說的主觀心象之「境」。既然王昌齡從物、情、意三方面來說「境」，我們便有理由認為，他的「境」存在於物、情、意這三方面，而不是簡單的客觀之景。王昌齡的「物境」對應於客觀之景，「意境」對應於主觀之境，而「情境」則是見景生情的過渡，將客觀和主觀兩方面連接了起來。在這個意義上講，後人所說的意境，實為三境融會貫通、寓意於景的人格風景[8]。要之，所謂意境，乃有「意」之「境」，且「意」是這三境中最深遠、最高妙者。若將這一分析應用於散文研究，那麼我就要說：無「意」為景，有「意」為境，正是此「意」才區別了散文境界的高下。

3

對中國古代文論之意境概念有了上述認識，講解朱自清散文《荷塘月色》便獲得了立論的前提。如前所述，本文立論是，《荷塘月色》不是一篇膚淺的寫景散文，也不是一篇簡單的造境散文，而是一篇相對深刻的禪意散文。這禪意在於悟，從精神分析學的角度說，這悟的過程是一種心理治療的過程。要而言之，這是一篇有思想的散文，只不過作者沒有大喊大叫地直陳思想，而是採用了隱晦的方式來表達，即禪悟的方式，這應和了禪宗的「無言之教」。

《荷塘月色》寫作者在月色中沿荷塘漫步，其所見所思，皆是對禪意的體悟。作者開篇即說：「這幾天心裡頗不寧靜」，因而需要心理治療。通觀整篇散文，作

8　對意境問題的深入探討，可參閱筆者拙文《西方漢學研究與「境」的概念》，見《中國文學研究》季刊2007年第3期。

者的心理治療方法，是月下漫步、觀荷悟禪。正因此，作者接下來才以慢鏡頭之推、拉、搖的方式，用細節描寫來一步步營造禪境，漸次觸及物我合一的禪心，並以這禪心來觀察和體悟月下荷塘的至美。於是，作者不僅有對群居和獨處的世俗反思，而且更有對古時採蓮的跨時空超驗領會。不用說，個人的渺小與宇宙的偉大，既是在空間意義上講的，也是在時間意義上講的，既是現實的，也是抽象的。只有體悟到這宇宙人生的意義，個人心中的塊壘才會變得無足輕重、才會釋然放下，也只有體悟到這生命意義，心理治療才得以實現。

這是朱自清的玄學之思，也是《荷塘月色》的哲理之意。無疑，作者出戶月下，繞荷塘而行，至推門而歸，完成月下沉思，是一個冥想悟禪的心理過程。正是文中暗含的禪意，才使這篇散文超越了單純寫景的物境，從而通過寧靜致遠的情境，達到了物我合一的參禪意境。朱自清在《荷塘月色》中展現的意境，是一種禪意之境。惟其如此，這篇散文才在形而下的月色荷塘之景中，企及了的形而上的至高精神境界。

本文關於《荷塘月色》的這一立論和解讀，未見他人言及。朱自清為什麼尋求心理治療的禪意？這是不是與現實時事無關？由於尚無學者討論這個問題，我只能參閱他論而試述之。著名學者錢理群曾著文設問「朱自清為什麼不平靜？」，並用朱自清的《一封信》和《那裡走》來做答，涉及了內戰時期國共兩黨的衝突，涉及了知識份子的選擇，認為「朱自清這類自由主義知識份子既反感於國民黨的『反革命』，又對共產黨的『革命』心懷疑懼，就不能不陷入不知『那裡走』的『惶惶然』中，朱自清的『不平靜』實源於此」[9]。儘管錢理群對《荷塘月色》的這種解讀比較具體務實，而朱自清的這篇散文實際上比較抽象玄妙，但是，錢理群卻為朱自清對現實的態度，作出了一個精闢的判斷：「作為無可選擇中的選擇，朱自清們『只有暫時逃避的一法』。」往哪裡逃避？怎樣逃避？這「一法」為何法？錢文說「他們試圖『躲到學術研究中』，既是『避難』，又在與『政治』保持距離中維護知識份子的相對獨立。在某種意義上，『荷塘月色』（寧靜的大自然）的『夢』也正是朱自清們的精神避難所。」[10]

在我看來，也許朱自清不是要逃避一個具體的現實選擇，而是在進行一種抽象的精神選擇，他選擇的避難所就是禪境，只有在這個超現實的禪境裡，月光下荷塘

---

[9] 錢理群《名作重讀》，上海教育出版社，1998。

[10] 同上。

的景色，才會是「淡淡的」、「恰是到了好處」的。也正因此，荷塘月色的禪意才會不聲不響地滲入他的心靈深處，使他完成對禪的體悟、完成心理治療。

東方的禪宗思想，以其神秘的直覺和頓悟方式，而流傳於西方受教育的人群中。中國學者以英文寫作禪宗者鮮有，惟日本學者鈴木大拙的諸多英文著述在西方學界深入人心。鈴木在《佛教禪宗》一書中開宗明義，說禪在根本上是一種內心觀照的藝術，它直視人之存在的本質，解救人於世俗的困擾，將人引向生命的源泉，讓人獲取終極自由[11]。聯繫到錢理群所闡述的朱自清那一類知識份子在特定歷史時期所面臨的選擇困境，我們便會理解朱自清為什麼要尋求禪意，便會看到《荷塘月色》在入世中追索出世之路，在現世中求取超驗精神。

《荷塘月色》的悟禪立意，超越了現世處境和出世願望間的鴻溝，朱自清在寫景的表面之下，營造意境，又在這意境之中，以意為主，追求心理治療的潛在之意，即禪悟。《新散文思維》的兩位作者沒有讀出這一切，他們在將《荷塘月色》誤讀為膚淺的寫景之作後，竟然有一種頓悟般的「認識」：「五四以後，新時期以前多數散文作品突出感性內容（魯迅的《野草》等除外），作者的思維更多滯留於感性層面，更突出對外在現象的感性描述，側重於作者情感的抒發，它們全是一些『有情趣』的作品。」兩位作者認為，這樣的作品不是有思想的作品，所以他們寫道：雖然「朱自清有著優雅的情趣」，但他的散文不是「有意思」的散文。

末了，筆者要回答前面留下的兩個問題，並以此作為本文的結語。其一，朱自清散文《荷塘月色》的要義，是以意為主，其意境之意，乃哲理禪意，此禪為心理治療之禪。其二，因此，朱自清的散文並不淺薄，但其禪理抽象玄妙，竟被《新散文思維》的兩位作者所誤讀，兩位學者以貶低朱自清的先入之見而對其散文作出了膚淺的解讀。至於心理治療的話題，屬禪宗與精神分析學的大話題，本文篇幅有限，容筆者另寫文章闡述。

2007年9月，蒙特利爾

上海《文景》月刊2007年11期

---

[11] Suzuki, D.T.. *Zen Buddhism*. New York: Doubleday and Company, 1956, p. 3.

散文概念的偽命題

近十多年來，由於互聯網的普及，散文寫作空前發展，但散文研究卻嫌不足，甚至連散文概念的定義，也莫衷一是。為瞭解目前散文研究的前沿狀況，除了在圖書館研究外，筆者最近在北京、上海、南京、杭州、成都、瀋陽等城市的綜合性大書店和文藝專門書店，收尋一九九〇年以後出版的散文研究專著，所見不過十餘種。經過挑選，購得其中五種，似可展示當代散文研究的現狀，尤其是時下對散文概念的界定。按出版時序，這五部著述是：王佐良《英國散文的流變》（北京：商務印書館，1994）、袁勇麟《當代漢語散文流變論》（上海：三聯書店，2002）、張國俊《中國藝術散文論稿》（北京：中國社會科學出版社，2004）、陳劍暉《中國現當代散文的詩學建構》（南昌：江西高校出版社，2004）、段建軍李偉《新散文思維》（北京：商務印書館，2006）。

對於何為散文的概念問題，散文學者和作者們或出於振興散文的目的，或以標新立異為動機，近十多年來提出了不少新說法，如「藝術散文」之類。從中國文學的發展演變來看，散文首先是與韻文相對的文體，後來白話散文出現，且受歐美散文影響，於是「散文」一詞便專指與詩歌、小說、戲劇並列的文學類型，謂之美文。二十世紀中期以來，文學創作界和學術界的主流聲音認為，散文不包括特寫、通訊之類，堅持了散文作為美文的內涵與外延。於是，在二十世紀後半和二十一世紀初，散文這一有關文學式樣或文體的概念，其定義便約定俗成。

關於散文這一樣式和文體，英語中有prose、essay和creative non-fiction等數種說法。前兩個術語較寬泛，後一個則指與小說之類虛構性作品相並列的非虛構類創作，此概念也有寬泛之嫌，超出了我們約定俗成的散文範圍。於是，無論西方還是中國，便都有學者給essay一語加上限定性或修飾性的首碼來界定散文，由此出現了關於散文的新概念。本文對這些概念並不完全認同，而認為多是無中生有的偽命題。

《中國藝術散文論稿》分為上中下三編，共十一章，作者用了整整一編，凡三章，來討論何為散文的問題，以求提出自己關於散文的新定義。作者先從古代、現代和當代三個歷史時期，來敘述史實，追溯散文這一概念的嬗變，更言及二十世紀早期西方散文的引入，及其對中國現當代散文的影響，並視當時的白話散文為周作人所說的「美文」，然後，作者提出了「藝術散文」的新概念。

然而，正如這位作者所述，周作人早已指出美文是「藝術的」散文，因此我看不出「藝術散文」的新概念與「美文」的舊概念有何區別。當然，作者用了大量篇幅，試圖說明自己提出的「藝術散文」與過去的「散文」概念不同，說「藝術散文」是「表現的藝術」、「無規矩的藝術」、「精粹的藝術」[12]。可是這幾個特徵，既非往日散文所無，也非今日散文獨有，因而難以說明「藝術散文」何新之有。

作為學術研究，我並不反對學者們研究「散文」概念的來龍去脈，但我反對毫無學術價值的新概念。另一部專著《新散文思維》的兩位作者，沒有給散文這一概念下定義，而是從歷史發展的角度，將七十年代末和八十年代（即文革後「新時期」）的散文，稱為「新散文」，認為其代表作是巴金的《隨想錄》和餘秋雨的《文化苦旅》，以示與舊時期楊朔等三大家散文的區別。這兩位作者所討論的「新散文」以時間為內含，而不是在本體論意義上對散文這一概念的有效界定。

當然，他們也試圖說明：「新散文是表現新生活、新情思的散文」，「是指一種突破單一抒情模式，達到情與思相容的散文」[13]。兩位作者對這個概念的界定，偏向於思維方式：「新散文是寫作主體根據自己的人生體驗和生活認知，運用相似思維，發現並且建構個性化精神家園及其『有意思』形式的文學體裁」[14]。這段引文中的「個性化精神家園」涉及散文的內容，與「『有意思』形式」兩相對應。二位作者沒有解釋其「『有意思』形式」這一說法來自何處，但從用詞看，當是借自近百年前的英國美術理論家克利夫・貝爾的概念「有意味的形式」。貝爾是一個形式主義理論家，他那著名概念「有意味的形式」，關注繪畫之線條與色彩的組合關係，及其訴諸人的審美情感，而幾乎不顧及繪畫作品的內容。就兩位作者之「新散文」所強調的思維方式和精神家園而言，「有意味的形式」或「『有意思』形式」，都與之相去甚遠。

與上述兩部專著相較，我傾向於陳劍暉的《中國現當代散文的詩學建構》。這部書在論及何為散文的問題時，沒有創造聳人聽聞的新名詞，而是沿用約定俗成的「散文」一語，並給予簡明的定義：「散文是一種融記敘、抒情、議論為一體，集

[12] 張國俊《中國藝術散文論稿》，北京：中國社會科學出版社，2004年版，第43～49頁。

[13] 段建軍、李偉《新散文思維》，北京：商務印書館，2006年版，第12～13頁。

[14] 同上，第43頁。

多種文學形式為一爐的文學樣式。」在這個定義之後，作者又稍作解釋：「它以廣闊的取材、多樣的形式、自由自在的散體文句，以及優美和富於形象性、情感性、想像性和趣味性的表述，詩性地表現了人的生存狀態和心靈狀態。它是人類精神的一種實現方式。」[15]在對散文概念的闡釋中，作者強調思想性方面的人格精神；在文學性方面強調形象、情感、想像和趣味；而在散文範疇的邏輯外延方面，則強調散文概念的彈性和開放性。

就散文概念而言，王佐良的《英國散文的流變》有特別的意義，因為中國現代散文，以及散文概念的定義，都受到西方散文的影響，特別是英國散文的影響。王著敘述的是英國散文的產生、發展和流變，但在正文前的小序中，作者僅用短短兩行文字，就為散文概念下了定義：「散文似乎可有兩義：1.所有不屬於韻文的作品都是散文，這是廣義；2.專指文學性散文，如小品文之類，這是狹義」[16]。這樣的定義雖然簡單，但清楚明瞭。

王佐良討論的是廣義的散文，而我則傾向於狹義的散文。不過，我認為狹義的散文並不止於小品文之類。關於這個問題，我寧願換個視角，跨越中西文化的鴻溝，從西方散文的角度來探討，以便在對比和相互參照中明瞭是非。如前所述，英文中廣義的散文，是一種與韻文相對的文體，稱prose，這與中國先秦時期散文的含義相近。英文中狹義的散文，屬於prose裡的一種，與小說、劇本並列，稱essay，這概念影響了中國現當代散文的定義。但是，英文essay所覆蓋的範圍仍然很大，甚至包括了學生的課堂論文。

與我們一樣，西方的散文作者和學者，對散文的概念也常常感到困惑。由於沒有公認的標準術語，他們也不時落入概念和定義的怪圈去探討何為散文的命題。近年歐美比較權威的大部頭散文選本，當推《個人散文的藝術：從古至今各國散文選集》，由美國散文名家菲力浦・洛佩特選編。編者為這部散文集寫了長達三十多頁的洋洋灑灑的導言，在開篇就討論何為散文的問題，並使用了「個人散文」（personal essay）的概念（也可譯作「個性散文」）。洛佩特解釋說，個人散文的根本特點，是intimacy，中文解作「私密性」或「親和性」，這種散文的要義，是對個體之人生經驗的感悟[17]。

---

[15] 陳劍暉《中國現當代散文的詩學建構》，南昌：江西高校出版社，2004年版，第28～29頁。
[16] 王佐良《英國散文的流變》，北京：商務印書館，1998年版，第1頁。
[17] Phillip Lopate. *The Art of the Personal Essay: an anthology from the classical era to the present.* New York and London: Anchor Books, 1994, p. xxiii.

「個人散文」的要義，按照羅佩特的解釋，就是自我的擴張，涉及個人的誠信、懺悔等私密的方面，更涉及作者的憂傷之類自我意識問題。毫無疑問，這些都是散文寫作的重要方面，但是我認為，「個人散文」的概念在邏輯上有外延偏狹之虞，在術語的使用上類似於國內九十年代的「小女人散文」。事實上，即使在英美國家，很多散文的立意，都超出了個人的一己之見和一己之情，而具有更廣範的社會、歷史、文化或政治意義。例如，美國早期散文家華盛頓・歐文的散文名篇《英國的鄉村生活》，就從個人意見而引申到風俗與文化的反思，超越了個人的局限。美國另一位散文大師大衛・梭羅的散文集《湖濱散記》，也超越了個人對人生的冥想而涉及到國家的經濟和政治問題，並提出「不從命」（不聽話）的政治訴求。

有意思的是，在洛佩特選編的這部從古至今的各國散文集中，收有三篇中國散文，一篇是北宋歐陽修的短章《晝舫齋記》，兩篇是魯迅《且介亭雜文末編》裡的《這也是生活》和《死》。由於選編者以「個人化」作為選文的標準，所以我們看到，這三篇散文似乎都不是作者的代表作。即便如此，由於歐陽修在北宋時期的詩文革新中，與唐代韓愈及北宋范仲淹的觀點相近，主張文以載道，所以這篇短文也暗涉官場沉浮，故後人有「大抵道勝者文不難而自至也」之謂。魯迅散文也發揚了這種筆法，他的《這也是生活》表面看是寫生、病、死，但落腳點卻是「戰士的日常生活」與「可歌可泣」的意旨。另一篇《死》更是如此，作者一落墨便寫二十世紀前期的德國女畫家柯勒惠支，而這位女畫家則以反戰的政治態度著稱。柯勒惠支描繪母親和嬰兒的形象，描繪農民的抗爭，暗示了魯迅散文的潛在含意。這樣說來，連選編者自己，都不自覺地超越了「個人散文」的局限。

洛佩特顯然察覺到了「個人散文」這一概念的偏狹，所以他又談到了廣義和狹義兩種散文，並稱前者為「正式散文」（formal essay），稱後者為「非正式散文」（informal essay），說「個人散文」屬於後者，而屬於後者的散文還另有一個名稱，謂「熟悉散文」（familiar essay）。為了簡化概念，洛佩特說這兩種狹義的說法所指相同，是一對雙胞胎。不過，為了區別二者，他又說「熟悉散文」多輕描淡寫、點到為止，而在「個人散文」中，作者通常以第一人稱直接介入，使作者的個性成為寫作中心。

在我看來，洛佩特的定義和解說，仍糾纏於散文概念的名稱，連他自己都承認，這樣說來說去愈發糊塗。

筆者先後在美國和加拿大高校講授中國文學，不得不為漢語的「散文」一詞尋找對應的英語表述。由於羅佩特提供的英語術語難以表達漢語中「散文」的確切含義，我在仔細斟酌後，決定用literary essay （文學性的散文）來表述。由於漢語同英語不可能天衣無縫地對應，我選用的表述肯定不完善，因為這個英文術語在一定的語境中，可能會指研究文學的文章，而在另外的語境中，則指作為一種文學體裁或樣式的文章。我不想給關於散文概念的偽命題補薪添火，所以，如果要將literary essay一語譯回中文，我會乾脆譯成「散文」，而絕不會是「藝術散文」或「個人散文」。我認為，惟有漢語的「散文」一詞，方能確切表述中國文學中散文這一概念的內涵和外延，以及這一概念必要的相對模糊性。

2007年10月，蒙特利爾

長沙《中國文學研究》2009年第2期

中國現當代文學在北美高校

筆者在美國和加拿大高校執教多年，主講中文課程，對北美高校的中國現當代文學教學，有一些思考和體會，故從個人教學經驗的角度，談現當代文學的文選、立論、方法三問題，以求教於海外同仁，並與國內師友交流。

1 文選：正典與歷史意識

北美高校的中國現當代文學課程，內容為現當代文學的歷史背景和重點作品選讀。無論是在美國還是加拿大的高校，無論是在亞洲語文系還是現代語言系，這門課都以英語講授，教材均是北美出版的英文版本，於是，課堂講授和學生閱讀的作品，便受到譯本文選的限制。

講授中國現當代文學，重點是作品分析，配以文學史的背景知識。我給學生指定的文學史教材有二，一是美國哥倫比亞大學一九九七年出版的《二十世紀中國文學》[18]，再是美國印第安那大學二〇〇〇年出版的《二十世紀後半期的中國文學》[19]。學生閱讀的作品選本是哥倫比亞大學一九九五年出版的《中國現代文學作品選集》[20]。這是一部相當權威的譯文文選，無論從哪個角度考慮，都比其他選本為優，因而為許多高校採用。但是，在具體的教學實踐中，我仍發現這部文選存在許多不盡人意之處，尤其欠缺歷史意識，難以準確反映中國現當代文學的面貌。雖然此書後來出了修訂本，選目有些許變化，但本文所言之問題卻依然如故。

《中國現代文學作品選集》的編排體例，不是與文學史相配的編年體例，而是按小說、詩歌、散文三大樣式進行分類，然後在每一樣式中，再劃分歷史階段，有

---

[18] McDougall, Bonnie S. and Kam Louie. *The Literature of China in the Twentieth Century*. New York: Columbia University Press, 1997.

[19] Chi, Pang-Yuan and David Der-Wei Wang, eds. *Chinese Literature in the Second Half of a Modern Century: a critical survey.* Bloomington: Indiana University Press, 2000.

[20] Lau, Joseph S.M. and Howard Goldblatt. *The Columbia Anthology of Modern Chinese Literature.* New York: Columbia University Press, 1995.

一九一八～一九四九，一九四九～一九七六，一九七六之後三個階段。通常的文學史教學大綱，是編年體例，在每一歷史階段中，有小說、詩歌、散文、戲劇電影的劃分。我講授的中國現當代文學，也採用了這種通常的體例，因而在課程安排上便與這部文選時有不諧。不過，這種不諧是容易解決的技術性問題，而其他問題則相當棘手。

最棘手的是作品選譯，這涉及到正典（Canon）與歷史意識問題。二十世紀後期的西方後現代主義文學理論，顛覆了傳統文學關於正典的概念。作為一種解構策略，顛覆正典的目的，是為女性文學、少數民族文學、另類文學等過去被邊緣化了的文學尋求亮相的可能。然而，這並不是要全盤否定經典作家和作品，即便是西方的後現代主義大家，也沒有這樣虛無。美國耶魯學派四大家之一的哈羅爾德・布魯姆（Harold Bloom），在其《西方正典》一書中選評西方文學，在理論上掙扎於正典和反正典之間，在選文時卻仍以莎士比亞為綱來進行選評，所選作家，不論性別國別，都是有公認歷史地位的經典大師。

關於中國現當代文學之第一個歷史階段的文選，北美學者與國內學者所見略同，著眼於經典作家，小說多選自魯迅、茅盾、老舍、巴金、沈從文、丁玲、張愛玲等早期有代表性的作家之作，詩歌多選徐志摩、聞一多、李金髮、戴望舒、馮至、艾青、何其芳等詩人之作，散文則選林語堂、朱自清、豐子愷、梁實秋等人的作品。但是，第二階段的文選則表現出較強的偏見，不知是否選編者的政治傾向和個人感情因素所致。《中國現代文學作品選集》的小說作品，在這一階段全部選自台灣作家，包括一九四九年自大陸赴台的作家與台灣的本土作家，如白先勇、陳映真等，共六位，這些作家中有的僅在台灣較有影響，他們對中國文學的發展談不上什麼貢獻，也談不上什麼特別的藝術成就，他們既非學術界公認的正典，也非後現代所謂的少數或邊緣。由於這種傾向性，選編者對大陸地區一九四九～一九七六年的小說創作視而不見，對同一時期之詩歌和散文的處理，也大同小異。

為了細說一九四九～一九七六這個階段的文選問題，我只談散文一體。入選《中國現代文學作品選集》的散文作家，在這個階段只有林語堂、梁實秋、潘琦君、吳魯芹、余光中、楊牧六位，他們或由大陸遷台，或在台灣和美國完成教育，而在大陸從事寫作的散文家，則無一入選。林語堂和梁實秋均在一九四九年之前便功成名就，他們的主要創作也是在一九四九年之前。因此，在一九四九年之後的第二歷史時期，捨棄許多重要散文家而再次選錄這兩位作者的作品有失恰當。這不僅是因為他們的作品佔據了其他散文家應有的位置，更主要的是因為他們在一九四九年之後的散文作品缺乏時代精神。換言之，他們對二十世紀中後期中國（包括港台地區）文學的發展，幾乎沒有作出特別的貢獻，與同一時期的中國社會和文化生活，也沒有太大的關係。

例如，《中國現代文學作品選集》在這一階段所選的兩篇梁實秋散文，《談時間》和《雪》，都缺乏時代特徵。若孤立地看這兩篇作品，且僅論為文之藝，二者當然是上乘佳作。但是，這兩篇作品所寫的是所謂「永恆的主題」，無論在哪個時代，無論是哪個民族，這類作品都不少見。雖然梁實秋在文中旁徵博引，既引歐洲古代先賢，也引孔子和李白，作品有些中國色彩，但殊途同歸，仍然是放之四海而皆準的永恆主題。這就像過去所說的蘇俄作家，津津樂道於「少女、小船、白樺樹」，雖有北方森林的特徵，但與時代脫節。梁實秋曾自言「長日無俚，寫作自遣」，這樣何以能有時代氣息。抗戰時期在重慶，梁實秋應約為報刊寫作「雅舍小品」，主編讓他別寫「與抗戰有關的」文字，但這些文字多少還是染上了時代色彩，至少偶而提及外面的戰事。可是，細讀一九四九年以後的梁實秋散文，一個敏感的讀者，莫非體察不到作者應約為文的湊篇數之無奈？梁實秋到台灣後，其散文寫作相對超脫，更少關心時事。《談時間》一篇，看似哲理深刻，教導如何做人，實談永恆的主題，對中國散文的發展無足輕重。

我們並不是說這類散文不該選，而是說選編者不應捨本求末，忽視了文選的目的是服務於中國現當代文學課程，選者應該具有歷史意識，所選之文在文學發展史上應該具有某種價值。在一九四九～一九七六這個階段，大陸的文學創作受到政治的巨大影響，文學成為政治機器的齒輪和螺絲釘，作品無不打上強烈的政治烙印，是為這一階段最突出的時代特徵。講授中國現當代文學，若對這一時代特徵視而不見，很難說是嚴肅的治學和治史態度，惶論讓北美學生瞭解中國現當代文學的真相。在大陸地區，這一階段的散文有三大家之說，楊朔、劉白羽、秦牧的散文，不僅代表了一個時代的寫作特點和成就，也影響了當時及後來一兩代人的寫作實踐。要在高校講授這一階段的散文，無論如何都不能回避這三位作者。不錯，這三位作者的散文的確染上了濃厚的政治色彩，但這正好是那個時代的固有色彩，是中國現當代文學在那一特定發展階段的真實色彩。今天回頭看去，這三大家的散文，在藝術上確有可推敲之處，例如楊朔的抒情或流於造作，劉白羽的敘述和描寫不乏瑣碎，秦牧的說理稍嫌牽強，他們的行文都有矯情之處。但是，他們不僅代表了一個時代，而且至少在寫作技巧上，他們對立意、結構和語言之關係的處理，他們對所謂形神關係的處理，也是當時散文寫作的典範。

當然，這些具有時代特徵的散文作品，早有英文譯本面世，但因未收入《中國現代文學作品選集》中，而是散見於各處，這給教學帶來極大不便。同樣，在中國現當代文學史的第三階段，即一九七六年以後的文學作品，《中國現代文學作品選集》雖然收錄了大量大陸作者的作品，但在小說類中，劉心武的《班主任》是一個時代之文學的先聲，卻未見收入，不能不說這部文選有欠歷史意識。這一時期的散文僅收巴金、文潔若（蕭乾夫人）、Xiao Wenyuan[21]、董橋四家，難以完整反映這一時期的散文創作情況。

如果說過去在大陸出版的中國現當代文學作品選，由於政治的原因而未收錄港台作家的作品，那麼在二十世紀九十年代末期的美國，由於政治原因而使一些有重大影響的大陸作者的作品付諸闕如，便不能不說是有違學術民主的原則。每個人都有自己的政治態度和個人感情，但這不應該影響學術和教育的嚴肅性。文學史課程的文選，不應該回避具有時代特徵的作品，不應該缺乏歷史意識。

2 立論：「意境」的翻譯與禪意

在中國現當代文學發展史的背景下，通過具體的立論來闡釋作品，可以避免泛泛講解的浮淺，從而求得點面結合，既有文學史知識的覆蓋面，又有相當的理論深度。我在教學實踐中嘗試以中國文論和批評概念來為作品的講解立論。例如，講解朱自清散文《荷塘月色》，學者們多解其為寫景之作，並將月色荷塘之景，釋為意境，卻未進一步探討朱自清描寫的是何種意境。我在《荷塘月色》的教學中，不停留於分析篇章結構或描寫手法的形式層面，而是從中國文論的意境概念切入，以禪意為綱，將月色中的荷塘解為禪境，將朱自清的這篇散文解為心理治療的悟禪之散文。[22]

用英文講授中國現當代文學，一觸意境概念，便涉及這一術語的翻譯和闡釋問題。意境這一概念，是中國文論中最難翻譯的概念之一，也因此而正好可以順水推舟，從概念的翻譯入手。美國華裔學者孫康宜（Kang-i Sun Chang）教授用「詩境世界」（poetic world）來翻譯「意境」，實為一種闡釋，注重主觀之意與客觀之景的合一[23]。加拿大華裔學者葉嘉瑩（Florence Chia-ying Yeh）教授也注重意境的主客

---

21 此處論述英文選本，散文家之名均為中文拼音，惜未能查出這位散文家之中文姓名。據英文選本之入選作者簡介，這位散文家生於一九三三年，男性，五十年代畢業於南開大學中文系，後任職於天津市作家協會，寫作小說、散文、詩歌。

22 本文關於《荷塘月色》意境問題的討論，系借用前文《誤讀意境》，並刪減改寫而成。

23 Kang-i Sun Chang. *The Evolution of Chinese Tz'u Poetry from Late T'ang to Northern Sung*. Princeton: Princeton University Press, 1980, p. 96.

觀兩方面，她將其譯為「被感知的環境」（perceived setting）。這個英文的中心詞「環境」（setting），是一種客觀的存在，但同時又被人的「感知」（perceived）所修飾和限定，因而也是一種主觀的存在。葉嘉瑩還有另外的譯法，即「經驗世界」（experienced world / world of experience）[24]，其中客觀的「世界」（world）是中心詞，而「經驗」（experienced）則是人的主觀感知和體驗，此譯同樣突出了意境的主客觀雙重性。

北美學者大都看重意境的主客觀雙重性。美國學者佐伊・勃納爾（Joey Bonner）和斯坦福大學的已故華裔教授劉若愚（James J.Y. Liu）用直白的「世界」（world）來翻譯意境。勃納爾看重的是「外在體驗和內在體驗相融合」的世界[25]，劉若愚強調的是主觀精神和客觀環境相融合的世界。劉若愚說，在印度古代哲學中，意境既是一個精神的世界，也是一個現象的世界，既反射著詩人所處身於其中的外部環境，又是詩人之內在世界對這外部環境的回應。他寫道：「這是生活之外在方面與內在方面的綜合，前者不僅包括自然的景與物，也包括事件和行動，而後者則不僅包括人的情感，還包括人的思想、記憶、情緒和幻想。也就是說，詩中的『世界』同時反映著詩人的外部環境，以及詩人對自我之全部知覺的表達」[26]。在劉若愚看來，詩境世界的主客觀兩方面因詩人的生活體驗而融合為一。

但是，在這個主客觀共存的詩境世界中，也有學者強調主觀方面的重要性。美國普林斯頓大學教授高友工（Yu-kung Kao），將意境譯為「inscape」，指內心之景。這是西方詩學的一個概念，帶有宗教和超然神秘的色彩，高友功採用了後結構主義的理論，認為這是一個「頓悟的瞬間」，在那一瞬間，意境的外在表像一旦被把握，其內在意蘊便可洞悉[27]。另有一些學者，例如美國學者李又安（Adele Austin Richett），力圖避免意境之主客觀因素間無休無止的爭論和辯解，為了盡可能保留意境之含意在中文裡的豐富、複雜和微妙，便乾脆採用音譯的方法，將其譯為

---

[24] Florence Chia-ying Yeh, "Practice and Principle in Wang Kuo-wei' s Criticism," in James R. Hightower and Florence Chia-Ying Yeh. *Studies in Chinese Poetry*. Cambridge: Harvard University Asia Center, 1998, p. 497, p. 499.

[25] Joey Bonner. *Wang Guowei: An Intellectual Biography*. Cambridge: Harvard University Press, 1986, p. 385.

[26] James J.Y. Liu. *The Art of Chinese Poetry*. Chicago: University of Chicago Press, 1962, p. 84, p. 96.

[27] Yu-kung Kao, "The Aesthetics of Regulated Verse," *in The Vitality of the Lyric Voice: Shih Poetry from the Late Han to the T'ang*, eds. Shuen-fu Lin and Stephen Owen. Princeton: Princeton University Press, 1986, p. 385.

「jing」[28]。北美學者對意境的不同理解，以及他們對主客觀二者的不同偏重，使他們對這一概念的闡釋也各不相同。

通過翻譯和闡釋而進入中國文論，並追溯到意境概念的起源，於是我們讀到了唐代詩人王昌齡在《詩格》中所述的物鏡、情景、意境之說。王昌齡對這三境分而論之，其「物境」是可視的，專指客觀物象，相當於今人所言之「景」；王昌齡的「情境」指詩人注入了個人情感的「景」，並非完全可視，也不是詩人和畫家筆下的單純風景，而是有情之景，大致類同於我們現在所說的「境」；王昌齡的「意境」指富於詩人和畫家之哲思的「景」，大致類似於我們現在所說的主觀心象之「境」。既然王昌齡從物、情、意三方面來說「境」，我們便有理由認為，他的「境」存在於物、情、意這三個方面，而後人所說的意境，實為三境融會貫通、寓心於景的人格風景。

對中國文論之意境概念有了上述認識，講解朱自清散文《荷塘月色》便獲得了立論的前提。我的立論是，《荷塘月色》不是一篇簡單的寫景散文，而是一篇關於心理治療的悟禪散文。這篇散文寫作者在月色中沿荷塘漫步，其所見所思，皆是對禪境的體悟。作者出戶月下，繞荷塘而行，至推門而歸，完成月下沉思，是一個冥想悟禪的過程。正是文中暗含的禪意，才使這篇散文超越了單純寫景的物境，從而通過寧靜致遠的情境，達到了物我合一的參禪意境。要言之，朱自清在《荷塘月色》中展現的意境，是一種禪意之境。惟其如此，這篇散文才在形而下的月色荷塘之景中，企及了的形而上的至高精神境界。

關於《荷塘月色》的這一立論和解讀，未見他人言及。朱自清為什麼追求禪境？這是不是與現實時事無關的「永恆主題」？由於尚無學者討論這個問題，我只能參閱他論而試答之。國內學者錢理群曾著文設問「朱自清為什麼不平靜？」，並用朱自清的《一封信》和《那裡走》來做答，涉及了內戰時期國共兩黨的衝突，涉及了知識份子的選擇，認為「朱自清這類自由主義知識份子既反感於國民黨的『反革命』，又對共產黨的『革命』心懷疑懼，就不能不陷入不知『那裡走』的『惶惶然』中，——朱自清的『不平靜』實源於此」。儘管錢理群對《荷塘月色》的這種解讀比較具體務實，而朱自清的這篇散文其實比較玄妙務虛，但是，錢理群卻為朱自清對現實的態度，作出了一個精闢的判斷：「作為無可選擇中的選擇，朱自清們

---

[28] Adele Austin Rickett. *Wang Kuo-wei's Jen-chien T'zu-hua: a Study in Chinese Literary Criticism*. Hong Kong: Hong Kong University Press, 1977, pp. 23-24.

『只有暫時逃避的一法』」。往哪裡逃避？怎樣逃避？這「一法」為何法？錢文說「他們試圖『躲到學術研究中』，既是『避難』，又在與『政治』保持距離中維護知識份子的相對獨立。在某種意義上，『荷塘月色』（寧靜的大自然）的『夢』也正是朱自清們的精神避難所」。在我看來，這精神避難所就是禪境，只有在這個禪境裡，月光下荷塘的景色，才會是「淡淡的」、「恰是到了好處」的，其禪意才能不聲不響地滲入心靈深處。

東方的禪宗思想，以其神秘的直覺和頓悟方法，而流傳於西方受教育的人群中。中國學者以英文寫作禪宗者鮮有，惟日本學者鈴木大拙的諸多英文著述在西方學界深入人心。鈴木在《佛教禪宗》一書中開宗明義，說禪在根本上是一種觀照的藝術，它直視人之存在的本質，解救人於世俗的困擾，將人引向生命的源泉，讓人獲取終極自由[29]。連系到錢理群所闡述的朱自清那一類知識份子在特定歷史時期所面臨的政治困境，我們便會理解朱自清為什麼會追求禪境，會看到《荷塘月色》既是出世的又是入世的，其主題既是永恆的又是現時的。

《荷塘月色》的禪境立論，跨越了朱自清之現世處境和出世願望間的鴻溝，是我講解文學史背景和具體作品之關係的一個重要觀點。

3 方法：比較的視角與「凝視」

與上述立論問題相關的，還有視角問題，也就是從什麼角度來解讀中國現當代文學作品。以中國文論的意境概念來立論，是從中國的視角來向北美學生講解朱自清在《荷塘月色》中追求的禪意和禪境。事實上，在北美高校講授中國文學，更多的是從西方視角看作品，於是就有了比較的方法。

北美的高校，有的將中國現當代文學列入亞洲研究課程，與中國古典文學、中國歷史、中國哲學等歸為一大類，有的則將其列入比較文學課程，與日本文學、德國文學、義大利文學等歸為一大類。當然，也有不少高校採用不同的教學大綱，對中國現當代文學課程另有歸類。不管是何種情況，比較文學都不僅是科目問題，更是方法問題。這方法可以是比較歐美文學與二十世紀的中國文學，探討前者對後者的影響，然而更重要的，卻是從西方與中國兩個不同的視角來講解中國現當代文學。不同的視角要求不同的方法，從兩種視角用兩種方法來講解作品，是一種比較的方法。

---

[29] Suzuki, D.T.. *Zen Buddhism*. New York: Doubleday and Company, 1956, p. 3.

從西方的視角閱讀魯迅、用西方的方法解讀《狂人日記》，我看重當代西方文論中的「凝視」（gaze）理論。《狂人日記》的敘事框架，是作者從常人的角度來凝視狂人，但故事的主體，則是日記的作者從狂人的角度來凝視常人，其中又包含了狂人所發現的常人對自己的回視，而魯迅的用意，卻是讓讀者借用狂人的眼光來凝視常人。在此，這數重凝視的互動關係、這多重視線的交錯，是作者精心構建的一個修辭設置，作者像是無所不知、無處不在的全能的上帝，安排並俯視著下界發生的有關凝視的故事。

在西方當代文論中，凝視的概念由來已久，並運用於批評實踐。到二十世紀中期，對凝視概念的討論，又同佛洛伊德關於利比多之驅動力的理論和拉康關於兒童心理發展之鏡像階段的理論相結合。二十世紀後期的凝視理論，主要建立在拉康心理學的基礎上，其要義有四，首先，被凝視的對象是在場的（魯迅眼中的狂人即出現在故事的現場）；其次，凝視者內心的無意識欲望卻本能地盯著一個不在場的目的物（魯迅所盯的其實是狂人故事的讀者和狂人故事所影射的人）；第三、二人相互凝視（狂人與他周圍的常人相互對視）是「封閉的凝視」（locked gaze），他人不得介入（讀者與被影射者不得介入）；最後，封閉的凝視所形成的人際關係，會造成他人忌妒，反而引起第三重凝視（讀者對狂人及其周圍之常人的凝視）的介入。在人類學的意義上說，凝視是二人的對話和交流。但是，當讀者的第三重凝視介入時，凝視就從人類學轉入了社會學，於是魯迅為文的社會批判意義，就得以實現。這樣，在多重視線的交流中，文學作品所展現的社會關係，便具有了政治的內含，這使《狂人日記》成為一種文化批判。

根據拉康的看法，凝視這一行為存在於主觀之我與他者之我的互動關係中，存在於主體與客體間的關係中[30]。按照拉康關於鏡像階段的論述，嬰兒從自己對主體性和客體性（即他者身份）的雙重感知中瞭解了自己，瞭解了主客觀的相互依存。拉康認為，在嬰兒智力發展的初期階段，觀看非常重要，嬰兒在鏡中看到自己的影像，於是感知了自己的存在，並進一步認識到自己與周圍環境依存的關係。所以，鏡像階段是自我感知和身份認同的階段[31]。拉康有關凝視理論的社會意義，在於他對嬰兒心理學的社會化處理，即他的「社會決定論」觀點。

---

[30] Jacques Lacan. *The Four Fundamental Concepts of Psychoanalysis.* New York: Norton, 1981, p. 84.

[31] Jacques Lacan. "The Mirror Stage as Formative of the Function of the *I* as Revealed in Psychoanalytic Experience," in Jacques Lacan. *Ecrits: A Selection.* trans. Alan Sheridan. New York: Norton, 1977, p. 2-3.

關於凝視概念所蘊含的這種社會關係，用形式主義和後結構主義的術語講，凝視便是文本，凝視的意義不僅來自各文本間的關係（intertextuality），也來自文本同語境的關係（contextuality）。如果我們用福柯的術語講，凝視所形成的人際關係就是一種權力關係，這種關係在生活現實中已經完全社會化、政治化了。用巴赫金之複調理論的術語說，視線的平行、交錯、對接、往復，形成了凝視的複調，這既是若干凝視者視線的合一，也是某一凝視者的視線被若干人所分享。正是這合一與分享，使文學作品的意義得以社會化，是為凝視關係的文化特徵和政治特徵。

魯迅《孔乙己》中的凝視，與《狂人日記》有所不同。儘管作者一開頭就描述了魯鎮酒店的格局和酒客的社會成分，但他沒有構建全能的敘事框架，而是以自己兒時的口吻來敘述。一句「我從十二歲起」，便不知不覺地實現了作者的介入，使關於酒店格局的局外人描述，同關於酒客社會成分的局內人敘述，天衣無縫地順接了起來，並引出了那個「站著喝酒而穿長衫的唯一的人」。在此，作者兒時的口吻與兒時的視角相呼應，作者用兒時無邪的眼光，來凝視故事裡的人和事。在兒時的作者看來，孔乙己一出場，「總是滿口之乎者也」，別人笑他，他「便漲紅了臉，額上的青筋條條綻出」。而且，孔乙己也回視那些嘲笑他的人，並「顯出不屑置辯的神氣」。這故事裡各種方向之凝視的碰撞和交匯，描畫出了孔乙己那一類不合時世的知識份子的處境和心態。到故事的末尾，兒時的作者聽到一個熟悉的叫酒聲，於是「站起來向外一望，那孔乙己便在櫃檯下對了門檻坐著」。這是孔乙己最後一次出場，在作者的視線裡，「他臉上黑而且瘦，已經不成樣子；穿一件破夾襖，盤著兩腿，下面墊一個蒲包，用草繩在肩上掛住」。孔乙己付酒錢時，作者兒時的凝視，終於使魯迅完成了對那類知識份子命運的最後確認：「他滿手是泥，原來他便用這手走來的」。在《孔乙己》故事的結句處，魯迅從兒時的酒童，返身回復到成年的作者，他告訴讀者，「我到現在終於沒有見——大約孔乙己的確死了」。

從西方當代文論的視角，用西方的眼光來「凝視」魯迅的故事，不僅是北美高校閱讀和講解中國現當代文學的方法，也是一種比較的方法，可以為中國眼光提供有益的參照，有助於我們在更廣的視域中進一步理解中國現當代文學。

2006年3月，蒙特利爾

北美高校的中國古代文學

個人經驗是管窺學術現狀的一個重要切入點，本文談論北美高校的中國文學便由此切入。一九九八年我從加拿大到美國高校執教，先後在多所公立的綜合大學和私立的文理學院講授中國文學課程。二〇〇四年返回加拿大高校執教，在設置中文專業的聽證會上面對了一個問題：怎樣在加拿大高校開設中國文學課程？加拿大高等教育的歷史、傳統、觀念、體制，與美國高等教育一脈相承，因此，我的回答便相對簡單：將我在美國高校執教的整套教學大綱和教學理念照搬到加拿大，然後進行相應調整。

我的教育背景是跨學科的文學與美術，二者的連接點是批評理論與方法，我的研究興趣在於西方現當代批評理論。就理論訴諸批評實踐而言，在文學領域我偏重中國古代文學，在美術領域我偏重中國當代藝術。關於在加拿大高校講授中國現代文學和中國美術史課程的個人經驗，我已寫過文章，故本文主要談講授中國古代文學的個人經驗。

教學的前提是研究。我的研究興趣首先是先秦作品，例如詩經和老子，也喜歡唐宋作品，例如散文八大家和宋詞。個人興趣決定了教學重點，大體上說，我在加拿大高校開設的中國古代文學課程，主要有四大塊：（1）先秦詩文，（2）南北朝民歌，（3）唐宋詩文，（4）明清小說。我對戲曲沒什麼興趣，所以講課僅點到為止。在加拿大講授中國古代文學與在國內講授不同，因課時有限，不可能面面俱到，所以只能以點帶面，用文學史的敘述將各重點串聯起來，在這上下文中講解具體作品。

以上重點決定了講課的選目，而具體講解又涉文學理論，包括中國古代文學理論和西方現當代文學理論兩者。在北美高校講授中國文學課程，得從西方視角出發，而中國視角則是比較文學和跨文化研究的一個方面，可以互為參照。

1 先秦詩文

我以詩經為先秦文學的開篇，採用了西方現代批評的方法，既從文化人類學和民俗學的角度進行講解，也反過來從反映論的角度利用詩經來講解中國的早期社會。例如，詩經名篇《氓》幾乎是一部民俗記錄和道德訓誡，讓今人看到了兩千多年前私定終身和媒妁之言的衝突、聽到了女性痛定思痛的告白。其中的警示，是中國兩千多年性別倫理的先聲：「於嗟女兮，無與士耽。士之耽兮，猶可說也。女之耽兮，不可說也。」

要讓加拿大學生理解詩經，需要中國文論的對照講解，於是我引入了賦比興的傳統詩學。關於「賦」與「比」，由於西方文學有類似理論，學生較易理解，但對於「興」則相對不易。詩經第一首《關雎》以水鳥之聲起興，若說水鳥與詩的主題無關，似難自圓其說。西方學生的思維方式講究邏輯，否則便尋找隱喻，所以詩經的起興常被當成隱喻來看待。事實上，就我的研究心得和教學經驗而言，將西方的隱喻之說同中國的起興之說融會貫通，教學效果比較好。

所以，我也將西方的隱喻理論運用到老子教學中。老子《道德經》是哲學而非文學作品，但先秦散文的一大特徵是文史哲不分，而且老子五千言也具相當的詩歌語言，所以我選擇了老子的一些章節片斷作為文學作品，講解老子怎樣以文學修辭法去闡述哲學問題。例如老子第五十五章的「三十輻共一軸」闡述「有」與「無」的辯證關係，以慣常的反論之法，借一系列隱喻而將「有」置於「無」中。這是將西方形式主義文學理論中的隱喻概念，用於解讀老子的隱喻，學生易於理解，也能得到啟發，有的學生甚至因老子的無中生有而看到了禪機，儘管老子時代還沒有佛學。

2南北朝民歌

南北朝民歌是詩經國風之後中國通俗詩歌的又一高峰，其中的《木蘭辭》是我的課程重點，因為我可以在講課中引入西方當代文化研究的兩個重要概念，一是菁英文化與大眾文化的互動問題，二是女性主義的性別角色問題。

按照西方當代的文化研究理論，中國的《木蘭辭》在其產生之時並不屬於菁英文化，而類似民間歌謠folklore，但在漫長的詩歌發展歷史過程中，這首民歌漸漸變成經典，即西方所謂的聖化（canonization）。這與詩經變為經典的情況不同，詩經是因為傳說中的孔子刪詩和後來的獨尊儒術才得以聖化，而《木蘭辭》卻沒有這樣的機遇。但是，這首民歌所傳達的效忠國家和家庭的思想、所塑造的民族英雄形象，都符合儒家禮教，故為統治者所提倡，因而得以成為經典。

與此相對，美國迪士尼公司在一九九八年推出的動畫片《木蘭》，卻是一部商業性的通俗電影，屬於大眾文化的一部分。影片以女扮男裝為賣點，將木蘭塑造成意志獨立的當代西方女性形象，既迎合了西方由來已久的個人主義思想，又迎合了時髦的「酷兒」理論（queer theory）。

女性角色問題並非《木蘭辭》的主題，但對二十一世紀的西方學生來說，卻是一個重要議題，所以，從西方女性主義的理論視角來解讀這首民歌，可以發掘作品的當代價值。因此，我給學生佈置的課堂作業，便是寫一篇論文，從菁英文化和大眾文化的理論角度，對中國古代民謠《木蘭辭》和迪士尼動畫片《木蘭》進行比較研究，從中探討女性的社會角色問題，有些學生能寫出有相當深度的文章。

3 唐宋詩文

對唐詩宋詞的講解，我換了一個完全不同的角度，利用中國傳統的詩畫相通說，從西方形式主義批評的「意象」（imagery）概念切入，講解語言所再現的「圖象」與詩歌「意象」的關係。這一解讀也是對西方形式主義文學批評之「細讀法」的實踐，是為北美高校文學教學的方法論基礎。然後，我又借用西方的原型批評方法，將圖象、意象、象徵、原型連成一線，採用「遠觀法」來探討詩歌的內在結構，由此指向中國古代詩學的重要概念「意境」。這一概念的視覺前提是風景圖象，其詩學內蘊是內心風景。在此，我引入王昌齡的物境、情境、意境之說，與西方的宗教概念「內心幻象」（inscape）相對照，使學生能通過閱讀具體作品來理解這些概念，更反過來從這些理論概念來進一步理解唐詩宋詞。

此外，宋詞也自有特徵，例如「口吻」問題，即男性詞人採用女性口吻吟唱。此問題再次涉及西方當代文化研究中的性別理論，而從這一理論出發來解讀宋詞，學生易於理解遙遠的中國古代詩詞。

唐宋散文是我授課的一大重點，因為我自己從事散文寫作，經常發表散文作品，也有兩三部散文集出版，對散文有些體會。講解唐宋散文中的遊記，我並不專注於景物描寫，而是通過解讀風景來探討儒道兩家的思想怎樣體現在同一作者身上，如「窮則獨善其身，達則兼濟天下」的個人理想。用通俗的西方語言來說，這就是上班時間當儒家官員，下班以後當道家隱士。但是，這種修身之道與范仲淹的「居廟堂之高」和「處江湖之遠」並不完全相同，有社會責任感的中國古代文人更傾向於儒家思想。也正因為儒家的責任感成為重負，中國文人在私生活中才力倡道家思想，而這正是我們理解唐宋散文的要旨，正所謂「文以載道」。

4 明清小說

明清小說標誌了中國敘事文學的成熟，無論是長篇小說四大名著，還是以《聊齋》為代表的短篇小說，都可用西方二十世紀後期的敘事學理論來分析。我選擇

《三國演義》中的「草船借箭」、《水滸》中的「武松打虎」和《聊齋》故事來對小說進行敘事分析。

為了講解「草船借箭」，我讓學生事先預讀教材中的相關章節，並在網上觀看電影《赤壁》第二集的英文版。上課時我先從形式主義敘事學的角度來講解故事的發生、發展、高潮和結局，也講解人物關係和敘事話語的內在結構。對敘事話語的分析，可以超出形式主義敘事理論，而進行跨學科的比較研究。由於學生事先已觀看了電影，我在課堂上便重播電影中的「草船借箭」片段，並在完整的敘事語境中對比分析小說的「草船借箭」與電影之異同。

「武松打虎」的敘事方式有所不同，偏重行動描寫。課本文選有金聖歎的評點，這也是一種敘事分析，但與西方現代敘事學完全不同，金聖歎傾向於評點寫作技巧，尤其是描寫技巧。有鑒於此，我要求學生在閱讀時專注於小說和評點二者，由此瞭解中國古代小說的寫作和古代文學評論的特徵。

孔明和武松的故事各自都相對完整，但只是長篇巨製中的一小部分。《聊齋》裡的短篇小說都是有頭有尾的完整故事，更便於敘事結構的分析。通常所謂「結構」指篇章結構，是文章或小說的謀篇佈局，而敘事學所謂的結構，則是一種話語結構，涉及敘事方式，例如時空關係、人物關係、敘事角度等，是一種內在結構，與結構主義所說的表層結構和深層結構相關。《聊齋》的小說因篇幅短小，有利於在課堂上進行敘事結構的講解。

以上已涉及到教材的話題，而文學教材主要分兩類：文學史與作品集。北美高校之中國文學課的課時量比較少，通常一門課僅上一學期。我在加拿大高校的中國古代文學課，每週一節，每節兩個半小時。如前所述，我講課以作品選讀為主，文學史教材只是參考書，而必讀書則是中國古代文學作品選集。北美高校通行的這類選集有許多種，較早的有印第安那大學選本，後來有哥倫比亞大學和哈佛大學選本，都是上千頁的大部頭。我在美國高校任教時採用哥倫比亞大學選本，一九九四年出版，全名《中國傳統文學之哥倫比亞選集》，主編為維克多・邁爾（Victor Mair）。後來在加拿大高校開設同一課程，仍用同一教材。

這一選本按文體分類，有詩歌、散文、小說、戲曲四大塊，每塊又分小類，如詩歌類中有古體詩、詞、賦、民謠等，然後在每一小類中按時代順序編排作品。我的課是照文學史的發展時序講解作品，於是，分類編排的哥倫比亞選本用起來就不太方便，有顛來倒去之煩。例如唐詩從一九〇頁開始，而唐代柳宗元的散文則猛跳到五六七頁，顯得雜亂無序。而且，這一選本的選目也大可商榷，例如先秦詩歌未選屈原《離騷》卻選《天問》，而唐宋散文中八大家的名篇也所選不多。

後來我換用哈佛大學的選本，編者為哈佛大學東亞語言與文明系的前任系主任宇文所安（Stephen Owen），一九九七年由諾頓公司出版。這一選本的編排體例比較好，以時序為先，在各時代之內再按文體分類。但是，這一教材所選的篇目全由主編者一人翻譯，個人好惡比較明顯，不少好作品未能入選。所以，在用過一輪之後，我別無選擇，只好又回到哥倫比亞大學的教材。

2009年11月，蒙特利爾

新銳文學04　PG0559

新銳文創
INDEPEDENT & UNIQUE

有狼的風景

作　　者	段　煉
主　　編	蔡登山
責任編輯	蔡曉雯
圖文排版	陳宛鈴
封面設計	陳佩蓉

出版策劃	新銳文創
製作發行	秀威資訊科技股份有限公司 114 台北市內湖區瑞光路76巷65號1樓 電話：+886-2-2796-3638　傳真：+886-2-2796-1377 服務信箱：service@showwe.com.tw http://www.showwe.com.tw
郵政劃撥	19563868　戶名：秀威資訊科技股份有限公司
展售門市	國家書店【松江門市】 104 台北市中山區松江路209號1樓 電話：+886-2-2518-0207　傳真：+886-2-2518-0778
網路訂購	秀威網路書店：http://www.bodbooks.com.tw 國家網路書店：http://www.govbooks.com.tw
法律顧問	毛國樑　律師
圖書經銷	貿騰發賣股份有限公司 235 新北市中和區中正路880號14樓 電話：+886-2-8227-5988　傳真：+886-2-8227-5989

出版日期	2011年7月　初版
定　　價	350元

Printed in Taiwan

國家圖書館出版品預行編目

有狼的風景 / 段煉著. -- 一版. -- 臺北市 : 新銳
文創, 2011. 07
面； 公分
ISBN 978-986-6094-04-0(平裝)

855 100007449

讀者回函卡

感謝您購買本書，為提升服務品質，請填妥以下資料，將讀者回函卡直接寄回或傳真本公司，收到您的寶貴意見後，我們會收藏記錄及檢討，謝謝！
如您需要了解本公司最新出版書目、購書優惠或企劃活動，歡迎您上網查詢或下載相關資料：http:// www.showwe.com.tw

您購買的書名：________________________________

出生日期：________年________月________日

學歷：□高中（含）以下　□大專　□研究所（含）以上

職業：□製造業　□金融業　□資訊業　□軍警　□傳播業　□自由業
　　　□服務業　□公務員　□教職　□學生　□家管　□其它____

購書地點：□網路書店　□實體書店　□書展　□郵購　□贈閱　□其他

您從何得知本書的消息？
　□網路書店　□實體書店　□網路搜尋　□電子報　□書訊　□雜誌
　□傳播媒體　□親友推薦　□網站推薦　□部落格　□其他________

您對本書的評價：（請填代號　1.非常滿意　2.滿意　3.尚可　4.再改進）
　封面設計____　版面編排____　內容____　文／譯筆____　價格____

讀完書後您覺得：
　□很有收穫　□有收穫　□收穫不多　□沒收穫

對我們的建議：________________________________

____

____

____

請貼
郵票

11466
台北市內湖區瑞光路 76 巷 65 號 1 樓
秀威資訊科技股份有限公司 收
BOD 數位出版事業部

（請沿線對折寄回，謝謝！）

姓　　名：__________　　年齡：______　　性別：□女　□男

郵遞區號：□□□□□

地　　址：__________________________

聯絡電話：(日) __________　(夜) __________

E-mail：__________________________